江南大学人文社科自主科研计划专项项目成果（2013ZX44）
江苏省高校哲学社会科学研究一般项目成果（2014SJD348）

KAISELIN AN BOTE XIAOSHUO DE
XUSHI YANJIU

凯瑟琳·安·波特小说的
叙事研究

许兰娟　著

江西高校出版社
JIANGXI UNIVERSITIES AND COLLEGES PRESS

图书在版编目（ＣＩＰ）数据

凯瑟琳·安·波特小说的叙事研究/许兰娟著.
--南昌:江西高校出版社,2017.12（2022.2 重印）
ISBN 978 - 7 - 5493 - 6406 - 0

Ⅰ.①凯…　Ⅱ.①许…　Ⅲ.①凯瑟琳·安·波
特—小说研究　Ⅳ.①I712.074

中国版本图书馆 CIP 数据核字（2017）第 295741 号

出 版 发 行	江西高校出版社
社 　　　址	江西省南昌市洪都北大道 96 号
总编室电话	(0791)88504319
销 售 电 话	(0791)88592590
网 　　　址	www.juacp.com
印 　　　刷	天津画中画印刷有限公司
经 　　　销	全国新华书店
开 　　　本	700mm×1000mm　1/16
印 　　　张	18
字 　　　数	345 千字
版 　　　次	2017 年 12 月第 1 版 2022 年 2 月第 2 次印刷
书 　　　号	ISBN 978 - 7 - 5493 - 6406 - 0
定 　　　价	48.00 元

赣版权登字 -07 -2017 -1463

序

　　手捧好友许兰娟老师的《凯瑟琳·安·波特小说的叙事研究》书稿,惊叹于她在生活、工作、学习中的坚强、严谨与执着!尽管生活中的她比大多数普通人要面对更多的困难,但她仍然非常合理地处理好生活与工作的关系,从百忙之中抽出时间读书学习,持之以恒地进行科研。她的这分坚持终于结成硕果:放在我们面前的这本佳作《凯瑟琳·安·波特小说的叙事研究》就是她勇于面对困难与挑战、坚持学习与科研的见证。

　　叙事学于 20 世纪 60 年代末诞生于法国,20 世纪 80 年代传入我国,进而掀起国内叙事学研究之热潮。跨学科趋势决定了叙事研究与各不同学科(包括修辞学、符号学、语言学、美学、哲学、伦理学等)之间均有互动,但国内叙事研究主要在文学领域进行。许兰娟老师对凯瑟琳·安·波特的中短篇小说进行的叙事研究便是叙事学与文学的相互激荡。

　　凯瑟琳·安·波特(Katherine Anne Porter,1890—1980)是 20 世纪美国最为杰出的作家之一,也是美国南方历史上以短篇小说见长的卓越女性作家。她与福克纳、泰特和华伦等南方作家齐名,以为数不多的中短篇小说和一部长篇小说蜚声美国文坛,成为杰出的小说家和具有独特风格的文体大师。其作品虽然数量不多,但几乎篇篇堪称上乘之作。许兰娟老师从叙事学视角剖析波特作品,彰显叙事学与波特文学文本之间的强大张力,向我们呈现了波特作品的艺术魅力。

《凯瑟琳·安·波特小说的叙事研究》一书基于叙事学与后经典叙事学理论,兼顾文本内的叙事特征和文本外的社会历史语境,聚焦美国女作家凯瑟琳·安·波特的中短篇小说,分析其作品众多主题以及相应的叙述方式,探究小说的叙事结构和各个层面的叙事效果,发掘作品的叙事策略和现实意义。同时,以波特的中短篇小说作为反观叙事学理论的语料库,以小说文本验证叙事学理论,从而进一步发展和完善该理论。

根据《叙事学词典》(A Dictionary of Narratology),叙事学研究的所有形式叙事中的共同叙事特征和个体差异特征,旨在描述控制叙事(及叙事过程)中与叙事相关的规则系统。该书第二至第五章分别探讨波特中短篇小说中的主题与情节模式、人物观、叙事控制机制(包括叙述视角、叙述眼光、叙述声音、叙述话语等)、叙事时间和叙事空间等内容,这些都是(经典)叙事学分析作品的常用角度。而后经典叙事学倾向于研究那些文本以外的诸如语境、文化、性别、历史、阐释、阅读过程等课题,该理论弥补了经典叙事学对语境、文化历史、阐释等方面研究的缺失,充分考量那些涵盖和塑造文本的文化、语用及历史语境,对波特作品文本外的社会历史语境分析能进一步考证和阐释作者使用相关叙事策略的深层动机。该书第六至第七章就是从后经典叙事学的诸种可能的角度(比如女性主义、两性关系、社会性别、意识流、心理学、认知神经科学和符号学等角度)对波特作品进行文本外的解读,结合作品主题和作品创作的社会历史背景,挖掘波特小说的叙事策略和现实意义。

从国内现有的波特研究成果来看,叙事学视角正成为波特研究的一个重要趋势,为数不少的国内学者正朝着这个方向稳步开展波特的研究。该书正是叙事学(和后经典叙事学)与波特小说文本研究的契合,充分考虑小说文本内部的叙事结构、叙述视角、叙述声音、叙述话语、叙述人称、情节模式等各种可能的叙事学角度,兼顾波特成长和写作的社会历史语境。对这位创作态度严谨的作家进行研究,对其叙事策略和小说主题进行综合的分析与探讨,对于推动国内外的凯瑟琳·安·波特研究、小说叙事研究、女性成长研究、女性主义研究等,均具有非常重要的参考价值。

许兰娟老师这本学术专著为学界奉上了一份厚礼。未来的学术之路必然充满荆棘,相信她一定能够一如既往地克服困难,战胜挫折,在叙事研究大道上不断前行,继续创造辉煌!"路漫漫其修远兮,吾将上下而求索",愿以此与许兰娟老师共勉!

王永祥于南京

二零一七年九月三日

目录 contents

绪 论

凯瑟琳·安·波特(Katherine Anne Porter,1890—1980),是美国 20 世纪著名的小说家和文体学家。在其 90 年的人生中,写下的文字不计其数,却只发表了一部长篇小说、三篇中篇小说①和二十三篇短篇小说。这些为数不多的作品件件都经过作者的精雕细刻,从主题到形式,都反映了作者深刻的洞见和精湛的写作技巧。波特的小说主要取材于她的亲身经历,大都是日常生活中的平凡琐事。"波特的每一篇小说都是一个整体,都是经过她苦心经营,巧妙地把素材、主题、结构和风格融为一体的完整的艺术品"。她的小说为她赢得了许多荣誉,也使她有机会得到许多大学的邀请,担任驻校作家和客座教授。波特的笔调优美、技巧娴熟,其刻画人物复杂性格和心理活动的艺术手法受到美国许多评论家和作家的赞赏,南方女作家尤多拉·韦尔蒂(Eudora Welty)对波特精益求精、追求完美的写作态度不吝赞美,认为她"幸运地获得了成功"。美国著名文学评论家埃德蒙·威尔逊(Edmund Wilson)曾经这样评论波特的作品:"具有高度的纯净和精确,这在当代美国小说中是少见的。"(秦小孟,1986:373)。波特的每一部作品都是经过了长期的酝酿和修改,一旦交付给出版商,决不允许她的作品再有任何的改动,哪怕一个标点符号的修改也不行。所以她为数不多的作品字字珠玑,篇篇都经得起推敲,也提供了广泛的阐释空间。

本书对波特中短篇小说的剖析将结合叙事学和后经典叙事学的理论,兼顾文本内的叙事特征和文本外的社会历史语境,凸显叙事学理论和波特文本之间的张力,以叙事学理论透视波特的小说文本,以波特的小说文本验

---

① 一说六篇,但公认的中篇小说只有三篇:《老人》《中午酒》和《灰色马,灰色的骑手》。

证有关叙事学理论。叙事学研究所有形式叙事中的共同叙事特征和个体差异特征,旨在描述控制叙事(及叙事过程)中与叙事相关的规则系统。(Prince,1987:65)。而后经典叙事学倾向于研究那些文本以外的诸如语境、文化、性别、历史、阐释、阅读过程等研究课题,该理论弥补了经典叙事学对语境、文化历史、阐释等方面的研究缺陷,充分考量那些涵盖和塑造文本的文化、语用及历史语境,对波特作品文本外的社会历史语境分析能进一步考证和阐释作者使用相关叙事策略的深层动机。

第一节　叙述? 叙事? 术语概念厘清

20世纪的叙事学诞生于法国,法文"narratologie"(英文 narratology)由拉丁文词根 narrato(叙述、叙事)加上希腊文词尾 logie(科学)构成,国内将英文"narratology"译为"叙事学"或"叙述学"。申丹认为"叙述学"和"叙事学"并非完全同义,"'叙述'一词与'叙述者'紧密相连,宜指话语层次上的叙述技巧,而'叙事'一词更适合涵盖故事结构和话语技巧这两个层面"(申丹,2004:1)。申丹认为,鉴于文本与语境(生成语境和阐释语境)的关系,经典叙事学的研究目的可以分成两类:旨在建构"语法"或"诗学";旨在阐释具体作品的意义。她指出:"在建构叙事语法和叙述诗学时,完全可以将作品视为结构物,因为它们仅仅起到结构之例证的作用。但是,在进行叙事批评(即阐释具体作品的意义)时,则应该将作品视为交流行为,关注作者、文本、读者、语境的交互作用。也就是说,具体批判阐释与总体模式建构不是一回事,不可混为一谈。"(申丹,2004:8—9)。

国内不少叙事理论方面的学者都认为"叙事"的概念大于"叙述"的概念,或者说,"叙事"="叙述"+"故事"。胡亚敏说:"'Narratology'一词的中文有两种译法,一曰'叙事学',二曰'叙述学'。我认为叙事学更为合适,因为它不仅涵盖了叙述和故事两大方面,而且突出了叙事的性质。"(胡亚敏,

2004：2）。徐岱给"叙事"做了一个纯属文学范畴的界定："所谓'叙事'，即采用一种特定的言语表达方式——叙述，来表达一个故事。"（徐岱，2010：6）

杰拉德·普林斯的《叙述学词典》（或《叙事学词典》，A Dicationary of Narratology，1987）对"narratology"的定义分成三点进行了详细的描述。国内不少学者都曾将这个定义译成中文。

申丹在《叙述学与小说文体学研究》中对"narratology"进行了中译的讨论，她将该词典名称译为"叙事学词典"。根据申丹的翻译，"narratology"的定义为：1. 受结构主义影响而产生的有关叙事作品的理论。Narratology 研究不同媒体的叙事作品的性质、形式和运作规律，以及叙事作品的生产者和接受者的叙事能力。探讨的层次包括"故事"与"叙述"和两者之间的关系。2. 将叙事作品作为对故事事件的文字表达来研究（以热奈特为代表）。在这一有限的意义上，narratology 无视故事本身，而聚焦于叙述话语。申丹认为，第一个定义中的"narratology"应译为"叙事学"（即有关整个叙事作品的理论），而第二个定义中的应译为"叙述学"（即有关叙述话语的理论）。（申丹，2004：1）

2011 年，乔国强将这本词典译成中文出版，词典名称译为"叙述学词典"，根据他的翻译，"narratology"定义为：1.（受结构主义者启发而发展的）叙述世界/叙事 narrative 理论。叙述学研究叙述的本质、形式和功能（不包括其表述媒介），并试图描述叙述能力 narrative competence 的特征。尤其是，它检验一切叙述所共有的（在故事 story、叙述行为 narrating 及其相互关系的层面上）能够使一切叙述彼此有所不同的东西，并且试图解释生产和理解这些叙述的能力。2. 作为一种对有时序的情境与事件进行表述的语词模式的叙述研究（热奈特）。在这一限定意义上，叙述学忽视本身的故事层面（例如，它并不企图系统地阐述故事或情节的语法），而专注故事与叙述文本、叙述行为 narrating 与叙述文本以及故事与叙述行为之间的可能关系。具体地说，它考察时态 tense、基调 mood 和声音 voice 等相关问题。3. 从叙事学模式和类别的角度，对特定（组合）的叙述进行研究。（普林斯，2011：152）

实际上，在 2009 年，国内学者赵毅衡和申丹先后在《外国文学评论》的第 1 期和第 3 期上就 "'叙事'还是'叙述'"的问题发表论文展开论争。赵毅衡在《"叙事"还是"叙述"？——一个不能再"权宜"下去的术语混乱》一文中梳理了国内学者对"narratology""narrative""narration"等词的翻译和使用情况。列举了坚持一贯使用"叙述"这一表述的学者,如张智庭译库尔泰(Joseph Courtes)的《叙述与话语符号学》(Introduction a la semiotique narrative et discursive,天津社会科学出版社,2001 年);周建漳译丹图历史哲学名著《叙述与认识》(Narration and Knowledge,上海译文出版社,2007 年)。无论是 narrative 还是 narration,都被他们译成"叙述"。坚持一贯使用"叙事"这一表述的学者,如董立河译怀特《形式的内容:叙事话语与历史再现》(The Content of the Form:Narrative Discourse and Historical Representation,北京出版社,2005 年);杜小真译利科的《时间与叙事》(Temps et recit);申丹、马海良译《当代叙事理论指南》(A Companion to Narrative Theory)等。混用"叙事"和"叙述"两个术语的学者,如谭君强译米克·巴尔(Mieke Bal)的《叙述学:叙事理论导论》(Narratology:Introduction to the Eheory of Narrative);南志刚的《叙述的狂欢和审美的变异:叙事学与中国当代先锋小说》。他的用法和谭君强正好相反,将现象称为"叙述",学科称为"叙事学"。赵毅衡还列举了国内学者的中文著作中混用两者的情况,如程文超的《欲望的重新叙述:二十世纪中国的文学叙事与文艺精神》(广西师大出版社,2001);谭君强的《叙述的力量:鲁迅小说的叙事研究》(云南大学出版社,2001);另有港台学者李显立译大卫·波德威尔(David Bordwell)的《电影叙事:剧情片中的叙述活动》(Narration in the Fiction Film)(台湾远流,1999)。赵毅衡同时对国内学界关于"叙事"和"叙述"这两个术语的区分进行了梳理,总结了八种区分情况,并从语言的从众原则、使用的方便性、学理层面这三个理由出发,主张摒弃"叙事"、统一采用"叙述"。(赵毅衡,2009:228—232)

申丹紧接着发表了论文《也谈"叙事"还是"叙述"》,针对赵毅衡主张统一采用"叙述"的三个原因来反驳这种不加区分、一律采用"叙述"的做法的不妥之处,并主张具体情况具体分析,把握"narratology"的定义中"故事"和"话语"这两个层次的区分,对"叙事"和"叙述"做出准确的选择。申丹认为："理论术语应该追求准确,汉语中'叙事'和'叙述'这两个术语的同时存在使得表述有可能更加准确。在所描述的对象同时涉及叙述层和故事层时,我们可以采用'叙事';但若仅仅涉及叙述层,我们则可以选用'叙述'来予以准确描述。"(申丹,2009:228)。对此,申丹提出建议:

1.统一采用"叙述者"来指代述说或记载故事的人;采用"叙述学""叙述理论""叙述研究"或"叙述分析"来指称对叙述话语展开的理论研究或实际分析;采用"叙述技巧""叙述策略""叙述结构""叙述模式""叙述艺术"等来指称话语表达层上的技巧、策略、结构、模式和艺术。

2.采用"叙事学""叙事理论""叙事研究"或"叙事分析"来指称对故事结构展开的理论研究或实际分析;采用"叙事策略""叙事结构""叙事模式""叙事艺术"来指称虚构作品中故事层次的策略、结构、模式和艺术性。

3.采用"叙事学""叙事理论""叙事研究"或"叙事分析"来指称对故事和话语这两个层次展开的理论研究和实际分析;采用"叙事策略""叙事结构""叙事模式""叙事艺术"来涵盖故事和话语这两个层次的策略、结构、模式和艺术。

4.采用"叙事作品""叙事文学""叙事体裁"来指称小说和叙事诗等,但对于(后)现代主义文学中基本通篇进行叙述实验或叙述游戏的作品,也不妨采用"叙述作品"。

5.保持文内的一致性。遇到难以兼顾的情况时,需要决定究竟是用"叙述学"还是"叙事学"或做出其他相关选择(可用注解加以说明),在文中则应坚持这一选择,不要两者混用。(申丹,2009:225—226)

本书的研究将采纳申丹的建议,根据语境,加以选择、加以区分地使用"叙事"和"叙述"这两个名称,并保持文内一致。若无法保持文内一致,将尊重以往译著的译法,采用现有的译名。

第二节 本书的叙事学理论梳理

1. 叙事学理论的起源和发展

谈到波特研究,就不得不提到叙事学这门学科。虽然叙事学作为一门学科几乎是在波特创作生涯的巅峰时才诞生,但波特的作品不乏叙事学的经典策略,其主要的叙事技巧几乎都可以在叙事学中找到理论依据。波特的中短篇小说件件都经过精心的酝酿和打磨,反映了作者深刻的洞见和精湛的叙事技巧。这些作品对于叙事学来说,是一个珍贵的素材库,为叙事学理论的不断发展和完善提供了丰富的语料和范例。

在整个 20 世纪,各种文艺理论如风起云涌,现象学、诠释学、接受理论、结构主义与符号学、后结构主义、解构主义、精神分析、叙事学、文体学的诞生和发展为进一步多方位诠释文学作品提供了可能。就像韦勒克所倡导的,"从一种综合的、不同的视点来透视文学艺术品"(韦勒克,沃伦,2010:23)。20 世纪 80 年代中期被逐步介绍到中国的叙事学理论正好为我们提供了这样一种观察和审视波特作品的新角度,这个理论在 21 世纪初开始呈现出如火如荼的景象。

罗兰·巴特(Roland Barthes)认为任何材料都适宜于叙事,"世界上叙述作品之多,不计其数;种类浩繁、题材各异,叙述遍布于神话、传说、寓言、民间故事、小说、史诗、历史、悲剧、正剧、喜剧、哑剧、绘画、彩绘玻璃窗、电影、连环画、社会杂闻、会话。而且,以这些几乎无限的形式出现的叙述遍存于一切时代、一切地方、一切社会"(巴特,2004:404)。赵毅衡也认为,叙述"是人生在世的本质特征,是人类最基本的生存方式……文化的人生存于各种叙述活动之中。所有的符号(语言、姿势、图像、物件、心像等)只要可以表意,就都可以用来叙述"(赵毅衡,2013:2—3)。也就是说,除了文学作品以外,叙事承载物可以是口头或书面的有声语言、固定或活动的画面、手势,以及所有这些材料的有机混合。实际上,叙事学的发展并没有完全遵循这种设想,它的研究对象局限于神话、民间故事,尤其是小说等这些以书面语言为载体的叙事作品,也即我们称为"文学艺术叙述"的体裁。即使是进入到非语言材料构成的叙事领域中,也是以用语言做载体的叙事作品的研究为参照进行的。在神话、民间故事、小说这三种最重要的文学体裁中,叙事学早期关注的是神话和民间故事,主要研究的是"故事";叙事学发展以后主要研究小说,关心的是"叙事话语"。所以,从实际研究情况来看,叙事学是对主要以神话、民间故事、小说为主的书面叙事材料的研究,并以此为参照研究其他叙事领域。

"叙述学诞生的标志为在巴黎出版的《交际》杂志 1966 年第 8 期,该期是以'符号学研究——叙事作品结构分析'为题的专刊,它通过一系列文章将叙述学的基本理论和方法公之于众"(申丹,2004:4)。"叙事学"一词在 1969 年由法国批评家兹维坦·托多罗夫(Tzvetan Todorov)正式提出,他在 1969 年出版的《〈十日谈〉语法》一书中写道:"这部著作属于一门尚未存在的科学,我们暂且将这门科学取名为叙事学,即关于叙事作品的科学。"(张寅德,1989:1—2)。实际上,在此之前,叙事学的研究设想和理论轮廓已经相当清晰。

叙事学"研究所有形式叙事中的共同叙事特征和个体差异特征,旨在描述控制叙事(及叙事过程)中与叙事相关的规则系统"(Prince,1987:65)。叙事学源自结构主义批评方法,主张从文本内部发掘叙事文自身的形式规律,通过分析作品的叙述手段和结构原则来说明叙事文的内在机制,反对运用文本外的作品创作背景、作家生平和读者反映等来解释作品。叙事学的显著特征是其研究方法上的内在性和抽象性。首先,叙事研究注重文本的内部结构规律和内部要素间的联系,而不注重文本外部因素的研究,这是该理论与传统的小说批评方法的最大区别。在研究叙事作品时,叙事学关注的是故事如何被讲述或展示出来,故事各要素间的相互关系等,作者或作品的任何背景都与文本的叙事研究无关。其次,叙事学研究具有抽象性的特点。叙事学认为叙事文本的故事内容仅仅是叙事结构的表现形式,而这一表现形式背后抽象的叙事结构是可以超越不同文本的叙事模式,叙事学的研究目的就是通过文本分析,找出作品故事背后的抽象的叙事结构和模式。

西方对于叙事的讨论由来已久,最早可追溯至古希腊时期,柏拉图对叙事进行的模仿(mimesis)/叙事(diegesis)的著名"二分说"可以被看成是这些讨论的发端,亚里士多德的《诗学》堪称叙述学的鼻祖。18世纪小说兴起并逐渐成为最重要的一种文学体裁后,对叙事,尤其是小说叙事的讨论更加充分全面:从小说的内容到小说的形式,再到小说的功能和读者的地位等。一些基本的叙事学范畴,如叙述视点、声音、距离等,也早有人讨论过,如托马斯·李斯特(Thomas Lister)于1832年就利用"叙述视点"来分析小说作品,同时期的另一位学者约翰·吉布森·洛克哈特(John Gibson Lockhart)更是使用这一术语来探讨如何使作者与自己的作品保持恰当的"距离"。在追溯叙事学发展脉络时,不得不提到现代小说理论的奠基人——法国作家福楼拜(Gustave Flaubert)和美国作家詹姆斯(Henry James),他们把小说视为自律自足的艺术品,开始注重小说的形式技巧,尤其是提出了对叙事视角的关注。而在20世纪以前,小说批评理论界注重的是作品的思想内容和社会功能。福楼拜堪称自觉在创作中实行有限叙事视角的第一位作家,他试图从小说中把作者的痕迹消除。他发现,他完全可以用一个人物作为事件的目击者,他称之为"第三观察者"。詹姆斯提出并实践了其"意识中心"理论,为现代叙述视角理论的发展做了铺垫。经过福斯特(E. M. Forster)和马克·肖尔(M. Schorer)等人的深入发挥,叙述视点成为小说批评(包括叙事学)中最为重要的术语之一。

叙事学作为一门学科产生于20世纪60年代,是受现代语言学、结构主义和俄国形式主义多重影响的结果。1916年,瑞士语言学家索绪尔(Ferdinand de Saussure)出版了《普通语言学教程》(Course in General Linguistics),该书提出了以"结构主义"和"符号学"为标志的一整套新的理论和方法,主张将语言看成是一个完整的符号系统,组成此系统的各成分在性质和意义上都受制于该系统本身的一套规范。索绪尔提出了一系列重要的语言学概念和理论,指出现代语言学的研究对象不是"言语(parole)"而是"语言(langue)",现代语言学要通过语言要素间的相互关系认识语言现象的规律。索绪尔另一贡献是将语言视为由"能指(signifier)"和"所指(signified)"构成的一种符号系统。他特别强调了从共时性角度,即语言的内在结构上,而不是从历时性角度去考察语言。索绪尔所提出的这些现代语言学理论,表明了现代语言学已经开始转型,它越来越注重研究符号及其相互之间的结构规律。以索绪尔的语言学理论为代表的语言学研究方向的转变为结构主义文学理论和叙事学的发展做好了前期的理论铺垫。

在索绪尔进行语言学研究的同时,俄国文艺理论家如什克洛夫斯基(Victor Shklovsky)等学者提出应该赋予文学表现形式以重要的意义和价值。什克洛夫斯基、艾肯鲍姆(Boris Eichenbaum)等人认为,文学叙事主要包括"故事"和"情节","故事"指的是作品叙述的按实际时间顺序排列的所有事件,"情节"侧重指事件在作品中出现的实际情况,且"情节"决定"故事"。这些直接影响了叙事学对叙事作品结构层次的划分。

而现代叙事学理论的肇始主要源于20世纪20年代的俄国形式主义者、民俗学家弗拉基米尔·普洛普(Vladimir Propp)所开创的结构主义叙事先河。1928年,俄国的普洛普出版了《民间故事形态学》(Forphology of the Folktale)。基于俄国形式主义观念,普洛普在他的研究中将重心放到了作品的形式结构上,对俄国不同的民间故事进行了深入的研究分析,他的研究目的就是试图抽出民间故事中的共性,在形式上指出意义产生的过程。他认为,在俄国民间故事中,人物的行为是不变的,将之称为"功能"。普洛普打破了传统的按人物和主题对童话进行分类的方法,认为故事中的基本单位不是人物而是人物在故事中的"功能"。他并没有集中于故事内容的深入研究,而是集中于故事各种要素的功能上,并将其进行分类,认为角色的功能可细分为三十一种,这些功能是按一定的顺序排列下来的,也经常是纠缠在一起的,形成了"角色"。他认为角色共有七个:反面角色、协助者、救援者、公主和她的父亲、送信人、英雄、假英雄。角色和功能是故事的两个基本元素。普洛普的叙事功能分析将不同故事的叙事结构抽离出来,从而能够从不同的叙事文本中找到相同的叙事结构和叙事功能。

20世纪60年代,法国结构主义学者列维·施特劳斯(Claude Levi - Strauss)、格雷马斯(Algirdas Julien Greimas)和托多罗夫都开始译介俄国形式主义的论述。普洛普的理论被译介给西方,对西方现代叙事学产生了巨大的影响,大量关于叙事作品结构分析的作品开始出现。同样在60年代,随着西方结构主义的兴起,其研究思路对叙事学的产生起了直接的影响。结构主义基于索绪尔的语言学理论,将文学视为一个基于其内在叙事语法规则的符号系统,重点关注其内部各成分间的关系,强调在文本内从构成事物整体的内在各要素的关联上去分析文本,考察事物和把握事物。

施特劳斯、托多罗夫和热奈特(Gerard Genette)等人是早期将结构主义语言学应用到文学研究中的先行者。他们提出了叙事分析的不同角度和方法。结构主义的代表人物施特劳斯在1958年出版的《结构人类学》(Structural Anthropology)一书中,运用结构主义的原则分析古希腊神话,分析社会结构,他主要研究神话之中内在不变的因素结构形式,并试图用语言学模式发现人类思维的基本结构。如同普洛普的元素分析法,施特劳斯把"神话素"作为神话的最基本单位。托多洛夫参照语言学模式总结文学叙事的规则,建议在"故事"和"话语"两个大层次上进行叙事作品的研究。他通过文学作品的语法结构分析研究其文学性,在语句排列的基础上探讨叙事结构,把叙事分为语义、句法和词汇三个层面,把叙事问题分为时间、语体和语式三个语法范畴。托多洛夫在《〈十日谈〉语法》中,以《十日谈》为材料展开论述,把每个故事都简化为纯粹的句法结构,得出"命题"和"序列"两个基本单位,试图建构一套叙事结构模式。

综上所述,在叙事学作为一门学科诞生之前,它的发展已经蔚为壮观,由神话和民间故事等初级叙事形态的研究走向了现代文学叙事形态的研究,由对"故事层"深层结构的探索发展为对"话语层"叙事结构的分析。

1966年,巴黎《交际》杂志第8期以"符号学研究——叙事作品结构分析"为标题发表的专刊,比较集中地代表了结构主义叙事学的基本理论和方法,由此宣告了叙事学的正式诞生。罗兰·巴特正是在这一专刊上发表了著名的《叙事作品结构分析导论》(Introduction to the Structural Analysis of

Narrative），在总结结构主义叙事学最初成功的基础上对叙事作品做了系统分析，为以后的叙事学研究提出了纲领性的理论设想。巴特建议将叙事作品分为三个描写层次：功能层、行为层、叙述层。他认为每个层次有自己的单位，可以做独立分析，但每个层次只有归并到高一级层次才能取得意义。巴特从语言学中借鉴过来的这套"描述模式"使结构主义叙事学家对作品内在结构的分析更加条理化。（胡亚敏，2004：8）。同样在1966年，格雷马斯的《结构语义学》（Structural Semantics）问世，该书提出了一系列符号学方法论新概念，建立了文本的叙事和话语研究。

国外的叙事学从20世纪70年代到80年代期间开始进入繁荣阶段，主要的理论著作有：英国学者伊恩·P·瓦特（Ian P. Watt）的《小说的兴起》（The Rise of the Novel）（1957）；美国修辞学家和文学批评家韦恩·C. 布斯（W. C. Booth）的《小说修辞学》（The Rhetoric of Fiction）（1961）；法国思想家、文学理论家罗兰·巴特的《S/Z》（S/Z）（1970）；法国文学批评家热拉尔·热奈特（Gerard Genette）的《叙事话语》（Narrative Discourse）（1972）和《新叙事话语》（Narrative Discourse Revisited）（1983）；美国叙事修辞理论家西摩·查特曼（Seymour Chatman）的《故事与话语：小说和电影的叙事结构》（Story and Discourse：Narrative Structure in Fiction and Film）（1978）；美国叙事理论家、法语文学学者杰拉德·普林斯（Gerald Prince）的《叙事学：叙事的形式与功能》（Narratology：The Form and Functioning of Narrative）（1982）；以色列学者什洛米茨·里蒙－凯南（Shlomith Rimmon－Kenan）的《叙事虚构作品：当代诗学》（Narrative Fiction：Contemporary Poetics）（1983）；荷兰叙事学家米克·巴尔（Mieke Bal）的《叙事学：叙事理论概述》（Narratology：Introduction to the Theory of Narrative）（1985）；美国学者华莱士·马丁（Wallace Martin）的《当代叙事学》（Recent Theories of Narrative）（1986）等。

20世纪70年代，以查特曼和热奈特为代表的叙事学家在前人的基础上，比较系统和全面地阐述了叙事学的基本理论。查特曼的《故事与话语：小说和电影的叙事结构》通过分析小说和电影中的叙事技巧展现了故事与话语的区别。他指出，叙事分析属于小说的话语层面，它侧重于叙事作品的表达层面,而不是其故事层面。热奈特被认为是以结构主义观点建构现代文学叙事学的最杰出学者,对叙事学研究最全面和最具有代表性的人物。他不仅受到了索绪尔结构主义语言学的影响,更吸收了托多罗夫的叙述话语的研究成果。热奈特的《叙事话语》是他对叙事学研究的重大贡献。该著作以普鲁斯特的小说《追忆逝水年华》为研究对象,总结文学叙事的规律,建构出一套普适的叙事作品的理论分析体系。热奈特强调"叙事学研究的主要对象是反映在故事与叙事文本关系上的叙事话语,包括时序、语式、语态等;研究范围只限于叙事文学"(罗钢。1994:P2)。他在引论中首先对故事、叙事和叙述做了界定,直接采纳了托多洛夫从时间、语式、语态三个语法范畴出发来分析叙事问题的方法,这些范畴实质上表示的是故事、叙事和叙述之间的关系。热奈特在这本专著中提出了三分法:"故事",即被叙述的内容;"叙述话语"即用于叙述故事的口头或笔头的话语;"叙述行为",即产生话语的行为或过程。没有叙述行为就没有叙述话语,也不会有被叙述出来的虚构事件。在构建此三分模式时,热奈特着重强调了叙述行为的重要性。他的分析以叙事话语为重点,同时注重叙述话语层次与所叙故事层次之间的关系。热奈特又将话语分为三个范畴:时态范畴,即话语与故事的时间关系;语式范畴,即包含叙述距离和叙事角度这两种对叙事信息进行调节的形态;语态范畴,即设计叙述情节以及叙述者与接受者的相互作用问题。热奈特提出了叙述聚焦(Focalization)的概念,他提出的"聚焦"指的是"视野"的限制,实际上就是相对于传统上称作全知的叙述信息的选择。(热奈特,1990:234)。热奈特对聚焦的三种分类方法,即零度聚焦、内聚焦和外聚焦,成为小说叙事研究重要的基础手段。1977 年,米克·巴尔发表了《叙述学:关于四部现代小说的叙述意义》(Narratologie:essais sur la signification narra-tive dans quatre romans modernes)一书,通过对四部现代小说的分析,对热奈特的《叙事话语》进行了分析批评。1983 年热奈特又撰写了《新叙事话语》,回应了米克·巴尔等学者对《叙事话语》的批评,修正和完善了自己的某些论点。

　　此后,叙事学随着结构主义的兴盛在西方逐渐发展起来,叙事学理论从法国传遍欧洲大陆并发展到英美时,欧美各国涌现了大量的叙事理论著作。这些理论著作有一个共性,就是强调文本内部各要素间的关系,而不注重文本外的分析,但是研究重点发生了一些变化。英美学者更多地从修辞技巧入手,他们关于叙事的理论比较经验性、直观性和片段性。比如布斯在《小说修辞学》中对"隐含的读者"和"声音"的探讨,便不是从叙述语法的角度入手,而是以一种修辞学的观点进行了叙事学的分析,同样对叙事学理论的发展产生了重大意义。韦恩·布斯的《小说修辞学》被学术界称为小说理论的里程碑,书中提出的一些术语,如"隐含的作者""可靠的叙述者""不可靠的叙述者"等都成了当今叙事理论的标准术语。里蒙-凯南在《叙事虚构作品:当代诗学》中首次将人物刻画列入了叙事研究的范畴,并且指出小说中的人物是抽象故事中的某种建构。

20 世纪 80 年代,西方文学批评界将注意力转向了意识形态研究,他们开始关注文本外的社会历史和政治现象。结构主义叙事学在西方文学研究中逐渐受到冷落,在遭受到后结构主义、后现代主义的冲击之后,开始从其他文学研究理论中汲取有益的理论和分析模式,不断地丰富叙事学的研究范畴并克服自身的局限性。叙事学将作品的叙事语境和社会历史语境纳入研究范围,叙事研究发生了诸多转向:从仅仅关注文本转向了兼顾读者的阐释过程;从关注文本本身转向关注社会历史语境;从文学叙事转向文学之外的叙事;从共时叙事结构转向了历时叙事结构;从关注形式结构转为关注形式结构与意识形态的关联等。这一时期的叙事学理论通常也被称为后经典叙事学。

20 世纪 90 年代后,以美国的 J·希利斯·米勒(J. H. Miller)、大卫·赫尔曼(David Herman)、詹姆斯·费伦(James Phelan)为代表的一批学者吸收了当代其他批评理论,整理出版了一批后结构主义叙事理论著作,其中有苏珊·S. 兰瑟(Susan Sniader Ianser)的《虚构的权威:女性作家与叙述声音》(Fictions of Authority:Woman Writers and Narrative Voice)(1992)、詹姆斯·费伦的《作为修辞的叙事:技巧、读者、伦理、意识形态》(Narrative as Rhetoric:Technique,Audiences,Ethics,Ideology)(1996)、希利斯·米勒(J. Hillis

Miller)的《解读叙事》(Reading Narrative)(1998)、马克·柯里(Mark Currie)的《后现代叙事理论》(Postmodern Narrative Theories)(1998)、戴卫·赫尔曼(David Herman)的《新叙事学》(Narratologies)(2002)等。这些叙事理论是在经典叙事理论的基础上,吸收借鉴了当代其他批评理论的精华,经过作者独具匠心整理后的杰作。詹姆斯·费伦的著作将伦理学吸收到了叙事学理论中;苏珊·S.兰瑟在叙事理论中融入了女权主义批评的成分;马克·柯里的《后现代叙事理论》则将叙事时间与空间融汇到了叙事学中来。这批新的叙事理论丰富了叙事学的理论内涵,有力地推动了叙事学在新时期的进一步发展,拓展了小说叙事研究的领域和视角。

1997年和1999年,戴卫·赫尔曼两度提议用"后经典叙事学"(Postclassical Narratology)这一术语来凸显其与"经典叙事学"的不同。经典叙事学大致对应于二十世纪六七十年代的法国结构主义叙事学。兴起于二十世纪九十年代初的后经典叙事学以寻求新的学科范式为特征,借鉴了语用学、女性主义、意识形态①、认知语言学等多学科理论,跨越了文学叙事的局限,将叙事研究拓展到诸多社会科学领域,如法学、心理性,医学及经济学。"后经典叙事学"这一说法以及经典与后经典之分的首次讨论出现在戴维·赫尔曼于1997年发表的文章《脚本、序列与故事:后经典叙事学的要素》(Scripts, Sequences, and Stories: Elements of a Postclassical Narratology)中,他还从认知科学的角度大致阐释了后经典叙事学的构成要素。两年后,赫尔曼又在专著《复数叙事学:叙事分析新视野》(Narratologies: New Perspectives on Narrative Analysis)的"导言"中,强调了他的这一区分,明确指出叙事学已经从经典阶段过渡到后经典阶段,并从跨学科角度进一步阐发了后经典叙事理论。在其后不到10年的时间里,"后经典叙事学"真正被学界认可,成为叙事学研究的通用词汇,赫尔曼为叙事学的发展阶段所做的区分逐渐占据了主流地位。现代叙事学正逐步打破各种制囿,不仅分析叙事文本的形式、探求其内部各因素的组合规律,更兼顾文本外部因素,突破表层的经验描述,朝着

---

① 如后殖民批评、新历史主义、文化研究、"症候阅读"等。

符号化的方向发展,表现出文科科学化的趋势。

2.国内叙事学研究现状

我国叙事学的发展起步于20世纪80年代末至90年代中期,在这一阶段中,国内叙事学研究主要是翻译和吸收国外叙事理论。1985年秋,美国学者弗雷德里克·杰姆逊(Fredric R. Jameson)到北京大学进行了为期四个月的讲学,讲学内容后来整理出版为《后现代主义与文化理论》一书,在20世纪80年代的学界颇为流行。当时的中国文化思想界,整体上还承继着"五四"以来的启蒙主义,在"现代性"中逡巡不前。杰姆逊教授带来的"后现代"诸种理论使中国学界耳目一新,福柯、格雷马斯、哈桑、拉康等一大批后现代理论家被推送至文化思想界的前沿。此时,中国学者蓦然意识到西方当代文化理论和文学理论已经今非昔比,已变成了"后"的天下,杰姆逊由此也成为把后现代文化理论引入中国大陆的启蒙人物,备受推崇。杰姆逊的讲学带动了中国叙事学的繁荣,1986到1992年间,中国学界对西方叙事学的译介非常活跃,西方最有代表性的叙事理论作品基本上都是在这期间被译介过来的。

1989年张寅德翻译选编了《叙述学研究》,国内学者在九十年代又陆续翻译了一批国外七八十年代的叙事学著作,如王文融译的《叙事话语》(热奈特著)和赖干坚译的《叙事虚构作品:当代诗学》(凯南著)。这些译著及时准确地将国外叙事理论引入国内的文学研究领域,对我国早期的叙事研究起到了重要的引导和推动作用。当时的小说叙事研究主要以热奈特和凯南等人的经典叙事学为理论基础,进行文本叙事分析。在此之后,我国叙事研究得到了较快的发展,涌现了徐岱、胡亚敏、申丹等一批学者,他们对我国叙事学和小说叙事研究的发展起到了重要的推动作用。

20世纪末和21世纪初,北大未名译库陆续出版了一系列有关叙事的译著,如:J·希利斯·米勒的《解读叙事》(2002)、苏珊·S·兰瑟的《虚构的权威——女性作家与叙述声音》(2002)、戴卫·赫尔曼的《新叙事学》(2002)、马克·柯里的《后现代叙事理论》(2003)、华莱士·马丁的《当代叙事学》(2006)、詹姆斯·费伦和彼得·J·拉比诺维茨(Peter J·Rabinowitz)的《当代叙事理论指南》(A Companion to Narrative Theory)(2007)、罗伯特·斯科尔斯(Robert Scholes)、詹姆斯·费伦和罗伯特·凯洛格(Robert Kellogg)的《叙事的本质》(The Nature of Narrative)(2015)等。北大学者们批判、继承、创新了源自西方的叙事学理论,诞生了一批具有该理论世界前沿水平的著作,如申丹的《叙述学与小说文体学研究》(1998)、申丹、韩佳明和王丽亚的《英美小说叙事理论研究》(2005)、申丹的《叙事、文体与潜文本——重读英美经典短篇小说》(2009)、申丹和王丽亚的《西方叙事学:经典与后经典》(2010)等。国内其他学者在这方面的研究上也是百花齐放,出版了大量有关叙事和叙述的专著,如徐岱的《小说叙事学》(1992)、傅修延的《讲故事的奥秘:文学叙述论》(1993)、罗钢的《叙述学导论》(1994)、胡亚敏的《叙事学》(1994)、胡全生的《英美后现代主义小说叙述结构研究》(1998)、董小英的《叙述学》(2001)、格非的《小说叙事研究》(2002)、王阳的《小说艺术形式分析:叙事学研究》(2003)、谭君强的《叙事学导论——从经典叙事学到后经典叙述学》(2008)、赵毅衡的《广义叙述学》(2013)、徐岱的《故事的诗学》(2014)等。这些著作表明了国内小说研究的一个理论倾向,为我们提供了一种重新审视经典作品的角度与方式。

中国本土化的叙事研究也有了显著成果,具有代表性的著作有陈平原的《中国小说叙事模式的转变》(1988)、杨义的《中国叙事学》(1997)、王平的《中国古代小说叙事研究》(2001)等。国内学者在借鉴西方叙事理论的同时,也以中国所特有的文学资源和话语形式,展开了自《诗经》以来的包括《山海经》、话本小说、《红楼梦》等古典文学以及现当代小说的叙事研究,丰富了叙事学理论,为西方叙事学理论的中国化与本土化做出了自己的努力。

第三节 本书的主要研究内容

本书的研究将以叙事学理论为视角,聚焦美国女作家凯瑟琳·安·波特的中短篇小说,分析其作品中的众多主题以及相应的叙述方式,探究小说的叙事结构和各个层面的叙事效果,发掘作品的叙事策略和现实意义。同时,以波特的中短篇小说作为反观叙事学理论的语料库,以小说文本验证叙事学理论,推动和完善叙事学理论。

由于叙事学已经过半个世纪的发展,其理论术语庞杂、理论范畴也比较广博和精深,每一种叙事方面的理论构架都各有千秋,并存在着不重合或不兼容的方面,怎样整合这些理论,利用理论中合理与完善的部分,发现和商榷理论中偏颇的地方,怎样扬长避短地发挥叙事理论,用于具体文本的阐释,反之也促进叙事理论的完善,这些都是本书拟重点解决的问题。华莱士·马丁指出:"在叙事理论中,术语的大量繁殖并非源于粗率或者毫无必要地铸造新词以取代已经流行的术语。理论家们的目的以及由此而来的分析框架是不同的:它们不可调和,我们没有办法把他们的思想压缩成为一套共同词汇而又不抹杀每一个的特定价值。在提供他们所使用的术语的分栏对照表时,我有时把他们的术语移入一个共同的参考框架,但更经常的则是突出它们之间的不同。"(马丁,2005:3)。本书将借鉴华莱士·马丁的做法,参考亨利·詹姆斯和福斯特的小说叙事理论,分析比较布思、查特曼、费伦等提出的修辞叙事理论,比照申丹改良后的叙事学观点,结合一些后经典叙事理论,如:修辞叙事理论、女性主义叙事学、认知叙事学等,并借鉴一些科学学科,如心理学,认知神经科学,符号学等,拓展阅读视野与思维,从而更好地理解作品本身和作品中蕴含的现实意义。

本书将在文献研究和原文文本细读与分析的基础上采取归纳法和演绎法分析波特的中短篇小说。本书所选取的叙事文本为美国女作家凯瑟琳·

安·波特的中短篇小说,通过查阅有关波特叙事研究的文献,波特的书信、杂文、传记以及美国 19 世纪下半叶和 20 世纪上半叶的历史史料等,获取波特叙事研究的社会语境认识。本书的研究所涉及的文本数量不多,中译本只有一部,而且是近 30 年前的选译版本,目前国内学者对波特作品的文学批评主要就是基于这部上海译文出版社在 1984 年出版的由鹿金等翻译的《波特中短篇小说集》,该小说集收录了波特的 14 篇中短篇小说,另有吴冰 1996 年翻译并发表在《外国文学》上的《旧秩序》系列中的 3 篇短篇小说《源》《旅程》和《最后一叶》。到目前为止,波特的中短篇小说还有不少未被翻译成中文,尤其是尚未引起学界重视的一些涉及女性成长主题的作品,如《假日》《裂镜》《无花果树》等,只有细读这些原文文本才能准确把握作品的形式与内容。另外,波特小说的中译本和英文原文的信息对等问题几乎没有引起过注意,近年来,只有一篇论文提到了《中午酒》这部中篇小说的翻译问题。所以,怎样完整地理解和探究英文原文想要传达的信息,又怎样用中文精确地传达作者的意图,确实都是不小的挑战。在整理和阅读一些有关波特及其作品的原版资料时,发现这些资料存在信息出入,尤其是在谈到波特的生平时,不同的版本存在互相矛盾的地方,哪怕是波特在自己的回忆中也难免有前后不一致的地方。鉴于此,怎样去伪存真,怎样从波特的文本和有关的原版资料中攫取有价值的信息,都需要仔细的钻研。

叙事学的传统研究方法是归纳法,通过对同一个时代的同一种体裁的叙事文进行分析,力图研究作品的文本,总结出各种写作经验和文本模式,归纳出叙事文的普遍经验。本书所选取的叙事文本为美国小说家凯瑟琳·安·波特的中短篇小说,作品数目有限,诞生于同一个世纪,采用归纳法来研究波特小说的叙事技巧是可行的。本书将采用的另一个方法是演绎法,即从理论到作品,用理论来验证作品。巴特在《叙事作品结构分析导论》中指出:"叙述的分析注定要采用演绎的方法,它不得不首先假设一个描写模式,然后从这一模式出发,逐渐潜降到与之既有联系又有差距的各种类型。"(巴特,1985:534)。他的这一主张为全面科学地研究叙事文提供了方法论的基础。采用了演绎法的叙事学不再是叙事文的经验总结,而变成了一种理论建构,是对叙事文的共同规律和结构的把握。

国内和美国本土的波特研究多侧重于波特的生平和社会历史文化背景的探讨,在一定程度上缺乏新兴理论的支持,以叙事学理论为视角的研究尚有较大空间。叙事学作为一种理论,在国外的发展相对成熟,国内学者对它的研究在 21 世纪初也呈现出如火如荼的态势,但叙事学在对波特作品的诠释方面暂时只能被认为是较新的视角。本书的研究正是促成了叙事学理论这一理论视角和波特小说文本的契合,不仅以这个在国内外得到迅猛发展的理论作为分析波特小说的视角,而且以波特的小说文本来发展完善这一理论。虽然波特的理论热情并不高,但其作品中包含不少值得探讨的文学理论问题,作者的叙事策略在小说中必然落实到具体的文本,体现在具体的文字叙述中。对这位创作态度严谨的作家进行研究,对其小说主题、创作手法、叙事策略进行分析和探讨,对于推动国内外的凯瑟琳·安·波特研究、小说叙事研究,甚而对小说创作的研究都有比较重要的参考价值。

第一章　波特与波特研究

第一节　波特生平与创作历程

凯瑟琳·安·波特(Katherine Anne Porter,1890—1980),原名考利·拉塞尔·波特(Callie Russell Porter),美国女作家、文体学家,1890 年 5 月 15 日出生于德克萨斯州迈阿密海滩附近印第安克里克市(Indian Creek)一个信仰天主教的家庭里。母亲是玛丽·爱丽丝·琼斯·波特(Mary Alice Jones Porter),父亲是哈里森·布恩·波特(Harrison Boone Porter)。

根据波特自己的述说,她算是出身南方世家,母亲的家族最早于 1648 年从欧洲到美国弗吉尼亚州约翰·伦道夫地区(John Randolph territory)定居,其中一位曾祖父就是乔纳森·布恩(Jonathan Boone),是美国最早的拓荒者丹尼尔·布恩(Daniel Boone)的兄长。波特父亲是安德鲁·波特上校(Colonel Andrew Porter)的后代,波特上校的父亲于 1720 年来到宾夕法尼亚州的蒙哥马利县(Montgomery County),在独立战争期间,他属于乔治·华盛顿圈子里的成员,是拉法耶特的朋友,也是辛西那提协会的奠基人。(Givner,1982:25—26)。而著名小说家欧·亨利(原名威廉·西德尼·波特,William Sydney Porter)则是波特父亲的第二个堂兄弟。(Lopez,1981:19)

波特经常谈起她的祖母和外祖母,并将她们作为原型写进自己的小说,甚至有时候会把她们糅进同一个人物,仿佛她们俩是可以互换的。透过这两位人物,我们能看到波特魂牵梦萦并一再试图浪漫化的"旧南方"。但是据英国作家琼·吉夫纳(Joan Givner)的研究,波特对其家族渊源的描述不完全准确真实,尤其是她母亲的家族历史,波特的外祖父、外祖母都是孤儿,由没有血缘关系的人抚养长大,加上波特的母亲又早逝,她对母亲这边的家族历史其实知之不多;而她从父亲的家族听说的许多故事多是奇闻轶事,并非真实的历史记录。(Givner,1982:26)

在波特出生的时候,她的家族已经家道中落。1892 年,波特两岁时母亲去世,留下两儿两女,父亲从此一蹶不振,甚至不能听到有人当着他的面提起过世妻子的名字。(Lopez,1981:4)。不久,老祖母(Catherine Anne Porter)把波特一家接到自己位于德州海斯县(Hays)凯尔(Kyle)的农场里,波特便在那里度过了自己的童年。农场生活和见闻大多成了波特日后写作的素材,尤其是从祖母那里听来的年代久远的家族往事。坚毅强悍的祖母成了对她童年影响最大的人,波特 14 岁时甚至将自己的名字更改成了祖母的名字。1901 年,波特 11 岁时,祖母的去世迫使生活剧变,波特的童年因此戛然而止。波特的父亲犹如《中午酒》中的农场主汤普森,整天嚼着烟草,对于农场上的各种活儿,自诩无不在行,却又认为只有极少数几种活儿算得上是爷们干的事。在父亲长年的搪塞和拖沓中,农场的经济每况愈下,老祖母苦苦置办和坚守的产业逐渐被之前的佃户购买接手。父亲无心也无力支撑家庭,带着孩子们开始了颠沛流离的生活,年幼的孩子们经常被分开寄放在各种亲戚家中。波特的整个世界崩塌了,没有家庭尊严、物质保障或宗教信仰,一切都是不可知的,一切都是不确定的,这种无处不在的不确定糅杂了波特青春期伊始的生理变化,使前景更加令人沮丧,祖母的宗教信仰和父亲的不可知论在波特心头形成的冲突纠缠了她多年。宗教信仰对于波特来说是一个充满讽刺意味的事物,她从来没有长期坚持一种信仰,因为没有一种信仰可以给她安全感,使她内心获得真正的平静。宗教信仰在波特的小说中只是塑造人物的一个道具,波特为不同的人物选择了不同的信仰:信仰基督教的玛丽亚·孔塞普西翁(《玛丽亚·孔塞普西翁》);信仰天主教的罗莎琳(《裂镜》)、哈洛伦太太(《一天的工作》);信仰新教的汤普森夫妇(《中午酒》)、惠普尔夫妇(《他》);曾经信仰路德宗的米勒一家(《假日》);以及“真理号”上那些空虚的信徒(《愚人船》)。

1903 到 1904 年间,波特和姐姐盖伊(Gay)在德州的圣安东尼奥市上过不同的私立学校,圣安东尼奥的氛围颇像墨西哥,波特后来把自己对墨西哥的熟稔归于早年在圣安东尼奥度过的日子。期间,姐妹俩曾经在路易斯安那州新奥尔良的圣婴耶稣修道院(the Convent of the Child Jesus)(Lopez,1981:20)以及圣安街的圣心学校(St. Ann Street Ecole du Sacre Coeur)(Unrue,2005:31)短暂寄宿学习。1904 到 1905 年,姐妹俩在圣安东尼奥刚刚成立的托马斯学校(Thomas School)走读了一年,波特在这里学习了戏剧表演、演唱和阅读。这一年的教育使姐妹俩受益终生,但波特从未对托马斯学校做过肯定性评价。一个学年结束后,波特和姐姐在当地一个新开张的夏季剧院(Electric Summer Theater)从事表演。当剧院的演出季过去后,波特父亲带着她们搬到维多利亚镇,并在那里租了一间房间,波特姐妹专门教授从托马斯学校学来的技艺。1905 年秋季,在当地报纸《维多利亚倡导者》(Victoria Advocate)上,经常可以看见这样一则招生广告:"波特姐妹,音乐工作室,体育和戏剧阅读,圣罗莎街 27 号 107 室。"(Givner,1982:88)。就在这段时间,波特的哥哥保罗从皮科克军事学院(Peacock Military Academy)毕业,加入了海军。他和波特经常通信,保罗向波特描述自己在各个海港的经历,波特则把自己写的故事给哥哥看。保罗曾经在信中写道:"继续写故事,因为它们很棒。"(Unrue,2005:38)。这是波特在写作生涯中收到的最早肯定。在维多利亚镇教课的时候,波特认识了第一任丈夫约翰·亨利·孔茨(John Henry Koontz),他是伊内兹(Inez)的一个农场主的儿子,在太平洋铁路公司做职员。1906 年,波特父亲哈里森带着三个女儿往东迁至拉夫金(Lufkin),哈里森近乎赤贫的经济窘境和父女之间的矛盾越来越严重,相比之下,孔茨家庭舒适富足的家庭氛围对波特产生了极大的吸引,她无视孔茨性格中的暴力倾向,也不顾父亲的反对,在 16 周岁的生日一过就匆匆嫁给了孔茨。此番任性的决定突然终止了波特的少年时代,使她过早进入成年期。这次唐突的婚姻在苟延残喘 9 年后终于画上了句号,从此以后波特开始了长达 60 年的人生漂泊。在这段婚姻存续期间,她已经开始写作,一个试图写作的女人在当时被视为不道德的怪物,波特被迫离开德克萨斯州,众人都认为她过上了放荡的生活。(Handrick,1965:19):

　　1914 年,波特前往芝加哥,多年后她写信给一位侄子提及这次出行:"这是我逃离荒唐的第一段婚姻,第一次疯狂地撞进一个更疯狂的世界。"(Porter,1970:121)。在芝加哥,波特在一家报社找到了一份工作,又阴差阳错地在电影制片厂充当了半年的临时演员。同年,波特回到德州,在德克萨斯州和路易斯安那州演唱苏格兰民歌。1915 年,波特与第一任丈夫约翰·亨利·孔茨离婚。1917 年,她为德州沃思堡市的小报《评论家》(The Critic)充当记者,在科罗拉多州丹佛市的《洛基山新闻报》(The Rocky Mountain News)工作期间(1918—1919),患上了严重的流感,在疗养院治疗 6 周后,终于死里逃生。在这几年中,波特食不果腹、贫病交加,这段从事戏剧评论并从流感中幸存的经历被写进了小说《灰色马,灰色的骑手》。1919 年,波特康复后,来到纽约,住进格林尼治村,以捉刀代笔为生,其中最著名的作品就是《我的中国婚姻》(1922),她同时为一家儿童杂志《埃夫里兰德》(Everyland)写故事。多年后,当爱德华·施瓦兹(Edward Schwartz)在编写有关波特作品的评论性书目时,波特致信表达了她所有的捉刀作品都进不了自己作品清单的遗憾。(George Handrick,1965:23)。1920 年,波特在格林尼治村受到墨西哥艺术家的鼓动,放弃了原来去欧洲的打算,转而前往墨西哥,见证了墨西哥奥布雷贡革命(Obregón Revolution),《开花的犹大树》《玛丽亚·孔塞普西翁》《庄园》等作品很大程度上来源于她这段经历。1921 年年底,对墨西哥革命理想感到幻灭的波特在朋友的资助下从墨西哥返美。在沃思堡市逗留的数月期间,她撰写了一些有关墨西哥和墨西哥经历的文章,期间为一家商业杂志写作,并在沃思堡小剧场以表演为生。1922 年 1 月初,波特回到纽约格林尼治村后,为报纸写作和演戏糊口。这一年,波特在《世纪》(Century)杂志发表了第一篇短篇小说《玛丽亚·孔塞普西翁》(María Conceptión)和其他一些关于墨西哥的非小说作品。《玛丽亚·孔塞普西翁》描绘了一个墨西哥印第安女子的性格强悍和爱憎分明的感情故事。墨西哥总统委任波特帮助组织墨西哥民间艺术在美国的巡回展,波特因此在 3 月底重返墨西哥,从事民间艺术研究。1923 年,波特在《世纪》杂志发表了短篇小说《殉难者》(Martyr)(或译为《烈士》),描绘了画家鲁本和模特儿伊莎贝尔的情感纠葛。1924 年又在《世纪》杂志发表了短篇小说《童贞女比奥莱塔》(Virgin Vi-oleta），讲述了童贞女比奥莱塔被表哥卡洛斯的诗情所吸引，表白后招来了表哥的亲吻，但这个吻对她的影响严重得犹如被奸污了一样。《殉难者》和《童贞女比奥莱塔》在发表后的多年中都未被再次提及，直到 1965 年收录进波特的小说集。1925 年，波特完成了短篇小说《可爱的传说》(The Lovely Legend)的手稿，小说在其生前未发表。《可爱的传说》与《殉难者》有相似的素材，都是关于艺术家和模特儿之间的纷繁复杂的关系。这篇小说描写了画家拉斐尔和诗人阿玛多共用一位模特罗西塔激发各自的创作，但对这位模特却持有迥然不同的情感态度的故事。1929 年，波特在百慕大花了五个月的时间，想完成传记《魔鬼和科顿·马特》(The Devil and Cotton Mather)，但未能如愿。

20 世纪 30 年代，波特的文学创作硕果累累，1930 年，波特决定发表薄薄的作品集《开花的犹大树》(Flowering Judas)，该书集结了她之前 8 年中先后发表的 5 篇短篇小说，包括《被遗弃的威瑟罗尔奶奶》(The Jilting of Granny Wealtheral)和《开花的犹大树》(Flowering Judas)。《开花的犹大树》是以波特 1920 年至 1922 年间在墨西哥学习艺术并参与革命运动的经历为基础写成的，该作品集奠定了她在文学批评界的名望，使她第二年获得了古根海姆奖学金(Guggenheim Fellowship)，在墨西哥度过了这一年(1931 年)，并从墨西哥登上了一艘德国轮船，从墨西哥的韦拉克鲁斯(Vera Cruz)驶往德国的不来梅港(Bremerhaven)，波特以日记形式记录了这次旅行，旅行见闻为她唯一的一部长篇小说《愚人船》提供了素材。在欧洲，她遇到了戈培尔、戈林和希特勒，目睹了纳粹势力的兴起。1932 年 5 月，小说《裂镜》(The Cracked Looking - Glass)发表在《斯克里布纳》(Scribner)杂志上。10 月，波特在《弗吉尼亚评论季刊》(Virginia Quarterly Review)发表了中篇小说《庄园》(Haci-enda)的早期版本。(Givner,1982:254)。从 1932 年到 1933 年，波特参观了巴黎马德里和巴塞尔，并一度定居巴黎，期间波特出版了一本法国歌曲集。1934 年，《庄园》的精装版出版，小说篇幅比早期版本翻了一倍。(Givner, 1982:287)。1935 年，波特在《弗吉尼亚评论季刊》上发表了短篇小说《坟》

(The Grave)。同年,在小说集《开花的犹大树》原有的篇目上加上 4 篇新作出版了《开花的犹大树及其他故事》(Flowering Judas and Other Stories)。1936 年,波特返美,在宾夕法尼亚州的多伊尔斯敦(Doylestown)度过了最多产的创作时期。1937 年波特出版了中篇小说《中午酒》(Noon Wine),并因为该书而获得每月读书俱乐部奖励的 2500 美元。1938 年,波特再次获得古根海姆奖学金,1939 年出版了小说集《灰色马,灰色的骑手》(Pale Horse, Pale Rider),收录了《老人》《中午酒》和《灰色马,灰色的骑手》3 篇中篇小说,其中,《老人》和《灰色马,灰色的骑手》在 1936 年就创作完成。20 世纪 30 年代,波特曾经对马克思主义很感兴趣,但又怕这个信仰变成自己的另一个枷锁。

1940 年,小说集《灰色马,灰色的骑手》为波特赢得了纽约大学图书馆协会(Society of Libraries of New York University)的第一个年度文学金质奖章(Annual Gold Medal for Literature)。1942 年,波特译介了墨西哥作家兼政治记者何塞·杰奎因·费尔南德斯·德·利萨尔迪(José Joaquín Fernández de Lizardi,1776—1827)的小说《癞皮鹦鹉》(The Itching Parrot),这部完成于 1816 年、直到 1831 年才完全出版的小说被普遍誉为在拉美撰写并出版的第一部小说。1943 年,波特当选为美国文学艺术院(The National Institute of Arts and Letters)的成员。1944 年出版了小说集《斜塔和其他短篇小说》(The Leaning Tower, and Other Stories),收录其中的《旧秩序》系列短篇小说在 1934 年就已经创作完成。1949 年,《灰色马,灰色的骑手》的现代图书版本出版。同年,波特接受利兰斯坦福大学的邀请,担任驻校作家和客座教授。在随后的岁月里,波特辗转许多其他的大学从事相似的工作,如:芝加哥大学、密歇根大学、比利时列日大学(University of Liége)、弗吉尼亚大学、华盛顿与李大学(Washington and Lee University)。1952 年,出版了《此前集》(或译为《过去的时日》)(The Days Before)。1950 到 1952 年,波特荣任美国全国文学艺术协会副主席。1959 年接受福特基金会的文学奖金,随后定居华盛顿特区。

在整个 20 世纪 60 年代,波特收获了一系列的奖项和荣誉。1962 年因为小说《假日》(Holiday)获得"欧·亨利纪念奖"(O. Henry Memorial Award),小说以波特1912年在德州一个农场的一段度假经历为素材,初稿写于1924年,波特对小说结尾感到不满意,多年来一直将手稿束之高阁,1960年才在《大西洋月刊》(The Atlantic Monthly)上发表,1962年获此奖项后,被收入《凯瑟琳·安·波特小说集》。该小说在此后沉寂多年,直到1989年入选《诺顿美国文学选集》(The Norton Anthology of American Literature),才重新赢得广泛的关注和研究。波特唯一的长篇小说《愚人船》也在1962年出版,受到每月读书俱乐部的推荐,并立即成为畅销书。这部具有里程碑意义的小说为波特带来了巨大的财富,使她结束时不时挨穷的窘境,过上了她梦寐以求的奢靡生活,并将这种生活方式维持到终老。该小说被认为是一部政治小说、哲理小说和寓言故事,以波特1931年访问德国的所见所闻为素材,以当时德国纳粹势力兴起的经历为依据,描写一艘由墨西哥开往德国的客船上形形色色乘客的故事,通过众多的人物揭示了20世纪西方社会中人的劣根性,并指出这正是滋生纳粹主义的土壤。同年,波特获得了美国艺术与科学学院(American Academy of Arts and Sciences)的爱默生–梭罗铜质奖章(Emerson–Thoreau Bronze medal)。同样是在1962年,波特的名字出现在诺贝尔文学奖的候选人名单中,但她最终与这个奖项失之交臂。1965年,波特最有影响力的作品集《凯瑟琳·安·波特小说集》(The Collected Stories of Katherine Anne Porter)出版,收录了波特所有26篇中短篇小说。该小说集在次年为她赢得了普利策奖(The Pulitzer Prize)和美国国家图书奖(The National Book Award)。1966年,当波特的小说集获得美国国家图书奖时,她把自己描绘成"失望的理想主义者"(Unrue,1993:119),这一年,76岁的波特尽管还珍视着内心潜藏的理想,但回顾一生中历经的许多政治运动,随之而来的总是幻灭和对这些运动的厌弃。在评估自己的生活或创造自己的艺术时,波特的习惯是通过记忆的透镜看到一个协调的整体,而"失望的理想主义者"这个说法总结了波特的政治立场,即政治观和艺术观的互相游离。

1967年,波特出版了1946年曾经发表过的《圣诞故事》(A Christmas Story)。同一年,波特获得美国文学艺术院颁发的、表彰有卓越贡献的小说家的金质奖章(The Gold Medal for fiction of the National Institute of Arts and Letters)。1970年,波特八十大寿时出版了《凯瑟琳·安·波特散文和随笔集》(The Collected Essays and Occasional Writings of Katherine Anne Porter),收录了她50年来所写的约40万余字的随笔、文艺批评、创作谈、诗作和一部未完成的传记小说《柯顿–马赛》(Cotton Mather)。1972年,波特终于在马里兰大学的帕克分校(College Park,Maryland)定居下来,在生命的最后几年,波特做过一些旅行和讲座,一系列的中风使她终于卧床不起,尽管如此,她还是在1977年出版了《千古奇冤》(The Never–Ending Wrong),这是一本关于美国历史上一宗冤案的回忆录,记录了波特亲身参与的有组织的抗议活动和她在1927年与该冤案两位主角萨科(Sacco)和范泽蒂(Vanzetti)相处的最后日子。这个"萨科–范泽蒂"事件在1920至1927年间强烈占据了波特的注意力,她对此事的关注始于写信和签署请愿书,要求公正审判在1920年被指控抢劫谋杀的两位无政府主义者。在这两位即将被处决前,波特与约翰·多斯·帕索斯(John Dos Passos)、多萝西·贝克(Dorothy Baker)、埃德娜·圣文森特·米莱(Edna St. Vincent Millay)曾经加入数千人的示威游行,抗议对两位的有罪认定,并因此被捕。此后多年,波特对此事的关注从未停止,直到1977年出版了这本回忆录。50年后,波特将这个事件诉诸笔端,使其重新进入大众视野,引发了新一轮争议。

1974年1月,在84周岁生日的前几个月,波特认为自己去日无多,不想躺在那种被过分装饰的高价棺材里被安葬,又对那种墨西哥乡村葬礼上常见的带有绳把手的木质棺材心仪已久,就从亚利桑那州一家橱柜店为自己邮购了一口棺材。她在这口棺材里放了一块比利时亚麻布做的裹尸布后,就把它靠在壁橱的后墙,镇定地去处理手头其他的事情了。(Lopez,1981:xiii)。1980年9月18日,波特在马里兰州银泉市马车山养老院(Carriage Hill Nursing Home in Silver Spring,Maryland)去世,她已经在几个月前度过了自己的90岁生日。依照她生前早就表达过的计划,波特去世后被安放在她6年前为自己邮购的木质棺材内,被埋葬在印第安克里克的公墓,长眠于母亲旁边。

1993 年 5 月 15 日,凯瑟琳·安·波特诞辰 103 年之际,在美国文学协会(American Literature Association)巴尔的摩大会上,成立了凯瑟琳·安·波特协会(Katherine Anne Porter Society)。委员会由美国知名的波特研究专家组成:佐治亚州立大学的弗吉尼亚·斯宾塞·卡尔(Virginia Spencer Carr)、芝加哥伊利诺斯大学的约翰·爱德华·哈代(John Edward Hardy)、伊利诺斯大学香槟分校的乔治·亨德里克(George Hendrick)、德州农工大学的贾妮斯·斯托特(Janis P. Stout)、内华达大学的达琳·哈伯·昂鲁(Darlene Harbour Unrue)等。作为美国文学协会的成员协会,凯瑟琳·安·波特协会定期展开研讨会,讨论的议题有"凯瑟琳·安·波在当代""凯瑟琳·安·波特:与南方的联系"等。

2002 年,美国第一夫人劳拉·布什将波特在凯尔的童年居所奉为一个国家文学地标。这座房子现在成了德克萨斯州立大学圣马科斯分校所管理的一个非常繁荣的文学中心。

2006 年,波特的头像登上了 5 月 15 日发行的美国邮票,她成了第 22 位登上美国文艺纪念邮票系列的作家。

波特的一生居无定所,漂泊于世界各地,至少在 50 个地方住过,每到一地,她似乎总能赶上这个地方的多事之秋。幼年丧母的她成长在祖母鲜活的内战记忆中;青年时代,亲历两次世界大战,并从一次大战期间席卷美国的那次流感大暴发中死里逃生;禁酒法令实施期间,寄寓格林尼治村,投身激进政治运动和实验艺术的温床;在摩登女郎时代(Flapper Era),她是个冷静的年轻女子,为了获得更广阔的视野、更具异国情调的经历,奔波于纽约和墨西哥之间;奥布雷贡革命期间,在墨西哥城为这次革命推波助澜;旅居柏林时,适逢希特勒上台之际,希特勒的亲信赫尔曼·戈林曾不止一次充当她的护送者;辗转至巴黎后,在那里定居 4 年,直至二次大战爆发;在肯尼迪和约翰逊总统执政期间,她是白宫常客;在生命的最后十年,她受邀观察并描述阿波罗宇宙飞船在 20 世纪末的最后一次登月。

在长达 60 多年的写作生涯中,波特有机会与大量作家、批评家接触,受到过许多前辈的指点,也评价过很多作家的作品,为这些作家的文学生涯起到推动作用。1941 年,波特给尤多拉·韦尔蒂的小说集写了一篇评论性前言,帮助她在一个更广阔的领域中开始了自己的写作生涯。1942 年,她出现在一个介绍亨利·詹姆斯(Henry James)的小说《螺丝在拧紧》(The Turn of The Screw)的广播节目中,开创了弗洛伊德式的批评潮流,引发人们重新对詹姆斯的作品发生兴趣。1948 年,她作为选拔委员会的成员,把第一届波林根基金奖(Bollingen Foundation Award)颁给埃兹拉·庞德(Ezra Pound),从而引发了读者对庞德的反响,这一反响连同 18 世纪的奥西恩争议(Ossian Controversy)和 19 世纪对《爱丁堡评论》(Edinburgh Reviews)这个杂志的狂热,必将载入史册。她曾经作为国会图书馆的成员,顺道拜访了罗伯特·潘·沃伦(Robert Penn Warren)的办公室,随身带着的一张剪报成了沃伦的小说《世界够大,时间够多》(World Enough and Time,1950)的缘起。她事实上用一篇文章《木伞》(The Wooden Umbrella)单枪匹马地撕碎了格特鲁德·斯泰因(Gertrude Stein)的传说。她作为一位批评家,对现代文学的影响无法估量:她以言辞震撼了迪伦·托马斯(Dylan Thomas)的遗孀;严厉批评了第一批小说家的"自恋、自怜和自我关注";她对诸如薇拉·凯瑟(Willas Cather)、福特·马多克斯·福特(Ford Madox Ford)和大卫·赫伯特·劳伦(D. H. Lawrence)进行了长期的、具有启迪作用的审视。(Johnson,1960:599)波特在文学界的威望不容小觑,虽然她与艾伦·格拉斯哥(Ellen Glasgow)、尤多拉·韦尔蒂(Eudora Welty)、卡森·麦卡勒斯(Carson McCullers)承继同样的南方文化传统与荣耀,她的批评活动给予她一种其他人不曾拥有的维度,后人对她的评价缺少"评论家"这样一个头衔。

波特用杜巴丽夫人(Madame Du Barry)的话来概括自己的一生:"我这辈子是难以置信的,连我自己都不敢相信。"(Lopez,1981:xiv)。年近四十时,她不无夸张地告诉马尔科姆·考利(Malcolm Cowley):在上两段婚姻之前,她已经有了 4 个丈夫,37 个情人。(Lopez,1981:16)。对精神错乱和背井离乡的恐惧困扰了她一辈子,她试图寻找一个感觉像家的地方。最终在晚年她放弃了这个执念,在华盛顿特区度过了最后的时光。波特渴望自己和自己的作品能流芳百世,1956 年,她曾经写道:"我相信,我希望我会在美国文学史中占有一席之地;即使在此时此刻,他们又怎能把我遗漏而不写进去呢?"(Givner,1982:510)。她小心翼翼地保存着一辈子用过的随身用品,包括照片、纪念品、通信和最私人的文件,但她毁掉了部分信件,因为她难以接受自己在这些信件中暴露出来的形象。她渴望找到一个合适的传记作家记述她不平凡的一生,又害怕对她生活的真实还原成为某种残酷的揭露。当波特被问及她的小说是否带有自传性时,她解释说,她的小说拥有小说作品该有的真实性,她将生活中杂乱的经历撕成碎片,再吸收、组合、塑造成新的形态。最重视波特传记的评论家乔治·亨德里克(George Hendrick)抱怨她"极其不愿意透露自己的生平信息"(Hendrick,1965:15)。而波特的好友格连威·威斯考特(Glenway Wescott)则认为她在小说中挣脱了自己的局限,"保持了最大限度的非人格性,脱离了一切自传性的观点"(Wescott,1962:35)。

最终,马里兰大学图书馆保存了波特的大量文件(1842—1980)。藏品包括通信、笔记、作品手稿、出版物、法律文件和财务记录等,也包括在1890年到1979年期间波特个人收藏的1500多张照片。

长期以来,波特受到的评价毁誉参半。自从1922年发表第一篇作品以来,波特就受到各大媒体的追捧,《时代周刊》(Time)、《纽约时报》(New York Times)带着同样的热情赞誉这位女作家。《星期六评论》(The Saturday Review)明确地将波特归入福楼拜、霍桑(Nathaniel Hawthorne)和詹姆斯一类的小说家和艺术家。美国作家和文学评论家埃德蒙·威尔逊虽然生性健谈,也坦诚找不到合适的批评术语,足以用来赞美波特的小说。在她的作品面前,批评家通常放下矜持,同声赞美。(Johnson,1960:589)。同时,波特被概括为一个美国联邦调查局的线人、一个装腔作势的人、一个酒鬼、一个种族主义者,一个内心充满仇恨的怪物。她的一生是艺术成功的一生,也是充满欺骗和背叛的一生。她是一个才华横溢的艺术家,也是一个充满等级意识的谎话连篇的人,她任性、自负、背叛朋友和政治理想。(Unrue,2005:XXV)。听到传记作家揭露波特的奢侈浪费、古怪情史和酗酒恶习,揭露《开花的犹大树》结尾描绘的梦境是由于药物引起的幻觉,波特的崇拜者们尽管会很吃惊,但同样会感激传记作家的技艺精湛,描绘了波特作为一位作家幸存下来的能力、她在无序生活中创造有序文章的能力。在这种个人生活之混乱与艺术之完美主义的结合中,她的"生活"和海明威的生活颇为相似。(Gelfant,1984:72)

1942 年,罗伯特·潘·沃伦(Robert Penn Warren)在杂志《凯尼恩评论》(The Kenyon Review)的第 1 期发表了题为《围绕中心的反讽》(Irony with a Center)一文,认为波特的小说虽然赢得了评论界普遍的赞誉,却从来没有遇到真正的知音。在现代小说中,她的很多作品是无法被超越的,而有些作品常常是无法企及的。她属于那样一群相对少数的作家——数量非常少,只要想想英国和美国的杂志上每年刊登的数量巨大的小说——这群作家致力于短篇小说这种形式,创作时态度严肃,一以贯之,新颖独特,充满活力——举例来说,这群作家包括詹姆斯·乔伊斯、凯瑟琳·曼斯菲尔德、舍伍德·安德森、欧内斯特·海明威、凯·博伊尔。(Warren,1942:29)

1960 年,威廉·詹姆斯·约翰逊(William James Johnson)在《弗吉尼亚评论季刊》(Virginia Quarterly Review)第 4 期发表了《另眼看凯瑟琳·安·波特》(Another Look at Katherine Anne Porter),这样写道:"是朴素的作家,也是多产的作家;是严格的评论家,也能为华而不实的女性光面杂志写文章;不仅因为过去的作品,也因为被期待中的作品而享有盛誉,这样一个自相矛盾的人就是波特小姐。"(Johnson,1960:598)。约翰逊认为,波特是"富有创造性的艺术家、记者、受雇散文家、文学标准的建立者、文学实践的仲裁者。带着所有这些最真实的伪装,波特其实是一位'职业作家'。此外,她也是一个女人和一个南方人"(Johnson,1960:599—600)。"作为一位批评家,波特可能会被放在历史语境中分析;作为一位工匠,她必须等待足够的时间把自己放在清晰可辨的文学环境中;但是作为一位思想家和一位小说家——作为一位'生活的见证者',用她自己的话说——她今天对我们说话,而我们应该能够在她所说的话中察觉到某种经验和意义模式,如果她真的是我们所称的那种艺术家"。(Johnson,1960:600)

1966 年,约翰·W. 奥尔德里奇(John W. Aldridge)在其论文《凯瑟琳·

安·波特的艺术与热情》(Art and Passion in Katherine Anne Porter)中,认为作品数量是作家才能的精确标志,不无嘲讽地认为波特如此少量的作品很难展现作家的才能,并发现"她的英语所表现出的纯净度""证明了她心灵和艺术上的局限性"(Aldridge,1966:179—181)。而对于波特作品数量少这一点,罗伯特·潘·沃伦在 1942 年就给出了他的诠释:波特作品数量相对比较少是因为她不愿与处境妥协。(Warren,1942:31)

诸如西奥多·索罗塔洛夫(Theodore Solotaroff)的批评家会最终得出结论,波特的"合理的残忍"(just cruelty)的残忍程度超出了合理的程度,波特缺乏同情、缺乏人文关怀,但甚至是她最坚决的诋毁者也不得不承认,她在这个世纪的文学上留下了难以磨灭的印记。(Lopez,1981:308)

也许我们能够认为,贾妮斯·斯托特(Janis P. Stout)对于波特的总体评价是最为中肯的。1985 年,斯托特在其论文《哈奇的健谈和波特的矜持》(Mr. Hatch's Volubility and Miss Porter's Reserve)中,认为尽管波特写作的精确性和克制性已经被认识到并普遍加以褒奖,评论界却始终没有对她的作品和她本人在文学层面的地位做出一个最终评价。(Stout,1985:291)

第二节　波特研究综述

1. 国内的研究现状和趋势

凯瑟琳·安·波特对中国读者的影响始于 20 世纪 70 年代。1970 年,香港今日世界出版社出版了於犁华、王敬羲、陈祖文、戴天合译的《盛开的犹大花》。1984 年,上海译文出版社出版了鹿金等翻译的《波特中短篇小说集》,发行量为 3 万册,该小说集收录了波特的 14 篇中短篇小说,包括鹿金翻译的《老人》《绳》《他》《被遗弃的威瑟罗尔奶奶》《开花的犹大树》《庄园》《马戏》《一天的工作》《斜塔》;李文俊翻译的《中午酒》;刘玉麟翻译的《玛丽亚·孔塞普西翁》;屠珍翻译的《坟》,这个小说集还收录了鹿金先生对波特作品的评论文章《精雕细刻的艺术家凯瑟琳·安·波特》。目前国内学者对波特作品的文学批评主要是基于这个小说集中的作品,但是这个作品集当时并未引起国内读者和学者的重视。1996 年,《外国文学》杂志发表了吴冰译自《旧秩序》系列中的 3 篇短篇小说《源》《旅程》《最后一叶》。《旅程》这篇小说也被称为《旧秩序》,1958 年出版的小说集《旧秩序:南方的故事》(The Old Order:Stories of the South)中被称为《旧秩序》,但是在 1965 年出版的小说集中被命名为《旅程》。2000 年,波特唯一的长篇小说《愚人船》也由鹿金先生翻译并在上海译文出版社出版。

有关波特的评论性文章最早出现在 20 世纪 60 年代,1962 年,李文俊在《世界文学》杂志第 11 期发表了文章《〈愚人船〉是否为巨著?》,在波特唯一一部长篇小说《愚人船》刚刚出版之际就第一时间介绍了这部小说的主要情节,并译介了美国进步评论家悉尼·芬克尔斯坦(Sydney Finkelstein)在美国《主流》杂志 9 月号上的一篇评论专文。芬克尔斯坦认为:"《愚人船》是一本悲观主义的作品,并不像资产阶级批评家所渲染的那样,是一本'巨著'。"(李文俊,1962:124)。1976 年,香港今日世界出版社出版了董桥译自小雷·B·韦斯特(West Rasy B. Jr)撰写的评论作品《凯塞林·安·泡特》,这是由西方传入中国有关波特小说最早的评论作品集。1981 年,朱虹在《世界文学》第 4 期发表了《美国当前的"妇女文学"——〈美国女作家作品选〉序》一文,简单介绍了波特的短篇小说《绳》。同样在 1981 年,屠珍在《读书》杂志第 11 期发表了《当代美国风格典雅的女作家——记凯瑟琳·安·波特》一文,介绍了波特的生平、创作风格和文学地位,使中国大陆读者比较全面地了解到这位名叫凯瑟琳·安·波特的美国女作家。1984 年,金德万在《文艺理论研究》的第 3 期发表了波特关于"主题"的一段论述的译文。1984 年,《名作欣赏》第 5 期,吕明发表了波特的短篇小说《坟》的译文。1986 年,郑怡在《四川大学学报(哲学社会科学版)》第 1 期发表了《浅显中的深奥——凯瑟琳·曼斯菲尔德与凯瑟琳·安·波特短篇小说比较》,分析了这两位以短篇小说著称的女作家作品的主题和风格。1988 年,马清汹在《文化译丛》

杂志发表了译自伊丽莎白·B.布兹(Elizabeth B. Booz)的文章《凯瑟琳·安·波特》,介绍了波特的生平、创作风格和观点以及主要作品。除此之外,在整个20世纪80年代,几乎没有再出现专门译介或研究波特的文章。

20世纪90年代评论波特作品的文章也为数不多。1993年,朱琳在《外国文学研究》第1期发表了《阴暗寓言中的寓意:从米兰达形象看波特的悲剧意识》;同年,王跃在《松辽学刊》第3期发表了《人生真谛的深层探索:谈波特的短篇小说〈墓地〉》;1994年,韩漱洁在《广东教育学院学报》第2期发表了《波特中短篇小说创作艺术探略》;1995年,黄铁池在《外国文学研究》第4期上发表了《论凯瑟琳·安·波特〈愚人船〉》;1996年第4期,吴冰在《外国文学》发表了《凯瑟琳·安·波特和她精湛的小说艺术》;同年,王占峰在《齐齐哈尔师范学院学报》第6期发表了《闯进坟墓的人——简析凯瑟琳·安·波特的〈坟〉》;1997年,李万遂在《四川外国语学院学报》第3期发表了《朴实无华中见真功:论波特的叙述策略》;同年,何木英在《四川师范学院学报》第1期发表了《飘:评波特〈弃妇〉中的意识流特色》;1998年,段景文在《外国文学研究》第3期发表《无序还是有序——论〈被遗弃的威瑟罗尔奶奶〉的叙事结构和叙述技巧》;同年,项凤靖在《绍兴文理学院学报》第4期发表了《评波特的短篇小说〈偷窃〉》;1999年,王黎云在《浙江大学学报》第2期发表了《对"真实生活"的追求——凯瑟琳·安·波特笔下的女人们》。

进入21世纪后,尤其是2009年以后,研究波特的文章呈现井喷之势。其中比较有代表性的有:2002年,王晓玲在《当代外国文学》第2期发表了《一个独立而迷惘的灵魂:凯瑟琳·安·波特笔下的女人们》;同年,刘培红在《西北大学学报》第3期发表了《融合无痕之中见波特》;梁穗梅在《广西大学梧州分校学报》第11期发表了《精巧的构思,深刻的寓意——评美国女作家凯瑟琳·安·波特和她的女性》;2004年,杨金才在《当代外国文学》第3期发表了《凯瑟琳·安·波特创作简论》;2009年,周铭在《外国文学评论》第2期发表了《神话·献祭·挽歌——试论波特创作的深层结构》和2011年第2期发表了《"流言"的政治功能——波特的"故事"与"诗"》。

随着叙事学在国内的迅速发展,叙事学也逐渐成为研究波特作品的一个重要理论视角。从理论上说,正如罗兰·巴特所认为的,任何材料都适宜于叙事。但是从实际发展情况来看,叙事学是对主要以神话、民间故事、小说为主的书面叙事材料的研究,并以此为参照研究其他叙事领域。近年来的叙事理论阐释大都基于中短篇小说的文本分析,比如杰弗里·乔叟的《水手的故事》和凯瑟琳·曼斯菲尔德的《幸福》。而作家凯瑟琳·安·波特正是以她精炼的中短篇小说而名垂美国文学史,虽然叙事学几乎是在波特创作生涯的巅峰时才诞生,但波特的作品中不乏叙事学的经典策略,其主要的叙事技巧几乎都可以在叙事学中找到理论依据。

据粗略统计,到 2016 年 12 月为止,中国知网收录的有关凯瑟琳·安·波特的文章有三百篇左右,其中被谈及最多的作品主要是:《被遗弃的威瑟罗奶奶》《老人》《开花的犹大树》《斜塔》《坟》《玛丽亚·孔塞普西翁》《偷窃》《中午酒》《灰色马,灰色的骑手》。所涉及的理论角度主要有:象征主义、女性主义、意识流、精神分析、宗教、神话原型模式、美国南方文化、叙事技巧等。多数研究主要还是停留在意识流和女权主义等传统的角度,涉及波特叙事技巧的文章有 130 篇左右,发表在全国核心期刊上的有关波特小说叙事研究的文章有 30 篇左右。

全国范围内共有 30 篇左右硕士毕业论文是关于凯瑟琳·安·波特及其作品的分析,其中有关波特小说叙事技巧的论文有 5 篇左右:江西师范大学邓红花的《论凯瑟琳·安·波特小说的叙事策略》(2005);南京师范大学吴良红的《凯瑟琳·安·波特作品中的叙述技巧》(2006);新疆大学曲晓梅的《试析米兰达故事的叙事视角》(2006);华中师范大学杜敏的《论凯瑟琳·安·波特的叙事技巧》(2007);福建师范大学姚璐的《凯瑟琳·安·波特短篇小说的艺术世界探究》(2010 年)。有两篇博士毕业论文:北京外国语大学于娟在 2015 年的《文学新闻主义视角下的薇拉·凯瑟、凯瑟琳·安·波特、尤多拉·韦尔蒂研究》;上海师范大学魏懿在 2016 年的《阴郁的创伤书写者——凯瑟琳·安·波特小说中的创伤叙事研究》。

2. 国外研究的现状和趋势

波特的小说在美国的接受和认可历经大半个世纪,仍在不断延续着。

相较而言,美国本土的研究多侧重于波特的生平、其作品的主题和社会历史文化背景。1922 年,波特的第一篇短篇小说《玛丽亚·孔塞普西翁》发表时,并未引起评论界的关注。直到 1930 年出版小说集《开花的犹大树》后,波特在文学批评界的名望才初步确立,出现了一些充满溢美之词的评论。其中,评论家兼诗人艾伦·泰特(Allen Tate)在当年的《国家》(Nation)杂志第 3404 期上发表了评论文章《一颗新星》(A New Star),盛赞了波特在《开花的犹大树》中的人物塑造和写作形式创新。

20 世纪 40 至 50 年代,对于波特的评价逐渐趋向学术性,对波特的研究侧重作品主题。

1942 年,罗伯特·潘·沃伦在杂志《凯尼恩评论》(The Kenyon Review)的第 1 期发表了题为《围绕中心的反讽》(Irony with a Center)一文,详细阐述了波特在《开花的犹大树》《老人》《中午酒》《裂镜》中使用的反讽手法,指出这种修辞手法对于表现主题的重要性。

1947 年,美国评论家小雷·B·韦斯特(Ray B. West Jr.)在《重音:新文学季刊》(Accent:A Quarterly of New Literature)第 7 卷上发表了《凯瑟琳·安·波特:〈开花的犹大树〉中的象征和主题》(Katherine Anne Porter:Symbol and Theme in "Flowering Judas"),阐述了该小说中的象征与主题的表现。

1953 年,爱德华·施瓦兹(Edward Schwartz)出版了《凯瑟琳·安·波特:评论参考书目》(Katherine Anne Porter:A critical bibliography),罗列了波特当时所有的著作、文章、诗歌,以及所有关于她作品的评论。1978 年又出了诺伍德版本(Norwood Editions)。

1956 年,查尔斯·艾伦(Charles Allen)在《西南评论》(Southwest Review)第 41 卷上发表了《凯瑟琳·安·波特:作为艺术的心理》(Katherine Anne Porter:Psychology as Art),认为波特的小说主题通常是生活的背叛,并例证了波特小说中的背叛主题。

1959 年,莎拉·扬布拉德(Sarah Youngblood)在《现代小说研究》(Modern Fiction Studies)第 4 期发表了题为《凯瑟琳·安·波特的〈灰色马,灰色的骑手〉中的结构和意象》(Structure and Imagery in Katherine Anne Porter's

"Pale Horse,Pale Rider"),重点分析了其中的死亡意象。

20 世纪 60 年代是波特创作与声誉的高峰期,从这段时间到 21 世纪之初,美国国内对凯瑟琳·安·波特的研究的一直维持着稳定的态势,有关波特的论文大多集中在象征主义、女性主义和南方文化等传统视角。有为数不少的文章把凯瑟琳·安·波特与尤多拉·韦尔蒂、薇拉·凯瑟、弗兰纳里·奥康纳、凯特·肖班、卡森·麦卡勒斯等其他南方女作家做写作主题方面的比较,与威廉·福克纳、沃克·珀西、田纳西·威廉姆斯等作家做南方文化传统方面的比较。

1960 年,威廉·詹姆斯·约翰逊在《弗吉尼亚评论季刊》(Virginia Quarterly Review)第 4 期发表了《另眼看凯瑟琳·安·波特》(Another Look at Katherine Anne Porter),盘点了波特作为作家和批评家在文学史上所受到的褒奖,以及波特小说的六大主题。

1964 年,M·约瑟琳(M. Joselyn)在《短篇小说研究》(Studies in Short Fiction)第 3 期上发表了论文《〈坟〉作为抒情短篇小说》("The Grave" as Lyrical Short Story),认为《坟》所聚焦的有限的人物行动揭示了普适的经验,并谈到了小说中使用的象征和语气等手法。约瑟琳得出结论,《坟》可以被看作一类短篇小说的代表,这类小说保留叙事的要素,也包含诗歌的元素,以反映和充实意识。

1965 年,波特多年的好友、同为美国南方女作家的尤多拉·韦尔蒂(Eudora Welty)在其编著的《故事的眼睛:随笔和评论选集》(The Eye of the Story:Selected Essays and Reviews)中,认同波特在小说中表现的道德意识。

1966 年,克林斯·布鲁克斯(Cleanth Brooks)在《耶鲁评论:全国季刊》(Yale Review:A National Quarterly)第 55 卷上发表了论文《关于〈坟〉》(On "The Grave"),文章分析了《坟》的象征手法,认为在该小说中没有不切题的细节,每个叙述成分都环环相扣,形成一个模式,传达出意义,整个故事的质地就像一首诗一样密实紧凑。这个故事是其进入生命真义的成长仪式,而最重要的是,这个成长不是仅指生理的成熟,而是在家族和社会的语境中的成长。

20 世纪 60 年代开始出现研究波特的专著,有的介绍了波特的生平和作品,也有的从具体的角度评析波特的作品。

1962 年,哈利·约翰·穆尼(Harry John Mooney)在匹兹堡大学出版社出版了专著《凯瑟琳·安·波特的小说及其评论》(The Fiction and Criticism of Katherine Anne Porter),阐述了米兰达系列的整体性,以及波特小说对现代社会中人类困境的观照。

1964 年,威廉·L. 南斯(William L. Nance)在北卡罗来纳州大学出版社出版了专著《凯瑟琳·安·波特和拒绝的艺术》(Katherine Anne Porter and the Art of Rejection)。南斯定义并阐明了统领波特小说使之成为整体的一个主题模式:舍弃原则,并总体考量了波特的文学生涯和个人生平。她认为波特在创作上不该如此谨小慎微,笔锋应该更大胆、更广阔。

1965 年,乔治·亨德里克(George Hendrick)在伊利诺斯大学出版社出版了专著《凯瑟琳·安·波特》(Katherine Anne Porter),盘点波特曾经生活过的地域以及与该地域相关的作品,试图找出作品中的人物和事件原型。

70 年代以后,随着西方文艺理论在 60 年代以后的百花齐放,女性主义、精神分析、人格理论、叙事学等都成为解读波特作品的新角度。

1973 年,约翰·爱德华·哈代(John Edward Hardy)出版了专著《凯瑟琳·安·波特》(Katherine Anne Porter)。这本小册子涉及了波特的生平、家庭关系、黑奴与白人主人的关系、男女关系等内容,并分析了《愚人船》及其背景。

1976 年,罗伯特·F. 基尔南(Robert F. Kiernan)出版了专著《凯瑟琳·安·波特和卡森·麦卡勒斯:一份参考指南》(Katherine Anne Porter and Carson McCullers:A Reference Guide),把这两个原本并不相干的作家凑到同一本参考书目中,分别介绍了两位作家的作品指南、相关期刊评论、文章、采访和博士论文;引用了对作者的名望有影响的作品章节、批注、重要段落;提及了他们得到的奖金和奖项;基尔南还按年代顺序罗列了波特从 1924 年到 1973 年的引文。

1977 年,露丝玛丽·轩尼诗(Rosemary Hennessy)在《科罗拉多季刊》

（Colorado Quarterly）第 3 期上发表了文章《凯瑟琳·安·波特的女主人公模型》（Katherine Anne Porter's Model for Heroines），分析了波特笔下的女主人公们的模型。

1978 年，康斯坦斯·鲁克（Constance Rooke）在《短篇小说研究》（Studies in Short Fiction）第 3 期上发表了《波特小说〈坟〉中的神话和顿悟》（Myth and Epiphany in Porter's "The Grave"），聚焦了波特在该小说中使用的神话、顿悟和象征手法，以及生死轮回。

1981 年，恩里克·汉克·洛佩兹（Enrique Hank Lopez）出版了专著《与凯瑟琳·安·波特对话：来自印第安克里克的逃亡者》（Conversations with Katherine Anne Porter：Refugee from Indian Creek）。这部有关波特的传记是经过作者与波特长期的交往与对话撰写而成，内容侧重于波特的私生活，按照波特的心愿，所以在波特去世后才能够出版。

1983 年，简·克劳斯·德默伊（Jane Krause DeMouy）在德克萨斯大学出版社出版了专著《凯瑟琳·安·波特的女人们：她的小说之眼》（Katherine Anne Porter's Women：The Eye of Her Fiction），认为波特作品主导性的主题是"女性分裂的本质"（divided nature）或女性的"分裂和脆弱性"（fragmentation and vulnerability）。

达琳·哈伯·昂鲁（Darlene Harbour Unrue）在波特研究领域勤耕不辍，从 80 年代起，发表了许多有关波特的论文和专著，并编辑了波特的诗歌和评论集，详情如下：

论文：1984 年在《美国文学》（American Literature）第 3 期发表论文《迭戈·里维拉和波特的〈殉难者〉》（Diego Rivera and Katherine Anne Porter's "The Martyr"）；1993 年在《短篇小说研究》（Studies in Short Fiction）第 2 期发表论文《凯瑟琳·安·波特，政治和〈偷窃〉的另一种解读》（Katherine Anne Porter，politics，and another reading of "Theft"）；1994 年在《美国文学》（American Literature）上发表论文《南方回忆录中的女性意识：史密斯，格拉斯哥，韦尔蒂，赫尔曼，波特和赫斯顿》（Feminine Sense in Southern Memoir：Smith，Glasgow，Welty，Hellman，Porter，and Hurston）。

专著:1985 年在佐治亚大学出版社出版了《凯瑟琳·安·波特小说中的真相和幻象》(Truth and Vision in Katherine Anne Porter's Fiction),昂鲁审视了波特的中短篇小说中包含的众多主题以及她将这些主题整合后所创造的隐喻性小说《愚人船》中令人难以忘怀的事件。她从波特小说复杂的构造以及她的散文、评论、书信、笔记等汲取素材,追溯波特通过小说创造追求真相、从生活的碎片拼凑出生活的真实的幻象。昂鲁认为,波特相信男男女女都被迫去发现他们存在的真相,而我们世界的本质却让这些真相扑朔迷离,波特在她的写作中,不仅探索这种人类直面真相的基本需求,也探索这种需求无法得到满足后产生的困惑与苦楚;1988 年在南卡罗来纳大学出版社出版了《理解凯瑟琳·安·波特》(Understanding Katherine Anne Porter);2005年,在密西西比大学出版社出版了《凯瑟琳·安·波特:一位艺术家的生活》(Katherine Anne Porter:The Life of An Artist),按年代顺序追溯了波特的生平和创作历程,这是到目前为止最为详尽的波特生平研究。由于波特生前接受采访、回忆自己人生经历时不乏掩盖、歪曲一些事实,以美化自己的出身和人生经历,之前的很多关于波特的生平文章和专著有不少互相冲突和以讹传讹的内容。昂鲁查阅了大量资料,修正了之前的波特传记中不确凿的信息,取而代之以更有说服力的研究结果。

编著:1996 年在南卡罗来纳大学出版《凯瑟琳·安·波特的诗歌》(Katherine Anne Porter's Poetry);1997 年在加里森·肯·特霍尔出版公司出版了《凯瑟琳·安·波特的批评文选》(Critical Essays on Katherine Anne Porter);2009 年在佐治亚大学出版社出版了《凯瑟琳·安·波特的"这个奇怪的旧世界"和其他书评》("This Strange, Old World" and Other Book Reviews by Katherine Anne Porter);2010 年在亚拉巴马州大学出版社出版了《凯瑟琳·安·波特纪念集》(Katherine Anne Porter Remembered);2012 年在密西西比州大学出版社出版了《凯瑟琳·安·波特书信选》(Selected Letters of Katherine Anne Porter);从 2008 年到 2014 年,昂鲁把波特的作品集重新编辑成了电子书,推出了美国经典电子书图书馆(A Library of America eBook Classic)的波特作品系列:《凯瑟琳·安·波特:小说集和其他作品》(Katherine

Anne Porter:Collected Stories & Other Writings,2008）、《灰色马,灰色的骑手:三篇中篇小说》（Pale Horse,Pale Rider:Three Short Novels,2014）、《斜塔和其他短篇小说》（The Leaning Tower and Other Stories,2014）、《开花的犹大树和其他短篇小说》（Flowering Judas and Other Stories,2014）。

1982年,英国作家琼·吉夫纳（Joan Givner）在西蒙与舒斯特公司出版了专著《凯瑟琳·安·波特:一生》（Katherine Anne Porter:A life）,追溯了波特不屈不挠的、意志坚定的、不平凡的一生,并于1991年出版了修订版;1987年,吉夫纳编著出版了《凯瑟琳·安·波特的会话》（Katherine Anne Porter Conversations）,收录了20多篇波特在生前的被采访实录,主要是20世纪60年代早期的采访,当时正值波特的长篇小说《愚人船》出版,该小说一跃成为畅销书,作者也因此名利双收,摆脱了长期的困窘境地,过上了她小说中的女性人物米兰达经常憧憬的那种旧南方的奢侈生活。其中最巧妙的一段采访为芭芭拉·汤普森（Barbara Tompson）所作,这段采访实录最初发表在《巴黎评论》（Paris Review）上,忠实地反映了波特希望在世人面前所展现的自我。其他采访者诸如汉克·洛佩兹（Hank Lopez）的采访主要是关于波特的墨西哥经历,而玛丽·安妮·多兰（Mary Anne Dolan）的采访内容主要是关于她的德国经历。来自德州的两位采访者:温斯顿·波德（Winston Bode）和穆里尔·惠蒂克（Muriel Whiteaker）则把波特的思绪带回在德州的童年;1991年,琼·吉夫纳又出版了专著《凯瑟琳·安·波特:一生》（修订版）,盘点了波特一生不平凡的经历,晚年时,她终于从一贫如洗到家财万贯,从寂寂无闻到名声大噪。该书描写了一位艺术家如何把自己遭遇的那部分冷酷无情的经历删除,精心把自己的人生妆点成像小说中显现的那样高雅有型,激发读者思考为何这样一位混乱的、情绪激烈的、酗酒成瘾、饱受挫折的人会创作出如此自信与平静的艺术。

1985年,贾妮斯·斯托特（Janis P. Stout）在其发表于《文学随笔》（Essays in Literature）杂志第2期的论文《哈奇的健谈和波特的矜持》（Mr. Hatch's Volubility and Miss Porter's Reserve）中,分析了《中午酒》中诸人物和波特本人的语言风格,认为语言风格无论是从美学和礼仪上,还是从道德层面上,在波特看来都是一个极其严肃的问题。斯托特指出,"在《中午酒》中,说话方式就是性格,或者至少是性格的主要指示"(Stout,1985:285)。斯托特强调,波特的小说显示了文体清晰、文本完美的品质,这使她的作品很难被简单界定,小说言辞结构的透明度胜过了一整套真实的物体和场景,而且,波特小说的文学风格产生了一种神秘的气氛。

1989年,乔治·奇塔姆(George Cheatham)在《美国文学》(American Literature)杂志第4期发表了《波特的米兰达系列中的死亡和重复》(Death and Repetition in Porter's Miranda Stories),阐释了米兰达系列中蕴藏的死亡主题和对这个主题的不断重复,尤其是米兰达对自己死亡的感知,并认为这个系列的小说名称《坟》《老人》《灰色马,灰色的骑手》本身就很能说明问题。

1990年,詹姆斯·T. F. 坦纳(James T. F. Tanner)出版了专著《凯瑟琳·安·波特的德克萨斯遗产》(The Texas Legacy of Katherine Anne Porter),这是北德克萨斯大学出版社的德州作家系列第3号作品。这个传记性的批评研究对波特进行了富有洞见的综述,分析了波特在评论界,尤其是德州评论界的地位。坦纳谈及了两件使波特终身对德州持有芥蒂的往事,随后以场景为分类,讨论了波特的作品:德州,南部和西南部;墨西哥;纽约和新英格兰;德国。坦纳思考了波特的德州根源、她的女权主义、她无与伦比的文风等。他指出,当霍华德·潘因大学(Howard Payne University),这个靠近波特儿时玩耍地点不远的一个不出名的教派学校,邀请波特接受荣誉学位时,波特和德州的紧张关系才稍稍得以缓解。最后,坦纳认为波特去世后被埋葬在印第安克里克的公墓,长眠于母亲旁边,这个最终的选择比其他一切都更能说明波特与德州的关系。

1991年,诺曼·赖维斯(Norman Lavers)在《短篇小说研究》(Studies in Short Fiction)第1期上发表了《〈开花的犹大树〉和宫廷爱情的失败》("Flowering Judas" and the failure of amour courtois)。赖维斯认为,小雷·B·韦斯特的论文《凯瑟琳·安·波特:〈开花的犹大树〉中的象征和主题》是对《开花的犹大树》的一种解读,赖维斯讨论了为什么要按照韦斯特的解读来理解该小说和他对该解读的看法,指出韦斯特的这种解读是基于中世纪的宫廷爱情的传统。

1993 年,小布林克迈耶(Robert H. Brinkmeyer Jr.)在路易斯安那大学出版社出版了专著《凯瑟琳·安·波特的艺术发展:原始主义,传统主义和极权主义》(Katherine Anne Porter's Artistic Development:Primitivism,Traditionalism,and Totalitarianism),从波特人生经历的语境中分析其小说,追溯了波特在人生剧变时艺术视角的转变,小布林克迈耶聚焦于波特小说主题和技巧的衍变,也得出了许多具有挑衅意味的结论。

1994 年,贾妮斯·斯托特出版了专著《沉默寡言的策略:简·奥斯汀,薇拉·凯瑟,凯瑟琳·安·波特和琼·迪迪昂作品中的沉默与意义》(Strategies of Reticence:Silence and Meaning in the Works of Jane Austen,Willa Cather,Katherine Anne Porter,and Joan Didion)。斯托特审视了四位女作家在作品中使用寡言和沉默以取得修辞效果,尤其是作为颠覆传统男权的手法,她认为,波特小说人物的话语可以作为衡量该人物道德之善的一种指南。斯托特详细分析了《中午酒》《开花的犹大树》和几个米兰达系列故事,在波特的女性主人公身上发现了一种被动攻击的特性。被动攻击是一种应对机制,受压迫的个体通常会实施这种机制来保全他们自己的人格完整。在波特的小说中,被动攻击已经成为温和抗议的一种声明,一种"不服从的策略"。1997 年,斯托特又在《短篇小说研究》(Studies in Short Fiction)第 4 期发表论文《凯瑟琳·安·波特的〈旧秩序〉:边界上的写作》(Katherine Anne Porter's "The Old Order":Writing in the Borderlands),分析了波特的"边界"写作风格,评估了系列小说《旧秩序》的影响、波特对德克萨斯州的态度、墨西哥经历的重要性以及波特对各种意义的边界之跨越,声称波特是多种意义上的"边界"作家。

1998 年,福尔纳塔罗 – 尼尔(M. K. Fornataro – Neil)在《二十世纪文学》(Twentieth Century Literature)杂志第 3 期发表了文章《凯瑟琳·安·波特小说中的叙事建构和身份书写》(Constructed Narratives and Writing Identity in the Fiction of Katherine Anne Porter),讨论了波特小说中女性人物的身份构建,重点探讨了《老人》中建构他人身份的家族老人,以及没有话语权的失语女性人物。

　　进入 21 世纪,美国国内对凯瑟琳·安·波特的研究一直维持着稳定的态势,从 20 世纪 60 年代到 21 世纪之初,很多学者经过多年追踪采访和研究后产生了大量的著作,而有关波特的论文大多集中在象征主义、女性主义和南方文化等传统视角。涉及波特叙事技巧的文章为数不多。

　　2001 年,托马斯·卡尔·奥斯丁菲尔德(Thomas Carl Austenfeld)出版了专著《美国女作家和纳粹:波义耳,波特,斯塔福德和赫尔曼作品中的伦理和政治》(American Women Writers and the Nazis:Ethics and Politics in Boyle, Porter, Stafford, and Hellman),奥斯丁菲尔德把四位女性在生活和作品中所持有的伦理观和政治观恢复到了中心地位,认为这些女作家的天赋恰恰在于她们能持续发展各自最好的创作感悟力,尽管她们作为女作家在紧张的战前世界里必须面对伦理挑战。奥斯丁菲尔德在著作中提到波特曾含蓄地批评魏玛德国的阶级意识,重新主张小说和戏剧能够在一个政治上不稳定的世界里服务于务实的目标。

　　2002 年,贝丝·马丁·伯基(Beth Martin Birky)在《母性研究协会杂志》(Journal of the Association for Research on Mothering)第 2 期上发表《凯瑟琳·安·波特的〈坟〉:女性对记忆的书写与修正》(Katherine Anne Porter's "The Grave":Women's Writing and Re – visioning Memory),将自己的流产经历交叉于对《坟》的分析中,强调了以一个新的视角重新进入一个旧文本的意义。

　　2004 年,安德里亚·K.弗兰克维茨(Andrea K. Frankwitz)在《密西西比季刊》(Mississippi Quarterly)第 3 期发表了文章《凯瑟琳·安·波特的米兰达系列:关于性别身份的文化意识形态评论》(Katherine Anne Porter's Miranda Stories:A Commentary on the Cultural Ideologies of Gender Identity),分析了米兰达系列小说,评论了其中性别身份的文化意识,阐述了米兰达系列的女主人公对父权制的秩序的被动接受和反抗特质。

　　2005 年,凯瑟琳·希默尔赖特(Catherine Himmelwright)在《密西西比季刊》(Mississippi Quarterly)第 6 期发表了《跨越:凯瑟琳·安·波特的〈灰色马,灰色的骑手〉作为西部城市小说》(Crossing Over:Katherine Anne Porter's

"Pale Horse, Pale Rider" as Urban Western），认为米兰达是一个在西部城市追梦的南方女性，波特意欲把米兰达从南方社会的诸多限制与性别歧视中解放出来，在丹佛这个冷酷艰难的西部城市中，米兰达是有可能获得自由的，但是想要获得这种自由既不容易，也不能采取妥协，米兰达必须面对自己脆弱的纯真梦想，必须直面环境和社会局面的挑战，为了达到她的梦想和愿望，她必须成为一位西部的英雄，一位波特版本的西部英雄。

2009 年，帕里什·康克林（Parish Conkling）在《德克萨斯州的美国研究协会杂志》（Journal of the American Studies Association of Texas）第 40 卷发表了文章《凯瑟琳·安·波特小说的三合一性质》（The Triadic Nature of Women in Katherine Anne Porter's Fiction），探讨了美国南方白人女性是如何接受、反抗或沉沦于父权制指派给她们的性别角色，波特又是如何在《旧秩序》《老人》和《玛丽亚·孔塞普西翁》中表现新女性的，指出波特的很多作品都显示了女性试图挣脱性别角色的束缚。

2011 年，马尔科姆·福布斯（Malcolm Forbes）在《查特胡奇评论》（Chattahoochee Review）上发表了《凯瑟琳·安·波特的南方性》（The Southerness of Katherine Anne Porter）。文章聚焦了波特的小说反映出来的南方性印象，以及她如何在作品中建立起自己心目中的德克萨斯州。

2013 年，贾妮斯·斯托特（Janis P. Stout）出版了专著《西南以南：凯瑟琳·安·波特与德克萨斯历史的负担》（South by Southwest: Katherine Anne Porter and the Burden of Texas History）。斯托特解释说她的研究目的与其说是批判性的评价，还不如说是通过波特的"做一个德州人是一种负担"的这种看法，来探究她的生活和作品。斯托特描述了环境是怎样引领波特的文学创作，以此说服读者，文化能塑造每一种生活的语境。波特早年认为做一个德州人是一种负担，但是当她成年后在外漂泊多年，却想要追溯自己的文化根源，重建自己的个人历史，并修整对德州的记忆，使之符合自己的自我意识。

2014 年，菲奥娜·麦克威廉（Fiona McWilliam）在《类型》（Genre）杂志第 3 期发表了论文《通过凯瑟琳·安·波特的〈他〉解读"他"：各个版本和修订本》(Reading Katherine Anne Porter's "He" through "He": Versions and Revisions),意欲矫正波特研究上的一个持续存在的问题:波特的小说《他》作为一个重要的、经常被选入文集的文本,历经多次修改,但人们往往只阅读分析它的修订版本①,无视之前的修改或小说的原始语境,即在共产主义杂志《新大众》(New Masses)1927年10月那期上的版本。该论文将《他》复位至原始语境,揭露了小说的政治主题。麦克威廉认为,认识到小说在内容上有不断变化的性质有益于对波特的经典作品进行更广泛的理解。

2015年,凯瑟琳·S·罗伯茨(Kathryn S. Roberts)在杂志《现代主义/现代性》(Modernism/modernity)第4期发表论文《书写"其他地方":凯瑟琳·安·波特的雅斗》(Writing "Other Spaces": Katherine Anne Porter's Yaddo),评价了波特在1947年的《哈珀》杂志(Harper's)上发表的文章《格特鲁德·斯泰因:自画像》(Gertrude Stein: A Self - Portrait),罗伯茨认为,波特在文章中反讽地描绘了斯泰因的工作室,刺破了斯泰因身上的光环。波特对斯泰因的批判有助于阐明她之后的小说计划,波特修改了自己旅居国外的自传文学类型,坚持作者的局外人身份,这与现代主义融入文学市场的潮流背道而驰。这种姿态成形于波特与雅斗20多年的交集,雅斗是位于纽约州萨拉托加温泉的一个艺术殖民地,巴黎和雅斗在美国作家的想象中是息息相关的。波特的这篇文章通过文学历史和文学形式追溯了这种关联,罗伯茨还谈到了殖民地现代主义(Colony Modernism)现象,以及同时考虑现代主义作家创造的文本空间和现代主义制度建立者的"作者"实践。

国外从20世纪70年代开始出现有关波特的硕士与博士学位论文,到2016年年底为止,共有20多篇研究波特的学位论文,其中半数是博士论文。

1971年,美国佛罗里达大学(University of Florida)的卡尔·亨德森·格里芬(Carl Henderson Griffin)的硕士论文为《凯瑟琳·安·波特四篇作品中的基督教象征主义》(Christian Symbolism in Four Works of Katherine Anne Porter)。

1975年,澳大利亚莫纳什大学(Monash University)的海伦·艾略特

---

① 即《他》在1930年经过重要的修改后被收入作品集《开花的犹大树》时的版本。

(Helen Elliott)的硕士论文为《凯瑟琳·安·波特的叙事策略》(Narrative Strategies in the Art of Katherine Anne Porter)。这是最早出现的专门讨论波特叙事技巧的学位论文。

1985 年,澳大利亚昆士兰大学(University of Queensland)的利斯·W. 维尔(Lis W. Wiehl)的硕士论文为《打破传统:凯瑟琳·安·波特和杰西卡·安德森》(Breaking from Tradition:Katherine Anne Porter and Jessica Anderson)。这是较早出现的将波特与其他作家比较的学位论文。

1992 年,美国佛罗里达大学(University of Florida)的科琳·沃伦(Colleen Warren)的博士论文为《一个"坚硬警觉愤怒的光点"和"星光的波动":凯瑟琳·安·波特和尤多拉·韦尔蒂短篇小说中的女性身份》(A "hard unwinking angry point of light" and "the fluctuation of starlight":Female Identity in the Short Fiction of Katherine Anne Porter and Eudora Welty)。这应该是最早的有关波特的博士论文。

1994 年,美国欧柏林大学(Oberlin College)的保罗·理查德·贾斯堪纳思(Paul Richard Jaskunas)的硕士论文为《信仰和放逐:凯瑟琳·安·波特的艺术信条》(Faith and Banishment:the Artistic Credo of Katherine Anne Porter)。

1997 年,美国宾州印第安纳大学(Indiana University of Pennsylvania)的斯泰西·林恩·汉金森的博士论文为《凯瑟琳·安·波特作品中的政治、和平主义、女性主义解放》(Politics, Pacifism, and Feminist Liberation in the Works of Katherine Anne Porte)。

1997 年,美国亚利桑那大学(The University of Arizona)的安德烈亚斯·庞泽尔 (Andreas Punzel)的博士论文为《凯瑟琳·安·波特的小说中的父权声音和女性权威》(Patriarchal Voices and Female Authority in Katherine Anne Porter's Miranda Stories)。

1998 年,美国北德克萨斯大学(University of North Texas)的广子·有马(Hiroko Arima)的博士论文为《凯特·肖邦、凯瑟琳·安·波特和尤多拉·韦尔蒂精选短篇小说中的孤立主题》(The Theme of Isolation in Selected Short Fiction of Kate Chopin, Katherine Anne Porter, and Eudora Welty)。

1999 年,美国华盛顿州立大学(Washington State University)的凯伦·林恩·威瑟蒙(Karen Lynn Weathermon)的博士论文为《内部/外部:构架凯瑟琳·安·波特的创造性张力》(Inside/Outside:Framing Katherine Anne Porter's Creative Tensions)。

2002 年,内布拉斯加大学林肯分校(The University of Nebraska – Lincoln)的霍利·珍·哈塞尔(Holly Jean Hassel)的博士论文为《酒、女人和歌曲:二十世纪美国女性小说中的性别和酒精(凯瑟琳·安·波特、多萝西·帕克、道恩·鲍威尔、吉恩·斯塔福德)》(Wine,Women,and Song:Gender and Alcohol in Twentieth – century American Women's Fiction (Katherine Anne Porter,Dorothy Parker,Dawn Powell,Jean Stafford))。

2003 年,美国俄克拉荷马州立大学(Oklahoma State University)的埃里克·瑞格德·格雷(Eric Rygaard Gray)的博士论文为《死亡和凯瑟琳·安·波特:长故事的阅读》(Death and Katherine Anne Porter:a Reading of the Long Stories)。

2003 年,美国宾州印第安纳大学(Indiana University of Pennsylvania)的瑞秋·西森·哈伯梅尔(Rachel Season Habermehl)的博士论文为《美国现代主义的先验遗产(威廉·卡洛斯·威廉姆斯、凯瑟琳·安·波特、约翰·斯坦贝克、库尔特·冯内古特)》(Transcendental Legacies in American Modernism (William Carlos Williams,Katherine Anne Porter,John Steinbeck,Kurt Vonnegut))。

2005 年,美国哥伦比亚大学(Columbia University)的丽莎·凯思琳·郝丽宝(Lisa Kathleen Hollibaugh)的博士论文为《南方的十字路口:两次世界大战之间的南方女性文学中的科学、宗教和性别(埃伦·格拉斯哥、弗朗西斯·纽曼、佐拉·尼尔·赫斯顿、凯瑟琳·安·波特)》[Southern Crossroads:Science,Religion and Gender in Southern Women's Literature between the World Wars (Ellen Glasgow,Frances Newman,Zora Neale Hurston,Katherine Anne Porter)]。

2005 年,荷兰莱顿大学(Leiden University)的贾恩·布卢门达尔(Jan

Bloemendaal)的博士论文《构建身份：凯瑟琳·安·波特的族群和种族》（Constructing identities：ethnicity and race in Katherine Anne Porter）。

2005 年，瑞典乌普萨拉大学（Uppsala University）的艾伦·马特洛克－齐曼（Ellen Matlok－Ziemann）的博士论文为《假小子、美女和其他女士：凯瑟琳·安·波特和卡森·麦卡勒斯作品选集中的女性主体》（Tomboys，Belles，and Other Ladies：the Female Body－subject in Selected Works by Katherine Anne Porter and Carson McCullers）。

2007 年，美国克莱姆森大学（Clemson University）的杰米·罗斯·科威尔（Jamie Rose Colwell）的硕士论文为《凯瑟琳·安·波特在小说集〈灰色马，灰色的骑手〉中对乔伊斯精神瘫痪的改编》（Katherine Anne Porter's adaptation of Joycean Paralysis in the "Pale Horse，Pale Rider" Collection）。

2007 年，美国北卡罗来纳州立大学（North Carolina State University）的艾琳·凯利·赖尼（Erin Kelly Riney）的硕士论文为《女权主义修改和女性写作：女性主义第二次浪潮对凯瑟琳·安·波特的文学遗产的影响》（Feminist Re－Visioning And Women's Writing：The Second Wave's Effects on Katherine Anne Porter's Literary Legacy）。

2010 年，美国维拉诺瓦大学（Villanova University）的克里·哈斯勒－布鲁克斯（Kerry Hasler－Brooks）的硕士论文为《连贯性和不连续性：在尤多拉·韦尔蒂、弗兰纳里·奥康纳和凯瑟琳·安·波特的短篇小说系列中塑造母亲》（Coherence and Discontinuity：Shaping the Mother in the Short Story Sequences of Eudora Welty，Flannery O'Connor，and Katherine Anne Porter）。

2012 年，美国贝勒大学（Baylor University）的凯伦·斯文森·沃纳（Karen Svendsen Werner）的博士论文为《凯瑟琳·安·波特的艺术和艺术性：肖像图和节日模式》（Art and Artistry in Katherine Anne Porter：Iconographic Figures and Festive Patterns）。

2014 年，美国博林格林州立大学（Bowling Green State University）的凯特琳·E. 沃蒂耶（Kaitlyn E. Wauthier）的硕士论文为《"真的吗？地狱，是的，它是真实的。这就是墨西哥"：在斯布莱特灵·威廉和凯瑟琳·安·波特的作品中促进美国国家想象》("Real? Hell, Yes, It's Real. It's Mexico": Promoting a US National Imaginary in the Works of William Spratling and Katherine Anne Porter)。

另外还有一些学位论文,如:阿什利·桑德斯·霍肯史密斯(Ashley Sanders Hockensmith)的《表达残缺女人的故事:凯瑟琳·安·波特和威廉·福克纳的互文性关系》(Voicing the Mutilated Woman's Story: the Intertextual Relationship Between Katherine Anne Porter and William Faulkner);朱迪斯·玛丽·迈耶斯(Judith Marie Meyers)的《"同志 – 双胞胎":梅·辛克莱、凯瑟琳·安·波特、维拉·布里顿、丽贝卡·韦斯特和弗吉尼亚·伍尔夫的一战散文中的兄弟和复制品》("Comrade – Twin": Brothers and Doubles in the World War I prose of May Sinclair, Katherine Anne Porter, Vera Brittain, Rebecca West, and Virginia Woolf);瑞秋·梅·里盖日(Rachel Mae Ligairi)的《熟悉的异国:在科马克·麦卡锡、杰克·凯鲁亚克和凯瑟琳·安·波特的作品中解读墨西哥》(The Familiar Foreign Country: Reading Mexico in Cormac McCarthy, Jack Kerouac, and Katherine Anne Porter)。

第二章　波特小说中的主题与情节

第一节　故事、话语、主题与情节

在讨论波特的作品之前,有必要对诸如故事、话语、主题与情节等一些叙事学基本术语进行梳理,以便使具体的分析更聚焦、更准确。西方叙事理论一般通过"故事"和"话语"这两个概念来描述叙事作品的两个层次——素材与形式,叙事作品的意义在很大程度上源于这两个层次之间的相互作用。形式主义者什克洛夫斯基和艾肯鲍姆否定了传统的内容与形式的二分法后,最早提出新的二分法,代之以材料和形式(或曰"手法"/"程序")的概念,即"故事(素材)"或"故事(内容)"与"情节"的区分。"故事"指按实际时间、因果关系排列的事件,"情节"则指对这些素材的艺术处理或形式上的加工。因为从创作过程看,文学是材料与手法的一种结合,作家把现实生活中的经历和感受作为素材,用独特的艺术表现形式进行加工,形成富有特色的艺术品,艺术手法或加工形式在艺术品的创作过程中就具有了意义。法国结构主义叙述学家托多洛夫受什克洛夫斯基等人的影响,于1966年提出了"故事"和"话语"这两个概念来区分叙事作品的素材与表达形式,其中的"话语"与"情节"的指代范围基本一致。

除了西方传统文学批评中常见的"二分法",不少叙述学家进一步细分了"话语",将叙事文本表达的形式和表达的过程区分开来。1972年,法国结构主义叙述学家热奈特在《辞格之三》一书中对二分法进行了修正,提出三分法:(1)"故事"(histoire),即被叙述的内容;(2)"叙述话语"(recit),即用于叙述故事的口头的或笔头的话语,在文学中,也就是读者所读到的文本;

（3）"叙述行为"（narration），即产生话语的行为或过程。热奈特将二分法中的"话语"细分为"话语"和"产生它的行为"。以色列叙事学家里蒙 – 凯南受其影响，在 1983 年出版的《叙事虚构作品:当代诗学》一书中提出了类似的三分法:（1）"故事"（story）;（2）"文本"（text）;（3）"叙述行为"（narra-tion）。这两种方法中,前者的"叙述话语"和后者的"文本"定义一致。荷兰叙事学家米克·巴尔在 1977 年出版的《叙述学》（法语版）中,用了"histoire""recit""texte narrarif"三个名称,用英文可以表达为:（1）"story"（故事）;（2）"text"（文本）;（3）"narration"（叙述行为）。她在 1985 年出版的《叙述学》（英译本）中,表达了另一种三分法:（1）"素材"（fabula）;（2）"故事"（story）;（3）"文本"（text）。米克·巴尔的三分法和里蒙 – 凯南的三分法仅在"故事"这一层次上吻合。由于彼此对"叙述话语""叙述技巧"和"叙述行为"持有不同的理解和归类,反而使三分法不如二分法清晰明了。申丹赞同传统的"故事"与"话语"二分法,认为:"在研究文学中的叙事作品时,没有必要区分'叙述话语'和'产生它的行为或过程',因为读者能接触到的只是叙述话语（即文本）。"（申丹,2004:19）

普林斯的《叙述学词典（修订版）》对"故事"（story）的定义为:（1）叙述世界/叙事（narrative）的内容（content）层面,与其表达（expression）层面或话语（discourse）相对;正如叙述中的"什么"与"如何"相对;被叙（narrated）与叙述行为（narrating）相对;虚构作品（fiction）（用里卡都说的）与叙述（narra-tion）相对;出现在叙述中的存在体（existents）和事件（events）。（2）故事或素材（fabula）（被安排用作情节的基本内容）,与素材组合（sjuzet）或情节相对。（3）强调时序的事件叙述,与情节相对。情节是强调因果关系的事件叙述（福斯特）:"国王死了,随后,王后死了"是故事,而"国王死了,随后,王后因伤心而死"则是情节。（4）与试图解决问题或达到某一目的的某一人物或若干人物相关的时间因果顺序。如此说来,尽管每一个故事都是一个叙述（讲述一个或多个事件）,但不是每一个叙述都必须是一个故事,（例如,设想某叙述只是讲述了有时间顺序但没有因果关系的一些事件）。根据本威尼斯特的观点,故事与话语共同构成两个既有区别又有互补的语言学子系统。

不过,话语与阐述情境相关,隐含了一个发送者(sender)和一个受体(receiver),故事则不是这样。比较"他已经吃过了"或"这件事我已经提醒你多次了"与"他吃"或"这件事她提醒他多次了"两句。本威尼斯特对故事与话语的区别类似于温利克对被叙述的叙述(erzählte welt)和被谈论的叙述(besprochene welt)所做的区别,让人想到汉伯格对虚构叙述(fiktional erzählte)和陈述(aussages)所做的区别。(普林斯,2011:215—216)

　　普林斯对"话语"(discourse)的定义:(1)与叙述的故事(story)或内容(content)层面相对的叙述世界/叙事(narrative)表达(expression)层面;所涉及的是"怎么"叙述而不是叙述"什么";所涉及的是叙述行为(narrating)而不是被叙述(narrated);所涉及的是叙述(narration)而不是(在 Ricardou 的术语意义上的)虚构。话语具有材料(substance)[表现 manifestation 媒介:口头或书面语言、静止或运动的画面、手势等]和形式(form)[包括一组相互关联的陈述故事的叙述性/叙事性陈述(narrative statements);更具体地说,它决定情境与事件表述的秩序(order)、控制表述的视点(point of view)、叙述速度(speed)、评论(commentary)的种类,等等。]"这人吃饭,然后睡觉"和"这人睡觉,在吃饭后"具有相同的话语材料(英语书面语),但是具有不同的话语形式。(2)根据本威尼斯特的观点,与历史或故事(虚构故事 hisroire)一起,并为两个不同且互补的语言学子系统之一。在话语(言语 discourse)中,状态(state)或事件和两者从语言学意义上被再现的情境之间具有联系。因此,话语涉及述说(enunciation),并隐含了发送者(sender)和受体(receiver)。不过,历史故事却并非如此。比较"他已经走了"或"我已经上百次地告诉你此事"和"他走了"或"她告诉他此事有上百次"这两个句子。本威尼斯特关于虚构故事(histoire)和话语(discours)的区别类似于温利克关于被陈述的叙述(erzählte welt)和被谈论的叙述(besprochene welt)的区别,并令人想起汉伯格关于虚构叙述(fiktionale erzählen)和陈述(aussage)之间的区别。(普林斯,2011:48—49)

　　普林斯对"主题"的定义:一种可以从不同种类的和间断的(或容许二者统一的)文本成分中提取的语义宏观结构框架(frame)分类。这些成分(用来)阐明并表达文本或部分文本是关于(或可认为是关于)更为宽泛和抽象的整体(概念、思想等)。主题应该与另外几种也可连接或容许连接文本各成分并表示该文本或部分文本是关于什么的宏观结构分类或框架相区别:例如,主题是"概念"的框架而非行动的框架(情节 plot)或存在体框架(人物character、场景 setting)。另外,主题应该与母题(motif)相区别,后者是一种更为具体和明确的用来显示主题的单位;主题还应与传统主题(topos)相区别,传统主题由母题这一明确的复合体所构成(而非阐释)。最后,作品的主题可以与其论点(thesis)(它所支持的信条)相区别。与后者不同,前者不急于做出回答,而是力求提出问题:它属于沉思性的,而不属于武断性的。(普林斯,2011:229—230)。普林斯的主题定义涉及不少相关的概念,情节、母题、传统主题、论点等概念都有可能和主题概念产生混淆。

为了界定主题这个看似简单的概念,徐岱也曾经将主题、母题、问题这三个互相交叉渗透的概念放到一起进行了讨论,他认为:"'母题'是同题材相关联的,存在于其中的一种客观现象与情景,它既具有语义上的意义,也具有结构方面的意义。这使它区别于素材中的那种潜在的构型。'主题'则是对这种客观情景与现象的一种个人阐发与发挥,换言之,是'母题'的个人化。而'问题'又是从这种个人化中抽取出来的一种观念范畴中的成分。所以,概括地来说,我们可以认为母题是主题的基础,而主题又是问题的舞台,三者之间存在着一个从具体到抽象的递增过程。"(徐岱,2010:140)。徐岱用小说《安娜·卡列尼娜》举例说明这三个概念的具体辨识问题,认为该小说的母题是男女性爱,主题是这种爱的既合理又不合理的两面性,问题是这种两面性仅仅属于历史还是超历史的。徐岱把迄今为止人类小说世界所涉及的母题大致地总结为三项二元组合结构:生与死、爱与恨、美与丑。它们对应的基本题材为:战争、爱情和世俗生活。(徐岱,2010:140—141)

克林斯·布鲁克斯在《小说鉴赏》中这样谈及主题:"主题就是对一篇小说的总概括。它是某种观念,某种意义,某种对人物和事件的诠释,是体现在整个作品中对生活的深刻而又融贯统一的观点。它是通过小说体现出来的某种人皆有之的人生经验——在小说中,总是直接或间接地含有某种对人性价值和人类行为价值的议论。"（布鲁克斯，2012：260）。可以说，主题是小说家对生活母题的一种重新思考与认识。小说家在作品中通过诠释他所选取的人物和事件关照生活，提请读者对人生进行思考。

普林斯对"情节"的定义：（1）某一叙述世界/叙事（narrative）中的主要事件；情境与事件的大纲［被认为与参与其中的人物（characters）或由此阐释的主题（thmems）不同］。这些事件可以构成一个结构，其主要部分具有弗莱泰格的金字塔结构（freytag's pyramid）的特征。（2）事件安排（mythos）；素材组合（sjuzet）；情境与事件被呈现给接收者。俄国形式主义者在素材组合和故事或素材（fabula）［或基本故事（story）材料］之间做出了有影响的区别。（3）叙述成分的总的动态（有目的指向且向前运动的）组织。该组织对叙述主题兴趣（实际上，是纯概念性的）和情感效果负责。（4）强调因果关系的事件叙述。它与故事不同，故事是一种强调时间顺序的事件叙述（forster）。就如前面关于"故事"定义的举例："国王死了，随后，王后死了"这句话是一个故事，而"国王死了，随后王后因悲伤而死"则是一个情节。（普林斯，2011：169—170）

普林斯对"情节"定义的第4点与"故事"定义的第3点相关，两者分别强调了因果关系和时间顺序，这种区分最早源自福斯特在《小说面面观》（Aspects of the Novel）中就故事与情节的区别所举的例子。福斯特认为"国王死了，随后，王后死了"是故事，这句话是原生形态的、强调时间顺序的事件叙述，叙述者只是把不同事件依据其所发生的时间顺序逐一叙述出来而已。"国王死了"和"王后死了"是两个不同的事件或素材，除了以时间顺序为依据，还能以因果关系将这两个事件或素材组合起来呈现给接受者。比如："国王死了，不久王后也因伤心而死"，或者"王后死了，原因不详，后来才发现她是因国王去世而悲伤过度致死的"。后两种强调因果关系的事件或素材组合方式就是情节，在情节中，时间顺序依然存在，只是已经为因果关系所掩盖。

国内外不少学者也都讨论过情节与故事的区别。"情节"与"故事"这一区分最早由俄国形式主义者什克洛夫斯基提出，其目的是将"情节"与"故事"的区分对应"技巧"与"素材"的区分,应用于叙事作品的分析。与基于故事层面的传统情节研究和结构主义情节研究不同的是,什克洛夫斯基将情节看成话语这一层次上的形式技巧,认为情节是讲故事的过程中所用的所有技巧的总和。对此,申丹评价道:"什克洛夫斯基等仅注重话语技巧而排斥故事事件的情节观,这无论相对于传统情节研究还是相对于现代情节研究都是一种偏离。"(申丹,2004:47)。从一定程度上说,"情节"概念的模糊不清甚至变得混乱与这种理论模式的影响不无关系。

克林斯·布鲁克斯谈及情节时首先强调的是对事件的选择和安排的问题,即普林斯关于情节定义的第 2 点,"当我们一谈到情节的时候,我们心中所关注的是:作家对于从一个(真实的或想象中的)情节中引出来的一些事实如何加以选择和安排的问题——而这篇小说的统一性和旨趣,就是由这种选择和安排所决定的。所以说,情节无非就是对于动作富有意义地加以使用而已……他必须选择他觉得对他特定的目的有用的那些事实。"(布鲁克斯和沃伦,2012:50—51)。在讨论情节的性质时,他强调了统一性(unity)和旨趣(significance)这两个问题,认为情节本身必定包含统一性,情节的"许多组成部分,亦即形形色色的个别事件,都已经结合在一起了。首先,就有因果关系这个问题。在任何一篇小说中,我们都指望能发现从一件事情引起了另一件事情……每一篇小说一定要指明它各个组成部分之间的关系的主要实质,因为小说本身就是某一个作家在说明你如何才能理解人的经验的一种方式"(布鲁克斯和沃伦,2012:52—53)。虽然布鲁克斯在阐述情节时用到了"事实"(fact)、"动作"(action)和"事情"(thing)等不同表述,但根据语境推断,他这几个词实际所指皆为事件或素材,而这些事件或素材之间必须有因果关系才能被结合在一起,服务于作家特定的目的。

徐岱的情节观与布鲁克斯的情节观颇有相似之处,都重点阐述了事件安排的目的性和因果关系。徐岱在讨论故事与情节的区别时,也谈及了福斯特的观点,认为:"所谓情节,概括地讲,也就是对于人的行为的有目的地加以使用,其功能是对生活的原在形态中的那些相对混乱与无序做出挑战,这种挑战的实现前提是:被纳入文本中的那些表现人的行为的事件,通过某种因果关系而达到一种高度的统一。"（徐岱,2010:246）。在徐岱的观点中,因果关系也是理解情节的一个要素,是叙事主体将原在形态的故事重新组织安排的逻辑性。"生活本身充其量只能提供故事而无法提供情节,因为情节总是对故事的一种重新安排,其目的是为了表达讲故事的人对他所讲的那个故事的看法与态度"（徐岱,2010:245）。生活中的故事虽然也可能存在因果链,但这种存在只有在成为情节后才能实现叙事主体的意图,才真正具有意义。

申丹在谈到福斯特的故事与情节观时,认为"事件+因果关系=情节"这一模式并不是福斯特首创,而是承袭自亚里士多德的情节概念。亚里士多德认为,情节是对行动的模仿,即对事件的安排。悲剧的目的不在于模仿人的品质,而在于模仿某个行动,在于组织情节。（申丹,2004:57）。而福斯特将因果关系作为区分"故事"与"情节"的依据,造成了这两个概念的含混和重叠,容易导致传统小说中具有因果关系的所述事件是"情节"而不是"故事"的荒谬结论。申丹认为:"在我们看来,'国王死了,不久王后也因悲伤而死'同样是故事,而且是更为典型的故事,因为传统上的故事事件一般都是由因果关系联结的。像福斯特这样依据因果关系把故事与情节对立起来极易导致混乱。"（申丹,2004:51—52）。为了避免混乱,最好把情节讨论置于故事层面,而将各种形式技巧归于话语层面。

第二节　波特小说中的主题与象征手法

1960 年,威廉·詹姆斯·约翰逊在《弗吉尼亚评论季刊》（Virginia Quarterly Review）第 4 期发表了《另眼看凯瑟琳·安·波特》（Another Look at Katherine Anne Porter）,认为波特作为一位严肃的作家,理所当然关心某些普遍的话题,比如:人心的活动;表象与现实;对真理的顿悟感知;汇聚成一个历史时代的情感洪流的个人情感暗河;自我欺骗与其后果等。但她倾向于用这些宽泛的话题去强化一些较有限的主题,使这些主题在处理各种人物与地域上更具戏剧性。当波特的虚构小说被视为生活状况的认定,而不是人生经历的片段——当它们从主题表达的角度被审视,而不是因为一些次要的相似之处而被归于一类——这些小说自然地被分成六个主题单元,每个单元以一部中短篇小说作为该单元的高潮和最完整的主题陈述。这六个主题单元为:个人;文化流离;不幸婚姻和伴随不幸婚姻的自欺欺人;爱情的逝去和个体完整性的残存;人被其天性所奴役并屈服于注定要使他受苦与失望的命运;波特所有主题的混合。(Johnson,1960:601—606)。这里就借用约翰逊的分类框架来盘点一下波特作品的主题。

　　主题一:个人。波特的个人主题所涉及的是放置于特定文化传统中的个人,以及其内心对于往昔与当下关系之思考。中篇小说《老人》和《旧秩序》系列中的短篇小说《源》《旅程》《目击者》和《最后一叶》描述的就是处于美国南方文化中的同一群人物,以及他们在新旧南方更替中的生活状态与思考。《老人》以波特本人从童年到青少年阶段的生活经历为背景写成,描述了童年米兰达面对家族往昔神话和残酷现实的冲突、内心经历的挣扎与困惑、最终从家族长者构筑的旧日浪漫神话中觉醒的过程。《源》的主人公是老祖母索菲亚·简,这位昔日的南方贵族小姐在新旧南方的更替中,同时遭遇了一连串家庭的变故,她抛开旧南方淑女的柔弱,独自承担起养家糊口的责任,年老时又把过早去世的儿媳妇留下的几个幼子接到身边抚养。老祖母是整个大家族的家长,她性格果敢刚毅,一心想把自己的价值观强加到儿子们的择偶标准和生活方式上,却未能如愿。《源》中的农场成了过去的稳定和秩序的象征,但这种稳定和秩序除了出现在老祖母珍藏的回忆中,从未真实存在过。《旅程》的主人公为没落的南方贵族小姐索菲亚·简和陪嫁的女黑奴南妮。在岁月长河中,索菲亚·简和南妮情同姐妹,互相哺育彼此的孩子。在奴隶制废除后,昔日的主仆依然生活在一起,这两位老妇人总是谈论过去,使过去成为当下生活的实质,用故人来使将来不朽。《目击者》讲述了昔日的黑奴金比利大叔的故事,他的原型是波特祖父家的一个老黑奴:"我们这些孩子,不论走到哪里,总有一个老黑人跟随着;关于这个老黑人,我曾在另一篇小说里写到过,他过去是祖父的家奴,到我们出世之后,他也不过是一个仆人,一个脾气古怪但在家里又很知道安分守己的老头儿。"(布鲁克斯和沃伦,2012:507—508)。金比利大叔生活在当下,但他的头脑中还想着他认为以前曾经发生、但其实从未发生过的事情。他目击了奴隶主的废除、新旧南方的交替,但提起奴隶制时却无动于衷,他的状态显示了废奴之后,南方黑人的境况与心理依然难以改变的现实。《最后一叶》是对南妮晚年生活的写照,她在女主人去世后变得了无牵挂,突然有了想要独立的强烈愿望,最终拥有了自己的小屋子,不用再伺候任何人,平时悠闲地做点手工挣点零钱,她似乎是波特笔下最早实现独立的女性。但从另一方面来看,她一意孤行地选择独自生活,决绝地离开丈夫、子女和原来伺候过的大家庭,证明她对过去的伤感回忆都是虚假的。

主题二:文化流离。无论一个人是自愿还是被迫远离他的传统,他发觉自己所处的异域文化经常会让他发现人类邪恶的内在本质。中篇小说《斜塔》就采用了这样的论点,该小说以第一次世界大战之后、纳粹主义兴起之前的德国为背景,描写了一位年轻的美国画家查尔斯于1931年圣诞节前后在柏林的几天生活经历,展现了一次大战后的柏林社会现实。台灯旁的比萨斜塔雕塑被查尔斯不小心碰碎,象征了他柏林梦的破灭。小说谴责了战争的罪恶,审视了人类的弱点和趋恶性,表达了作者对人类处境与命运的关注。约翰逊认为,这部小说被拿来和托马斯·沃尔夫(Thomas Wolfe)的《你不能再回家》(You Can't Go Home Again,1940)的最后几章和克里斯多夫·依修伍德(Christopher Isherwood)的《再见,柏林》(Goodbye to Berlin,1939)做比较,这种比较是有益处的。"沃尔夫和依修伍德都满足于引发对残暴和极权主义的一种普遍情绪;而波特把这种情绪置于汉斯、奥托和卢特的躯壳中。在沃尔夫使用诸如'邪恶''野蛮'和'愚蠢'等词发表主观评论的地方,波特仅仅严格地记录一位正派、不擅辞令的年轻人对三位年轻德国人、一位奥地利人、一位波兰人透露内情但又不引人注目的行为所做出的反应。因此,体现在小说中的纳粹主义是一种可触知、可辨别的人性中的丑陋的一面,而不是沃尔夫作品中的'那些人'的含糊不清、令人恐惧的低声诉说"

（Johnson，1960：603）。

相较而言，短篇小说《开花的犹大树》（Flowering Judas）对文化流离与邪恶发现这个主题的叙述更为简短，但是被收录进文学选集和被评论的频率更高。小说名"开花的犹大树"典出《圣经》，犹大树即洋苏木，相传出卖耶稣的犹大就是吊死在这种树上的，所以这种树才得到这个恶名。该小说以作者于1921年左右在墨西哥学习艺术并参与革命运动的经历为基础写成的，刻画了墨西哥民族革命中热烈追求理想信仰的女主人公逐渐发现真相的过程，以圣经中的叛徒犹大的典故讽刺了人对革命理想、宗教和爱情的背叛。小说主人公是美国姑娘劳拉，这个纯洁、正直、充满幻想的天主教徒被卷入墨西哥的革命浪潮之中，自愿帮助革命者做了许多工作，但在内心深处却感到自己与周围的一切格格不入，她痛恨革命队伍中的弊端，更厌恶那位过着奢靡荒淫的生活，对待革命和同志却又自私自利、冷酷无情的革命领导人布拉焦尼。当她发现自己的理想与现实之间有着不可逾越的鸿沟时，她的宗教信仰和革命信仰几近破灭。波特在小说最后通过对劳拉梦境的描写，揭示出她被压抑的感情和因自己背叛同志而内疚自责的心情。劳拉和革命领袖布拉乔尼拥有完全不同的价值观。纵观劳拉早期社会阅历的本质，她是个假革命者；而布拉乔尼也是个假革命者，但至少他还有理想，他关心的是革命本身和他自己的荣誉，对其他革命者的个人命运不予理会。《开花的犹大树》在很多方面都是《斜塔》先行者：主人公都是充满理想主义的美国青年；背井离乡至一个遥远的异域文化；军国主义背景；陌生文化中潜在的暴力和武力传统；主人公最终认识到邪恶。查尔斯·厄普顿发现自私和自卑感能解释一个不为人所爱的种族的狂妄自大，而劳拉则不然，她发现自己为冷酷的理想主义而内疚，这种冷酷的理想主义使她与人类隔绝，破坏了她心中同情心的发展。查尔斯有同情心，但不起作用；劳拉很有效率，却很冷漠。布拉乔尼是小说中纳粹猪的原型，他是众多无名的受害者最终化身在倒霉的奥托身上的结果。（Johnson，1960：604）

主题三：不幸的婚姻和伴随不幸婚姻的自欺欺人。短篇小说《绳》（Rope）是波特版本的两性战争，通过描述一对夫妻由于生活中的琐事所引发的激烈争吵,揭示了两性之间根深蒂固的差异,以及宣泄、交流、理解和宽容在婚姻中的重要性。虽然波特曾经声称她在小说中对夫妻吵架的描述是基于她在某个夏天听到的几对邻居夫妻的吵架,但琼·吉夫纳认为,这个由绳子引起的吵架内容更多的是基于波特与第二任丈夫欧内斯特·斯多克(Ernest Stock)的不愉快相处经历。小说中的丈夫对妻子的脾气忍无可忍:"他想要知道,她到底怎么啦?她认识到自己在扮演一个彻头彻尾的大傻瓜吗?再说,她把他当成什么,一个三岁的白痴吗?跟她在一起生活,麻烦就麻烦在她需要一个比她软弱的男人,能听凭她数落和作威作福。老天在上,他真希望他们有两个孩子,她可以拿他们出气。他也许能耳根清净些"(波特,1984:275—276)。这段自由间接引语所表明的在婚姻中女强男弱的状态以及这对夫妻没有孩子的这个事实,和波特与欧内斯特当时的婚姻状况如出一辙。波特与欧内斯特的草率婚姻并未维持多久,两人在结婚当年的夏天已经剑拔弩张,波特把丈夫叫作"不共戴天的欧内斯特。"(Deadly Ernest)(Givner,1982:174)。小说中的夫妻吵架最终以和好告终,而波特本人的婚姻状况远远没有那么理想。她对待欧内斯特,有如她对待第一任丈夫孔茨,都采取悄然逃离的策略,以避免争执和互相指责。在一个清晨,波特趁欧内斯特熟睡之际,匆忙搭乘一辆送奶车到达火车站,登上了开往纽约的火车,由此逃离了第二段婚姻。短篇小说《那棵树》(That Tree)探索男性和女性在意志与脾性方面的冲突,透过对一个记者的梦想与心理活动的描述,表现文人和艺术家们内心的矛盾,讽刺了他们的幻想。短篇小说《一天的工作》描写了一对不般配却又维持婚姻多年的夫妻,这是一个荒诞滑稽的故事,更是一个有关利欲熏心的故事。这部小说是波特为数不多的以城市为背景的故事之一,它没有跌宕起伏的情节,却具有巨大的内在张力和深沉的社会使命感,对现实的关注与忧虑感人至深。《裂镜》是这一主题的中篇小说原型(虽然在篇幅上,波特的作品中只有《老人》《中午酒》和《灰色马,灰色的骑手》是公认的三篇中篇小说)。小说的主角是一对不般配的爱尔兰移民夫妻,年轻、富于幻想的罗莎琳在嫁给年老的丹尼斯后,被困于新英格兰乡村,却又对这种婚姻状态心有不甘。罗莎琳过分沉溺于对婚姻的不切实际的幻想,几乎到了疯狂的地步,当她为了这些幻想逃离家庭后,却发现不现实的幻想不断地被生活现实所侵蚀。《裂镜》的外在品质相似于尤金·奥尼尔(Eugene O'neill)的《榆树下的欲望》(Desire Under the Elm),也是《一天的工作》的加长版本(两者都刻画了一对不般配的夫妻)。

主题四:爱情的逝去与个体完整性的残存。这个主题包含了人间的自然法则:生、死和爱情。中篇小说《灰色马,灰色的骑手》是这一主题在波特作品中的最长版本,小说标题运用了《新约·启示录》中灰色马的死神典故,主人公为女记者米兰达与少尉亚当,小说以米兰达染上流感并最终死里逃生为主线,通过米兰达流动的意识,展现男女主人公在战乱、瘟疫的阴暗背景下的爱情悲剧。在第一次世界大战即将结束的1918年,亚当因为照顾得了流感的米兰达而不幸染病去世,留下米兰达独自哀悼,并重建自己的生活,拒绝遁入宗教幻想以寻求安慰是米兰达重建生活的单一原则。米兰达已经像波特一样逃离了南方,违抗了南方的旧秩序,但对于她是否真正摆脱了南方社会对阶级的过分关注,这一点还是存在争议的。《灰色马,灰色的骑手》的素材来源于波特在1918年大流感中的亲身经历,原本只是一段"死亡"与"重生"的经历,无关爱情。波特回忆说,在她与流感较量的时间里,曾经被一位不怎么认识的年轻小伙子照料过好几天,一直到当地医院有床位能接收她。这位小伙子恰好与波特住在同一幢公寓。"他照料我,给我服药,一晚上来三次,看看我的情况如何。十天后,当我在医院昏迷不醒时,他却死于流感。我不能忘怀。他为了救我的命而失去了自己的生命,这太可怕了。在这件事上,我觉得自己要直接为他的死亡负责,因为他是个健壮的大个子,和我并不住在同一间房间,根本不需要接触这个传染病"(Barley,1990:90)。波特对这场流感的记忆融合了她对这位小伙子的感激,以及她自己作为幸存者的罪恶感。虽然1918年的这场大流感原因不明地更易击垮平时身强力壮的人,这位小伙子也有可能在其他场合被其他传染源所感染,但波特还是把自己塑造成一个充满罪恶感的幸存者、一个痛失爱人的悲悼者,把这位小伙子塑造成因为感染疾病而死在兵营的军官。一段关于生死的个人经历因为加入了爱情和战争的元素而得到升华。

短篇小说《通往智慧的向下之路》表面上描述了一个四岁小男孩斯蒂芬的"堕落",却无处不揭示其父母之爱情的隐喻式死亡。父母的婚姻始终得不到外婆家的认可,斯蒂芬也得不到大人们的发自肺腑的疼爱。他发现成人世界充满了矛盾:爸爸给他买花生,却又在他嘎吱嘎吱吃花生的时候冲他嚷嚷;舅舅给他气球,却又在他从盒子里拿走几个气球后,把他当成小偷;他把盒子里最后两个气球送给弗朗西斯,用外婆食品室最后一个柠檬做成柠檬水,给弗朗西斯和自己解渴,这些在他眼里是能够为他带来快乐的付出,在大人们眼里却变成了"偷窃"的勾当。在小说的结尾之处,那个不受欢迎的、被嫌弃的小男孩斯蒂芬在他小小的憎恨之歌中发现了他自我的核心,他认识到成人世界充满了虚伪和矛盾,他不能信赖周围这些难以预料的大人,必须将自己的想法密藏在心中,在其他人的逼迫下踏上一条悲观的"通往智慧的向下之路"。短篇小说《偷窃》以30年代美国经济大萧条时期的纽约为背景,描摹了当时寄居纽约的艺术家们的生活状态。女主人公与波特拥有相似经历,是一位作家兼评论家,在自己钟爱的钱包失窃后,围绕钱包丢失的线索,展开了与之有关的回忆,并反思了自己所失去的一切:"由于她自己的过失而失掉了或者打碎了的东西,她搬家时忘记了、遗落在屋里的东西;人家借了她的而没有归还的书,她打算要出门而没有出门,她等着人家说给她听而她没有听到的,以及她本来要回答而没有回答的话,痛苦的抉择和无法容忍的代替品,比一无所有更坏,然而无可避免;长期耐心地忍受友谊行将消逝和爱情莫名其妙死亡的痛苦"(波特,1984:305),直到偷走她钱包的窃贼对她一阵数落后,她突然意识到:失去任何东西都不要紧,只要不失去对生活的希望和对他人的信任。

除了以上这两部小说,短篇小说《马戏》《坟》《无花果树》都是这个主题的其他变体形式。《马戏》描写了童年米兰达初次面对生活中的丑陋、邪恶与恐怖时的不知所措。《坟》描写了童年米兰达和哥哥保罗在家族坟地里探宝埋兔以及获得成长顿悟的故事。该小说最早在1935年的《弗吉尼亚评论季刊》(Virginia Quarterly Review)上发表,在被收录进1944年出版的小说集《斜塔和其他短篇小说》后才受到了更多的关注。尽管是《旧秩序》系列的最后一篇小说,但发表的时间却最早。小说微微触及了种族、性别和阶级等问题。由于小说描述了米兰达从保罗杀死的母兔子宫里发现了一对血淋淋的兔崽子,突然明白了女性生理的秘密,小说也能被解读为一个关于女性成长的故事。这个故事不仅传达了一种20世纪上半叶关于女性审美的不断变化的社会标准,也因为通过描绘女性在了解到自己身体内固有的生殖力时的那种微妙的惊叹和忧虑,从而超越了故事的历史背景,具有普适的意义。《无花果树》最早完成于1928年,1944年左右手稿丢失,1960年才在一盒未完成的手稿中重新被找到,并发表在当年的《哈珀》杂志上,1965年被收录进《凯瑟琳·安·波特小说集》。该小说被认为在很大程度上平行于作者本人在那个年龄段的人生经历,比如,母亲早逝后,主人公童年米兰达感到被祖母和父亲忽略,找不到自己在家族的归属感,想不起母亲的样子,心头笼罩着母亲因她而死的阴影等。在这个短篇小说中,童年米兰达自从在无花果树下埋葬了一只死去的小鸡并一直隐约听到它的呼救声后,内心就一直恍惚自己到底埋葬的是一只已死的小鸡,还是一只活着的小鸡。后来才被伊莉莎姑婆告知,那些声音是树蛙在下雨前发出的叫声。伊莉莎姑婆科学理性的解释消除了米兰达心头的罪恶感。因此,无花果树成了生死关系的一种象征,树下埋着那只死去的小鸡,树上的树蛙痛苦地蜕皮成长着。无花果树触发了米兰达先前关于死亡和葬礼的所有记忆,也成为她开始考虑生死关系的人生转折点。

主题五:人被其天性所奴役,并且屈从于注定要使他受苦与失望的命运。不管一个人的性格如何,都无法避免、无法逃脱某些摧毁性的力量,人类的挣扎在冷淡无情的宇宙面前将不会停止。中篇小说《中午酒》以美国南方为背景,描写一个专以搜捕疯子为职业的人被雇用疯子的农场主汤普森杀死的故事。波特坚持认为人的苦难与他自身的关系是难分难解的,"汤普森先生不是个恶人,他不过是个单凭自己的思想一意孤行的可怜的罪人,而他的思想则由于傲慢和懒惰这样一些自然倾向,总有点昏沉沉"(布鲁克斯和沃伦,2012:516)。在维护赫尔顿这件事上,汤普森先生的行为逻辑貌似混乱,实则非常简单:有人帮助他,他也就帮助这个人。人际关系被看作交易场中的低级的相互对等的关系,即如果行为者最终得益,那么为别人效劳就是对的。况且希尔顿先生已经用多年的勤恳证明自己是个能带来好处的人,是现存的好帮手,是真正的朋友和农场的支柱。这部小说的三位主要人物:汤普森先生、赫尔顿和哈奇,都深陷最痛苦的道德和感情的混乱漩涡,都自以为在尽力做正直的事情,就连邪恶的哈奇也是如此。命运使汤普森先生这个任性骄傲的人幸运地雇用了曾患精神病的帮工赫尔顿,使农场经济状况日渐改善,也注定了他将最终被命运的齿轮碾碎。短篇小说《玛丽亚·孔塞普西翁》描绘了墨西哥印第安女子玛丽亚·孔塞普西翁强悍的性格和炽热的情感。自由自在、不受拘束、不负责任的丈夫胡安在经历了一段荒唐的婚外情后,情人罗莎被妻子孔塞普西翁不动声色地用屠刀除掉,罗莎刚出生的孩子也被孔塞普西翁占为己有,胡安也被拽回妻子想要的生活方式中,他的婚外情被无情地斩断,只能被迫接受令他失望的命运安排。此外,《玛丽亚·孔塞普西翁》和《中午酒》中的社会舆论也充当着命运的帮凶,行使着生杀予夺的权力。无论是在印第安部落还是在德州的穷乡僻壤,社会舆论都是维持社会秩序的关键。《玛丽亚·孔塞普西翁》中的村民面对保安队众口一词、隐瞒真相,终于让玛丽亚逍遥法外,享受胜利的果实。《中午酒》中,汤普森更关心的是邻居们怎么看待他,而不是法律会对他有什么样的制裁。法律宣判汤普森无罪,但是舆论并不认可这个审判,村民形成的舆论压力最终让汤普森走投无路,只能为自己宣判并执行了死刑,以死表清白。另外,《坟》中老太婆的眼光、《他》中邻居们的议论,都能撼动一个人的价值观,并影响他的行为处事方式。短篇小说《魔法》中,新奥尔良一家妓院里的一个年轻妓女尼内特因为无法忍受老鸨的虐待而逃跑,老鸨在妓院厨师的帮助下,施展"魔法",最终让尼内特乖乖回到了妓院,心甘情愿继续为老鸨卖命。短篇小说《他》展示了一个弱智儿不可避免的悲剧,这个生理上具有缺陷的孩子给母亲惠普尔夫人带来了种种困扰、不安、羞辱和无奈,但是她的痛苦多半源于她愚蠢的虚荣心和她拒绝接受现实的傲慢。短篇小说《被遗弃的威瑟罗尔奶奶》的一个重要主题是人能在多大程度上主宰自己的生活。小说用意识流手法讲述了80岁的老祖母威瑟罗尔在弥留之际的一系列意识活动,并采用了特殊的时间结构和形式,使过去、现在和将来相互交错重叠。威瑟罗尔奶奶一直想积极地主宰自己的生活,却一次次遭遇抛弃:20 岁时,在婚礼上被未婚夫乔治抛弃;和丈夫约翰的最后一个孩子哈普西出生后就夭折了,这个是她最爱的孩子,最终也弃她而去,对威瑟罗尔奶奶来说,这又是一次致命的打击,也是她拒绝接受的"上帝伟大计划的一部分";60 岁时的威瑟罗尔奶奶预感死之将至,便一家家拜访孩子们和他们的孩子,并在心里与他们默默地告别,然而,时光荏苒,20 年的岁月不知不觉又过去了,死神悄悄逼近时,80 岁的威瑟罗尔奶奶却毫无准备。死神的突然降临使处于临终状态的威瑟罗尔奶奶措手不及,意识模糊中,她请求上帝给她时间让她对生活进行最后的安排,却发现自己已经无法说出自己的遗愿。她盘点自己的人生,把自己视为生活的受害者,发现自己始终无力控制自己的生活。与未婚夫乔治的情感纠葛使她一辈子不能释怀,她认为,正是因为她不能原谅曾在婚礼上抛弃她的乔治,所以临死前不能看到神迹,不能得到上帝的救赎。最后,威瑟罗尔奶奶自行吹灭蜡烛,选择终结自己的生命,这个象征性的行为既能被解读为掌握人生最后的主宰权、宣告对上帝的胜利,更能被视为老奶奶出于认命的无奈之举。以上这些故事都描述了人物在精神和身体上遭遇的暴力和苦难,作者更想传达的是一种具有讽刺意义的认识:无论这些暴力与苦难多么无所谓,人都要别无选择地面对它们。

主题六:波特所有主题的混合物。比如《庄园》这部小说,是根据波特1931 年去墨西哥特拉帕亚克庄园(Tet - lapayac)观看俄国导演艾森斯坦(Sergei Eis - enstein)拍摄纪录片《墨西哥万岁》(Que Viva Mexico)的经历创作的,关注了 20 年代末墨西哥土著印第安人的境遇和精神世界,以及当代墨西哥人①不同的文化心态。小说的篇幅和情节设置介于短篇小说与中篇小说之间。虽然在波特所有的作品中,该小说显得特立独行,其实是波特所有主题的混合物:"庄园"是现存的过往生活方式的一种永恒体现;此时的庄园里住了不少意欲接触墨西哥文化的外国人,他们以各种寓意深切的方式对

---

① 主要是土生白人和印欧混血。

他们的周围环境做出反应；庄园的男主人和他的妻子是一桩不幸与无谓的婚姻的当事人，丈夫刚刚经历了和一位女演员坎坷的婚外恋；故事的复杂性集中于一位墨西哥农奴的冲动犯罪，他失手杀死了自己的姐姐，现在绝望地卷入了乱糟糟的法律程序。正因为主题的糅杂和不确定性，《庄园》成了波特饱受诟病的一部作品。霍华德·贝克（Howard Baker）在评价这部小说时认为，波特成功捕捉到了人和物稍纵即逝的特性，但也认为该小说有点过于包罗万象，缺乏大胆的主题或坚固的寓言。该评论几乎成了对这部作品的标准评价。伊丽莎白·哈特（Elizabeth Hart）也曾表达了对这部小说的失望，因为它似乎只是小说笔记。哈利·约翰·穆尼（Harry John Mooney，Jr.）认为，叙述者没有整体功能，她不评论，似乎只是一个报道者。乔治·亨德里克（George Hendrick）也认为，叙述者"我"奇怪地游离于故事情节之外，但她只是不愿意浮出水面，用记录，而不是探究来自我保护。（Hendrick，1965:43）

　　以上 6 类就是在波特的 23 篇短篇小说和 3 篇中篇小说中不断出现的主题。在波特所有的中短篇小说中，《童贞女比奥莱塔》《殉难者》《假日》并未被约翰逊置入这个主题分类框架进行分析。其实，从主题来分析，这 3 篇小说并未脱离这个分类框架的窠臼。短篇小说《假日》讲述了叙述者"我"年轻时到美国南方米勒家族农场度春假的经历，该小说侧重于个体在一段特定时空中的社会生活，聚焦复杂的心理冲突和细微的内心感受。主人公心路历程颇类似于《老人》中的米兰达，因此可以将《假日》归入主题一：个人。短篇小说《童贞女比奥莱塔》（Virgin Violeta）讲述了童贞女比奥莱塔被表哥卡洛斯的诗情所吸引，表白后招来了表哥的亲吻，但这个吻对她的影响犹如被奸污了一样严重。比奥莱塔对表哥的爱意纯洁、朦胧，猝不及防地被一个世俗、轻率的吻所玷污，她也就变成她的名字（Virgin Violeta）所暗示的：一个被侵犯的处女。该小说的亮点是比奥莱塔的心理活动，可以说，波特在小说中再现了一个青春期的自我，一个米兰达的早期版本。当少年时代的波特遇到约翰·孔茨并与他私奔时，她也只有 16 岁，虽然这段草率的婚姻最终不欢而散，但当年情窦初开的少女心被生动地再现到这部小说中。短篇小说《殉难者》（Martyr）描绘了画家鲁本和模特儿伊莎贝尔的情感纠葛。尽管伊莎贝尔态度傲慢、脾气火爆,经常对鲁本拳脚相向,但鲁本还是对她一往情深。当鲁本的对手、伊莎贝尔的情人偶然卖掉一幅壁画挣了一大笔钱后,第二天就带着伊莎贝尔到哥斯达黎加逍遥去了。从此以后,鲁本意志消沉,无心作画,把时光都消耗在对伊莎贝尔的思念中,最后落寞地暴毙于两人经常去的餐馆,成了爱情的殉难者。从某种角度看,《童贞女比奥莱塔》和《殉难者》都描写了一种单方面的痴情,比奥莱塔和鲁本都是爱情的殉难者,因此这两部小说可被归入主题四:爱情的逝去与个体完整性的残存。

在小说主题方面,波特涉及的种类的确较为有限,但她以出神入化的风格和多样独创的象征手法呈现这些有限的主题。波特总是这样告诉读者,她的象征是在最直接的层面上起作用的,她想在这个层面上实现意义的多样性。(Johnson,1960:606)。波特的小说题目和人物名字的命名几乎都是某种象征的运用,很多小说题目都是对她在故事中涉及的事态的象征性总结:"旧秩序""马戏""魔法",每个故事从根本上说都是围绕该题目展开的。当她的标题是文学性的或引经据典的,如《中午酒》《老人》或《灰色马,灰色的骑手》,她能把所引用的材料融入自己的故事中。《中午酒》中的赫尔顿每天在雇工小屋的门口闭上眼睛自我陶醉地用口琴吹出一成不变的曲调,这首象征性的曲调是一首斯堪的纳维亚的曲子,缺失的歌词最后由丑恶的哈奇填补:"你一清早起来,心情好极了,你欣喜若狂,因此不到中午就把酒全都喝光了。那酒是你准备中午时候喝的,明白吗?"(波特,1984:133)。《老人》的标题原文为"Old Mortality",最早是苏格兰巡回教士罗伯特·佩特森的绰号,据说他走遍苏格兰,清扫和修理改革长老会信徒的坟墓,小说中的加布里埃尔在写过一首刻在艾米墓碑上的诗,在诗中以"Old Mortality"自比,而且"Mortality"也有"凡人"之意。(波特,1984:32)。《灰色马,灰色的骑手》中的亚当和米兰达,在等待救护车的时候唱着黑人的圣歌:"灰色马,灰色的骑手,已经带走了我的爱人……"(波特,1984:221)。骑着灰色马的灰色骑手是死神的象征,最终带走了米兰达的爱人亚当,留下米兰达独自悲悼。

波特也运用"客观关联物"(Objective Correlative)作为她小说的题目,比如《斜塔》和《裂镜》，该"客观关联物"会意味深长地出现在小说中，作者也会通过人物对其内涵加以思考和评论。《斜塔》中的查尔斯打碎了房东的比萨斜塔石膏像，当石膏像被修复并放回原处后，他仔细考虑了这个石膏像对其主人的意义，并试图了解它如何代表着纳粹德国不健康的文化。《裂镜》中的罗莎琳一直为破裂的镜子感到悲痛，这裂镜使她的脸模糊不清、无法辨认，或许更换一面镜子便能解决这个问题，但是反映在她破裂幻想中的不完美、不满意的婚姻却是无法更换的，因此，在罗莎琳充分考虑了更换镜子的结果后，这面裂镜依然挂在厨房中。《绳》《坟》《无花果树》中作为标题的事物都可以被视作一种象征、一种客观关联物。《绳》这样的题目中，主要意义也很明显。这是一条引发争吵的绳子，尽管这条绳子可以被视为由一千条引发争吵的导火索编织而成的妻子的争吵，或者是在不幸婚姻中维系争吵双方的纽带，或者说是谚语中所说的"足够上吊自杀的绳子（enough rope）"，也就是说，不排除妻子在充满争吵的生活中最终用这条绳子上吊自尽的可能。无论怎样诠释，波特的这个题目清晰而直接地阐明了绳子这个象征物是争吵的体现。小说《坟》包含了两种意义上的坟，埋葬祖父母、母兔的坟和埋葬米兰达纯真童年的坟，"坟"象征了死亡、埋葬、腐烂、复活和永恒，与"坟"同时出现的还有另外三个显而易见的象征物：银鸽子，金戒指和兔子。银鸽子象征着爱情、忠诚、智慧、灵魂和殉难；金戒指象征着爱情、结合、婚姻、美丽、忠诚和永久，更象征着生命的轮回；母兔和小兔崽象征着生命、死亡、出生、鲜血和猎物。《无花果树》的标题物"无花果"是一个宗教意味深厚的象征物，在《圣经》中，亚当和夏娃偷吃了智慧之树的果实，意识到自己赤身裸体后，用来遮盖身体的正是无花果的树叶，所以，无花果象征着智慧。另外，无花果形状酷似男性生殖器，还可以产生奶状的树胶，因此，具有极强的性象征意义。小说中的无花果树把死亡的小鸡和蜕皮的树蛙联系到一起，展现了幼年米兰达对生命的认知和智慧的增长。

波特式的象征主义也体现在恰如其分的人物名字上，她作品中的人物名字通常取自体现某种文化价值的文化语境。波特把她的女主角唤作"米兰达"，评论界认为这名字可能来自于莎士比亚的《暴风雨》(The Tempest)

(Givner,1982:170);也可能是为了纪念印第安克里克的邻居拉塞尔一家的女主人玛琳达(Marinda),她被邻居们唤作米兰达(Miranda),曾经在波特父母最无助的时候给予诸多帮助和抚慰(Unrue,2005:7);另一个可能的原因是波特在1922年的智利情人阿奎莱拉(Aguilera)在一封信中将波特唤作"米兰达"(Givner,1982:170);而且,米兰达是个从拉丁文衍生而来的、带有文学气息的名字,非常适合1900年美国南方的小姑娘。如果仔细阅读《老人》,你会发现米兰达的姓是"瑞亚"(Rhea),这是个古老的南方姓氏。"瑞亚"也是古希腊的众神之母,是主神宙斯和天后赫拉的母亲,也被认为是大地女神。波特所描写的瑞亚一家住在老祖母苦心经营的土地上,这位神话一般的人物是家族的凝聚者。这种命名法所体现的象征主义对理解小说来说不是最重要的,但是它有助于强化人物刻画与主题。

波特在处理人物名字上的独创与巧妙俯拾皆是,有些名字以反讽的形式象征着人物的性格或命运,光《老人》这篇小说就能提供不少示例:艾米(Amy)的拉丁文意思是"被深爱的",拥有这个名字的女孩给人的印象是玲珑、纤细,有着安静、沉着、有文化素养及宛雅的特质。艾米姑妈貌似拥有这些特质,并被家人深深爱着,实则性情率真、脾气倔强,过着生不如死的时日。加布里埃尔(Gabriel),也称为加百列,在《圣经》中是七大天使之一,是上帝传送好消息给人类的使者。但加布里埃尔姑父却是个时运不济的人,频频给亲人们带去坏消息。在艾米姑妈病重时,加布里埃尔带来了他爷爷病死前把他的遗产继承权取消的坏消息,他的亲戚们为此幸灾乐祸,但就在这样山穷水尽的时候,艾米出乎意料地主动提出要尽快嫁给他。在艾米姑妈去世后,加布里埃尔依旧以赛马为生,他参赛的马"露西小姐"虽然赢得了比赛,但鼻子一直在淌血,简单治疗后止住了血,加布里埃尔便嚷嚷着要回家告诉第二任妻子霍尼。"血现在止住啦。主啊,这对霍尼小姐是个好消息。走吧,哈里,咱们回家去告诉霍尼小姐,她应该听听好消息"(波特,1984:64)。在少年米兰达眼里,家族神话中漂亮而浪漫的骑士变成了完全不修边幅的醉鬼。《老人》中,名字具有反讽意味的其他人物还包括尖酸刻薄的哈尼小姐①(Miss Honey)和将家族往事的真相赤裸裸地告诉米兰达的伊娃表姐②(Cousin Eva)。其他作品中还有经历人生的风风雨雨、不屈不挠的威瑟罗尔奶奶(Granny Weatherall);虚张声势、令人难以忍受的利己主义者布拉乔尼(Braggioni);阴谋的设计者哈奇先生(Mr. Hatch);精神地域的居住者希尔顿(Mr. Helton)。

在有些小说中,相关人物都被冠以拥有象征意义的姓名,主题寓意通过他们之间的抗衡被直接表明。在《玛丽亚·孔塞普西翁》中,妻子的姓名为玛丽亚·孔塞普西翁(María Concepción),丈夫情人的姓名为玛丽亚·罗莎(María Rosa)。两位情敌拥有相同的名字玛丽亚,与圣母同名,但不同的姓氏设置却呈现了冷酷的主题。孔塞普西翁(Concepción)意为怀孕,罗莎③(Rosa)代表爱情。故事结尾处,怀孕后不幸流产的妻子玛丽亚为了捍卫自己的家庭,杀死了丈夫的情人玛丽亚,抢夺了她的孩子,并得到丈夫和村民们的庇护,逍遥法外。在印第安部落的语境中,家族繁衍的原则高于一切,丈夫胡安和情人罗莎的爱情微不足道。这个故事是波特在爱情死亡主题上的又一次探索,因为人注定要忍受失去爱情的痛苦,必须屈从于注定要使他们受苦与失望的命运。

除了在小说题目和人物姓名上使用象征手法,波特也会在小说中有意使用宗教与神话象征,只是她已经把宗教和神话引进现实的层面。在《灰色马,灰色的骑手》中,作者对男主角亚当进行了含蓄的象征性处理。从小说情节看,亚当是个英俊善良的年轻人,最后死于流感。既然这个年轻人被取名为"亚当",就意味着他像《创世纪》中的亚当一样处于天真无知的状态,他和米兰达就像亚当和夏娃一样生活在充满浪漫爱情的伊甸园中。《创世纪》中的亚当受到夏娃的引诱,偷吃了智慧之树上的果实,被上帝发现后,亚当受到的惩罚仅仅是暴露在罪恶中,为自己赤身裸体而感到羞耻。而小说中

---

① Miss Honey 意译为蜜糖小姐。
② Eva 为 Eve 的异体,伊娃表姐向米兰达揭露家族神话真相的行为就像夏娃给亚当吃了智慧之树上的果实,让亚当意识到自己赤裸裸的现实。
③ Rosa,是 rose 的异体。

的亚当为了照顾生病的米兰达却最终死于流感,米兰达无意中成了如夏娃一般的邪恶代理人,她在梦境中看见亚当一次次地死而复生,最后看见"一阵箭完全射中了她,穿透她的心房,接着穿透了他的身子;他躺着死了,她却还活着"(波特,1984:223)。当米兰达从流感中复原,即将出院时,得知了亚当的噩耗,表面上在和前来探望的同事正常说话,意识里却以基督教中死而复生的拉撒路自比,出现了基督与拉撒路的对话:"拉撒路出来。不出来,除非你给我带来大礼帽和手杖。那你就呆在老地方,你这势利鬼。我才不干哪。我出来啦"(波特,1984:241)。米兰达既感慨自己像拉撒路一样死而复生,又希望自己能像基督一样把亚当从坟墓里叫起来,让他复活。最终,米兰达发现她和亚当的天堂已经永远地失去了,忍不住为爱情的逝去感到彻底绝望,这种绝望正是通过宗教神话象征被巧妙地加以强调。短篇小说《通往智慧的向下之路》也极具象征意义,这个故事描述了一个四岁小男孩的"堕落"。暗指"天堂"和"伊甸园"的意象在小说中比比皆是:四岁的小男孩斯蒂芬就像最初在伊甸园中的亚当和夏娃一样,对自己的赤身裸体并无意识,他不明白为什么大人们给他洗完澡后要用一块毛巾把他包裹起来;斯蒂芬为了他喜欢的小女孩弗朗西斯偷偷拿了舅舅气球盒子里最后两个气球和外婆食品室的最后一个柠檬,而这两个气球的颜色"苹果色"和"淡绿色"更加意味深长,坐实了气球和柠檬的象征意味,使这两样东西有如夏娃引诱亚当窃取的"禁果";当斯蒂芬帮弗朗西斯吹气球吹累的时候,他把一只手放到肋骨上,该情节让人不禁想到上帝用亚当的一根肋骨造就夏娃的典故;斯蒂芬偷偷做了柠檬水,和弗朗西斯一起躲在玫瑰丛后享用,玫瑰丛似乎变成了他们的"伊甸园",而孩子们似乎是被保姆老珍妮驱逐出去的亚当和夏娃;两个孩子甚至还用柠檬汁给玫瑰丛施行洗礼;斯蒂芬小小年纪,历经"放逐",先是被赶出父母的房间,随之被带离自己的家,送往外婆家度夏,最后狼狈不堪地带着"偷窃"的罪名从外婆家被赶回自己的家。除了斯蒂芬和弗朗西斯,小说中有限的几位人物鲜少被具体命名,该创作手法使斯蒂芬成为一个普罗大众式的人物,使这个故事成为一个放诸四海而皆准的寓言故事。

　　其他使用传统象征的小说包括《玛丽亚·孔塞普西翁》《开花的犹大树》

《马戏》《无花果树》和《坟》。《玛丽亚·孔塞普西翁》这个故事可以被看作圣母玛利亚崇拜的寓言故事，或者是原始的阿兹特克神话，《开花的犹大树》可以被看作一位初露头角的叛徒，如同犹大背叛耶稣一样，在背叛革命事业时的心路历程。《马戏》说明了生活就像是单薄的马戏团大帐篷（Big Top）下、有三个场地可同时表演的大马戏场。《无花果树》中小鸡的哭泣声"Weep，weep"让人不禁想起诗歌《扫烟囱的孩子》（The Chimney Sweeper）中扫烟囱的孩子的叫声"Weep！weep！weep！weep"。这首诗收录在诗人威廉·布莱克（William Blake）的诗集《天真之歌》（Auguries of Innocence）中，诗歌的第一句是"我母亲死的时候，我还小得很"，小说中的人物米兰达与诗歌中扫烟囱的孩子拥有相似的身世，都处于天真无邪的童年时光中，无论是小说还是诗歌都含蓄地谴责了没有尽责照顾这些孩子的父母与社会。《坟》是波特的许多天主教语境的小说之一，该小说描写了一个小女孩第一次意识到爱和性的本质，以及她后来发现爱情意味着生育，意味着死亡。波特在这个故事中依然只关心人类的境况，人类的境况包括孩子们擅自闯入坟地、过早地认识某些事物。（Johnson，1960：609—610）。这个故事有神话的潜流：米兰达交出自己在坟坑里找到的银鸽子，去交换保罗找到的金戒指。鸽子是传统基督教中圣灵和"灵魂不朽"的象征，而金戒指是爱情和婚姻的象征，更是传统婚姻的信物。从坟坑中找出的金戒指和银鸽子强调了人走向成熟和死亡的情感历程必然是沉痛的。坟、金戒指、银鸽子等众多意象的象征意义被评论界做过无数次猜测与诠释，约翰逊觉得这种猜测象征意义的游戏容易失控，但我们可以得出判断，正是这些象征意象，赋予波特的作品极大的诠释空间。

波特的许多象征只是她叙事的素材，并不一定使人想起有关的典故或形成意义模式。《中午酒》中汤普森夫人的烟色眼镜（Smoked Glasses，李文俊先生译为"黑眼镜"）就是以这种方式来体现象征意义的。与黑眼镜一样毫不起眼的象征物还有《目击者》中动物的墓碑、《源》中的手工拼布。一些个别的象征在小说中多次出现，并无程度上的递增，也没有外在的参照标准。这种象征为数不少，比如漩涡状的云或黑暗的漩涡，最后缩小成一个光点,形成死亡意象;草地经常是自由的象征;骑马表达了独立性;清泉象征天真、真理或忠实;纠缠交织的意象出现在她关于个人与传统之关系的小说中;懦弱或恶毒的人都是如动物般粗野的:他们是"企鹅",或者拥有"兔牙"或"臭鼬的头"(Johnson,1960:610)。《中午酒》中的汤普森夫人原来是芝顿城第一浸礼会教堂的风头很健的主日学校教师艾伦·布里奇斯小姐,她腰身纤细、身体羸弱,"她是那个时代、那个地方、根据那种行为准则造就出来的无数女人中的一个,她所受到的教育是要求她按照业已规定好了的妇德的标准去做人,并以此为天职。这种妇德的标准是明摆着的,是不能回避的,是需要做出牺牲的,也是使人头晕眼花的,为此,她几乎丧尽了人之为人的各种品质以及精神上的勇气和见解"(布鲁克斯和沃伦,2012:516—517)。汤普森先生失手杀死了哈奇,虽然法律宣判汤普森无罪,但是舆论并不认可这个审判,汤普森被逼无奈,每天拽着疲惫不堪的汤普森太太逐一拜访邻居,让她证明自己的清白。汤普森太太迫于无奈跟着去拜访邻居时,戴上黑眼镜似乎就能为她带来暂时的灵魂庇护,"汤普森太太闭上黑眼镜后面的眼睛。最后的一次,最重要的一次,他们以后再也不用去了。现在,安乐的黑暗再度降临,她不用再戴黑眼镜了,如今她的眼睛老是泪汪汪的,虽然她并没有哭;戴上眼镜,她觉得好过些,躲在黑眼镜后面似乎更安全些……"(波特,1984:149)。而在汤普森太太的内心深处,她也认为丈夫是个不折不扣的杀人犯,为了证明丈夫的清白,就必须撒谎出卖自己的灵魂。波特本人曾经在《中午酒:素材来源》(Noon Wine:The sources)中这样分析过汤普森太太的内心挣扎:"对她来说,撒谎是一种不可饶恕的邪恶,更何况,她撒谎是为了掩饰某种罪行,虽然这种罪行是她丈夫所犯的。她撒了谎,她自己也很明白,这对她的灵魂来说是件非同小可的事情(对她的自信心也同样如此,因为她的自信是建立在纯洁无瑕的感情上的),但她缺乏勇气和爱心去面对自己的邪恶并使它最终得出好的结果,也就是说,她未能全心全意地把谎撒到底,将自己的邪恶干净彻底地隐藏起来,去替丈夫说几句话,如果这样,他们倒也许能得救,无论是灵魂还是肉体——也许能,我只是说也许能。究竟能不能,我本不知道,也永远不会知道。汤普生太太不是那种心智健全的人,而这篇小说,不管怎么样,也总得有个结束……像她这类人,其中是没有一个会有足够的决断力、能在自己身上创造出救赎的奇迹的"(布鲁克斯和沃伦,2012:516—517)。小说结尾,汤普森夫妇终究没能自我救赎,村民形成的舆论压力最终让汤普森走投无路,以死表清白。

波特的小说结合了一些基本的主题、灵巧的象征运用和清晰的散文风格,传达了前后一致、论述完整的小说观点。她在小说中表现出的人生态度有这样一些标识:一个孩子降临到世界上,这个世界看似秩序井然、通情达理,其实混乱、荒谬、可疑,比如《旧秩序》系列中的《源》;他在幼年时期就得知自己是原子论的生物,不受宠爱,如《通往智慧的向下之路》;欢乐的生活景象掩盖了恐惧、憎恨和苦难,如《马戏》;他发现生命和爱必然以死亡告终,如《坟》和《无花果树》;他必须不可避免地拒绝那些谎话连篇的文化传统,拒绝那些充满敌意的、让人感到陌生的家人,如《老人》;但是,当他试图用其他东西代替这些的时候,这个念头很快就被自己的惰性击退,因为他已经适应了原有的一切,如《玛丽亚·孔塞普西翁》和《魔法》;如果他想和过去了断,想用新的爱取代旧的爱,他就注定要失望,如《灰色马,灰色的骑手》;如果他想用另一种传统取代他自己的传统,他会发现另一种传统也充满了邪恶,如《斜塔》;或者他发现自己因为否定了自己的传统而失去了爱的能力,如《开花的犹大树》;他发现除了对自己的勇气和正直还持有绝望的信念外,他已经没有什么可以执着坚持的了,如《偷窃》;他在生活中拥有的爱和确定性少得可怜,如《裂镜》;但生活就是无谓的残忍,如《他》;充满了挫折和争论,如《绳》《那棵树》和《一天的工作》;最终一切都毁灭,所有的希望都烟消云散,如《被遗弃的威瑟罗尔奶奶》。这就是波特的小说哲学。(Johnson,1960:610—611)

一般认为,波特通常获得褒奖的原因是她在小说中描写人性与温情和她的人物在生活的艰辛面前表现出坚忍的美德。她把坦然面对困难构建为最好的行为,她的人物所拥有的尊严和同情心是显而易见的。但约翰逊似乎并不认同这样的观点,他认为波特描写的世界是一个黑暗的、悲剧性的世界,充满了灾难、心碎和摧毁灵魂的幻灭。她最高贵的人物,比如老祖母、查尔斯·厄普顿、米兰达、威瑟罗尔奶奶,都必然屈从于种种不幸,这些不幸不会使他们成为贵族,只会摧毁他们的快乐、爱情和希望,所有的人最终黯然地意识到自己已经有了消极的生活态度。波特在小说中的这些充满绝望的视域有别于她在相应主题的非小说中所表现的视域。在她的散文随笔中,尽管人有过失,但是希望尚存;爱情不必消逝,生活也可以秩序井然、充满意义。但散文只占波特作品的一小部分,仅仅涉及伦理道德,而小说关系到最终的道德和现实,在小说对真理的最终感知中,它们是完全消极否定的。波特的小说观点不可能改变这个大方向。(Johnson,1960:611—612)

上述是根据约翰逊对波特小说的主题分类框架和象征手法运用对其小说进行的盘点。约翰逊还评价了波特作为一名艺术家的威望,他认为在洞察力方面,波特对现实的终极视域不亚于任何其他现代作家,包括曼和福克纳;她的悲剧意识和哈代与弗吉尼亚·伍尔夫的一样强烈;她对人类感情的认识和康拉德的一样深刻与慈悲。然而,如果真的要让波特与这些文学巨匠们比肩而立,甚至是她最忠诚的仰慕者都会感到犹豫,因为总的感觉是,她缺乏他们那样的鸿篇巨制、包罗万象和面面俱到。如果波特没有如她自己所说的那样曾经烧毁成箱成箱的手稿,那么对她的作品体量不够大的异议应该能够被驳倒。波特的自我批评阻止了她发表甚至保存这些用她自己的严格标准来说是不完美的任何作品。结果,她不曾拥有“华丽的失败”(Magnificent Failure),而“华丽的失败”经常是一个作家的杰作。然而对自己的作品如此挑剔的行为正说明了使她独具一格的指导原则。她的批评性的判断,就像木工的水平尺一样精确公正,在有些方面限制了她的艺术性,让她不能普遍化,将她局限为“生活的见证者”(Witness to Life)。所以,她的小说仅仅局限于她自己的第一手生活经历。就此而论,有个事实很能说明问题,那就是,波特的散文和小说主题是平行的,都是关于爱情、婚姻和异域文化。她对“真相”的全神贯注阻碍了她小说(主题)的泛化,这种泛化通常被认为是一位艺术家的视野。波特所关注的“真相”是感情的真相、行为的真相,而不是想法的真相。她的重点总是放在人物上,她的故事总是关于人,而不是人性或观念。因为她把注意力缩小到具体的个人,通过之前提到的神话技巧拓展他们的维度,所以她的小说给人一种范围狭窄的印象。而且,她的人物绝不是什么特殊人物,甚至在他们最引人注目的行为中,他们也只是祖母、农民、职业妇女、艺术家,做着他们该做的事情。假如他们被命运卷入了异常情况,受到启发的也是他们平凡的、普通的品质,而不是他们的超人气质或英雄气质。(Johnson,1960:612—613)。当约翰逊在1960年盘点波特的作品主题时,波特唯一的长篇小说《愚人船》虽然已经被创作了20年之久,但尚未出版,约翰逊期待它成为一部成功的作品,他认为波特所有已经发表的中短篇小说,虽然数量有限,但是堪称完美。

第三节　波特小说中的情节与发现模式

胡亚敏认为,在叙事学中,"情节不再只是'某种性格、典型的成长和构成的历史'(高尔基),也不一定非要有因果关系不可(福斯特),情节在这里被定义为事件的形式或语义系列,它是故事结构中的主干,人物、环境的支撑点(当然,这并不排斥其他因素在某些具体作品中居支配地位)"(胡亚敏,2004:119)。并引用捷克结构主义者杨·穆卡洛夫斯基(Jan Mukarovsky)的观点:"情节'不再只是构造问题(各部分之间比例和连接),而是作品语义上的组织问题',是'表现作为语义整体的文学作品特色的一整套方法'"(胡亚敏,2004:136)。在这类情节观中,因果关系这个要素甚至可以被忽略。

胡亚敏总结了几种情节类型,并重点分析了情节的发现模式。发现模式作为转换型情节的形式之一,是"一种逐步揭示或证实事件真相的情节类型,它体现为不断追求、寻找的模式,具有认知的特征"(胡亚敏,2004:137)。发现模式有几种常见的形式:从不知到有知的过渡;从假象到真相的揭示过程;印证预告①;从无知到渐知的过程。

---

① 发现模式的变体,作品事先预告结局,情节的发展逐步印证这一预告。

从不知到有知的过渡是发现模式的常见形式，在故事的开端，主人公可能对周围的人们和环境缺乏了解，随着情节的发展，他逐渐认识了其他人物的身份、动机和他所生活的社会。这种表现形式的重点是认识的深化。教育小说、成长小说、侦探小说都属于这个认知形式。

在20世纪60年代以前的美国成长小说中，作者多是男性，主人公也基本上都是男性，女性青少年往往是陪衬，或者干脆缺席。女性处于被支配、被书写的地位，通常受到权力话语的错误再现，是被人为建构起来的他者，这样的成长叙事模式反映了男权话语对文学的主导。在60年代美国第二次女性主义浪潮后，女性的自我意识开始觉醒，现代女性开始摆脱权力话语的压制和失语状态，发出声音、书写自我、建立具有独立品质的个人身份。波特的作品就诞生在这样的时代背景中。作为一名女性作家，波特塑造的人物多为女性，题材也多为女性的生活以及女性对生活的认识和理解，有很强的自传性。波特小说的米兰达系列可以被归入成长小说，这一系列小说具有典型的发现情节模式，主人公米兰达在成长过程中，从不知到有知、从看到假象到发现真相的过程，体现了人物不断追求、寻找的模式，具有认知的特征。下文将以《假日》和《老人》为例，分析波特在女性成长叙事中的发现模式。

凯瑟琳·安·波特塑造了生活在19世纪末20世纪初南方社会中的众多女性形象，在《假日》《老人》等以美国南方地域文化为背景的中短篇小说中，作者反映了女性在社会化过程中的内心挣扎和主体认知。《老人》是以主线人物米兰达的有限全知视角展开的一段家族传奇的建构和解构过程，描写了米兰达跨越十多年、不断发展的个体成长经历，聚焦几代女性的身份建构。《假日》讲述了叙述者"我"年轻时到美国南方米勒家族农场度春假的经历，该小说侧重于个体在一段特定时空中的社会生活，聚焦复杂的心理冲突和细微的内心感受。对于这些小说，以往国内外学者的焦点更多的是投放在小说本身的叙事技巧上，鲜有涉及小说中女性他者人物身份构建主题和女性成长叙事。下文将主要探讨其中失语女性他者人物的交流困境和波特在其身份书写和叙事构建过程中所采用的发现模式，以及主线人物的主体认知过程。作者通过为女性他者人物设置身份悬念,以及女性他者人物身份的他人构建、自我构建、主线人物的体验构建等多重叙事来达到人物的身份书写,试图证明女性身份构建的复杂性和艰巨性。主线人物通常是一位年轻的女性,其发现失语女性他者真实身份的过程也是自我的主体认知过程,在体悟他人的人生中完成了自我的成长蜕变。

1. 失语女性他者与交流困境

"他者"原是一个哲学命题,后来被运用于女权主义等后现代西方文学批评中。"它暗示了边缘、属下、低级、被压迫、被排挤的状况"(张剑,2011:118)。波伏娃在《第二性》中提到,"男人是主体,是绝对;女人是他者"(波伏娃,2011:9)。在美国南方的父权制文化中,社会生活各方面的所有权威位置都保留给男性,几乎所有的女性形象都是主流意识形态为了将其纳入菲勒斯中心文化的编码而建构的他者。"经济结构、政治结构和观念结构的不平等以及菲勒斯主义的运作共同制造了女性的他者地位"(傅美蓉和屈雅君,2010:60)。

波特小说中的女性既是他者,同时也是某种意义上的失语者。她们或者由于先天残疾、遭遇疾病等生理原因不能说话,或者由于时代背景、文化环境等原因不敢、不愿说话。总之,作者没有赋予他们语言能力,或者没有给她们话语权,这些人物就成了失语者。《假日》中的奥蒂莉因为儿时的疾病导致残疾与失语,被囚困在臭烘烘的逼仄空间里,被家族无情地剥夺了应有的身份,也被剥夺了与家人交流的机会。而《老人》中的艾米虽有正常的言语表达能力,但是在父权社会的男尊女卑和南方淑女神话中,并不真正拥有话语权,是一个父权语境下的失语人物。失语即意味着失去了表达自我的工具,失去了与他人沟通的媒介,也使失语者丧失了自我,她们与家人之间存在某种程度的交流困境。

2. 身份的他人构建与自我构建

在菲勒斯文化中,女性身份的构建通常是单一范畴的,或被"神化",或被"妖魔化"。凡是符合权力话语所规定的外貌典范或行为守则之女性,就会被神化为"淑女",反之就被归入"异类"。《老人》中的艾米和《假日》中的奥蒂莉正是因为迥异的外貌而遭遇了权力话语截然不同的身份构建。

米兰达的姑妈艾米生活在旧南方的淑女神话中,理想化的淑女形象是其核心之一。艾米拥有姣好的面容和苗条的身材,是南方文化中理想的女人形象。她出色的外表、跳华尔兹时的优雅、骑马时的帅气以及加布里埃尔对她的痴情都是家族成员经久不衰的话题,也是家族的年轻女孩们望尘莫及的理想典范。这位公认的美女,在嫁给年轻浪漫的追求者加布里埃尔后不久就香消玉殒。从此以后,艾米就被神化为家族传奇和南方淑女的典范,不断出现在家族的叙事中,成为家族的老人们沉湎于南方美好往昔的精神寄托。

在《老人》的家族叙事中,操控话语权的是代表旧南方的整个米兰达家族。"艾米是基于其他人物的回忆,通过对历史不断地书写与重写来呈现给读者的。因为她的生活是由他人重构的,艾米从未有机会对米兰达或玛丽亚或者读者亲自言说自我;她本质上是个失语人物"(Fornataro–Neil,1943:350)。显然,艾米没能把握自我身份构建的主动权,与其说艾米给家族留下了栩栩如生的记忆,倒不如说是家族的集体回忆和对艾米身份的不断构建使艾米能够一直栩栩如生地活在家族成员的心中。以米兰达的奶奶和爸爸为首的家族成员把艾米神化为一个完美的南方女性,基于艾米姑妈的故事,构建了一个极度浪漫化的家族传奇。这个传奇反过来一直影响着它的构建者和家族其他成员,让他们深陷其中,不能自拔,甚至对加布里埃尔和他后来的妻子哈尼也是如此。

与艾米的被"神化"形成鲜明反差的是,《假日》中的奥蒂莉由于身体残疾、智力迟钝和没有语言能力,被家族剥夺了应有的身份,成了家族的"异类"。面对这样一个家庭成员,米勒家族的对策是拒绝怜悯,用心照不宣的方式为她重新构建一个符合家族利益的身份。于是,她不再是米勒家心爱的女儿和姐妹、一个忠心耿耿、任劳任怨的家庭成员,而只是一个隐形的劳动力。他们过度消费和利用奥蒂莉的劳力,对她的态度可以归结为"简单忽略"。米勒家族不仅操控着整个家族的话语权,而且在某种程度上左右着社区的经济和政治命脉。这个闭关自守、偏执狭隘的德国移民家庭抛弃宗教信仰,是极端的物质主义者。在米勒大妈遭遇暴风雨突然病故后,作为女儿的奥蒂莉居然被排除在送葬队伍以外。即使在这样的重大仪式中,奥蒂莉都没得到一个还原真实身份的机会。

然而,不同于艾米在父权语境下的失语,奥蒂莉虽然深陷与家族成员的交流困境中,但是她有沟通的愿望和能力。一旦遇到愿意了解她、倾听她的人,她的沟通愿望就会变得强烈。在非语言的沟通过程中,奥蒂莉在某种程度上完成了其身份的自我构建。叙述者"我"发现奥蒂莉能用家人费解的非语言的符号来表达自我。小说中出现了几次奥蒂莉与"我"交流的场景。一天清早,当"我"散步回来,奥蒂莉拉着"我"去她的房间,原来她要给"我"看一张照片,当"我"认出照片中的大约5岁的小姑娘就是奥蒂莉时,"她用急迫的手势强调确实是这样,她轻拍照片和她自己的脸,极其努力地想说话。她指着认真写在照片背后的名字'奥蒂莉',用她弯曲的指关节触摸着她的嘴唇……"(Porter,1979:426)。这是奥蒂莉第一次对"我"表明身份,除了"我"以外,没人会在意奥蒂莉也曾经是个漂亮健康的米勒家的孩子。奥蒂莉生活在"值得尊敬的南方家庭"神话流行的时代,"在这个神话中,忘我的奉献和无言的忍耐是核心概念"(周铭,2009:205)。奥蒂莉慢慢习惯了家族给她的女仆定位,恪守着女仆的职责,接受了她的存在不被家人认可的事实。然而,她并非没有自我意识,也并非对自己的苦难无动于衷,有那样一些片刻,她知道自己在受罪,会无声地哭泣、颤抖、抹泪。"她知道她曾经是米勒家的孩子奥蒂莉,长着结实的腿和善于观察的眼睛,在她的内心,她依然是奥蒂莉"(Porter,1979:426)。

在小说结尾处,全家人都去参加米勒大妈的葬礼后,奥蒂莉终于有了势不可挡的交流愿望,她发出了像犬吠一样的声音,嗷嗷的叫声引起了叙述者"我"的关注,当"我"误以为她想加入送葬者的队伍时,奥蒂莉通过她的手势纠正了我的误解。于是,"我"经过一番折腾后终于成功地驾驭了那辆破旧的轻型货车,带着她寻觅春光,拾取片刻的自我。在如此的语境中,尽管奥蒂莉选择不去参加米勒大妈的葬礼,而是和"我"一起享受一个小小的"假日",谁又能对她进行伦理道德上的谴责呢？这个偷得浮生半日闲的情节设计,可以用徐岱的观点来诠释,"在相当的一段时期,人们对于小说的阅读心态,事实上可以归结为对某个具有曲折情节的故事的期待,习惯于为小说家的那种既出乎意料,又在情理之中的布局安排敲节击掌"(徐岱,2010:242)。

虽然失语女性他者也曾尝试用某种方式无力地表达自我,但其身份主要依赖他人来构建,她们的家族往往会为她们构建一个符合家族利益的身份。而那些操控话语权的人物书写自己也书写他人,通过书写他人来达到各自的目的,"不管波特出于什么根源如此迷恋于塑造这些失语人物,这些人物让她有一个更好的机会来评论人物身份的构建和批判客观真理的概念。在这个叙事空间里,不能言说自我的人物注定要被他人以符合他们自己叙事目的的方式来书写"(Fornataro–Neil,1998:349)。

3. 身份悬念与发现模式

话语权操控者为失语女性他者人物构建的身份经常是不真实、不公正、不明朗的,这些人物的真实身份是家族不愿公开的秘密。正是这些秘密使情节具有了不一样的结构特征,"布局良好的情节应该包含某些'秘密',随着故事发展,'秘密'将显现在读者面前,并且使得整个故事体现出完整的结构之美"(申丹,2013:42)。也正是因为这些秘密,使情节具有了陌生化的效果,这也就是什克洛夫斯基分析的情节观,这样的情节"'实际上是打破对事件的正常组合的技巧',其功用在于创造性地使事件变形,从而使事件具有陌生新奇的面貌"(申丹,2004:38)。

为了揭秘女性他者人物的真实身份,波特采用了转换型情节中的发现模式。在《老人》和《假日》中,发现模式的表现形式主要是从假象到真相的揭示过程。"故事开始呈现一部分信息,这种不完整的信息使人物做出错误的判断,只有当故事中被遗漏的必要部分被补充进来,或者情景急转直下,真相才得以显露"(胡亚敏,2004:137)。这种发现模式的表现形式重点在于认识的转变。在波特的小说中,完成这种发现模式的是故事中的一个主线人物,这位主线人物通常是位年轻的南方女性,是一个贯穿失语女性他者身份建构过程的目击者、体验者,从发现失语女性他者的身份悬念,到解开她们的身份谜团,最后深受其人生经历的影响,产生顿悟、走向新生,完成了南方新女性的成长蜕变。

在《假日》中,正是米勒家族对奥蒂莉的视而不见和闭口不谈才强化了她的身份悬念,引领着叙述者"我"一步步发现她的真实身份。"我"第一次注意到奥蒂莉这个人物是在刚到米勒农场的当天晚上,"我"看到有个跛腿、严重畸形的女仆在帮着张罗开饭,她看上去又瘦又结实,"她快步拖动着颤抖的身体忙碌地在大餐桌上摆放餐盘,躲闪着防止撞上其他人,但是没人给她让道,或者搭理她,甚至当她消失在厨房中时也没人瞥她一眼"(Porter,1979:415)。

"我"其实是奥蒂莉的一个代言人,两者有共同的被他者化的经历。作者似乎有意安排"我"这个有语言能力的人来体验奥蒂莉的生活,揭示她的生活状态,表达她的内心感受。奥蒂莉断断续续的、不连贯的、费解的、无人愿意理会的自我身份构建,只有依靠叙述者"我"的解读和重构,才能将奥蒂莉的表达"片断"整合为一个完整的身份叙事。住在米勒家近一个月的时间内,"我"的自我感觉就是"一个陌生人,一个无望的外人"(Porter,1979:421),"我"产生的几乎所有的感受和困惑都能投射到奥蒂莉的处境与身份上。寄居米勒家的阁楼,不懂德语的"我"可以对楼下米勒家人之间的交流充耳不闻,或阅读以前的寄居者留下的书籍,或把自己的心声倾注笔端。同样,奥蒂莉和家人的交流困境已不再困扰她,她学会了享受失语带来的寂静。在女权主义文学批评中,阁楼往往被解读为女性生存空间的隐喻,无论是奥蒂莉所在的陋室还是"我"寄居的阁楼,都暗示了女性在社会和家庭中是否占有一席之地,也传达了空间对于女性成长的重要性。

尽管奥蒂莉是失语的,但是"我"愿意与之缩短距离,这也是她们之间的沟通成为可能的原因。在"我"的探究下,奥蒂莉的身份悬念被揭开了,这个女仆原来是米勒家的长女,这个失语的畸零人是实用主义和父权制、家长制的献祭品。

有别于《假日》中"我"的成年人视角,《老人》的故事情节是通过童年、少年、青年米兰达的体验向前推进的,其中的发现模式具有更明显的认知特征。艾米姑妈最初出现在童年米兰达的生活中时早已作古,成为一个相框里的幽灵。配上相框的照片意味着照片中的人物将被载入史册,将被永远铭记,将在家族叙事的建构中行使权威。艾米的照片揭示出:摄影术作为一种保存个人与家庭记忆的技术,体现了巨大的力量。照片被视为记忆的载体,它不受记忆的限制,甚至还能产生记忆。它是一种机制,通过这种机制,过去能被建构,并摆放在当下。相框中的照片作为一种视觉再现参与了家族记忆的构建,同时,家族记忆本身依靠这些照片得以强化。"家庭作为一种社会建构,有赖于它诸多结构元素的不可见性。由于可视性是作为一种由家族凝视决定的结构元素在发挥作用,如果想让家族意识形态保持长存并强加于后代,在某种程度上就必须让可视性不知不觉地发挥作用"(Hirsch,1997:117)。尽管艾米的相片看起来仅仅能提醒人们去记住家族里曾经出现过这样一位美人,但事实上承担着更具有战略性的作用,那就是构成家族凝视,确保年轻的后代们继续以虔诚的方式回忆家族的往昔。

米兰达和姐姐玛丽亚这一辈人在成长过程中受到出生之前就业已形成的家族叙事的影响和操控,祖辈们在创伤事件中形成的故事笼罩着她们的一生,似乎后辈们的人生中发生的一切故事与这些家族故事相比都是微不足道的。事实上,对于那些创伤性事件,她们既无法理解,也无法重塑。然而,当艾米在相片上的模样与她在家族回忆中的风采之间产生出入时,米兰达对其真实身份的质疑也就已存在。家族叙事的神话色彩与 8 岁米兰达有限的理解视域之间的张力无疑强化了艾米的身份悬念,拓宽了叙事空间。从儿时起,米兰达就和她的姐姐玛丽亚采撷家族传奇故事的片段,结合艾米姑妈留下的遗物,试图发现真相,重构完整的家族故事和艾米的身份。加布里埃尔姑父是艾米姑妈留下的遗物之一,他被艾米的家族爱屋及乌地书写成了符合家族利益的浪漫骑士。在家族的叙事里,他是一位漂亮、浪漫、健康、富有的年轻人。当少年时代的米兰达终于有机会一睹加布里埃尔姑父的风采时,所有与之有关的家族叙事顷刻被颠覆,显然,现实生活中的加布里埃尔是个粗俗邋遢的酒鬼。加布里埃尔对艾米的忠诚更是一种对家族叙事的忠诚、对往昔的忠诚。加布里埃尔对艾米的记忆支配着现实生活,他对米兰达姐妹的长相赶不上艾米的评价暴露了他对过去的怀旧幻象,这份幻想确凿、顽固、忠诚。

青年米兰达在坐火车赶回家去参加加布里埃尔姑父的葬礼时,偶遇伊娃表姐,一路上,伊娃表姐通过回忆充当了家族叙事和淑女神话的解构者。伊娃形象丑陋,是被家族所排斥的异类,她企望通过参加女权运动获取某种身份和位置。在辗转获悉加布里埃尔姑父的葬礼即将举行后,她选择自发地赶回南方的旧秩序中。伊娃对艾米的评价总体上是负面的,"伊娃在她的苦难中给读者提供了一个反叙事,这个反叙事与既定叙事相抵触,并对它表示怀疑。同时,伊娃是一个同谋,心甘情愿地参与了既定叙事的构建,因为它给她提供了一种家园感和历史感"(Fornataro - Neil,1998:352)。伊娃的矛盾心态和她看待家族往事的偏激立场使她的叙事可靠性大打折扣,但她提供的家族回忆给艾米的身份构建提供了另一个截然不同的视角。

无论是艾米的不端行为,还是她对婚姻和爱情的真实感受都为家族叙事所不能容忍,这一切必须以一种可接受的方式被加以修饰和改写。根据米兰达的生活体验和伊娃的回忆,艾米的长相显然不如家族记忆所描绘的那般美若天仙,也并未如南方文化所倡导的那般恪守妇道、坚贞纯洁,但她还是被书写成南方淑女的理想典范。艾米不愿违背自己的意愿任人摆布,又无力挣脱生存环境,只能无度挥霍生命,以毁灭自己的方式来寻求解脱,她是南方淑女神话和父权制的献祭品。

4. 主线人物的主体认知

在《老人》中,艾米姑妈的故事貌似沿袭了传统的爱情故事情节,但"女孩们听到的这个故事是一个关于浪漫之爱的幻想,它把女人的力量解释为吸引男人的能力,它使男人成为女人命运的主宰,她的幸福与不幸的唯一原因"(Jones,1993:285)。几代家族女性都浸淫于南方父权制,受到不同程度的伤害。然而,无论是祖母对父权制的捍卫,还是艾米姑妈的被"神化"、伊娃表姐的被"异化",她们的人生经历似乎都在为米兰达走向自由之旅架桥铺路。米兰达穿梭在家族的回忆和当下的生活中,当她有足够的人生阅历和叙事解读能力后,她意识到自己必须摆脱根深蒂固的旧南方传统和家族回忆,直面人生。

《假日》以第一人称"我"讲述女性的自我经验,这种叙述模式赋予女性人物话语主体的身份,实现女性成长的自我言说和诠释,有利于表现女性独特的声音和情感,从而更有效地表现女性成长中独特的心路历程。当初"我"来到农场度假是为了逃避生活中的困惑,而揭开奥蒂莉真实身份的过程消解了"我"的困惑,促成了"我"对生活的顿悟——麻烦和困惑是在所难免的,只有尽可能地认清自己的处境,主动地做出选择,才能把握自我、驾驭自己的生活。米勒农场的短暂经历使"我"建立起新的属于女性自己的成长图景。

在对女性他者人物身份构建的认知过程中,主线人物米兰达和"我"实现了对自我身份的认知。不同于艾米和奥蒂莉的身份被建构,米兰达和"我"获得了审视现实世界的地位和能力,她们凭借女性独特的人生体验和生活感知,进行个人主体意识的建构、个体生存方式的思考。出走、迷惘、顿悟、认识人生、认识自我等组成了米兰达和"我"的人生体验,而这些也是成长小说典型情节模式的结构要素。主线人物产生顿悟的契机是葬礼,作为生活中的特殊情境,加布里埃尔姑父的葬礼和米勒大妈的葬礼幻化成了主线人物的成长仪式,分别触发了米兰达和"我"坚持内心感受、不向现实世界妥协的勇气和力量。经过逃离原本生活后的人生历练和认知积累,主线人物不再被世俗的行为规范所羁绊,产生了明确的自我意识,在个人意愿和社会规范的冲突之间做出了选择,决定实现自我价值。

成长过程就是认识自我、认识社会、构建个人主体身份、实现人生价值的过程。当个性追求与社会世俗成规产生矛盾和冲突时,女性个体并未一味地委曲求全、应时趋变,或者愤世嫉俗、逃避隐遁,而是按照自己对生活的理解和本真的愿望,做出顺应自己内心情感导向的选择。罗伯特·潘·沃伦在《围绕中心的反讽》(Irony with a Center)中指出,《老人》是人物对自我定义的找寻。正如波特本人,她笔下的米兰达需要找到一种身份,一种自我形象,来支撑自己。尽管在波特笔下,米兰达已经拥有了作者本人不曾拥有的高贵血统和良好教养,她仍然寻求一种特殊的身份。依照社会规训,她可以选择去做的要么是模仿艾米姑妈等从小耳濡目染的南方淑女典范,要么立志成为一名骑师或一位作家。而米兰达真正做出的第一次自我决定,却是从学校出逃,与人私奔。(Warren,1942:29—42)。这种维护个人自主性、拒绝社会化的成长理念符合美国崇尚个人主义的历史传统,与美国成长小说中的叛逆传统也是一脉相承的。

5. 结语

毋庸置疑,身份对于每一个人来说都是非常重要的,对于失语的女性他者人物来说,身份的书写注定是困难的,虽然失语的女性他者人物以各自的方式反抗自己在他者化过程中受到的压迫,但她们最终都是某种权力话语的献祭品。"在波特的世界里,没有绝对的、客观的真理。我们都根据自己的处境、议程、痛苦和个人叙事目的书写和重写着我们自己的故事"(Forna-taro – Neil,1998:352)。在探寻女性他者身份真相的过程中,新南方的女性实现了自我的主体认知,她们的人生历练和认知过程使叙事接受者看到女性按照自己的意志进行自主选择的可能性,以及女性走出困境、战胜苦难的决心和勇气。女性必须认识到:只有摆脱沉重的历史负担,掌握身份书写的主动性,才能把握自己生活的真相,获得成长,走向新生。

第三章　波特小说中的人物

第一节　人物与人物观

在文学史和文学批评中不难发现,对于"人物"的定义,无论是亚里士多德(Aristotle)意义上从属于行动的"行动者"(agent);M. H. 艾布拉姆斯(M. H. Abrams)所谓的被赋予特殊道德与性格特征的人(people);或是西摩·查特曼强调的由特性构成的虚构人物(character)和格雷马斯的"行动元"(actant),"人物"的概念始终处于不断发展的过程中。

尽管如此,"人物"却是小说叙事中一个无可争议的内容要素,"每篇小说是,也必须是关于人物的小说,没有人物就不会有小说"(盖利肖,1987:245),虽然小说史上曾经出现过以动物为主角的小说,如美国作家杰克·伦敦的《荒野的呼唤》。法国新小说也往往将人物降到"物"的地位,大量的篇幅用在对物和场景的细节描写上,然而,学者徐岱认为"'新小说'派之'新'与其说是消灭了人物,不如说是创造了一种新的人物,一种无性格的性格,非人化了的人"(徐岱,2010:155)。可以说,小说依然是关于人物的小说,"不朽的小说作品的条件之一就是要创造出令人难忘的新的人物形象"(塞米利安,1987:141)。

叙事学研究中有多种人物观,形成不同的人物概念和分类,其中最主要和最有影响的有三类:特性论、行动论和符号论。特性论包括查特曼的"特性"概念、福斯特的"扁形人物"和"圆形人物"的分类、尤恩的人物轴线等。行动论包括俄国形式主义和法国结构主义的人物理论、普洛普和艾丹·苏瑞奥(Etienne Souriau)的角色分类、格雷马斯的"行动元"模式。符号论主要是后结构主义者和叙事符号学家的人物观点,如罗兰·巴特等论人物的语言性质、菲利普·阿蒙(Philip Amon)的人物符号学模式。

特性论的人物观根据人物的特性来描述和概括人物的类型,侧重于人物的心理本质,因而被认为是"心理性"人物观。"心理性"人物观的研究对象主要是19世纪的小说和现代心理小说。在19世纪以来的传统批评中,尤其是现实主义文学理论中,人物是作品中的首要因素,叙述为人物服务。人物被认为是"心理性"的、具有心理可信性或心理实质的,人物的心理或性格具有独立存在的意义。19世纪是整个欧洲现实主义的繁荣时期,法国、德国、俄国等国都有一批作家的创作手法从早期的浪漫主义转向了现实主义,成为本国现实主义道路的开拓者。这一时期的文学主流是小说,尤其是批判现实主义小说,法国现实主义小说与俄国现实主义小说和英国维多利亚时期的小说交相辉映,这些小说的一个共同特点是对人物的心理描写更加深刻、精确和多样化。心理小说肇始于19世纪的法国作家司汤达(Stendhal),他的心理描写主要是对意识和感情的理性分析,仅限于意识层的心理思维,并未涉及潜意识层的生理状态。20世纪,随着亨利·柏格森(Henri Bergson)的直觉主义、西格蒙德·弗洛伊德(Sigmund Freud)的精神分析学说和威廉·詹姆斯(William James)的心理学的兴起,心理小说发展为意识流小说。作家往往不再拘泥于情节的因果关系和时间序列,而将描写重点放在了人物的意识层和潜意识层的思维活动,或直接以人物的意识活动来构建作品。值得注意的是,持"心理性"人物观的批评家"并非仅仅关注人物的心理、动机或性格,他们也会探讨人物所属的(社会)类型、所具有的道德价值和社会意义"(申丹,2004:65)。

行动论人物观在叙事中侧重人物的功能,也被认为是"功能性"人物观,其研究对象均为简单的程式化的叙事作品。从亚里士多德,到20世纪的形式主义者和部分结构主义者,都认为人物是情节的产物,是从属于情节或行动的"行动者",人物的意义体现于人物在情节中的作用,其地位是"功能性"的。"形式主义认为所谓作品再现生活的"逼真"是一个幻觉。人物'只不过是叙事结构的一个副产品,也就是说,是一个建构性质而不是心理性质的实体'"（申丹，2004:59）。在结构主义叙述学的分析模式中，虚构人物是一种建构性质而非心理性质的存在，其具体研究目的及采用的研究方法也构成了将人物"行动者化"的基础。行动论人物观用人物的行动或行动范围来定义人物，强调人物的行动，认为人物是动作的执行者，人物的性格是次要的，甚至是可有可无的，人物的作用仅在于推动情节的发展。因为形式主义和结构主义将作品视为独立于现实而存在的自足有机体，无视作品外的任何因素，仅注重作品内部的结构规律和关系，所以不难理解他们为何将人物抽象为"行动者"或"行动素"。

持符号论人物观的主要是后结构主义者和叙事符号学家，他们提出人物是符号集合的观点，强调人物的符号性质，"把人物看作一种符号，认为人物是在语言世界中产生的，是由文本中用于表现和说明人物的一定数量的能指与体现人物意义和价值的所指结合而成的词句"（胡亚敏，2004:150）。

第二节　波特小说中的心理性人物

在波特的小说中，有两类特征鲜明的人物，可以分别对应"心理性"人物和"功能性"人物。波特一生亲历了两次世界大战和墨西哥革命，并饱尝南北战争给美国南方带来的军事上和心理上的挫败感与耻辱感，她以南方女作家独特的视角审视了这个内战后满目疮痍的种植园奴隶制农业社会，见证了南方社会在工业化、城市化进程中的艰难蜕变。作为"一场打败了的战争的孙女儿"（波特，1984:1），波特以独特的南方式的焦虑书写着沉重的南方历史负担，塑造了生活在20世纪上半叶的南方社会中林林总总的人物，尤其是"米兰达系列"中的三代美国南方女性，以祖母索菲亚·简、艾米姑妈和米兰达为代表的三代女性历经两个世纪，先后目睹美国西部大开发、南北战争、工业革命和经济危机，不断寻找自己在社会、社区、家族中的位置，她们的心路历程构成了叙事的主线，这类人物可以被归结为"心理性"人物。另外,还有那些身体残疾和精神残缺者、游离于主流社会意识形态与主流文化之外的人物、挣扎在现实困境中无力自拔的人物,这些"功能性"人物的塑造在一定程度上延续了美国南方文学的"畸零人"传统。

波特善于通过小说情节中人与自然、人与社会、人与人以及人与自我之间的诸多冲突,展开人物性格和人物关系的塑造,反映社会生活的本质特征。其中,人与社会、人与自我的冲突是波特女性人物塑造中的重要手段。

在呈现人与社会之冲突的作品中,"米兰达系列"中的祖母索菲亚·简和《被遗弃的威瑟罗尔奶奶》中的威瑟罗尔奶奶是老一辈女性的代表,她们对于男权社会的种种压迫都有质疑,甚至产生过反抗意识,但最终未将这种反抗意识付诸行动。《老人》中的艾米、伊娃对父权制持有的是既反抗又妥协的矛盾态度,她们在人与社会的冲突中是反抗不彻底、不成功的女性。而米兰达最终决定抛弃虚幻的家族神话,按照自己的观察和理解去开始崭新、真实的生活,她是南方新女性的代表。

索菲亚·简和威瑟罗尔奶奶是父权制下完全被动的女性形象,表面上是男权社会的女家长,实则父权社会的弃妇,即使对丈夫、对父权制心有怨言,也不敢有任何微词,更不敢违反妇道,忠诚地充当着父权制的捍卫者。她们出现在小说中时已经垂垂暮年,她们的视角是向后看的,视域是曾经的生活,内心活动多是回忆往昔。在她们年老时,频频回忆起年轻时的艰辛生活,情感中糅杂着怨恨、感慨、留恋和骄傲。

索菲亚·简年轻时"扮演的是权威的角色,这点她是知道的;她的责任就是分配任务,有必要时加以规劝、控制,向他人传授道德、规矩和宗教,按照规定的法则惩罚或奖励家里所有的人。她把自己的怀疑和犹豫隐藏起来,同时提醒自己,这就是职责"(波特,1996:44)。在艾米对爱情产生幻灭,自暴自弃地消磨自己的生命,在病中觉得自己去日无多的时候,索菲亚·简自然要对她加以规劝和控制:"你可以活得跟任何人一样长,只要你做人通情达理就行"(波特,1984:35)。她认为艾米不想嫁给加布里埃尔是在要小性子,并断言:"结婚生孩子会治好一切"(波特,1984:35)。在南妮质疑上帝为何因为黑人的肤色而对这个种族如此严厉时,索菲亚·简总是尖锐、武断地训斥她:"胡说!我告诉你,上帝并不知道皮肤是黑是白。他看见的只是灵魂。不要胡思乱想,南妮——你当然是要进天堂的"(波特,1996:48)。显然,索菲亚·简的一套套说辞缺乏逻辑、荒唐无据,但她就是在竭力改变他人性格的过程中形成了真正令人敬畏的性格。对于米兰达这样的孙辈,她通常会连珠炮似的斥问:"你上哪儿去,孩子?你在干什么?你拿的是什么?你从哪儿弄来的?谁允许你那么干的?"(波特,1988:355)。甚至对于伊莉莎姑婆——比索菲亚小三岁的妹妹,在她爬梯子装望远镜时,索菲亚·简也是毫不客气地教训她、让她做符合自己的年龄的事情。这种权威角色的扮演在索菲亚·简自己看来是维持家庭稳定的基石,可在子女们看来却是"令人窒息的母权暴政"(波特,1996:51)。

索菲亚·简年老时的一大爱好就是和曾经的女黑奴南妮一起做拼布手工活,将家里存放了五十年的华丽服装的下脚料剪成小块再拼缀起来,"手里的一小块绸子常常会引起一连串的家事回忆"(波特,1996:44)。她把祖辈留下的老物件都配上了手工拼缀布套,挂起来瞻仰,而对于她即将成年的孙子、孙女们来说,类似的"种种离奇、老式守旧的做法让他们感到极不舒服"(波特,1996:43)。这些老物件属于她们珍爱的过去,而过去是她们生活的全部,"她们谈论过去,的确——总是谈过去。即便是谈将来,也好像那都是已经过去、完结了的事情。将来不像是她们过去的延伸,而是它的重复"(波特,1996:44)。实际上,过去并不如她们回忆中那么美好,"她们俩的过去都是苦涩的,她们曾对每天都要遵从的令人烦恼的生活准则提出过疑问,却并不反抗,也不期待得到解答"(波特,1996:44)。

老南妮在年轻时完全不清楚自己在这世上的地位,每天遵守的法则就是服从离她最近的权威。奴隶制的废除并没有从根本上改变她的生活,但却足以让她感到自豪,因为她能对曾经的女主人说:"我打算和你待在一起,你愿意我待多久就待多久。"(波特,1996:48)。晚年时,她一辈子追随的主人索菲亚·简比她先走一步,彼此相约在天堂重聚,南妮突然意识到自己一辈子还未曾有过完全属于自己的住处,于是向哈里要了河边的一间空房,不顾孩子们的挽留,搬出去独自生活,她变成了一个"有富裕生活收入的老年班图妇女，坐在台阶上，呼吸着自由的空气……享受着人世间可以由她任意支配的上帝赐予的好时光"（波特，1996：50—51）。即便是她的丈夫金比利大叔路过小屋时稍有留恋，也被南妮决绝地拒之门外，她下定决心："临死之前不打算伺候人了……我服役期已经满了，该做的都做了，没别的可说的了。"（波特，1996：51）。很难说，南妮在暮年的这种行为是一种觉醒，抑或是将自己对父权社会和旧秩序的反抗意识付诸实施，但至少，她能够自由地表达自己的意志，学会了说"不"，这点比她曾经的主人索菲亚·简在女性自我解放的道路上走得更远。

威瑟罗尔奶奶在弥留之际，脑海中都是一幕幕过往的人生片段，她年轻时也曾风华正茂，精致优雅，曾经是"一个头发上插着山峰似的西班牙式梳子、手里拿着有彩色画的扇子的年轻女人"（波特，1984：313），但是，艰辛的生活"使一个女人变了样"（波特，1984：313）。"过去的生活得费很大的劲儿，可是她对付得了。她想到那会儿她煮多少人的饭，裁缝多少人的衣服，还得种多少菜地——嘿，孩子们就是活证据"（波特，1984：312—313）。这种人生总结于她自己是一种自我告慰。由于丈夫约翰早逝，在男性凝视缺失的情况下，更是女性的一种自觉的自我凝视，"有时候，她想再看到约翰，指着他们，说，怎么样，我干得不坏吧，对不对？"（波特，1984：313）。曾经在婚礼上抛弃她的未婚夫乔治是威瑟罗尔奶奶的一个心结，"六十年来，她一直祈祷，千万别再记起他和别让她的灵魂落入地域的深渊，眼下这两件事情混在一起了……"（波特，1984：315）。当弥留之际克制不住想起乔治时，威瑟罗尔奶奶的另一个自我扮演着"上帝"般的权威，镇压了她的怨念，"受损害的虚荣心，埃伦，一个严厉的声音在她脑子的顶部说。别让你的受损害的虚荣心控制你。有许多姑娘被抛弃。你被抛弃了，对不对？那么，坚强地忍受吧"（波特，1984：315）。

被家族建构成南方淑女典范的艾米深知自己不可能逃脱南方旧秩序和父权制的枷锁，只是任性地放纵自己通宵跳舞、着装暴露、放荡滥情，以消耗自己生命的方式被动地表示抗议，最后通过死亡逃脱旧南方强加给女性的枷锁。而伊娃的抗争貌似正义凛然，宣称自己参加女权运动是为了帮助女性摆脱南方枷锁下的个人困境,其实质不啻为被边缘化的南方女性寻求存在感的走偏锋,伊娃虽然深受父权制的迫害,但在本质上却还是父权制的帮凶。从小浸淫在家族记忆、家族神话中的米兰达,适逢新旧南方交替的时代,在逃离旧秩序,拥有观照旧南方的新视角后,最终决定抛弃虚幻的浪漫传奇,开始崭新、真实的生活,她是南方新女性的代表。

在展现人与自我之冲突的作品中,《马戏》《坟》《无花果树》中的童年米兰达由于社会阅历不够多,在认识世界的过程中产生种种困惑和恐惧,该认知过程也是她们与自我产生冲突、内心斗争的过程。《偷窃》中的无名女主角、《灰色马,灰色的骑手》中的青年米兰达、《开花的犹大树》中的劳拉、《裂镜》中的罗萨琳等女性人物,或为了自己的信念,或为了自己的事业,或为了自己的理想,都经历了漫长的心理斗争。

《马戏》描写了童年米兰达第一次观看马戏却中途退场的窘迫经历。在高高的看台下偷窥的小男孩们、庞大的铜管乐队震耳欲聋的声音、扮相恐怖的小丑,这些突如其来的丑陋、邪恶与恐怖使年幼的米兰达不知所措,在仓皇逃离马戏场的过程中又遭遇神情冷漠、态度傲慢的侏儒。家人们看完马戏后津津有味地描述米兰达错过的精彩表演,米兰达也在脑海中试想那些画面,就好像她当真在回忆那一切,可当她睡熟后,编造的回忆在真正的回忆前化为乌有,恐怖的经历催生的噩梦将她惊醒,她哭喊着要求把她从痛苦中搭救出来,不敢再独自面对深不可测的恐怖的黑暗。这次噩梦般的经历可以说是米兰达认识现实世界的一次成长仪式。

《坟》以成年米兰达的视角,讲述了米兰达和哥哥保罗的一段童年往事。在探宝埋兔的经历中,童年米兰达第一次意识到爱和性的本质,并渐渐地发现爱情意味着生育,意味着死亡。这段思考过程持续了二十年,如同《马戏》中的米兰达一样,这样的思索和煎熬过程并没有成年人的介入,主人公完全凭着纯真幼小的心灵独自消化成长过程中的困惑,类似的小说传达了一个这样的观念:人走向成熟和死亡的情感历程必然是沉痛的。

在故事情节的设置上,《无花果树》和海明威的短篇小说《一天的等待》颇有相似之处,都是关于年幼的孩子由于缺乏足够的生活常识而对生命产生误解的过程,这个过程持续的物理时间其实不算长,但是幼小的人物却在此期间独自经受了漫长的心理折磨。

《一天的等待》中,主人公斯加茨是一个性格孤僻内向的小男孩,生病发烧的他本来感觉没什么问题,也不愿躺下,当医生告诉他体温 102 度后,他的精神马上被击垮了,默默地躺在床上,等待死亡的来临,因为他曾经听同学说人发烧到 44 度就会活不了了。晚些时候,当他爸爸打猎回家后,发现了小男孩的困惑,并告诉他其实他的体温不算很高,102 度是华氏温度,44 度是摄氏温度,就像英里和公里的制式不同一样,小男孩凝重的目光才松弛起来,等待死亡的紧张状态也终于缓解了。在等待死亡来临的漫长一天里,小男孩表现出超乎年龄的勇敢与镇静,一如海明威笔下那些百折不挠的"硬汉"形象。

《无花果树》中,年幼的米兰达在大家族前往农场避暑时匆匆埋葬了一只死去的小鸡,却一直隐约听到小鸡在土里的哭泣声,怀疑自己活埋了这只小鸡的困惑一直在内心折磨她。到达农场的当天晚上,伊莉莎姑婆教她用望远镜观察星空,当她们路过无花果树时,米兰达再次听到了同样的哭泣声,她吓了一跳,撞在伊莉莎姑婆的膝盖上,哭着告诉她自己又听到了地底下的哭泣声。伊莉莎姑婆蹲下来仔细倾听了周围的声音,发现这微弱的叫声是树蛙们发出的鸣叫声,她告诉米兰达,树蛙在蜕皮后会吞食自己蜕下的皮,并会在下雨前发出鸣叫声。伊莉莎姑婆传授的生活常识消解了米兰达的困惑和心中的罪恶感。

1928 年左右,波特发表的几篇短篇小说有一个相似之处——主人公没有明确的姓名,如《他》中的痴呆儿"他",《绳》中为了一条绳子吵得不可开交的夫妻,以及《偷窃》中的女主人公。这些短篇小说描述的都是经济窘迫的小人物,反映了那个时代芸芸众生普遍的生活困境,颇有点生活寓言的意味。

短篇小说《偷窃》采用第三人称叙述声音和女主角的内视角,以 20 世纪 30 年代美国经济大萧条时期的纽约为背景,通过一位经济窘迫的女作家的钱包被偷窃的故事,描摹了当时寄居纽约的艺术家们的生活状态。女主角秉性善良,与波特拥有相似经历,是一位作家。小说以女主角钱包丢失为线索,展现了与之有关的种种冲突:社会各阶层之间的冲突、男性与女性之间的冲突、女性之间的冲突、女性的理想与现实之间的冲突。波特运用自由间接引语呈现女主角的内心独白,加之意识流、闪回和象征等手法,表现这些冲突。

女主角的一只金线锦的钱包不见了,这是人家送给她的生日礼物,向来轻视物质的她还是决定找回这个钱包。在刚发现钱包丢失的时候,她仔细思量了当晚刚刚过去的事情,回忆了与几位男性的交往。在第二天清早,又因为丢失的钱包与蛮横的女工友展开交锋,偷窃钱包的女工友先是矢口否认曾经见过这个钱包,尔后又指责女主角到处丢东西,将女主角这个大大咧咧的习惯当成她偷窃钱包的"正当"理由。虽然最终承认自己拿了钱包是想要送给侄女做礼物,但否认这是一种偷窃行为,当女主角主动提出要将钱包赠送给女工友侄女时,遭到了女工友傲慢的拒绝与无情的奚落,女工友讽刺她不再年轻漂亮、不配再拥有漂亮的东西,并强词夺理、气急败坏地控诉女主角偷窃了应该属于她侄女的钱包。女主角温和谦让,在与女工友的交锋中,其话语和行为表现出与她的地位不相称的忍让和妥协,与她的社会角色极不协调。女主角和女工友两者的关系本应是中产阶级和社会底层劳动阶级、被偷窃者和偷窃者的关系,处于强势地位的她并没有表现出居高临下的优越感,情理中的兴师问罪也并未发生,女工友逐渐控制了话语的主动权,讨回钱包的正当要求被蛮横的女工友不合逻辑地演绎成"偷窃","被偷窃者"被侮辱成了"偷窃者",毋庸置疑,"恶"总是在"善"的妥协与默契下得逞。

贯穿《偷窃》的是充斥于人物的强烈的物质欲望,在美国经济大萧条时期,物质的匮乏引发了普遍的道德沦丧、精神空虚和自我丢失。在与四位男性及女工友的交往中,女主角的退让并没有换来真诚的友情和真挚的爱情,到头来,她孑然一身、物质匮乏、精神空虚,"长期耐心地忍受友谊行将消逝和爱情莫名其妙死亡的痛苦"(波特,1984:305)。在波特的小说中,凸显女性被动性的人物还有《开花的犹大树》中的劳拉;女性因为虚荣的自尊心而将自己置于被动地位的还有《他》中的惠普尔太太。人的天性是脆弱的,劳拉和惠普尔太太体现了她们毁灭别人和自我的本能。

《裂镜》中的罗莎琳和丈夫丹尼斯是一对不般配的老夫少妻。来自英格兰布里斯托尔的丹尼斯带着第一任妻子离开英国到纽约打工,他先当服务员,最后当上了饭店领班,挣够了钱再到康涅狄格州买了个农场。丹尼斯是个冷静、务实、理性的爱尔兰人,但是他的两任妻子都不欣赏他。他年轻时候很穷,第一任妻子想要钱;当他年纪大了,银行里有些钱了,第二任妻子又想要一个精力充沛的年轻人,他觉得她们俩生来就是忘恩负义的人。他的第一任妻子去世时,他一点也不难过,因为妻子在世时,他们并不相爱,他也下定决心,就算她死了,他也不打算再娶。直到他将近50岁的时候遇到了罗莎琳,丹尼斯希望他第一次婚姻娶的就是罗莎琳,但是他们之间30岁的年龄差有点太多了,罗莎琳会一边挤牛奶,一边对着牛说:"这不是生活,根本就不是生活,一个男人在那样的年纪根本安慰不了女人。"(Porter,1988:107)。结婚25年来,丹尼斯变得越来越沉默寡言,他有时候在罗莎琳面前有罪恶感,认为她不会明白一个男人是怎样变得不中用的,而且对此还无能为力。而与此同时,罗莎琳虽然已经深陷农场枯燥乏味的生活,却依然对生活充满幻想,总是那样喋喋不休,愿意和路过的人聊几句,没人路过时,也会和猫说说话,或者自言自语。她希望自己从来没来过康州,她在这里太孤独了,没人同她说话。罗莎琳总愿意和各种年轻男性打交道,如推销员彭德尔顿先生和画家凯文。罗莎琳和他们聊天,留他们在家里过夜,为此在邻居们那里留下了放荡的恶名。丹尼斯每次都忍不住躲在家里的一角偷听罗莎琳和各种年轻男子的对话,尤其当推销员彭德尔顿先生来家里推销他的烟斗和锅具时,罗莎琳每次都欣然购买,丹尼斯觉得她挥霍无度起来简直像个快乐的寡妇。虽然丹尼斯目睹这些行为会感到心里不舒服,但在表面上对罗莎琳还是非常包容。在日常生活中,罗莎琳不停地告诉丹尼斯,自己的少女时代是多么风光,她的青年时代在他的脑海里的印象甚至比他自己年轻时候的印象还要深刻。

整篇小说穿插了罗莎琳的好几个梦,她非常重视梦境的启示,生活轨迹也因此而有所改变。罗莎琳小时候曾经和姐姐霍诺拉一起熬夜照看临终之前的曾祖父,她们俩不停地喝茶、嬉闹,让自己保持清醒,还时不时摸一摸曾祖父的脚是不是变凉了,然后继续聊天、互相梳头和扎辫子。当霍诺拉把手伸进被子再次触摸曾祖父的身体,感觉他的腹部已经变凉,确定他已经离开人世时,曾祖父突然愤怒地睁开一只眼睛,斥责姐妹俩胡说八道,并诅咒她们去死。姐妹俩吓得尖叫起来,曾祖父确实去世了,当家里年长的女人们为他擦洗身体时,姐妹俩却还在旁边上气不接下气地嬉笑、哭泣。6个月后,曾祖父来到罗莎琳的梦里,表示很想揍她,因为罗莎琳姐妹的不当行为,导致他临终前说出那些怨言,害得他还在炼狱中恸哭。曾祖父要求罗莎琳为了他的灵魂安宁去做一次额外的弥撒。罗莎琳被这个梦吓醒,出了一身汗,天亮之前就赶紧去做了弥撒。

在彭德尔顿先生来推销商品时,罗莎琳对他介绍了凯文为她的猫"比利猫"(Billy-cat)画的栩栩如生的画像,并向他讲述了这只猫的遭遇。比利猫失踪后的第三天夜里托梦给罗莎琳,"'田野北边有棵枫树,上面有个巨大的树疤,树枝都被暴风雨打断了,树旁边有块扁平石头,你在那里能找到我,我掉进了陷阱'。他说,'陷阱不是为我设的',他说,'但我还是掉进去了。现在不要多想',他说,'因为都过去了'"(Porter,1988:104)。罗莎琳叫醒丹尼斯,告诉他比利猫在梦里传递的信息。丹尼斯果然在田野北边找到了比利猫的尸体,带回家埋葬了,罗莎琳为此伤心欲绝。甚至在彭德尔顿先生面前回忆起这些往事的时候,罗莎琳也是声音颤抖,丹尼斯都怕她会在这个陌生人面前掉泪。有了比利猫的托梦事件,罗莎琳就更坚信她曾经认识的不计其数的人,会在死后在她梦中带来他们的消息。

之后罗莎琳还先后梦见跳踢踏舞的男孩死掉,梦见凯文奇怪的坟墓。一天早上,罗莎琳疲惫绝望地从床上坐起来,告诉丹尼斯她梦见了姐姐霍诺拉病了,在床上快死了,并且在呼唤她。罗莎琳决定到波士顿去一看究竟,还执意取道纽约,理由是纽约的火车要好些。罗莎琳坐上了开往纽约的火车,仿佛回到了不停奔波的年轻时光,并应景地买了巧克力棒和爱情故事杂志,只是想证明她再一次坐在了开往某地的火车上。罗莎琳看着纽约街头人来人往,或聚首,或分别,总之没看到一张悲伤的脸,她认为这是个好兆头,她甚至想到 164 号大街去看看年轻时曾经住过的公寓,她曾经是那样一个城里姑娘,脑子里只想衣服和玩乐,但现在几乎要在车水马龙中迷路了。她像一个小姑娘那样吃着浇了草莓果酱的冰激凌,看了两场电影,《爱的王子》和《情人王》。看《情人王》的时候,音乐从屏幕飘出,人物在对话,罗莎琳忍不住哭了,因为这首爱情歌曲像匕首一样扎进了她的心。罗莎琳决定像以前那样坐船去波士顿看望霍诺拉,在船上,罗莎琳觉得康涅狄格州这个蛮荒之地已经离她十万八千里,她睡着后一夜都没做梦。第二天早上,她觉得这是个好兆头,决定先去教堂为霍诺拉点蜡烛祈福。当罗莎琳最终找到霍诺拉的地址时,被告知根本没有这个人。她怏怏地走到大街上,怨恨霍诺拉为什么不写信告知自己搬家的情况。罗莎琳走到一个阴暗肮脏的广场上,坐下来忍不住掉泪,泪水湿了两块手帕,这时一个邋遢的男孩主动和她搭讪,两人诉说着彼此的不幸。罗莎琳把这个男孩想象成自己夭折的孩子,带这个男孩去饭店吃饭,并给了他十块钱。当罗莎琳表示她想让男孩跟她回家并收留他时,男孩以为罗莎琳想和他偷情,罗莎琳怒不可遏,斥责他根本不懂体面人的行为方式。波士顿之行的另一个任务是买一面新的镜子,家里那面镜子已经裂开,把人照得变形,但罗莎琳潜意识里根本没有重视这个任务,最终也没有买。罗萨琳的波士顿之行匆匆结束,回家后只告诉丈夫说霍诺拉已经转危为安、安然无恙了,对纽约和波士顿的遭遇只字不提。当天晚上,罗莎琳听到来家里帮忙的邻家男孩谈到遇鬼的经历,她相信男孩的说法,出于安全考虑把他留在家里过夜,第二天把他送回家时,遭到了邻家女人毫不客气的奚落,指责她老是把年轻男孩留下来过夜。罗莎琳觉得这些天遇到的人都有肮脏的思想和刻薄的嘴巴,也突然意识到自己在邻居中是个名声很差的女人。此时的罗莎琳从幻梦中彻底惊醒,她对自己大声说:"生活是场梦……生活仅仅是场梦"。(Porter,1988:132)。关于霍诺拉的梦没有应验,罗莎琳不想再像以前那样重视做过的梦。小说最后,罗莎琳靠在丹尼斯的膝盖上,忍不住问丹尼斯为什么会娶她这样的女人,丹尼斯肯定地表示这是他做出的最好的选择。在这个寒冬,罗莎琳对丹尼斯嘘寒问暖,两人似乎冰释前嫌,决定好好珍视彼此。

虽然《裂镜》的女主人公罗莎琳早已步入中年,对这篇小说的阐释还是能套用成长小说的情节模式:主人公的成长背景→成长困惑→受到诱惑→离家出走→遭遇考验→陷入困境→得到顿悟→失去天真→认识自我。小说包含了罗莎琳出走和回归的情节,中年罗莎琳始终怀着一颗少女心,她不顾丹尼斯的劝阻,借着霍诺拉梦境的启示,执意要去波士顿。她的出走是否受到诱惑有待商榷,也许可以说她受到了本能欲望的驱使,幻想着在年轻时候生活过的地方能找回少女时代的风光和满足感,无奈时过境迁、物是人非,同时还遭遇了霍诺拉的失联和流浪男孩的猥琐等考验,由此,罗莎琳的纽约波士顿之行彻底失败,她陷入了困境,感悟到生活仅仅是场梦。而那面想买却始终没买的镜子也成了一种象征,人生中不如意的地方是无论如何都没法弥补的,也不需要枉费心机刻意去弥补,因为怎么弥补都无济于事。回到家后,罗莎琳意识到了自己随性的性格多年来得到了丹尼斯多少包容,似乎她也愿意放弃幻想,踏踏实实地和丹尼斯过日子。可以说,罗莎琳得到顿悟和认识自我的环节始终没有成为确定的事实,即便如此,这次经历为罗莎琳自我意识的觉醒提供了一种可能,也是一种潜在的成长仪式。

第三节　波特小说中的功能性人物

美国的南方小说自威廉·福克纳以来,一直充斥着"畸零人"的孤寂感。20世纪上半叶,"南方文艺复兴"悄然而至,新一代的南方作家跳出南方的地域限制,获得了更广阔的视角,"发现旧南方及其代表的传统农业社会并非如从小被大人灌输的那样完美无缺"(黄虚峰,2007:255),尤其是30年代,在缺少批评历史传统的情况下,南方作家开始质疑如此动人辉煌的往昔怎么会退化到这般凄凉残缺的当下。他们一改旧南方文坛渲染"浪漫骑士和圣洁淑女"的传统,鼓起勇气放大生活的残酷和社会的邪恶丑陋,打造了一系列"畸零人"形象,试图还原一个真实的南方生活风貌。

虽然"畸零人"久已成为评论界给美国南方文学的一个标签,但是一直缺乏对其明确的、公允的指称。为了更好地使用"畸零人"这个概念来凸显波特笔下的某个他者类别,这里不妨回顾一下学者们的观点。

卢睿蓉在《迷惘、顿悟、解困——论韦尔蒂畸零人小说的叙事模式》一文中,介绍了韦尔蒂笔下的"畸零人","她的关照对象大多是这样一群人——贫困无依的穷人、饱受环境压迫的黑人、被生活遗忘的边缘人、重压下心灵扭曲的'畸形人'"(卢睿蓉,2009:211)。这个"畸零人"的概念排斥身体残疾者,指称意义更接近于被边缘化的社会弱势群体。

毛力在《尤多拉·韦尔蒂短篇小说中的南方"畸零人"形象研究》一文中对"畸零人"的定义是:"这些南方作家笔下生活在南方'哥特式'世界中,身体和心理均有不同程度畸形的人被统称为南方'畸零人'"(毛力:2011:45)。他在该文的结论中强调:"所谓南方特有的'畸零'人物,这些处在南方社会一隅的'怪人'均生活在南方'哥特式'的世界中,身体和心理均有不同程度的异化与畸形,行为荒诞,言语奇异。"(毛力:2011:49)。应该说,毛力对"畸零人"的定义比较全面,并且与南方社会联系到了一起,但是"怪人"和"哥特式"的语境限定多少显得有失偏颇。

石云龙在《荒诞畸形　警醒世人——解析奥康纳笔下"畸人"形象》一文中,给"畸人"或"畸零者"定义时认为,"盲者、跛者、聋哑者等身体残缺者、心理变态者、智力迟钝者、行为怪僻者等精神残缺者皆可归入此列"(石云龙,2003:114)。笔者认为,该定义从个别推及一般,归纳得比较到位。下文指涉的"畸零人"将借鉴这个定义,强调身体残疾和精神残缺者。

波特塑造的畸零人主要是《假日》中的奥蒂莉、《他》中的"他"和《中午酒》中的赫尔顿。与奥康纳和韦尔蒂笔下的畸零人相比,这些畸零人鲜少能被贴上病态、怪诞、神秘、堕落等哥特式标签,然而,他们有其显著的特点。

波特小说中的畸零人形象丑陋,放到南方文化中考量,就是有悖于骑士、淑女的形象。《他》和《假日》分别塑造了失语的子女"他"和奥蒂莉,他们痴傻的外表和残疾的身体显然与南方文化中的淑女神话和骑士风范格格不入。面对他们的身体残疾和智力迟钝,他们的家人潜意识里认同邻居们的看法,认为拥有这样的子女是家门不幸,有失体面,"准是祖上做人缺德,干了坏事,保管你错不了"(波特,1984:283)。他们的对策是主观上拒绝一切不利于自己的东西,剥夺了他们应有的身份,为他们重新构建一个符合家族利益的身份。而《中午酒》中的赫尔顿任劳任怨,农场上一切活计,无论是爷们的活还是娘们的活,他都拿得起来,农场主汤普森的儿子们因此给他起了一系列的绰号:"这倔老头,瘦骨头,挤牛奶的女人赫尔顿,大个子瑞典佬"(波特,1984:126)。

波特的"畸零人"往往处于环境偏僻、物质匮乏的窘境中。他们居住空间阴暗狭窄,生活环境单一闭塞,多为自足的家庭和农场,在地域上也未突破美国南方的局限。这些小人物经历有限,没有机会走出生活的小环境,与现代文明几乎没有交集。从这一点上可以说明波特的"畸零人"塑造和南方文学中的"畸零人"传统是一脉相承的,这也正说明"畸零人"是南方文学中特有的主题。

奥蒂莉、"他"和赫尔顿都是任劳任怨的小人物,因为语言障碍和交流困境而丧失了应有的身份,没有得到家人的善待。对于这类失语"畸零人"的功能,以往有国内的评论认为是为了突出语言和交流的重要性:"作者刻画的这类沉默的'畸零人',是让我们读者感受到语言的重要性,身份的不可缺失性"(邓红花,2008:91)。实际上,这种观点只是指出了一种表象,并未触及作者塑造这类人物的深层动机。国外学者福尔纳塔罗 - 尼尔(M. K. Fornataro - Neil)认为,这些失语人物为读者提供了一个更好的机会去评价人物身份的构建,"在这个叙事空间里,不能为自己言说的人物注定要被他人以符合叙事目的的方式来书写"(Fornataro - Neil,1998:349)。放在崇尚家庭的南方社会文化背景中,"畸零人"的存在就像一面镜子,从他人对待他们的态度可以反射出这些貌似健康的人的冷酷心灵,在人与社会、人与人、人与自然、人与自我的诸多关系中,突出反映人与人、人与自我的关系。

当初,《假日》的叙述者"我"请好友露易丝介绍一个可以度春假的地方,她向"我"介绍了一个天堂般的地方——米勒农场,也描绘了米勒大叔、米勒大妈和他们的儿女们、家里养的牲畜家禽,甚至一条叫"库诺"的狗,唯独没有提到奥蒂莉。米勒家族是一个闭关自守、偏执狭隘的德国移民家庭,他们抛弃宗教信仰,是极端的物质主义。米勒家的大女儿安妮吉(Annetje)在饭桌上告诉家人,路德教会的牧师建议她上教堂做礼拜要更勤些,要把孩子们都送到主日学校,这样上帝才能保佑她的五个孩子。米勒大叔听说了这件事后用德语给他的女儿进行了价值观的教育,大意是:去教堂做礼拜简直是疯了,给牧师好多钱听他胡说,还不如让他付我钱来听我说,我的时间就不值钱? 我的时间值钱着呢! 让他付我钱!(Porter,1988:417)。尽管已是第三代德国移民,家族内部仍然沿用了只有当地德国移民才能听得懂的低地德语,并严格保留着诸如男女分工、用餐规矩、儿女结婚后不离家等习俗。米勒大叔和米勒大妈不仅操控着整个家族的话语权,而且在某种程度上左右着社区的经济和政治命脉。

在这个叫作米勒的德国移民大家庭,叙述者"我"一度对跛脚的哑女奥蒂莉视而不见,误以为她就是一个女仆,直到见过她 5 岁时的照片才恍然大悟——原来奥蒂莉是米勒家的长女,残疾后成了被家庭忽略的人,蜗居在阴暗肮脏、臭烘烘、没有窗子的地方。米勒大家庭过度利用奥蒂莉的劳力,素来就无视她的存在,对她的态度可以归结为——简单忽略(Simple - forgetfulness)。叙述者有感于米勒一家对于奥蒂莉的残酷,逐渐深入了解了这个"畸零人"的生活,在其他米勒家庭成员全部外出参加米勒大妈的葬礼时,帮助奥蒂莉偷得浮生半日闲,驾车欣赏了春日的美景,拾取了片刻的自我。

《中午酒》中的赫尔顿有正常的语言表达能力,口齿很清楚,带着某种汤普森先生听不出来是什么地方的口音,除了曾经提过自己是来自北达科他州的瑞典移民外,对于自己的过去和真实身份只字未提。在长达九年的农场生活中,他选择不说话或尽量少说话,是一个不愿说话的人物,他主动放弃话语权,也算是一个失语人物。赫尔顿的沉默寡言和汤普森以及哈奇的滔滔不绝和信口开河形成了鲜明的对比。在波特的作品中,言语风格形成如此强烈反差的人物还有《他》中的惠普尔太太和她的痴呆儿子"他",《老人》中的加布里埃尔姑父和艾米姑妈,《灰色马,灰色的骑手》中兜售战争公债的两个掮客和经济上捉襟见肘的米兰达。足够反讽的是,所有能言善辩的人物最终都未能完成有效叙事。小罗伯特·布林克迈耶（Robert H. Brinkmeyer Jr.）曾把《中午酒》的解读成聚焦于哈奇和汤普森的失败叙事（Brinkmeyer Jr.,1993:144—145）。显然，他们讲述的故事并未收到预期的效果，受众的反感一如既往，由此导致两人各自的悲剧。从言语风格上看，哈奇是汤普森先生的翻版，是"汤普森的怪异模仿"（Hoffman,1967:45）。这两位都夸夸其谈、自视过高，认为自己很有幽默感，而令他们得意扬扬的幽默在听者看来却只是一些令人反感的冷笑话。从悲剧经历上看，汤普森先生是赫尔顿的翻版。哈奇猜测汤普森是爱尔兰人，就与当年赫尔顿初到农场时，汤普森猜测他是爱尔兰人一样①。汤普森在一个异常炎热的下午失手砍死了哈奇，就像多年前赫尔顿也是在一个炎热的天气为了心爱的口琴，失手杀死了自己的亲兄弟。赫尔顿在汤普森的农场作为一个异乡人，一干就是九年，却始终被看成是一个怪人，而汤普森虽然扎根在这片土地上，却因为自己的谋杀行为，成了乡邻们眼中的异类。赫尔顿沉默寡言，从不尝试与人用言语沟通，而汤普森在失手杀人后，百口莫辩，费尽口舌也无法向周围的人表达自己内心的感受，以证明他杀死哈奇是事出有因、哈奇被砍死是咎由自取，连他自己的两个儿子也把他视作不折不扣的杀人犯，处处提防他，甚至怀疑他会对他们的母亲下毒手，对他声色俱厉地威胁道："你敢再碰她一下，我把你的心都掏出来。"（波特,1984:163）

人离乡贱，作为一个来自北达科他州的瑞典佬，赫尔顿也是个文化他者。如果说《假日》中的米勒家族也算是文化他者，应该看到以米勒大叔为首的整个家族多少游离于南方文化之外，保持着德国移民的语言、风俗、家庭结构，他们最多是自足的文化他者群体。而赫尔顿却是个被歧视、被消费、势单力薄的文化他者个体，在异乡讨生活的过程中遇到各种歧视。韦恩·托马斯（M. Wynn Thomas）在论文《陌生土地上的陌生人:解读〈中午酒〉》（Strangers in a strange land:A Readinig of "Noon Wine"）中，把异国因素视为异化和疏远的神学隐喻，视为神的世界中"意义的宿命隐秘"，而不是对种族

---

① 爱尔兰人被视为外国人。

与移民政治的评论。(Thomas,1975:159)。达琳·哈伯·昂鲁在专著《理解凯瑟琳·安·波特》(Understanding Katherine Anne Porter)中把"陌生人"和"外国人"的标签视为"基本人性"中而不是特定政治语境中固有的疏离(Unrue,1988:81)。当赫尔顿初到农场找工作时,汤普森先生首先关心的是他的种族出身,看见这个陌生人的"人中长长的"(波特,1984:99),汤普森首先猜测他是爱尔兰人,但是赫尔顿一开腔,汤普森却听不出是哪里的口音。在汤普森的追问下,赫尔顿道出了自己曾在北达科他州打工和自己是瑞典人的事实。虽然汤普森基于自己对种族差异的刻板印象,自认为已经把赫尔顿置于很高的地位,不仅同意给他两倍于之前黑人雇工的工钱,还愿意让赫尔顿和他们家一起吃饭,不把他当下人。然而,汤普森的态度很明确,瑞典人虽然是白人,却摆脱不了边缘地位,赫尔顿的外来血统决定了他只能是个外(国)人,"有些人种是永远成不了'真正'的美国人的,不管他们是出生在美国,还是合法地拥有美国的公民身份"(Yost,2011:77)。对于汤普森来说,把赫尔顿归入"外国人"也意味着让他成为一个被嘲笑的人物。汤普森的两个儿子给赫尔顿起了一连串的绰号,其中就有"大个儿瑞典佬"(波特,1984:126)。

闻讯赶来的赏金猎人哈奇无视昔日从疯人院出逃的赫尔顿已经在汤普森的农场规规矩矩地生活工作了九年,仍然想以法律的名义缉拿他,领取一笔赏金。在汤普森和哈奇初次见面时,他们的对话曾一度围绕各自的种族身份和姓氏起源。波特曾经提到,在她家乡,追溯家族历史是一个普遍的话题,"只要说某人门第高贵,保证不会受到冷遇,因为一个家族的过去被认为比现在更重要,不管这个人眼下的处境多么糟糕,也不管他为自己的家系提出的证据多么无力"(布鲁克斯和沃伦,2012:509)。汤普森和哈奇都想在自己的出身上先发制人,争相证明自己的血统纯正而高贵。哈奇首先表明自己的美国国籍,并自鸣得意地声称自己的姓氏历史悠久,对自己纯种白人血统的优越感溢于言表。他还试探着把汤普森的家族溯源至爱尔兰,遭到了汤普森的断然否定。汤普森曾经为自己"纯正美国人"的身份而自豪,并喜欢判断别人的身份地位,如今受到了哈奇的挑战,不得不捍卫自己的美国人身份。汤普森和哈奇虽然同样喜欢标榜各自的美国血统,但在赫尔顿是否真的是精神病、烟草是否要加糖,尤其在是否捉拿赫尔顿归案的问题上,两人话不投机、充满敌意。汤普森先生明白赫尔顿是最可靠的长工,是农场的顶梁柱,而哈奇隐藏自己谋求赏金的动机,口口声声为了维护法律与秩序。在汤普森和哈奇基于各自经济利益的博弈中,愤怒、混乱、恐惧导致汤普森产生了幻觉,他确定自己看到哈奇用刀杀死了赫尔顿,这个致命的幻觉使他举起斧子砍死了哈奇,就这样,在旧南方这个文明社会始终存在的邪恶的暴虐性毫无预感地冲破了平静的生活表面,汤普森先生最终因为逃脱不了暴力杀人的舆论指责而自尽。

赫尔顿遍尝了地域歧视、人格歧视、经济歧视、性格歧视、语言歧视和宗教信仰歧视,用一个以不变应万变的招数应对这些歧视,那就是默默无闻、兢兢业业地恪守着自己的长工角色。在汤普森农场隐匿的九年中,赫尔顿滴酒不沾,除了卖力地干活,就是摆弄那些心爱的口琴,每天反复吹着一成不变的曲子《中午酒》。吹口琴的短暂时光是赫尔顿重拾自我的时光,口琴和《中午酒》这首曲子是赫尔顿与过去的唯一联系,也是赫尔顿与自我交流的唯一方式。赫尔顿的命运就像这北欧歌曲所唱的:"你太痛快了,没到中午就忍不住把手边的酒全都喝完了"(波特,1984:141)。他既是个受害者,同时又是个谋害者,汤普森先生和哈奇都是因为他而卷入了这起暴力死亡事件,三者都过早地饮完了生命之酒,为自己的人生写上了一个仓促的句号。

《他》讲述了惠普尔太太对弱智儿子"他"爱恨交织的复杂情感。小说中的"他"是个失语的弱智儿,连个正式的名字都没有。惠普尔太太认为这个弱智儿子是上帝对这个家庭的惩罚,但为了防止他人指责自己对弱智儿子的忽视,她在邻居面前总要摆出一副慈母的嘴脸,但是每每有脏活、累活甚至危险的活必须要有人去做时,惠普尔太太总是会充分考虑另外两个孩子艾德纳和埃姆莉的感受,这两个孩子因而总是被豁免,"他"也就理所当然地成了干这些活的唯一人选。在农场每况愈下的光景中,"他"一如既往地任劳任怨,最终一病不起,被送往救济院。

这篇小说标题为《他》,而"他"并非小说真正的主角,"他"的存在似乎只是为了反映惠普尔太太与"他"、惠普尔太太与自我的关系。"他"自始至终都没有一个正式的名字,无论是外人,还是家人,都用"他"(原文为首字母大写的"He")来指称他。也许惠普尔太太在潜意识里只是把"他"当成一头牲口,因为人们会给宠物起名字,但绝不会给打算宰杀的牲口命名。"对亲人、朋友称呼'他'本身就是一种轻视、一种不屑一顾"(张弘,2008:124)。整篇小说"343 次大写字母 He,Him 和 His 的重复出现,无疑让读者感到这个He(也就是这个人)多得有些障碍,从修辞上讲多得成为累赘。这样,无论是听觉上还是视觉上,波特都给读者造成了这样一种印象:He 是一个永远无法摆脱的麻烦和累赘"(张弘,2008:124)。小布林克迈耶认为,对惠普尔太太评价时不该对她简单谴责,而应该引发对她作为一位慈母和不堪重负的农妇的复杂性的理解(Brinkmeyer,1989:103)。确实,惠普尔太太是一位在困境中无力自拔的小人物,但她也习惯在众人面前表演母爱,尽量掩盖她内心因"他"而感到的羞辱。

《假日》《他》《中午酒》中的"畸零人"生活在相对封闭的农场,故事的叙述弱化时代背景和人物的宗教信仰,更像是生活寓言。"畸零人"的遭遇折射出西方社会人性的扭曲和贫穷对人性的摧残,面对残疾的家庭成员,家人们尚且如此自私、冷漠、虚伪,充满漠然和敌视,这些"畸零人"更没有可能得到外界的关怀。

在波特式的"畸零人"小说结尾中,并未揭示"畸零人"的出路,小说中产生的诸多矛盾也并没有解决,造成"畸零人"处境的客观现状并未获得根本性改变,小说人物受其处境规约,并未偏离其命运的悲剧基调。

第四章　波特小说中的叙事控制机制

第一节 叙述视角、叙述眼光和叙述声音

叙述视角或叙事视角(Narrative Perspective),也称为聚焦(Focalization)或视点(Point of View),是"感知或认知的方位,被叙的情境与事件借此得以表现"(普林斯,2011:173)。艾布拉姆斯在《欧美文学术语词典》里这样定义叙述视点:"叙述故事的方法——作者所采用的表现方式或观点,读者由此得知构成一部虚构小说的叙述里的人物、行动、情境和事件"(艾布拉姆斯,1990:261)。这一定义将叙述视角归入叙事技巧中,但未突出叙述视角的"视"的问题。确切地说,叙述视角是"叙述者或人物与叙事文中的事件相对应的位置或状态,或者说,叙述者或人物从什么角度观察故事"(胡亚敏,2004:19)。叙述视角是叙述者与故事之间一种最本质的关系,是作者展示一个叙事世界时叙事策略的具体体现。

19 世纪末,亨利·詹姆斯提出了"观察点"或"视点(Point of view)"这一概念,他被认为是最早有意识地把叙述视角作为主要技巧纳入小说创作的人之一。在詹姆斯之前,传统的小说基本上采用两种叙述模式:全知叙述(作者在叙述时像上帝一样无处不在、无所不知)和自传体叙述(作者用第一人称"我"来观察和叙述)。詹姆斯对叙述故事的观察点与角度进行了一系列试验,提出了"意识中心"(Center of Consciousness)叙事方式,即故事的叙述者既不是无处不在、无所不知的"上帝"似的作者,也不是第一人称主人公的"我",而是作品中的某一个角色。小说中的叙述、描写都从这个角色的观察和认识出发,叙述的细节都必须通过这个"意识中心"人物的思想过滤,这

种过滤行为本身又能更好地折射出这个"意识中心"人物的心灵。从现代叙述学的角度分析,"意识中心"叙事方式就是采用了第三人称有限视角即内聚焦的方式。

二十世纪二三十年代,现代叙事学得到了初步发展。最早阐述视角问题的是英国小说理论家珀西·卢伯克(Percy Lubbock)和爱德华·摩根·福斯特(Edward Morgan Forster)。1921年,卢伯克在专著《小说技巧》(The Craft of Fiction)中,阐释了詹姆斯的观点,并对叙事者以不同方式发挥作用的"视点"(Point of View)问题首先做了明确的阐述:"在小说技巧中,整个错综复杂的方法问题,我认为都要受到视点问题,也就是叙述者相对于故事所站位置的关系问题所制约。"(Lubbock,1966:251)。1927年,福斯特在其演讲集《小说面面观》中引用了卢伯克的这一观点,但并不完全同意这种观点,他认为:"小说技巧中最复杂的问题不在于按某种公式行事,而在于作者使读者接受自己观点的能力——这是卢伯克同意和赞赏的一种能力,不过他却没将它作为问题的核心,反而放在次要的地位。"(福斯特,1984:69)

整个20世纪,叙述视角逐渐成为西方文论的研究热点,也是小说研究中的一个最热闹的题目,可以说,现代叙述学是从视角问题的讨论中发展出来的。学者们就叙述视角问题提出了多种观点和术语。如:"视点"(Point of view,卢伯克,《小说技巧》,1928年)、"视野"或"视界"(Vision,让·布庸,《时间与小说》,1946年)、"观察站"或"观察点"(Post of Observation,艾伦·泰特,《小说殿堂》,1940年)、"叙述焦点"(Focus of Narrative,克林斯·布鲁克斯和罗伯特·潘·沃伦,《小说鉴赏》,1943年)、"角度"(Aspect,托多洛夫,《叙述文学诸范畴》,1966年)等。为了避免"视角""视野""视点"这些"过于专门的视觉术语"所造成的局限感,法国叙事学家热拉尔·热奈特采用了较为抽象的"聚焦(Focalization)"一词。

叙述视角和叙述声音通常被视为一体,热奈特先后在《叙事话语》和《后叙事话语》中对詹姆斯提出的"观察点"这个概念进行了修正,厘清了观察者和叙述者之间的区别,区分了叙述视角和叙述声音。"视角研究谁看的问题,即谁在观察故事,声音研究谁说的问题,指叙述者传达给读者的语言,视角不是传达,只是传达的依据"(胡亚敏,2004:20)。申丹也认为,若要合理区分视角,首先必须分清叙述声音和叙述眼光,"'叙述声音'即叙述者的声音;'叙述眼光'指充当叙述视角的眼光,它既可以是叙述者的眼光也可以是人物的眼光——即叙述者借用人物的眼光来叙述"(申丹,2004:201)。

　　20 世纪初以来,出现了对视角的不同分类。1943 年,克林斯·布鲁克斯与罗伯特·潘·沃伦在《小说鉴赏》(Understanding Fiction)一书中提出了小说中"谁说"的问题,引出了类似于叙述视角的"叙述聚点(Focus of Narra-tion)"这一重要概念,认为叙述焦点是指如何讲故事,他们主要以叙述者和小说人物为基准,围绕两项分类标准(第一人称和第三人称的区分;事件的内部分析和事件的外部分析的区分),提出了叙述视角的四大类型:(1)第一人称,即人物以第一人称讲述自己的故事;(2)第一人称旁观,即人物以第一人称讲述他看到的故事;(3)作者旁观,即作者从纯客观的角度讲述发生的故事——行为、语言、姿势——不进入人物的思想,不加自己的评论;(4)全知作者,即作者自由地讲述发生的故事,进入人物的思想,加以自己的评论。法国结构主义语言学家格雷马斯也曾将叙事角度划分为四种类型:(1)全知角度,相当于布鲁克斯等的全知作者;(2)第一人称参与者角度,叙述者是故事中的人物并采取内在角度;(3)第三人称主观视角,叙述者不是故事中的人物但采取内在角度;(4)第三人称客观视角,相当于布鲁克斯等的作者旁观角度。1955 年,德国叙事学家斯坦泽尔(Franz Karl Stanzel)区分了三种不同的叙述情景:(1)传统的全知叙述;(2)叙述者就是人物的第一人称叙述;(3)以人物的眼光为视角的第三人称叙述。对于斯坦泽尔的分类,热奈特认为其中的第二种和第三种在视角上没什么区别,都是人物视角,只是叙述声音不同而已。1955 年,诺曼·弗里德曼(Norman Friedman)提出小说叙事视角的八种不同类型:(1)编辑性的全知;(2)中性的全知;(3)第一人称见证人叙述;(4)第一人称主人公叙述;(5)多重选择性的全知;(6)选择性全知;(7)戏剧方式;(8)摄像方式。1961 年,韦恩·布斯提出隐含作者(Implied Author)的概念,以区分叙述者(Narrator)。1962 年,法国叙事学家贝蒂尔·龙伯格(Bertil Romberg)对斯坦泽尔的叙述情境学说加以补充,增加了"客观叙述"的新类型,提出了叙述情境的四种类型(1)全知作者的叙述;(2)视角叙述;(3)客观叙述;(4)第一人称叙述。法国叙事学家让·普荣(Jean Pouil-lon)和托多洛夫也在叙述视角研究方面做出了贡献。让·普荣区分了三种不同的视野模式:(1)内视野(Vision Within),即从人物的心理开始观察;(2)后视野(Vision from Behind),即从全知叙述者的角度开始观察;(3)外视野(Vision from Outside),即摄像机式的视角。托多洛夫对普荣的三种视野模式进一步细化,提出了三种相应的视角公式:(1)与内视野相对应的是叙述者 > 人物,即叙述者比人物掌握更多的信息;(2)与后视野相对应的是叙述者 = 人物,即叙述者与人物掌握同样多的信息;(3)与外视野相对应的是叙述者 < 人物,叙述者所掌握的信息比人物少。

热奈特在讨论英美传统小说理论的视角问题时,对卢伯克、克林斯·布鲁克斯和罗伯特·潘·沃伦等人的观点提出了批评,指出他们实际上混淆了谁看和谁说的问题,并在以上学者的理论基础上,重新确定了聚焦的分类模式。在《叙事话语》中,热奈特选用"聚焦(Focalization)"一词代替"视角(Point of View)",并划分了三种聚焦模式:(1)"零聚焦"或"无聚焦",即无固定视角的全知叙述,其特点是叙述者所述所知多于任何一个人物,叙述眼光为全知叙述者的眼光。(2)"内聚焦",其特点为叙述者仅说出某个人物知道的情况,叙述眼光为一个或几个人物的眼光,"内聚焦"分成三种:(a)固定式内聚焦;(b)转换式内聚焦;(c)多重式内聚焦。(3)外聚焦,其特点是叙述者所说少于人物所知,叙述眼光为外部观察者的眼光。热奈特还用托多洛夫首创的公式来表达叙述者和人物在这三种分类中的所知多少:"叙述者 > 人物""叙述者 = 人物""叙述者 < 人物"。

申丹分析了批评界对于视角的各种分类,提出了四种不同类型的视角或聚焦模式:(1)零视角或无限制型视角(即传统的全知叙述)。(2)内视角。包含热奈特的三个分类:(a)固定式内视角;(b)转换式内视角;(c)多重式内视角。但申丹定义的固定式内视角涵盖面更大,包括三种情况:第三人称"固定性人物有限视角";第一人称主人公叙述中的"我"正在经历事件时的眼光;第一人称见证人叙述中观察位置处于故事中心的"我"正在经历事件时的眼光。(3)第一人称外视角,包括:(a)第一人称主人公叙述中的"我"追忆往事的眼光;(b)第一人称见证人叙述中观察位置处于故事边缘的"我"的眼光。(4)第三人称外视角,基本等同于热奈特的"外聚焦"。(申丹,2004:218)。总的说来,"叙述角度并不是一个叙述格局问题,它不涉及叙述者的身份或地位,它是叙述加工的一种方式。但它与叙述者身份密切相关"(赵毅衡,2013:73)。

第二节　"米兰达系列"中的叙述视角和"二我差"

波特的中短篇小说中最主要的叙述视角是有限全知视角、第一人称视角和第三人称有限视角。有限全知视角和传统的全知视角的差别在于叙述者放弃自己处于故事之外、可随意变换角度和时空的上帝般的叙述眼光,转而采用人物的眼光来观察故事世界,该视角只揭露故事中某个或某几个人物的心理活动。叙述者之所以采用有限的全知视角,主要因为有限全知视角的两个优势:对某些人物心理活动保持悬念和调节叙述距离。

在《马戏》《无花果树》《坟》《老人》《假日》《灰色马,灰色的骑手》《偷窃》《开花的犹大树》《庄园》等被归入"米兰达系列"的小说中,叙述者以米兰达的眼光来看待周遭的一切,以第三人称展开叙述,往往只透视米兰达一人的心理活动,可以归入弗里德曼的"选择性全知"、热奈特的"固定式内聚焦",或申丹的"第三人称'固定性人物有限视角'"。但在《坟》和《老人》中,女主角从童年到青年,从故乡到异乡,这样的时空跨越使她获得了不同于上一辈的社会阅历和人生感悟;《无花果树》中,幼年米兰达习得了科学知识,摆脱了心头的困扰;《假日》中,女主人公在经历了成长的蜕变后,勇敢地冲破习俗,做出顺应内心的人生选择。在这些小说中,特别是以第一人称叙述的短篇小说《假日》中,米兰达的眼光具有了实质性的变化。申丹也曾经讨论过这个问题,"值得注意的是,在第一人称回顾往事的叙述中,可以有两种不同的叙述眼光。一为叙述者'我'目前追忆往事的眼光,另一为被追忆的'我'过去正在经历事件时的眼光。这两种眼光可体现出'我'在不同时期对事件的不同看法或对事件的不同认识程度,它们之间的对比常常是成熟与幼稚、了解事情的真相与被蒙在鼓里之间的对比。如果叙述者采用的是其目前的眼光,则没有必要区分叙述声音与叙述眼光,因为这两者统一于作为叙述者的目前的'我'。但倘若叙述者放弃现在的眼光,而转用以前经历事件时的眼光来叙述,那么就有必要区分叙述声音与叙述眼光,因为两者来自两个不同时期的'我'"(申丹,2004:202)。来自两个不同时期的"我"拥有不同的眼光,也就是赵毅衡所谓的"二我差","即叙述者'我',写人物'我'的故事,而且故事越来越迫近叙述时刻。而在这一刻之前(也就是在整个被叙述时段中)同一个'我',作为叙述者,作为人物,两者之间会争夺发言权,形成主体冲突"(赵毅衡,2013:158)。第一人称回顾往事的叙述中,两种不同的叙述眼光和"二我差"的讨论主要针对的是第一人称的自传、日记、第一人称小说,通过这两种不同的眼光以及两个"我"在认知上的差距,人物的成长得以凸显,因此成长小说通常会采用人物的眼光以第一人称进行叙述。所有成长小说的通则是:"一个成熟的'我',回忆少不更事的'我',如何在人世的风雨中经历磨炼,最后认识到人生真谛"(赵毅衡,2013:159)。

　　成长小说普遍存在的叙事困境就是叙述视角和叙述声音的整合。为了让主人公生动地构建自己的身份和个性,成长小说往往使用第一人称叙述,用人物自己的眼光来观察,用人物自己的口吻来叙述。但第一人称叙述在本质特征上受到诸多局限,其叙述视域和语言都受到叙述者身份的制约。波特的"米兰达系列"可以被列入成长小说,这些小说偶尔会以第一人称进行叙述,但更多的是透过人物的眼光以第三人称展开叙述,大多数女性人物不直接发出自己的声音。由于波特的女主角主要处于父权制的社会历史语境中,其女性的声音受到压抑是必然的时代表现,只有当女性获得清醒的个人意识,获得表达自我的途径,她们才能摆脱失语状态,发出振聋发聩的女性声音。波特通过对叙述视角和叙述声音的选择,探索了女性成长小说中理想的女性叙述视角和叙述声音,有效规避了成长小说普遍存在的叙事困境。

第三节 《玛丽亚·孔塞普西翁》的 叙述眼光和叙述声音

在波特众多的小说中,无论是题材选择还是叙述视角的设计,《玛丽亚·孔塞普西翁》都显得与众不同,这是波特写的第一篇短篇小说,发表于1922年12月的《世纪》杂志上。小说通过对一位性格刚烈的墨西哥印第安土著女子的刻画,揭示了墨西哥土著对"生"和"此刻"的重视以及对生命力量的崇拜和强调。由于小说篇幅不长,涉及的人物为数不多,叙述者在叙述时随着情节发展不断变化着叙述眼光和叙述声音,往往通过某位主要人物的眼光描述某个场景、展现该人物的心理活动。而第三人称叙述声音中时不时夹杂人物的自由直接引语和自由间接引语,使人物的心理活动更接近意识流的表现形式。

小说分为五个部分:第一部分为墨西哥印第安土著女子玛丽亚·孔塞普西翁为丈夫胡安和他的主管送饭途中的遭遇;第二部分为胡安与情人罗莎出走后回到家乡的情景;第三部分为玛丽亚·孔塞普西翁用屠刀除掉罗莎后,丈夫冷静地替她开脱;第四部分中,玛丽亚·孔塞普西翁受到村民们的集体庇护;第五部分为玛丽亚·孔塞普西翁把罗莎的孩子占为己有,重拾幸福的感觉。

已经怀孕的玛丽亚·孔塞普西翁照例负担着沉重的家务,她右肩挂着即将到市场出售的十来只鸡,左臂挎着食物篮子,赶着去给丈夫胡安和他的主管送饭。经过养蜂女玛丽亚·罗莎的茅屋时,她萌生了吃点新鲜蜂蜜的想法,就是这个想法使她在茅屋旁驻足,恰巧耳闻目睹了丈夫与罗莎的偷情。无论是茅屋外表还是偷情细节,无一不是透过玛丽亚·孔塞普西翁的眼光呈现出来。"她害怕胡安和罗莎会感到她的一双眼睛在盯着他们,会发觉她呆呆地站在那里窥探着他们"(波特,1984:248)。

　　玛丽亚·孔塞普西翁发现丈夫偷情后,还能抑制住满腔愤怒,受责任感驱使,及时赶往挖掘工地,给胡安的主管人吉文斯送饭。玛丽亚·孔塞普西翁干净利落的杀鸡过程和离开工地时的外表描写是通过吉文斯的眼光来呈现的。"'天啊,你这娘们儿,真有胆量,'吉文斯望着她说,'我就不敢干。我会吓得汗毛直竖。'"(波特,1984:250)。"她走开了;她的蓝色披肩在那灰红色土地上升起来的热浪中飘动着。吉文斯很喜欢这些印第安人,因为他对他们那些原始的幼稚举动可以表现出父辈一般的宽容精神"(波特,1984:250—251)。当地的印第安人对吉文斯沉醉于挖到的残碎陶片感到完全不能理解,在他们看来,他们能做出更好的陶器来卖给游客。而吉文斯能读懂印第安人的过去,却难以理解他们现在的想法和价值观。胡安在他的不忠败露的那天带着罗莎到前线参战去了,玛丽亚·孔塞普西翁在他们出走后的境况时刻处于村民们的集体凝视下,村民们的目光见证了她被丈夫抛弃后还能按部就班地经营管理好自己的家禽和菜园,尽管她高傲地拒绝巫医卢佩和其他村民的同情,她的干净利落和持家有方最终还是折服了村子里的其他妇女,村民们的舆论开始逆转,从谴责她铁石心肠到称赞她的品行。

　　胡安与罗莎从战场逃回家乡后,叙述者主要采用了传统的零视角或无限制型视角,叙述眼光是上帝般的全知眼光,叙述声音是第三人称全知叙述,间或人物的自由直接引语,分别透视了胡安和玛丽亚·孔塞普西翁的内心活动。胡安从战场上逃回来后被镇边军营的宪兵抓到,差点被枪毙,他的主管及时营救了他。先回到村子的罗莎为他生下一个儿子,胡安去看了刚出生三小时的新生儿后跑到卖龙舌兰酒的小酒店,请所有的客人和他共饮一杯。酒后的胡安本想回到罗莎的住处,却莫名其妙地回到自己家里,企图把玛丽亚·孔塞普西翁痛打一顿,重新建立他在家里的权威,却遭到了玛丽亚的坚决抵抗,她甚至还打了胡安。"胡安大吃一惊,不知道自己干了些什么,后退了几步,透过似乎埋藏在他眼底的一层慢悠悠旋转着的胶卷,带着疑惑不解的神气盯着她看。可以肯定,他甚至没有想到要碰她一下。啊,好吧,没有闯什么祸。他也就此脱身。半睡半醒地摇晃着两只脚走开了"(波特,1984:258)。而玛丽亚痛定思痛,并没有忘了捆扎鸡脚去赶集,一路上内心惊慌,两脚磕磕绊绊,发现自己走的不是到市场去的方向。她静静地坐在一丛多刺的矮树荫下,发泄长期折磨她的悲哀,"有一样东西长期以来把她的全身挤压成坚实、痛苦而又默不作声的一块,现在它突然以惊人的力量迸发出来了。她像一个受了猛烈一击的人,浑身肌肉不自觉地痉挛收缩;她全身汗流涔涔,好像她一生的创伤都在排出咸汁一样……她的整个生命不过是一团隐藏着的、混乱不堪的回忆:晚上在她身内燃烧的悲痛和白天硬憋在心里煎熬她的怒火,直到她的舌头发出苦味,双脚沉重得像雨天陷在泥泞的道路中"(波特,1984:259)。内心挣扎了很久,玛丽亚终于开始向前走了,她前往的是罗莎的住处,果断地除掉了使她苦恼的原因。

在小说第四部分,场景为玛丽亚·罗莎的茅屋,叙述者透过玛丽亚·孔塞普西翁的眼光,扫视着玛丽亚·罗莎的遗体、胡安的眼神、交谈着的宪兵和唠唠叨叨的老卢佩。在这一部分出现了若干叙事结构相似的段落。它们的共同特点为:

①段首点明人物的身份;

②整段叙述透过该人物的眼光展现场景,透视该人物的心理;

③段落中通过间接引语、自由间接引语和自由直接引语的交杂使用来交代情节,间或反映人物复杂的心理活动。

例一:

(1)玛丽亚·孔塞普西翁听到自己在回答,丝毫没有停顿。(2)当她丈夫离家出走时她起先的确曾感到不安,但是过后也就不再为他烦恼了。(3)她想,男人总归是这样。(4)她是在教堂里正式结婚的,有她自己的身份。(5)嗯,他终于回到了家里。(6)她去过市场,但是很早就回来了,因为她要替丈夫烧饭。(7)情况就是这样。(波特,1984:268)(引语中的编号为笔者所加。下同)

这个段落描写的是玛丽亚·孔塞普西翁应答宪兵队长盘问的过程,段首句(1)交代了人物身份。(2)到(7)都是关于玛丽亚·孔塞普西翁对宪兵队长提问的回答。句子(3)带有转述语"她想",是间接引语,句子(2)(4)(6)是自由间接引语,(5)和(7)缺少明显的转述语,其中(5)带有语气词"嗯",(7)缺乏明确的指称,都能被理解成自由直接引语。省去了引号的人物话语形式更流畅,展现了玛丽亚·孔塞普西翁在直面犯罪嫌疑时的不卑不亢和对答如流,以及她面对丈夫偷情的内心想法。

例二:

(1)胡安的兴奋的心情已化为灰烬。(2)现在连一点激动的余火都没有了。(3)他倦了。(4)一场历险已经过去了。(5)玛丽亚·罗莎已经消失了,永远也不会再回来了。(6)他们在一起行军,吃喝,吵嘴和在战斗间隙谈情说爱的日子也一去不复返了。(7)明天他将回到无尽头的枯燥的劳动生活,要到挖掘地下城市的壕沟中去,就像玛丽亚·罗莎一定要进入坟墓一样。(8)他感到血管里充满了辛酸,充满了阴沉得无法忍受的忧郁。(9)啊,耶稣!(10)一个人的命运多苦啊!(波特,1984:269—270)

例二与例一拥有相似的叙述结构,只是叙述者透视的人物换成了胡安,将这一段中的第二句至句尾表示句首人物胡安的第三人称"他"改成第一人称"我"后,这部分就演化成胡安的内心意识流:

(1)胡安的兴奋的心情已化为灰烬。(2)现在连一点激动的余火都没有了。(3)我倦了。(4)一场历险已经过去了。(5)玛丽亚·罗莎已经消失了,永远也不会再回来了。(6)我们在一起行军,吃喝,吵嘴和在战斗间隙谈情说爱的日子也一去不复返了。(7)明天我将回到无尽头的枯燥的劳动生活,要到挖掘地下城市的壕沟中去,就像玛丽亚·罗莎一定要进入坟墓一样。(8)我感到血管里充满了辛酸,充满了阴沉得无法忍受的忧郁。(9)啊,耶稣!(10)一个人的命运多苦啊!

类似以上两例的叙述模式在波特的中短篇小说里显得特立独行,成为《玛丽亚·孔塞普西翁》的一个明显的叙述特征。波特处处以人物的眼光为叙述切入点,扫视周遭的一切,呈现人物的内心挣扎,人物话语形式与小说《绳》相似,摒弃了引号、直接引语,无论是叙述者的第三人称叙述,还是人物的第一人称内心独白,都使叙述显得顺畅,一气呵成,从而使小说情节处处透出人物的"考量"与"选择":

对于墨西哥土著女子玛丽亚·孔塞普西翁来说,她用自己的眼睛考量着原始部落与现代文明的角力,做出她的选择:她选择文明社会的信仰与生活方式,放弃部落原始信仰,选择文明社会的基督教,并且选择在教堂里结婚;在生病时,她选择药店的药水,而非巫医的灵丹妙药;在丈夫与罗莎私奔后,她高傲地拒绝巫医的符咒与祈祷,选择去教堂寻找精神寄托;在丈夫与情人回到村子后,她选择手刃情敌;最后,当她杀死情敌罗莎后,她选择把罗莎的新生婴儿占为己有。

对于丈夫胡安来说,虽然他的主管吉文斯经常以长者的口吻责备他对妻子的不忠实行为,但胡安总是满不在乎,他既不愿意放弃和他在教堂里结过婚的妻子,也不愿意离开让他感觉快乐的情人。但是,当危机真正逼近的时候,胡安还是第一时间选择保护杀死了自己情人的妻子。

对于以巫医卢佩、老索莱达、阿尼塔为代表的村民来说,玛丽亚·孔塞普西翁与玛丽亚·罗莎始终处于他们的性别凝视下,这股原始力量自发地行使着道德监督和评判的权力。尽管他们心知肚明,是玛丽亚·孔塞普西翁杀死了情敌罗莎,但玛丽亚·罗莎既然已经死去,就如古城遗迹中挖出的破陶碎瓷、断墙残壁一样"在世上没有什么实用价值"(波特,1984:249),他们不惜向宪兵撒谎来替玛丽亚·孔塞普西翁开脱犯罪嫌疑,使她免于文明社会的法律制裁。

在小说《玛丽亚·孔塞普西翁》中,场景基本上都是通过某个主要人物的视角呈现出来,无论是叙述眼光还是叙述声音都带着明显的个人主观色彩,主要人物的内心挣扎都被充分展现。在"生"和"此刻"的最高原则下,"背叛、复仇、谋杀、抢夺"等在现代社会被认为是惊天动地的行为在原始部落仅仅掀起了一阵涟漪,很快就烟消云散了。纵观波特的中短篇小说,在女性的觉醒抗争之路上,只有玛丽亚·孔塞普西翁获得了全胜,其他抗争和逃离都以失败或受挫而告终。

第四节　小说《绳》的人物话语形式及其效果

在叙述学中,话语被认为是表达故事内容的方式。话语可分为叙述话语和人物话语。叙述话语是"一种用叙述者的语词来再现人物说话方式和言语思想的话语类型"(普林斯,2011:151)。而人物话语则是人物的言辞和思想。波特的小说中有不少话语使用的尝试,比如短篇小说《魔法》的人物话语形式,该小说通过梳头女佣为白朗沙太太梳头时闲聊起一件关于妓女尼内特的奇闻轶事而展开,在整个故事的叙述中,只有白朗沙太太的语言是用直接引语的方式呈现的,其他所有人物的语言都是通过间接引语、自由直接引语或自由间接引语展现。又如短篇小说《绳》中的人物话语,该小说彻底颠覆以往小说中表达人物话语的常规——直接引语,通篇摒弃引号、大量采用自由间接引语和少量自由直接引语来表现人物对话。下文将具体讨论《绳》的人物话语形式及其效果。

《绳》展示了一对经济拮据的夫妻如何因为生活中的一点琐事而吵得不可开交的整个过程。这个故事诠释了一个令人困扰的事实:平淡无奇的生活表面下其实涌动着人与人之间的敌意。小说的主人公是一对刚刚搬到乡下的夫妻,两人的生活主要靠丈夫打零工维持。这天,妻子让丈夫去食品铺买些杂货,最主要的是帮妻子把上一次忘了买的咖啡买回家。等待了大半天后,妻子没有在丈夫拎回的那一篮子东西里看到咖啡,却发现了丈夫自作主张买的一大圈绳子,而且篮子里的鸡蛋也给压碎了。于是,妻子开始了对丈夫无休止的数落,最后,丈夫败下阵来,不得不再次冒着怒火和酷暑、来回步行四英里去给妻子买咖啡,并且把绳子退掉。妻子等到晚上,看到丈夫向她摇摇买回的咖啡,他的另一只手里却还拿着那条绳子,他忘了退还了……折腾了一整天后,夫妻两人的火气都消退了,妻子的态度有了戏剧性的转变,似乎变得异常通情达理,丈夫也藏不住自己的柔情蜜意,两人甚至又开始了打情骂俏。

　　小说因其巧妙的人物话语安排而被公认为作者的一部力作。在小说中,大多数人物话语是通过自由间接引语以及自由直接引语的形式呈现的,第三人称引导的句子貌似人物的自言自语或内心独白,但是语篇明显地凸显了夫妻两人的交流、对话和争辩。自由间接引语"这种形式在人称和时态上与正规的间接引语一致,但它不带引述句,转述语本身为独立的句子"(申丹,1998:289)。而自由直接引语"这一形式'原本'记录人物话语,但它不带引号也不带引述句,故比直接引语'自由'"(申丹,1998:290)。下文将撷取小说中的两段文字,对其中的话语形式进行具体分析:

　　例一:

　　(1)啊呀,没有,他没带来。主啊,现在他只得回去了。可不是,哪怕是要他的命,他也会回去的。不过,他以为其他的东西他都办来了。(2)她提醒这只因为他自己不喝咖啡。(3)他要是喝咖啡的话,很快就会记起来的。假定说他们烟卷抽完了,那会怎么样呢?(4)接着她看到了绳。(5)那有什么用?(6)哦,(7)(8)他想,绳可以用来晾衣服,或是用在别的什么上。(9)她顺理成章地问他,(10)他是不是以为他们要开洗衣铺?(11)他们不是已经明明有一条五十英尺长的绳挂在他的眼前了吗?(12)嘿,难道他真的没看到吗?(13)对她来说,这条绳破坏了风景。(波特,1984:272—273)

　　对照原文:

　　(1)Gosh,no,he hadn't. Lord,now he'd have to go back. Yes,he would if it killed him. He thought,though,he had everything else. (2)She reminded him it was only because he didn't drink coffee himself. (3)If he did he would remember it quick enough. Suppose they ran out of cigarettes? (4)Then she saw the rope. (5)What was that for? (6)Well. (7)(8)he thought it might do to hang clothes on,or something. (9)Naturally she asked him. (10)if he thought they were going to run a laundry? (11)They already had a fifty-foot line hanging right before his eyes? (12)Why,hadn't he noticed it,really? (13)It was a blot on the landscape to her. (Porter,1965:42)

在这个段落中,(1)为自由间接引语,是妻子看到丈夫买回的杂货后产生的内心反应;

(2)为叙述语或间接引语,原文 She reminded him it was only because he didn't drink coffee himself,既可以被理解为叙述者在陈述一个事实,也可以被理解为叙述者用引述动词"提醒"(reminded)和从句(it was only because he didn't drink coffee himself)来转述人物话语的具体内容;

(3)为自由间接引语,是妻子的人物话语,对丈夫忘了买咖啡的行为进行了斥责;

(4)为叙述语,叙述者把该夫妻争吵的焦点"绳子"展现了出来;

(5)为自由间接引语,妻子看到绳子后对丈夫的质问;

(6)为自由间接引语或自由直接引语,因 well 是个语气词,不体现时态,所以该词给人物话语的理解提供了两可性,既可以看成是丈夫直接发出的感叹词(自由直接引语),也可以看成是叙述者在转述丈夫发出的感叹(自由间接引语),但是根据(7)(8)的内容,似乎看成自由间接引语更合理些;

(7)和(8)为叙述语和间接引语,丈夫为买绳子的行为进行了申辩;

(9)、(10)、(11)、(12)在中英文版本中呈现了不同的句式,中译文中的(9)是叙述语,(10)、(11)、(12)罗列了妻子咄咄逼人的三个问题,保留了体现人物主体意识的三个感叹号;而英文原文中,(9)和(10)是主从句的关系,应该被看作间接引语。(11)、(12)可以被看作和(10)并列的间接引语,也可以被看作自由间接引语,作为独立的人物话语;

(13)叙述语或自由间接引语,既可以是叙述者评论性的叙述语,也可以看作以自由间接引语形式所表达的妻子内心的感受。

例二:

(1)不过,她对喝不上咖啡有一点儿失望,(2)啊呀,瞧,瞧,瞧那些鸡蛋!啊呀,天啊,蛋都碎啦!(3)他把什么摆在鸡蛋上面来着?难道他不知道鸡蛋是压不得的吗?(4)压,谁压它们来着,(5)他倒想要知道。(6)说这种话的人真蠢。(7)他只是把鸡蛋跟别的东西一起放在篮子里提回来。蛋要是压碎了的话,那是食品商的过错。他应该懂得不要把重东西压在鸡蛋上面。

（波特，1984：273）

对照原文：

（1）But she was a little disappointed about the coffee, （2）and oh, look, look, look at the eggs! Oh, my, they're all running! （3）What had he put on top of them? Hadn't he known eggs mustn't be squeezed? （4）Squeezed, who had squeezed them, （5）he wanted to know. （6）What a silly thing to say. （7）He had simply brought them along in the basket with the other things. If they got broke it was the grocer's fault. He should know better than to put heavy things on top of eggs. （Porter，1965：43）

在上文中，（1）从字面上看为叙述语，叙述者交代了妻子对丈夫忘了给她买咖啡的失望。但根据语境和原文中连接（1）和（2）的连词 and 以及（2）的话语内容看，这部分更适合被看作自由间接引语，表现了妻子当时的失望心理；

（2）为自由直接引语，感叹词、祈使句、现在进行时和感叹号都原原本本地表现了妻子看到鸡蛋被压碎时溢于言表的不满；

（3）为自由间接引语，是妻子的人物话语，她在继续抱怨，话语的人称变成了第三人称单数，但是两个句子都保留了体现人物主体意识的问号；

（4）和（5）按照句意和英文原文的时态看应为一个整体，（4）原本是（5）中动词知道（know）的宾语从句。但为了保留对动词压（Squeezed）的重复结构和人物话语的口语化特点，（4）摆脱了从句的限制，以独立句子的形式出现在（5）之前，两句都应该被看成是自由间接引语，是丈夫的人物话语。虽然从中文译文看来，（4）也能理解为丈夫的自由直接引语，但英文原文中 had 这个词体现的过去完成时否定了这种可能性。如果是自由直接引语，这句话应为：Squeezed, who has squeezed them, he wanted to know.

（6）和（7）可以被看成是自由间接引语，是丈夫继续在为自己辩解。但由于（6）的原文是 What a silly thing to say，句中不体现任何的时态，所以（6）也可以被看成是自由直接引语，是丈夫面对妻子的指责而发出的反驳。

《绳》整篇小说中的情节推进和人物对话都是通过类似的人物话语完成

的,如果根据句意把人称做相应的改变,再加上引号,就能把人物话语转化成常规的直接引语形式,比如把例一(1)和(5)中的第三人称改成第一人称,(3)中的第三人称改成第二人称,(7)中的第一个第三人称改成第一人称,再加上引号,具体如下:

"不过,我对喝不上咖啡有一点儿失望,啊呀,瞧,瞧,瞧那些鸡蛋!啊呀,天啊,蛋都碎啦!你把什么摆在鸡蛋上面来着?难道你不知道鸡蛋是压不得的吗?"

"压,谁压它们来着,我倒想要知道。说这种话的人真蠢。我只是把鸡蛋跟别的东西一起放在篮子里提回来。蛋要是压碎了的话,那是食品商的过错。他应该懂得不要把重东西压在鸡蛋上面。"

既然改变人称、加上引号的语段能使夫妻两人的争斗跃然纸上,那作者为何要采用本小说中的人物话语形式呢?

1. 陌生化效果

俄国形式主义的奠基人物之一什克洛夫斯基认为,文学的功能在于产生"陌生化"的效果。陌生化是艺术加工和处理的必不可少的方法,作者使本来熟悉的对象变得陌生起来,使读者在欣赏过程中感受到艺术的新颖别致,经过一定的审美过程完成审美感受活动。艺术陌生化的前提是语言陌生化,在文学语言中,表达本身(形式)就是目的。

《绳》的故事题材来自小人物的日常生活。故事发生的具体时间、地点、场景和人物背景都不得而知。虽然通过上下文,读者可以推断出故事大致发生在夏天和乡下,但作者似乎更倾向于把这个故事放在一个更自由的时空坐标中,更愿意把这个故事看成一个时时处处发生的生活寓言。

在小说中,仅有的两位人物没有名字,作者仅交代了人物关系,用第三人称单数的"他"(he)和"她"(she)指称作为主人公的夫妻两人。在占据小说大部分篇幅的人物话语中,夫妻两人也以第三人称和第二人称互称。

这个故事的内容主要是夫妻两人因为一件琐事引发的争吵,人物对话构成了小说的主要情节。但是,作者通篇摒弃引号,采用自由直接引语和自由间接引语来表现人物的对话,这种艺术形式通过对熟悉的对象进行陌生的表现而使对象变得生动可感,本身就是一种陌生化手法。通过这种特别的艺术形式,读者感知小说的难度增强,感知时间增加,感知过程得到了延长,从而对生活中熟视无睹的琐事产生一种全新的审美体验,而这种审美感受就是靠陌生化手段在审美过程中加以实现的。

2. 叙述流更顺畅

小说中很多地方出现了像例二(2)这样的自由直接引语,人物话语不带引导句,也不用引号,内容也没有经过叙述者的任何处理,人物的语气和视角被忠实地保留下来。这些自由直接引语没有引述句和人物语言的来回串接,完全摆脱了叙述干预,可以自然地滑入叙述语中,或者说,能够和其他人物话语以及叙述话语更自然地交织在一起,因而叙述流更顺畅。同时,类似的自由直接引语由于没有引述语,人物的自我意识感减弱,如例二(2)既可以被认为是妻子说出的话,也可以被认为是她的心理活动,这就增加了语意密度和层次。

在例二中,除(2)以外,其他句子都能被视为自由间接引语,这样的话语同样摆脱了引述句和引号,受叙述语语境的压力较小,同时,叙述者改变了人称和时态,使这种人物话语与叙述语在形式上体现了一致性,在中文中由于动词本身不体现时态,所以这种一致性往往体现得更自然,自由间接引语因而能和自由直接引语一样自由出入叙述语段。

3. 体现不同的话语主体及人物主体意识

在形式上,自由直接引语和自由间接引语的一个关键的区分标志是人称。自由直接引语采用第一或第二人称进行叙述,而自由间接引语以第三人称叙述,不同的人称体现了不同的话语主体及人物主体意识。

在自由直接引语中,第一或第二人称仅仅表现人物的声音,人物主体意识强烈,话语发出者掌控了人物话语,话语完全是人物个性心理的投射,如例二(2)中,妻子在没有如愿得到咖啡,又看到鸡蛋被压碎时,失望、生气、愤怒交织的心理和她在夫妻关系中的强势地位跃然纸上。

"而在自由间接引语中,控制权处于人物主体与叙述者共同控制之中,因而它是两种声音不动声色的混合"(徐岱,2010:138)。如例二(1)的语言形式类似于叙述语,像是叙述者发出的评论,但根据语境分析,更适合被看成自由间接引语,是人物的内心想法。虽然以自由间接引语形式出现的人物话语都是经过叙述者加工改造、通过叙述者之口说出,人物的声音遭到了压抑,但叙述者在转述时不得不考虑还原人物话语本来的面貌,尽量保留体现人物主体意识的语言成分,如例二(3)中的疑问句和反问句的句式,表现了妻子进一步数落丈夫时的咄咄逼人。

4. 调节叙述距离和音响效果

表达人物话语的不同形式是调节叙述距离的重要工具。自由直接引语是叙述干预最轻、叙述距离最近的一种话语形式。读者摆脱了叙述语和引述句的干预,能直接听到人物的原话,接触人物的内心想法。而在自由间接引语中,无引导句、第三人称、过去式等形式使之在语法上形同叙述描写,叙述者的观点态度能更自然地植入这种形式中,也更容易被读者领悟和接受。同时,第三人称和过去式在读者和人物话语之间拉开了一段距离,产生了疏远的效果和让读者介入的张力,以自由间接引语形式出现的人物话语更像是人物的自言自语,也像主人公面对过路邻居的倾诉。读者不自觉地以旁观者的身份进入叙述场景,品评人物话语、审视叙述者的态度。

小说中很多自由直接引语和自由间接引语都表现了人物的心理活动,如果这些话语都加上引号,会带来不必要的音响效果。毕竟,两位主人公的对话内容和争执缘由无非是生活中鸡毛蒜皮的小事,并无原则性的问题,他们夫妻斗嘴的内容如果加上了引号,就类似于加上了扩音器,会产生矛盾激化的效果,这应该是有违作者初衷的。

小说《绳》是波特继《那棵树》和《裂镜》后对婚姻关系的又一次审视。作为小说的标题的"绳"是主人公争吵的导火索,夫妻二人在又爱又恨的关系中,似乎一直被这样一条绳子牵绊着,彼此拥有绳子的一头。小说的第一段描绘了乡村景色的宁静,主体部分是主人公的争吵,虽然结尾部分又恢复了宁静的基调,但是显然,曾经发生在主人公之间彼此的敌意和伤害却是难以消散的。

第五节　小说《他》的距离控制

美国学者韦恩·布斯在 1961 年出版的《小说修辞学》中对作品的作者、叙述者、人物和读者这四者之间的距离进行了分析和归纳,对作者如何通过距离控制使读者实现理想的审美阅读进行了阐释。布斯认为,"在阅读过程中,总存在着作家、叙述者、其他人物以及读者之间的隐含对话"(布斯,1987:163)。也就是说,在这个作家——文本——读者的过程中,存在着两种隐含对话,一种即文本的叙述主体(隐含作者、叙述者和人物)之间的隐含对话,这种对话囿于文本之内,其实质是作者通过各种叙事技巧对文本进行的叙述距离控制;另一种对话是接受主体(读者)和叙述主体之间的隐含对话,这种隐含对话体现于阅读过程中,其实质是读者和文本之间保持一定的审美距离,完成理想审美阅读的过程。

《他》是波特在 1927 年发表的短篇小说,整个故事表现了挣扎在极度贫困中的惠普尔太太对待弱智儿子的哀怨交织的矛盾心理。这是波特第一次尝试处理畸形或弱智人物的生存困境以及他们在家庭和社会中的身份缺失。下文将借鉴布斯的距离控制理论来分析波特在短篇小说《他》中的距离控制。

1.叙述距离

小说《他》的叙述者在思想认识和价值判断上是代表隐含作者的,叙述者与隐含作者的观念是一致的。隐含作者、叙述者和人物这三个叙述主体之间的距离关系因而变得相对简单,可以简化为人物与人物、叙述者与人物的距离。

(1)人物与人物之间的距离

在小说《他》中,惠普尔太太和她的弱智儿子"他"是故事的主角,推动着情节和主题展开的其他人物包括惠普尔先生、惠普尔家的另外两个孩子艾德纳和埃姆莉,以及邻居们。

首字母大写的 He 是小说原文的标题,在英文中这是一个表示第三人称单数的人称代词。为了突出这个首字母大写的特点,在中译文中被处理成了加双引号的"他"。"他"是这个弱智儿子唯一的"名字",如果惠普尔夫妇曾经给他取过正式的名字,他们也早就决定不再使用这个名字了。标题人物"他"作为一个失语的弱智儿,成了名副其实的"他者"。在空间距离和心理距离上,"他"总是游离于家人和亲情之外。"他"是惠普尔家的孩子之一、艾德纳和埃姆莉的兄弟,但严格地说,"他"并不享有这样的身份和地位。艾德纳和埃姆莉从来没有把"他"当成兄弟来爱护。惠普尔先生作为一家之主、"他"的父亲,居然也很少和"他"正面接触。虽然偶尔会对惠普尔太太对待"他"的方式发表一点看似有道理的意见,但总的说来,一如他对待家庭和生活的态度,他对"他"更加无情和无为。就是在"他"病得不行、不得不被送到县救济院去的时候,惠普尔先生也觉得自己没有必要也参与到把"他"送走的行列。

惠普尔太太的内心并不愿意把"他"看作自己的儿子、上帝给她的礼物,倒认为这个痴呆儿子是上帝对这个家庭的惩罚,是无情的命运在她通往幸福的道路上投下的最大障碍,她认为是"他"让这个苦难的家庭雪上加霜。具有讽刺意味的是,"他"蛮勇有力、任劳任怨,是农场上的一个好把式。每每有脏活、累活甚至危险的活必须要有人去做时,惠普尔太太总是会充分考虑另外两个孩子的感受,这两个孩子因而总是被豁免,"他"也就理所当然地成了干这些活的唯一人选。虽然农场的光景还是每况愈下,但是惠普尔太太始终不会意识到:没有"他"的贡献,家里的境况一定会更糟。

"他"最终一病不起,惠普尔夫妇决定把他送到县救济院去。由于受不了看到用医院派来的救护车把他送走,惠普尔太太接受了邻居的好意,这位邻居自愿开车把"他"送到救济院去。一路上,惠普尔太太不敢相信自己看到的情景:"'他'在擦掉从眼角里涌出来的大颗大颗泪珠。'他'抽抽搭搭地哭起来,发出一阵抑制的哭声。惠普尔太太不断地说:'啊,宝贝儿,你不觉得太难受吧,对不对?……'因为'他'似乎在指责她什么。也许'他'记起了那一回她捅'他'的耳刮子,也许那一天'他'给那头公牛吓坏了,也许'他'睡觉着了凉,可没法告诉她;也许'他'知道他们在干脆把'他'送掉,一了百了,因为他们太穷,养不起'他'"(波特,1984:296—297)。在这最后的送别场景中,惠普尔太太表面上似乎在和"他"交流,其实是在和自己的良心对话,在经过一番内心挣扎后,她认为自己已经尽力了,在无情的命运面前,她无能为力。惠普尔太太貌似良心发现的心理活动实则人格缺失的表现,她不懂得什么是真正的爱,不懂得"他"的眼泪是"他"对母亲的爱和不舍,"他"在用眼泪向她请求不要把"他"送走……

"他们看见那家医院了,因为那个邻居开汽车开得很快,他不敢回头看后面"(波特,1984:297)。小说以这样一个悲情的场面而戛然结束,那位邻居不知所措,只能用埋头开车来掩饰自己的复杂情绪。也正像这段话所暗示的,生活对于大多数人来说是艰辛的、不堪回首的,以至于人们失去了维持爱的能力——这种只有天真无邪的"他"才能拥有的爱。

(2)叙述者和人物之间的距离

小说《他》的叙事所采用的是有限全知视角,叙述者集中透视了惠普尔太太的内心,对于人物"他"只做外在描述。"他"不会说话,无法像正常人一样表达自我、与家人进行交流,因而也无从得到应有的关怀。全知叙述者有意回避成为"他"心理活动的代言人,只有惠普尔太太根据自己的主观需要对"他"的内心进行有失公允的猜测。惠普尔太太和其他人物有大量的对话,内容总是直接或间接和"他"有关。这些对话多以直接引语的形式呈现,其篇幅甚至达到了整个小说的一半以上。无论"他"是出现在叙述者的叙述中,还是被惠普尔太太在直接引语中提及,"他"都只是一个第三人称单数形式的代号(He),这个人物在叙述距离上是远离叙述者的。

如果说,惠普尔太太也曾经考虑过"他"的安危,那也是出于母爱以外的原因,是害怕"他"如果因为干活而受伤的话,作为母亲,自己会受到邻居们的谴责。惠普尔太太每次和外人说话前,都要有一番声泪俱下的对"他"的母爱泛滥的例行表演。在"对待弱智儿子的母爱"这一问题的舆论导向上,惠普尔太太是尽力了,她充分发挥了自己的主观能动性,强势地向邻居和亲戚们灌输了她爱"他"这个"事实"。"'他'什么都干得了,而且一点皮也不蹭破。那会儿,那个传教的在这儿说过,真是个好小子。他还说:'这个天真的孩子在老天爷的保护下活动——所以'他'不会受伤"(波特,1984:284)。传教士虔诚的祝福成了惠普尔太太表演台词的一部分。无疑,传教士的话是很有实用价值的,"他"享受着上帝的偏爱和特殊照顾,这个说法成了她忽略和利用"他"的极好借口。在这样的个性化的人物语言中,惠普尔太太说话时的语音语调和费尽心机都得到了有力的凸显。

全知叙述者在透视人物内心活动方面进行了巧妙地选择和安排,透过惠普尔太太的眼光来看待生活中的琐事,这种人物视角与其说是观察他人的手段,不如说是揭示聚焦人物自己性格的窗口。这样的叙述安排不仅节约了叙述时间,更重要的是,对"他"的心理描述的缺失,造成了小说的悬念。读者接收到了不完整的信息,在整个阅读过程中一定会根据自己的阅读经验主动地去揣测、填补未知信息,做出自己的判断。

2. 审美距离

(1)读者与叙述者之间的距离

"出于对'艺术家不应该是他的人物的评判者,而应该是一个无偏见的见证人'这一艺术理想的眷恋,要求叙事者的声音在作品中沉默,几乎成了当代小说的一条基本原则"(徐岱,2010:76)。《他》的叙述者所做的只是近似冷漠的叙述和不动声色的展示,在小说中,惠普尔太太一直在试图赢得舆论同情、建立自己的道德优越地位,对此,叙述者不置可否,但读者在这样的叙述中不难发现清晰可辨的反讽意味。

"'他'确实长大了,而且'他'从来没受过伤。养鸡室的一块木板给风吹下来,砸在'他'的脑袋上,'他'看上去好像一点也不觉得。'他'原来学会识几个字,可是挨了一木板以后,把那些字都忘了"(波特,1984:284)。这一段文字,尤其是第一句话,具有话语主体和文字阐释的两可性。虽然也能把话语主体看作是惠普尔太太,但更为合理的是把话语主体看作是叙述者,那么这段话就是叙述话语,也是叙述者为数不多的表现出主观倾向性的话语。"全知叙述者通过自己的眼光和语言在话语层次上建构出来的与'事实'相偏离的各种表象往往是隐蔽地表达叙述者观点、态度的有效工具,也往往是主题意义和审美效果的重要载体"(申丹,2004:228)。"他"挨了一木板丧失了一些记忆这个事实就和第一句话的表述形成了反讽。"他"长大了,却没有长知识,"他"看似没受伤却无疑有智力和心理的创伤。叙事者选用了"确实"和"从来"两个带有调侃口吻的词,对事实构成了反讽,谴责了惠普尔太太对"他"的漠不关心和无动于衷。尽管这段文字形式上属于总结性概述,语调的选择性却泄露出叙述者的态度和主体意识,从而使作品具有一种内在的对读者的情感导向,加深了读者对故事的介入深度和拉近了读者与人物"他"的情感距离,叙事者的倾向性也在叙述话语中自然而然地流露出来。

(2)读者与人物之间的距离

在整个阅读过程中,读者直面的是惠普尔太太和弱智儿"他"没有任何的交流。"他"在审美距离上最初是远离读者的,读者对这个特定人物的评价只能由远距离的理性审视得出,但就是在这样一个深入人物内心、解码小说中关于"他"的情感叙事留白过程中,读者始终能感受到与弱势人物"他"的心理距离张力。

叙述者展示的是惠普尔太太的内心感受,她对自己诸多对待"他"的行为有及时的和面面俱到的辩解。惠普尔太太努力捍卫自己作为一个无奈但却通情达理的母亲形象,在这个赢得舆论好感的过程中,惠普尔太太的所言所行对读者形成了强烈的视觉和听觉冲击,读者似乎不由自主地加入了邻居们的行列,聆听着她强势的倾诉。同时,读者观察着惠普尔太太和"他"之间微妙的情感纠葛,用自己的理性判断思考评判着人物,见证了这个家庭从贫穷走向崩溃。

值得注意的是,惠普尔太太所有的言行都是直接或间接涉及"他"的,无论她的母爱表演有多么感人,"他"憨憨的、无声的形象始终浮现在惠普尔太太和读者之间,"他"的无知无畏、任劳任怨、埋头苦干的形象在读者心目中渐渐明朗起来。"他"的失语和惠普尔太太的能言善辩构成了鲜明的对比。"他"虽然一言不发,离叙述接受者的心理距离却从疏远逐渐变得亲近。冷静得近乎冷漠的叙述者把读者的同情心引向了处于弱势地位的"他",读者虽然无法直接走进"他"的内心世界,却能依靠自己的判断对人物的思想行为做出理智的和道德的裁决。

在小说平静而缓慢的叙述流中,作者突显的是贫困家庭卑微琐碎的生活,以及小人物们的挣扎与无奈。惠普尔太太所有的话语和行为都展示了她的主体意识:她所拥有的只是一分难以为继的贫困、一个给她带来羞辱和不安的弱智儿子、一个碌碌无为和保不住上当受骗的男人和两个最终逃离家庭寻找出路的孩子。

3. 结语

波特在作品中经常把人物置于一种人力无法控制的环境中,着力体现人物的生存困境,作品中往往弥漫着一种人物无法和命运抗争的悲剧气氛。社会和时代因素导致了家庭的困境,而这种家庭困境进一步造成了人物的不幸。"他"来到这个世上所遭遇的不幸不全是这个家庭所造成的,但"他"在这个家庭确实也没有得到善待。惠普尔太太这个活生生的人物也是在这样的生存困境中努力着、挣扎着。如果说"他"完全是一个可怜的人物,那么惠普尔太太就是一个既可怜又可恨的人物,他们最大的过错就是走不出这个生存困境。在小说中通过对距离的控制,来表达她个人对生活的整体印象,引发读者的思考,而并非直接揭示某个深刻的主题。

第五章　波特小说中的时间和空间叙事

第一节　叙事时间和叙事空间

叙事是具体时空中的现象,任何叙事作品都必然涉及具体的时间和具体的空间,超时空的叙事现象和叙事作品都是不可能存在的。"作为一种'先验的感性形式'(康德语),时间只有以空间为基准才能考察和测定,正如空间只有以时间为基准才能考察和测定一样;也就是说,无论是作为一种存在,还是作为一种意识,时间和空间都是不可分割的统一体"(龙迪勇,2015:7)。同时,根据康德的时空理论,从叙事学的本义上看,研究小说中的时间和空间叙事并非着眼于所叙之事的物理时间和物理空间,而是探讨文学叙事在主观意识或心理学上的可接受性。

1.叙事时间

叙事与时间的关系非常密切,因为叙事是一种语言行为(无论是口语、文字,还是其他符号形式),而语言是线性的、时间性的。(龙迪勇,2015:5)。杰拉德·普林斯在《叙述学词典》中给(叙述)时间的定义为:"指某时期或若干时期,在此期间情境与事件得以描述(故事时间 story time 被叙 narrated 的时间,被叙述的时间 erzählte zeit),并发生描述行为(话语时间 discourse time 叙述 narrating 的时间,叙述时间 erzähleit)。"(普林斯,2011:231)

很多叙事学家都讨论过叙事中的时间问题。热奈特基于托多洛夫 1966 年提出的划分,即将叙事问题分为三个范畴:"时间范畴,'表现故事时间和话语时间的关系';语体范畴,'或叙述者感知故事的方式';语式范畴,即'叙述者使用的话语类型'"（热奈特，1990：9）。在时间范畴方面讨论了托多洛夫提出的"时间畸变""写作时间"和"阅读时间"等问题，而语体范畴主要包括叙述"视点"问题，语式范畴则集中了"距离"问题。在时间范畴问题上，热奈特还根据故事与时间、话语与时间之间的关系区分三种关系类型：即顺序（order）、时距（duration）和频率（frequentcy），细致分析了涉及时间处理的时间倒错、跨度、幅度、倒叙、预叙、走向无时性、概述、省略、场景、拉伸、停顿等问题，总结出了文学叙事在时间处理上的一套具体方法。热奈特曾引用电影符号学家克里斯蒂安·麦茨（Christian Matz）在《电影涵义论文集》（The Significance of the Film）中强调时间双重性的一段话来表明时间对于叙事的意义："叙事是一组有两个时间的序列……：被讲述的事情的时间和叙事的时间（'所指'时间和'能指'时间）。这种双重性不仅使一切时间畸变成为可能，挑出叙事中的这些畸变是不足为奇的（主人公三年的生活用小说中的两句话或电影'反复'蒙太奇的几个镜头来概括等等）；更为根本的是，它要求我们确认叙事的功能之一是把一种时间兑换为另一种时间"（热奈特，1990：12）。

　　戴维·赫尔曼的"模糊时间"概念有力地补充了热奈特的时间理论，这也是他的有关故事世界之分析的一部分。赫尔曼提出，"在热奈特的理论中，他假设我们能够认识到故事的潜在时间——顺序、持续时间以及事件的频率，但是很多的叙事作品，特别是那些涉及心理/精神创伤的叙事作品，是不允许有这样清晰的感知的。如果叙事作品中的时间较为模糊，我们也不能轻易断言这个作品的质量有问题，对它的判断要等到检验模糊性是增加了还是减少了叙事作品的效果之后才能做出"（张万敏，2011：18）。

　　美国电影与文学批评家、叙事学家、伯克莱加州大学修辞学教授西摩·查特曼在《故事与话语：小说和电影的叙事结构》（Story and Discourse：Narrative Structure in Fiction and Film）中基于热奈特对于故事－时间与话语－时间之间的时间关系分析进一步探讨了小说和电影在时间处理上的异同，解析了时间处理在电影这个特定媒介中的实例。

　　华莱士·马丁在《当代叙事学》（Recent Theories of Narrative）中用三个概念：实在时间（chronology）、被叙述的时间（narrated time）和阅读时间（reading time)来讨论叙事的时间性(narrative temporality),并以三者之间相对的时间长短来解释持续(duration)、伸长(stretch)、概括(summary)、省略(ellipsis)等概念。此外,作者还描述了叙事的广度(extant)或幅度(amplitude)、次序(order)与频率(frequency)等与叙述时间相关的叙事要素。

国内学者胡亚敏在其专著《叙事学》中认为:"叙事文属于时间艺术,它须臾离不开时间。取消了时间就意味着取消了叙事文。在这个意义上,时间因素与叙述者一样,是叙事文的基本特征。"(胡亚敏,2004:63)。对于叙述时间这个概念,胡亚敏主要讨论了叙事文的双重时间性质:"叙事文又是一个具有双重时间序列的转换系统,它内含两种时间:被叙述的故事的原始或编年时间与文本中的叙述时间。"(胡亚敏,2004:63)。这两种时间在杰拉德·普林斯对(叙述)时间的定义中也被提及,即德国学者所加以区分的"被叙述的时间"和"叙述时间";俄国形式主义也曾用"事序结构"和"叙述结构"的概念加以区分。另外,胡亚敏还详细探讨了故事时间中的时序、时限和叙述频率问题。

徐岱用"时空机制"来分析小说的"物质文本",他认为,"现代叙事理论越来越倾向于将一部小说的价值本体同它的物质文本区别开来,前者指的是作品的审美实体,后者表示的是作品的由文字构成的实体,这种实体作为独立于接受主体而存在的一种客体,是小说审美价值本体的存在基础。通常,它的肌质主要包含时间、空间与景物等要素,它们作为叙事的文本机制在小说叙事活动中起着非同小可的作用"(徐岱,2010:274)。徐岱谈及爱因斯坦的相对论时间观、铁钦纳的物理时间和心理时间的差别、柏格森的空间时间和价值时间的区别,从自然科学、心理学和哲学界的主要时间观,讨论了现代思维对时间的重新认识,认为:"现代小说中的时间也就是一种以价值时间为核心的艺术时间,这个时间在组合轴上包括'写作时间'和'阅读时间',在聚合轴上又可以进一步区分为'叙述时间'与'故事时间'。"(徐岱,2010:774)

2.叙事空间

杰拉德·普林斯在《叙述学词典》中给(叙述)空间的定义为:描绘情境

与事件(场景 setting 和故事空间)和发生叙述事例 narrating instances 的某一地方或数个地方。尽管叙述时有可能不提及故事的空间、叙述步骤的空间或它们二者之间的关系(约翰吃饭;然后他睡觉),空间在叙述中仍能起到重要的作用;上面提到的特征或地点之间的关联具有重要意义,并具有主题与结构意义上的功能,或可当作一种人物塑造 characterization 的方法。例如,假如某叙述者在医院病床上进行叙述,就可能意味着他/她濒临死亡,不得不匆匆忙忙地说,以便能完成叙述 narration。另外,我们可以很容易想象出叙述步骤空间可能系统地与被叙述空间形成对照(我在监狱号子里叙述发生在广阔空间里发生的事件);或在某些叙述中,前者逐渐地与后者拉开(或缩短)距离且与后者不同,因而这类叙述会更为准确(或更为不准确)(我在费城开始叙述发生在纽约的事件;我到普林斯顿继续进行我的叙述;最后,我在纽约完成我的叙述);或在某些叙述中,根据不同的视点等情况,发生被叙事件的各个地方会得到详叙或略叙。(普林斯,2011:210—210)

空间问题,尤其是小说中的空间问题,是在 20 世纪才逐渐引起文论界的关注与探讨。1945 年,美国著名文学批评家、普林斯顿大学比较文学教授约瑟夫·弗兰克(Josef Frank)在《西旺尼评论》(Sewanee Review)上发表的《现代文学中的空间形式》(Spatial Form in Modern Literature)一文,明确提出了文学中的空间形式问题。将读者感知纳入叙事空间的探讨,从语言的空间形式、故事的物理空间和读者的心理空间三个侧面分析了现代小说中的空间形式。(弗兰克,1991:1—49)。该文的基本观点是:"现代主义的文学作品(包括 T. S. 艾略特、庞德、乔伊斯和普鲁斯特等人的作品)是'空间的',它们用'同在性'取代'顺序'。现代主义的作家'试图让读者在时间上的一瞬间从空间上而不是顺序上理解他们的作品'"(程锡麟,2007:2)。此文发表以来,空间问题逐步受到批评理论的重视,成为叙事理论关注的焦点之一。其实,早在弗兰克的论文在批评界引发长期争论、最终产生深远影响之前,已经有一些学者开始了对空间问题的思考。

在 1937 年至 1938 年左右,苏联著名文艺理论家、批评家、符号学家巴赫金(M. M. Bakhtin)就完成了《长篇小说的时间形式和时空体形式——历史诗学概述》一文的手稿,1973 年完成结语,直到 1975 年才首次全文发表。该文提出了小说时空体理论,对小说的时空问题较早地做了系统研究。

1945 年,法国著名哲学家、存在主义的代表人物、知觉现象学的创始人梅洛－庞蒂(Maurece Merleau－Ponty)出版了他的博士论文和主要著作《知觉现象学》(Phenomenology of Perception),该著作讨论了"身体"与"世界"的关系,证明了身体是一个境域性存在,是一个世界,并将身体本身描述为我们日常理解的空间性和运动可能性的源泉。

1957 年,法国哲学家、科学家、诗人加斯东·巴什拉(Gaston Bachelard)出版了专著《空间的诗学》(The Poetic of Space),从现象学和象征意义的角度,强调心灵的主观性体验,探讨读者对空间意象的感知。

二十世纪五六十年代,世界范围内出现了从现代到后现代的文化转型。后现代文化这种国际性的社会文化思潮兴起于美国,随即风靡整个西方发达工业社会并迅速向世界其他地区渗透。后现代主义文化的特征之一就是时间特性转变为空间特性。"时间和历史这些困扰现代人的概念受到后现代的空间概念的挑战"(程锡麟,2007:2)。二十世纪后期,西方批评理论的空间转向带动了叙事理论的空间转向。

在后现代文化的背景下,不少学者在人文社科领域对空间理论做出了贡献。法国思想家亨利·列斐伏尔(Henri Lefebvr),法国社会学家、思想家米歇尔·德塞都(Michel de Certeau),法国哲学家、社会思想家和"思想系统的历史学家"米歇尔·福柯(Michel Foucault),美国马克思主义文学批评理论家弗雷德里克·詹明信(Fredric Jameson),美国学者迈克尔·克朗(Mike Crang)、美国地理学家爱德华·W.苏贾(Edward W. Soja)等学者分别从不同的学科和视角阐述了他们的空间理论。

1978 年,西摩·查特曼在叙事学专著《故事与话语:小说与电影的叙事结构》中提出了"故事空间(story－space)"和"话语空间(discourse－space)"的概念,认为故事事件(story－events)的维度是时间,而故事存在物(story－existents)的维度是空间。在文字叙事中,故事空间是抽象的,需要在读者心灵和意识里建构。

1985 年,荷兰叙事学家米克·巴尔(Mieke Bal)在其著作《叙述学:叙事理论导论》(Narratology:Introduction to the Theory of Narrative)中,从素材、故事、本文三个方面构建了叙事体系,其把空间归为"故事"的一个方面,并专门论述了空间的表征、内涵、功能以及空间与其他因素的关系。

20 世纪后期,出现了许多关于叙事空间理论的论文。美国最重要的视觉艺术批评家和图像理论家之一 W·J·T.米歇尔(W. J. Thomas Mitchell)发表了一系列研究文学空间问题的论文,如《文学中的空间形式:走向一种总体理论》(Spatial Form in Literature:Toward a General Theory,1980)、《体裁的政治学:莱辛之〈拉奥孔〉中的空间与时间》(The Politics of Genre:Space and Time in Lessing's Laocoon,1984)、《空间、思想与文学表征》(Space,Ideology,and Literary Representation,1989)。在《文学中的空间形式:走向一种总体理论》一文中,米歇尔提出文学空间的四种类型:字面层,即文本的物理存在;描述层,即作品中的表征、模仿或所指的世界;文本表现的事件序列,即传统意义上的时间形式;故事背后的形而上的空间,可以把它理解为生存意义的系统。米歇尔可能是最早对文学中的空间形式进行具体区分的学者。(龙迪勇,2015:10)

在众多关于叙事空间理论的论文中,其中最有影响的当属加布里埃尔·佐伦(Gabriel Zoran)的《建构叙事空间理论》(Towards a Theory of Space in Narrative)一文。1984 年,佐伦在该文中提出了空间理论模型"空间模式"(spatial pattern)的概念,他对空间问题的讨论建立在文本的虚构世界基础之上,强调了空间是一种读者积极参与的建构过程。佐伦将文本和文本所再现的世界视为一个整体空间,从水平与垂直两个轴讨论了空间的不同层次,在垂直维度上把文本空间结构分为三个层次:地志学层次,即作为静态实体的空间;时空体层次,即事件或行动的空间结构;文本层次,即符号文本的空间结构。该论文对于叙事文本中空间结构的讨论被认为是最完整的,兼具实用价值和理论高度。

国内学者龙迪勇在 2015 年出版了专著《空间叙事学》,采用康德意义上的时空概念,赞同赵宪章的叙事时空观点,认为:"语言叙事作为时间序列已经内含着被空间规整过的外物;否则,所谓'叙事'也就不可能成为时间序列;换言之,假如存在未被空间规整过的叙事,那么,它的听者就会不知所云,因为在所叙之事尚未被规整为一定形状的条件下,是无法楔入、契合受众的感性经验的,语言叙事作为声音的延续必然是混沌的、无效的,并不能被我们所感觉、所理解。就此而言,时间维度只是叙事的表征,空间维度作为时间维度的前提,本来就是叙事表征所内含的维度,是使时间维度成为可能的维度"(龙迪勇,2015:序1—2)。龙迪勇突破了狭义叙事学以小说为中心体裁的局限,进入广义叙事的领域,将叙述分成三类,并以符号学为视角剖析这三类空间形式迥异的叙述:"第一类是小说、历史、传记等偏重时间维度的体裁,其叙事文本需要从时间转化为空间;第二类是绘画、雕塑等偏重空间维度的体裁,其叙事文本需要从空间转化为时间;第三类是电影、电视、动画等既重时间维度又重空间维度的体裁,其叙事文本'需要在空间中获得新的阐释维度'"(龙迪勇,2015:序6)。

第二节　时空中的波特和波特的时空

本节将从地志学角度考量波特在德州的生活经历和生活空间是如何投射到作品中的时间和空间叙事,以及她模棱两可的性格和她对德州模棱两可的态度之溯源。

1. 时空中的波特

如果像现代批评家所推测的那样,缺席和遗失使人产生对语言的需要,每个孩子幼时失去家园的悲惨经历也许会使他们产生通过文字来恢复儿时家园的欲望,而一个人毕其一生的努力就是在整合他童年时代就已形成的性格。童年时代便开始颠沛流离、少年时代就离家漂泊的波特把对家乡德州的情感倾注到了她的作品中。西方文论界对波特童年所处的德州空间地域特点与她模棱两可性格的关系,以及波特对德州模棱两可的情感态度进行了诸多的分析。

德州在波特的小说中根深蒂固,她最有成就的小说大都来源于童年在德州的经历。无论是在瑞士撰写的《中午酒》,还是在巴黎完成的《老人》,她的作品多半以德州为背景。即使小说背景不是德州,小说人物也可能是离开德州的德州人。波特唯一的长篇小说《愚人船》中,威廉·丹尼(William Denny)就来自德州南部城市布朗斯维尔(Brownsville),《斜塔》中的青年查尔斯·厄普顿(Charles Upton)出生于德州一个小镇。然而,德克萨斯文化并不滋养艺术。1939年,德克萨斯文学研究所没有把奖项颁给波特的《灰色马,灰色的骑手》,而是颁给了德克萨斯州民俗学者詹姆斯·弗兰克·多比(J. Frank Dobie)的《阿帕切金和雅基银》(Apache Gold and Yaqui Silver);1959年,德克萨斯大学也没能如它先前所承诺的那样以波特之名命名人类研究图书馆。很大程度上,波特认为自己不逊于最终赢得德克萨斯文学研究所奖项的多比,只是因为自己早年离开了德州,多少就被排挤出德州嫡系的作家群。

1955年,波特告诉一位采访者:"我是德州养育的第一个也是唯一一个严肃的作家。"(Forbes,2011:108)。1958年,波特又告诉《德克萨斯观察者报》(The Texas Observer)的记者:"我不是一个地方作家。"(Forbes,2011:110)。很显然,波特对德克萨斯州和她的德克萨斯出身持有很矛盾的态度。每当被问及对自己出生之地的感受,以及对自己家庭的感受时,她都感到深刻的分裂感。因为在她心中,出生地和家庭这两个地方本质上是一致的。她相信她的家庭打压了她儿时萌发的创造力,也没能提供她成年时所需要的那种无条件的、无私的爱,而自己几度被家乡德州所怠慢,错失各种荣誉,她的愤怒和难堪不难想象。

尽管如此,波特还是把德州塑造成一个世外桃源,尤其是在《中午酒:素材来源》(Noon Wine:The sources)一文中:"在我童年时代的夏日的乡间,在这空间里以及在对它的回忆里,处处是迷人的景色,它们在光和色中闪烁,在声和形里浮动,即使我说上千言万语,也难以描绘出来,把它们放进我的小说,就是这样的景色构成了我所讲述的故事的生动背景,而这一切我的主人公们是那样熟悉,以至于他们几乎不再加以注意了,那些在碧绿的橡树上呢喃的鸽子,那些在蓝天里高高飞翔的秃鹰——那土地肥沃而富饶的乡间处处焕发着生命,处处是鸟语花香,野物待人去猎取,鱼鳗待人去垂钓,还有潺潺的流水,无数大河小溪”(布鲁克斯和沃伦,2012:507)。《中午酒》这个故事的场景被设置在波特家乡凯尔数英里之外,对当地地域色彩的描绘是如此鲜明,以至于掩盖了她当时不得不忍受的严酷的穷困。

波特去世后被安葬在她的出生地印第安克里克,至于波特最终是否与德克萨斯州取得了和解,这个问题还有争议,但如果给她贴上“德克萨斯作家”的标签,应该是无可争议的。

(1)边界写作

1997年,贾妮斯·斯托特(Janis P. Stout)在其论文《凯瑟琳·安·波特的〈旧秩序〉:边界上的写作》(“Katherine Anne Porter's 'The Old Order':Writing in the Borderlands”)中,借用格洛丽亚·安莎杜娃(Gloria Anzaldúa)1987年的专著《边界:新的混血儿》(Borderlands/La Frontera:The New Mestiza①)的理论框架,分析了波特的“边界”写作风格,评估了系列小说《旧秩序》的影响、波特对德克萨斯州的态度、墨西哥经历的重要性以及波特对各种意义的边界之跨越,声称波特是多种意义上的“边界”作家。

斯托特认为,安莎杜娃的专著引发了激烈的批评话语,发展了巴赫金复调理论的另一个版本,她陈述理由证明“边界”写作是这样一种写作:它包含众多彼此相对独立的声音,然而她的理论在地理基础这一点上有别于巴赫金的复调理论。安莎杜娃在她的前言中主要提及了“实际的物理边界”,即“德克萨斯-美国西南部/墨西哥边界”,她称边界为一个“(不)舒服的领域”“一个矛盾的地方”,并在这个字面意义基础上延伸了边界的意义,包含了诸如“心理的”“性的”“精神的”边界。这些种种边界意义并非美国西南部特有,而是存在于任何地方,只要在这些地方有“两种以上的文化势均力敌,不同的种族占据同一地域,下、中、上层社会阶级互相接触,人际空间随

---

① Mestiza:女混血儿,尤指西班牙或葡萄牙和印第安人的混血儿。

着亲密程度增大而相应缩小"(Anzaldúa,1987:V)。这种边界包括任何与异己接触时的"空间",该空间导致的后果是当事人会感到模棱两可和紧张不安。安莎杜娃游刃在边界的字面意义和比喻意义之间,发现有些作家从种族双重身份来表达作品,有些作家生活在令人不安的新旧性别文化交替之际,有些作家占据了美国和墨西哥交集并在一定程度上相互渗透的文字地带,所有这些作家共有一种调子,他们都会出于一种带有分歧的、双重的或多重的意识而展开叙述。他们会觉得自己同时属于两种独特的身份,或者说,他们也许在事实上属于两个不同的世界,或者不属于任何一个世界,他们会拥有"对模棱两可的忍耐"(Anzaldúa,1987:30)。他们在自己的意识里会有"异己"的因素,因此他们对于单一的、强势的权威永远都不会感觉舒服。他们会横跨分界线,他们看问题时会产生重影,会看不清楚。

无论波特多么抵抗和斥责她的出生之地,然而,她深受自己与德州关系的影响,更确切地说,她深受德州存在着两种边界这一事实的影响:德州和墨西哥之间在法律和文化意义上的边界,以及贯穿德州南北的美国南部和西南部边界。波特家乡所在的德克萨斯州穿越西经95度,两边的农牧和灌溉状态大相径庭。按照美国传统的地域划分,德州属于南方,而它的西部地区实际上更接近美国西部的特色,德州的南部又与墨西哥接壤,具有浓厚的墨西哥风情。因此,德克萨斯州是个不折不扣的边界地区。

某种程度的文化双重性甚至多重性自从波特孩提时代就一直存在着,她在小时候就认识新奥尔良的法国人和西班牙人、路易斯安那州小镇上奇怪的"法国人后裔"(Cajans),他们唱着稀奇古怪的歌,有着奇异的风俗和难以辨认的方言;她也认识德克萨斯州的德国殖民者、圣安东尼奥乡村的墨西哥人,她意识到自己这辈子似乎都住在那些舌头破裂、说话费劲的人中间,但她从来都不会不把这些人看成是美国人。因为她所理解的美国就是一个边缘领域,里面不乏带着外邦口音的人和混合的种族,在波特看来,他们应该被归入美国人。

事实上,不仅波特童年的生活空间处于"实际的物理边界",就波特的时间感而言,也占据了一个特别矛盾的边界地带。她在欣赏往昔传统的贤良淑德时,所持有的那种二元的、模棱两可的态度,与她对待现代性和变革的热心态度截然相反。她认为自己是"一场打败了的战争的孙女儿"(波特,1984:1),把自己想象成一个旧秩序的孩子、一个淑女、一个南方的贵妇人,然而,她也把自己想象成一个进步女子、一个对过去的挑战者、一个"坏女孩"。

①德州与墨西哥之边界

波特在靠着德克萨斯与墨西哥边界非常近的地方长大,近得足以注意到墨西哥裔美国人和墨西哥文化的存在。她也知道她的父亲婚前曾经在墨西哥工作,并曾想留在那里。她祖母去世后,父亲举家迁往圣安东尼奥。虽然波特全家在1903年迁往圣安东尼奥定居时,这地方成为严格意义上的墨西哥风情城市不过60年①,但这个城市的气氛深受特哈诺人②(Tejano)家庭以及之后到来的奇卡诺人③(Chicanos/Chicanas)的影响。1848年,美国和墨西哥签订了《瓜达卢佩伊达尔戈条约》(the Treaty of Guadalupe – Hidalgo),把北部墨西哥划归了美国,当年2月2日,两国之间竖起了边境围栏,把十万墨西哥居民圈到了美国境内,这些人后来被称为奇卡诺人。自从与墨西哥分离后,这部分生活在德州的墨西哥人不再将墨西哥视为故土,美国西部成了他们的家园。自从故土从他们脚下悄悄消失、家园被剥夺的时候起,无论是面对边界北部的美国人,还是边界南部的墨西哥人,这些奇卡诺人从此再也没有明确的归属感。很难说波特日后的无归属感不曾受到圣安东尼奥生活经历的影响,因为圣安东尼奥是这样一个墨西哥风情的城市,所以,当波特成年后去墨西哥的时候,她觉得非常熟悉和自在。

在混乱的20世纪20年代,波特在墨西哥度过了多半的时光,她将墨西哥视为一种迟来的故土,将这块灵感之源称为"我心中的故乡"(native land of my heart)(Nance,1970:143)。1923年,也就是在波特发表了她的第一篇短篇小说《玛丽亚·孔塞普西翁》的第二年,她写信给《世纪》(Century)杂志

---

① 自从1836年桑塔·安那将军(General Santa Anna)战败和德克萨斯共和国的创立。
② Tejano,生活在德克萨斯州的墨西哥人或墨西哥裔人。
③ Chicanos/Chicanas,墨西哥裔美国人。

的编辑,谈到她与墨西哥的渊源。这封信后来被收录进 1970 年出版的《凯瑟琳·安·波特散文和随笔集》(The Collected Essays and Occasional Writings of Katherine Anne Porter),题为《我为什么要写墨西哥》(Why I Write about Mexico)。在信中,波特说墨西哥是她"熟悉的国度"(familiar country)(Porter,1970:355)。她之所以写墨西哥,是因为"艺术家只能处理熟悉和挚爱的事情,他无法逃避这些事情,最重要的是,他也不愿逃避这些事情。所以我断言我所写的是自己本乡本土的事情,我生来就属于美国的这一块土地,不管是从社交来看,还是从性情来说,我都属于这块土地。这地方就像芝加哥、纽约或旧金山一样,都是我们本土文学的领域。我所写的都是我已知的,对我来说,它们都是真真切切的"(Porter,1970:356)。在这封信的语境中,这块本乡本土不仅指德州,也包含墨西哥。

　　为波特写传记的作家也许能发现,波特的习性通常是频繁搬家、过河拆桥、隐匿行踪,很明显,她不太会留恋那些以前常去的地方,无论这个地方是在国内还是在国外,但墨西哥似乎是个例外。在 1965 年出版的小说集的序言中,墨西哥作为作者"深爱的第二祖国"(much-loved second country)被专门提及,甚至小说集被配上了带着明显墨西哥风情的橙黄色的封皮,这些细节足以说明波特对墨西哥的偏爱。1965 年 8 月,在《麦柯》(McCall's)杂志的专访中,波特和采访者罗伊·纽奎斯特(Roy Newquist)详细谈论了墨西哥。在墨西哥城的另一次采访中,采访者是恩里克·汉克·洛佩兹,墨西哥也是主要话题,这次采访的内容被发表在 1965 年 9 月的《哈珀》(Harper's)杂志上,题为《我爱的一个国家和一些人》(A Country and Some People I Love)。在德州南部长大的波特与墨西哥有不少交集,觉得自己无论是作为一个人,还是作为一名艺术家,都与墨西哥情投意合。

　　墨西哥在波特的人生和文学生涯中的作用可以从几个方面来观照,每个方面都引人入胜。墨西哥最早是作为写作驱动力和写作主题进入波特作品的,她的第一篇小说《玛丽亚·孔塞普西翁》就是对这片土地本身以及这片土地上的农民的一个亲密和充满爱意的描绘。紧随其后的小说《殉难者》《童贞女比奥莱塔》也都是墨西哥的人物和状况。其他几篇中短篇小说《那棵树》《开花的犹大树》《庄园》，甚至长篇小说《愚人船》多多少少都是关于墨西哥的作品。很难说是什么推动波特开始她的写作生涯，她本人经常说自己在 3 岁时就开始写作了。经过漫长的学徒期，波特终于在 33 岁的时候发表了自己的第一篇小说。在《麦柯》杂志的专访中，波特清晰地梳理了自己的写作生涯，以及对墨西哥主题情有独钟的心路历程。"我的生活在继续，我一直在写作，我回想起自己 28 岁时就一直做着与杂志有关的工作，做编辑，而不是写作，把其他各种工作都抛在脑后。我想我第一次孤身去墨西哥的旅行触发了我的写作生涯。我遇到了一些事，听到了一些事，见到了一些人。也许有人认为我的纽约经历很可能会成为我写作的催化剂，但纽约从来没有给我留下过特别的印象。我回到墨西哥，开始对写作这个念头感兴趣，并开始构思故事。当我再回到纽约，我总说起这些故事，那时候我遇到各种作家、编辑和出版者，他们会说，'你为什么不写下这些故事?'"（Nance，1970：144），于是波特就真的开始撰写与墨西哥有关的故事。

波特努力使自己和"迷惘的一代"（Lost Generation）撇清关系，她发誓"我要是曾经迷惘的话，我就下地狱"（Nance，1970：145）。波特也曾努力在 20 世纪 20 年代加入那一大波年轻作家的行列，在不同的国度做着非常美国式的工作。与海明威等作家一样，波特在一战期间也有创伤经历，1918 年差点死于丹佛的流感大暴发，这个经历在她的写作生涯中起了关键的作用。她也发展了自己坚韧、简洁的写作风格，用来表达宏观的幻灭和绝望的力量。当然波特也不是唯一一个选择墨西哥的作家，这个多彩的国度吸引了无数作家，包括大卫·赫伯特·劳伦斯（D. H. Lawrence）、格雷厄姆·格林（Graham Greene）、索尔·贝娄（Saul Bellow）和杰克·凯鲁亚克（Jack Kerouac）。哈特·克莱恩（Hart Crane）去世前在波特的墨西哥城住处客居过一段时间，两人随后成为邻居。但在波特那一代的主要美国作家中，她是唯一一位在自己的创作力旺盛时期长期居住在墨西哥的作家。她也确实去过欧洲，但那是后来的事。波特第一次去欧洲是在 1931 年，这次旅行成了《愚人船》的素材。她到巴黎时，这个城市挤满了才华横溢的文学侨民，与威廉·叶芝（William Yeats）、詹姆斯·乔伊斯（James Joyce）、T·S·艾略特（T. S.

Eliot)、埃兹拉·庞德(Ezra Pound)等作家的交往成了波特欧洲经历的一部分。这些文学青年经常在巴黎出版商西维亚·贝琪(Sylvia Beach)女士的书店聚会,在这个书店,波特和海明威由贝琪介绍初次相识,但两位自负的年轻作家彼此都带着戒备心理,甚至都不愿意礼节性地握个手。波特把海明威的态度冷淡、不告而别归结为嫉妒。她声称海明威的其人其作、英雄行为从来就没有给她留下过什么特别的印象,因为自己"到巴黎之前就已经在墨西哥见过所有的斗牛场面、打过所有想要的猎物"(Nance,1970:146)。墨西哥是波特的人格独立性和文学独立性的象征,在《麦柯》杂志的专访中,墨西哥的这种举足轻重的地位被表达得淋漓尽致,她说她对墨西哥有一种真正的感情,"你知道,在 20 年代的大部分时间,当每个人都撤退到格林尼治村或欧洲时,我就在墨西哥。在 20 年代大半的时间,我都不在格林尼治村;在海明威时代,我也不在巴黎;但我想这是我人生中最幸运的两次'错过'。20 年代的巴黎,我想,是海明威的时空,但与我没有丝毫关系。我从未被拉入某个群体;我也不愿加入某个圈子、某个人群这种我称之为'抱团'的东西"(Nance,1970:146)。可能有人会反对波特的观点,假如文学独立性是波特想要的,她本可以待在家中就能轻松获得,就像艾伦·格拉斯哥(Ellen Glasgow)、尤多拉·韦尔蒂(Eudora Welty)和弗兰纳里·奥康纳(Flannery O'Connor)等众多南方女作家所做的那样,但只要看一眼她的小说和文章就能明白,待在家里的职业可能适合很多人,但绝不适合波特。从《玛丽亚·孔塞普西翁》中小心翼翼地沿着满是尘土的白色道路中间走着的玛丽亚·孔塞普西翁,到《愚人船》中的特雷德韦尔太太,能看出典型的波特女主角都是孤身的、自立的女人,与作者本人非常相似。波特从学校出逃,只是她在终生寻找独立的过程中的第一步。在《灰色马,灰色的骑手》中,米兰达因为流感而濒死,陷入昏迷时,这种独立得到了充分的体验。"每个人单独待着,但是并不孤独"(波特,1984:234)。米兰达在昏迷中的梦境持续了片刻,当她身体开始恢复,梦境变得无趣,生命恢复了惯常的不愉快。在《麦柯》杂志的专访中,波特追忆说,"墨西哥太精彩了——我们一群人当时就在那里,彼此完全独立自由,又因为对墨西哥艺术共同的兴趣而愉快地结合在一起"

（Nance，1970：147）。波特所说的志同道合的同伴大多都是画家，而不是作家，而且都是墨西哥人。墨西哥诗人奥克塔维奥·帕斯（Octavio Paz）在《孤寂的迷宫》（The Labyrinth of Solitude）中曾经这样描写过他的国人："墨西哥人不会超越他的孤寂。相反，他把自己锁在这种孤寂中，我们生活在孤寂中，就像菲罗克忒忒斯①生活在他的岛上，不仅不希望返回世间，还很害怕这样做。我们也不能忍受同伴的存在。我们把自己隐藏起来——除非在狂乱中将自己撕开——我们遭受的孤寂和救世主或造物主都无关。我们摇摆在亲密和回避之间，在咆哮和缄默之间，在狂欢和守灵之间，从未将自己和盘托出"（Nance，1970：147）。也许波特想在这样一些人中找到一个没有限制的圈子，一个不拥挤的人群，一个不令人窒息的"抱团"。

在《哈珀》杂志的采访中，波特讲述了她是如何被她在纽约遇到的充满魅力的墨西哥艺术家们拉进这个艺术动乱中的，"我也住在格林尼治村，我们成了朋友。我一直想要去西班牙。但他们告诉我说，'别去西班牙。那里四百年来都没发生什么事。墨西哥即将发生奇妙的事，为什么不去墨西哥？'我们反复谈起这件事，我最终决定去墨西哥。1920 年 12 月，我前往墨西哥"（Nance，1970：148）。作为一个外国女人，波特积极参与墨西哥的事情，她和墨西哥艺术家和考古学家们对印第安民间艺术有着狂热的兴趣，波特还策划了一次墨西哥民间艺术在美国的巡回展览，《哈珀》杂志的采访主要讲述了波特在这次展览中的北美代表和组织者角色。当这次展览最后深入美国，最终取得成功后，波特专门写了一篇专题文章，于 1922 年发表在一

---

① 菲罗克忒忒斯（Philoctetes），色萨利（Thessaly）的墨利波亚（Meliboea）国王波阿斯（Poeas）之子，特洛伊战争中希腊联军的将领，精通箭术，是希腊第一神箭手。他是大力神赫拉克勒斯忠诚的朋友，赫拉克勒斯在死后将自己的百发百中的神弓和永无解药的毒箭赠予他。特洛伊战争爆发以后，作为希腊的勇士，菲罗克忒忒斯义无反顾地拿起了弓箭参加战斗。在前往特洛伊的途中，由于在利姆诺斯岛被看守圣坛的大蛇咬伤脚跟，双脚感染恶毒，同船的士兵无法忍受他化脓伤口的恶臭和疼痛难忍的呼喊声，菲洛克忒忒斯因此被奥德修斯遗弃在岛上。奥德修斯与赫拉克勒斯之子等人在他伤好后请他继续前往特洛伊，遭到拒绝后已成为神祇的大力神赫拉克勒斯降下神谕，他方才与奥德修斯一道去了特洛伊，并射杀了掳走海伦、掀起战争的特洛伊王子帕里斯。

家洛杉矶杂志上。她对墨西哥本土和国外艺术家、考古学家、电影制作人的熟稔,反映在她众多的墨西哥主题的小说中,如《玛丽亚·孔塞普西翁》《那棵树》《殉难者》《开花的犹大树》和《庄园》。

墨西哥触发了波特的写作生涯,并为之提供了丰富多彩的写作素材。同时,墨西哥又充当了波特逃离美国、逃离格林尼治村、逃离巴黎后的避难所。难怪她会说,"我在那里总有一种舒服的感觉"(Nance,1970:149)。在《麦柯》杂志的采访中,波特的声明能将这种感觉表达得更为贴切:"墨西哥对我来说很特别,我说不清这种感觉,就像说不清你是如何爱上一个人的。我听到过所有描述这种感情的分析和理论,我也能理性地思考,给出一大堆理由,但没有一个是合适的,因为根本就没有理由。如果有,也是潜藏在我的经历中,完全成了我想象和情感的一部分,不能被单独拿出来描述"(Nance,1970:149)。压抑和对自由的渴望是波特艺术的原材料,这种艺术的精神是一种反抗。可以说,墨西哥的精神也是一种反抗,它的历史就是一部反抗史,波特在墨西哥发现的与她情投意合的文化活力是一系列大众反抗的直接结果。当波特初到墨西哥时,就赶上了一场狂暴的反抗活动。墨西哥的革命精神对波特产生了强大的吸引力,并强化了她个人的革命精神,这种革命精神最终将自己注入了波特的小说。在波特早期的墨西哥作品中,她对革命的同情是显而易见的,当年《哈珀》杂志对她的采访有个鲜明的特色,就是她对墨西哥经历的愉快回忆。《墨西哥三位一体》(The Mexican Trinity),副标题为《1921 年 7 月来自墨西哥城的报道》(Report from Mexico City,July 1921),就是对《石油,土地和教堂》(Oil,Land,and the Church)的压迫势力的充满激情的描述,也是对意欲推翻压迫的蓬勃发展的革命运动的描述。在墨西哥这个美洲殖民地,波特和与之交流的每一个成员都渴望看到革命的开始。

在《我为什么写墨西哥》(Why I Write about Mexico)中,波特描写了这样一个事件:

在马德罗革命期间,我在一座大教堂的窗户里看到马德罗的部队和联邦军队的一场巷战;一棵缀满了小颗黑葡萄的葡萄树形成了一面屏障,一位年纪很大的印第安妇女挨着我站着,抓着我的袖子,一言不发。后来,当死去的人在公共广场被堆起来等着被烧掉时,她对我说,"现在是很麻烦,但这都是为了即将到来的幸福"。她在自己身上画十字求上帝保佑,我误会了她的意思。

"在天堂?"我问。她的鄙视显而易见。

"不,在人世间。人的幸福,不是天使的幸福!"

我觉得她似乎在那个时候就已经把握革命的全部意义了,并且已经简明扼要地表述了这个意义。从那天起,我关注着墨西哥,从那次巷战以来的所有明显不相干的事件对我来说都不再是错误的、异化的或漫无目的的。(Porter,1970:355)

波特1920年到墨西哥城的时候恰逢奥布雷贡革命,她在1965年回忆这段经历时评论道:"我从来没想到我正在做不寻常的事。你知道吗?当我踏上墨西哥的火车,整个车顶上都是士兵。步枪,带着木炭火盆和婴儿的妇女。所以我对那个和我说话的男人说,'怎么回事?发生了什么?'他说:'嗯,我们这里正在进行一场小小的革命。'你要知道,我认为这真的有意思,有点让人激动。"(Nance,1970:150)。说起她后来对革命的参与,她补充道:"我不是有意而为之,我是因为感兴趣才被吸引进去的。我以前总是说,我要是英国人的话,我就会是忠诚的反对派。我一直都是忠诚的反对派。我生性就是持异议的那一方"(Nance,1970:150)。

波特清楚地意识到墨西哥革命和墨西哥艺术之间的紧密联系,并对两者都有深深的同情。她说,1920年墨西哥革命的目的是"学习墨西哥艺术的再生——真正的再生,非常清醒的、非常有力的、带有浓厚的种族和个人色彩的艺术的再生……我立刻意识到这是非常自然和合意的东西,一种对艺术的感情,这种艺术与我自己的艺术有血缘关系,它在革命中展开,又回过头来,在意义深远和高贵可敬的来源中发现它的自由"(Nance,1970:150)。在多种意义上说,波特的艺术可以说是已经在革命中展开,她的小说最有特点的情形是某种令人窒息的压迫,人物的主要行动就是摆脱这种压迫或者逃离这种压迫。这种拒绝主题在《老人》的结尾处、在米兰达对家庭和生活真相的思考中,表达得最清晰。她的情感有如墨西哥这个充满反抗精神的国家的情感,在某些时刻就是要拥有根除一切往昔的意志。在逃离家庭、有了足够的社会阅历后,重返家乡再次看到这些异己的米兰达感觉无比厌恶,他们教训她,劝诫她,否定她用自己的双眼看待这个世界的权利,他们强迫她接受他们约定俗成的生活方式,却始终不肯告诉她生活的真相,哪怕是一点点生活的真相。"什么才是生活的真相呢? 她问自己,热切得好像这个问题从来没有提出过似的,真相,哪怕是最微小、最不重要的事实真相我都要弄清楚,我开始到哪儿去寻找呢?"(波特,1984:97)。米兰达的脑子固执地拒绝接受家族的集体记忆,决定把目光放到自己现在和未来的生活,弄清自己发生的事情的真相。"我不要任何诺言,我不会有虚假的希望,我不会对自己采取浪漫的态度的。我不能再在他们的世界上住下去了,她一边对自己说,一边听着她背后的谈话声音。让他们互相把故事讲给对方去听吧,让他们不断地去说明事情是怎么发生的吧,我才不在乎哪。至少我能知道我发生的事情的真相,她默不作声地向自己保证,满怀希望地、天真地对自己许下一个诺言"(波特,1984:97)。

反抗脾性是强烈吸引波特的众多墨西哥精神之一。对这个国家的同情,加上这个国家与美国在地理上和社会生活上的疏离,使波特有可能在这块土地上展开对自由的浪漫追寻。然而,这种追寻鲜有收获。社会革命无论成功与否,参与者都会很快失去最初的激情,也很难长期保持理念的纯粹。墨西哥革命有关的成功和完整性,以及对于塑造了该革命的典型墨西哥特性的坚持,都有助于波特保持对墨西哥的钦慕。20 世纪 60 年代末,当被问及如何看待当时墨西哥的学术和文化气氛时,她说,"我以前总认为不错,现在还是这么认为"(Nance,1970:151)。不知深层原因是什么,波特的小说所体现的主要是革命和国家的阴暗面,乔治·亨德里克在研究中指出,多年来在她的小说中,"波特从写墨西哥文化中的墨西哥人主题,转而写侨居在墨西哥的幻灭、闲散的美国人。所以小说中的一个转变就是从沉浸在墨西哥文化中到脱离其中。《那棵树》的背景虽然设在墨西哥,但剖析了美国人特有的缺点和对艺术的背叛。《开花的犹大树》中,无论是对革命主题,还是对年轻的美国女主人公卷入革命,波特的处理都是最为明确的,而这个故事也是一个关于幻灭、疏离和死亡的个人故事。《愚人船》展示了矛盾情绪的两方面。登船的墨西哥人比起其他国家的公民来被作者施予更多的尊重；然而，这次旅行毕竟是从墨西哥出发的，维拉克鲁斯这个装卸港口是被带着绝对的厌恶情绪被呈现出来的"(Nance, 1970: 152)。小说开头的描写很典型：

"一九三一年八月——海港小城维拉克鲁斯是在陆地和大海中间的一个小小的给旅客们吃苦受罪的地方，但是住在那儿的人却很喜欢他们自己，和这个他们帮助建造的小城。他们生活在那儿，熟悉当地的风俗，那些风俗则反映了他们自己的历史和性情；他们过着不是充满暴力就是毫无生气的日子，却对外界的意见采取得意扬扬的轻蔑态度；他们入迷地抱着这样一个观念：他们的行为和想法是超越批评的；这就是他们的态度的依据。

……

也许，在这自以为有高度教养的、好斗的断言中，有一丁点儿小小的心里不踏实的迹象；这种迹象出现在这个断言中，和他们对那些不得不经过他们的手中才能登上海港中某一艘船作为暂时的栖身之地的旅客采用的有条不紊的、粗鲁、野蛮的手段中。旅客们巴不得离开这地方；维拉克鲁斯人也巴不得不再看到他们，不过要等每一种可能的通行费、酬金、勒索和向这座小城和它的居民们交的贿赂榨取到手以后。事实上，在过往的人的眼中看来，这是一个典型的海港小城，在本质上是冷酷无情的，在经历上是厚颜无耻的，不惜对外来者强硬地现出最丑恶的一面；路过的外来者十有八九是绵羊，由于羊毛被他们剪掉而发出咩咩叫声的绵羊；十之一二，是恶棍，要是骗不过这个人那就太可惜了。无论怎样，反正有这么许多钱得从每个人那儿取走，而且时间总是挺短。"(波特, 2000: 3—4)

浪漫荡然无存，但是波特的追寻还在继续，从《愚人船》的下文看来，追寻的目标从未停止消减。奥克塔维奥·帕斯曾经用语言描绘过墨西哥人的性格，这样的语言也适合用来描述波特作品中出现的人生理念："墨西哥和墨西哥主义必须被定义为分离和否定。同时，作为一种探究，一种愿望，去超越这种流放状态。总之，作为一种对历史的和个人的孤寂的鲜明的意识"

（Nance，1970：152—153）。

墨西哥让波特想起德州的往昔，她对墨西哥的感情确实复杂而矛盾。在《霍奇米尔科》（Xochimilco）中，波特把墨西哥描绘成尘世间的伊甸园，美好社会的希望会在这里被实现；但波特也曾经多次把墨西哥斥为可怕的令人压抑的地方，例如在《瓜达卢佩的圣人节》（The Fiesta of Guadalupe）中，墨西哥被描绘成饱受外来压迫的无望之邦。这种前后不一致正是她的特点。她最好的作品有不少是以墨西哥为场景的，更重要的是，就是在墨西哥，并通过她在墨西哥的经历，波特逐渐将她对德州的矛盾情绪很好地利用，变成了一位富有地方特色的作家。

在接触到不懈追求本土根源的墨西哥艺术场景并密切地卷入其中之前，波特曾煞费苦心想要逃避自己的文化根源。当她在逐渐开始欣赏墨西哥民间艺术的真实力量，以及诸如迭戈（Deigo）和胡塞（Jose）等艺术家的作品后，转而对自己的文化根源产生了兴趣，并开始撰写诸如《老人》《中午酒》和《旧秩序》等作品。波特感兴趣的文化根源不同于她在墨西哥感受到的本土艺术，这种兴趣的转移构成了另一种边界跨越。她从北到南跨越格兰德河（Rio Grande），20年代曾经在此驻留三次，期间获得的感受又驱使着她的想象力从南到北重新跨越这条河流。

在墨西哥的最后几年以及随后在欧洲的岁月里，她开始汲取早年在墨西哥的记忆来构思小说。波特的艺术视角曾经经历过调整，最初她聚焦墨西哥，在与墨西哥革命艺术家发生不愉快的经历后，又转而把视线重新投向德克萨斯州。

墨西哥和墨西哥艺术给波特提供了一个美学视角与方法，波特在大部分的写作生涯中一直在使用这种视角与方法。墨西哥和墨西哥艺术也为她提供了一种政治上和社会上的指数，可以通过该指数来衡量她的美国经历。在去墨西哥之前，波特已经接触了左翼政治言论，尤其是社会主义的言论，无论是关注左翼政治，还是之后对其退避三舍，波特都是走在时代前沿的。她在墨西哥发现了左翼革命令人激动的前景，至少在墨西哥，她能相信社会主义正在成为现实，而在美国，她永远也不可能存有这样的幻想。同时，当她转而关注自己的审美根源时,她的注意力已经开始远离政治。她对墨西哥的理想化一如她之后对墨西哥理想的幻灭,来得快,去得也快。她徘徊在美国和墨西哥之间,对哪一边都不满意,无论是真正意义上的祖国,还是第二故乡,都不能让她安心地定居下来。因此,墨西哥和与之接壤的德克萨斯州在波特的写作生涯中有举足轻重的影响。(斯托特,1997:497)

②美国南方与西部之边界

德克萨斯州存在的第二种地理边界,虽然不像德州和墨西哥的边界那样是法律明文规定的,但也是确实存在的,即美国南部和西南部的边界,这一边界在我们理解其对波特的影响,以及波特与德州的关系时同样重要。

美国西部的起点习惯上与西经 95 度有关,以西经 95 度为界,可将美国本土划分为两个不同区域:西部 17 个州为干旱和半干旱区,年降水量在 500 毫升以下,西部内陆地区只有 250 毫升左右;东部年降水量为 800 至 1000 毫升,是湿润和半湿润地区。而事实上在德克萨斯州,这种分界以西经 97 度更为明显。在德州境内,大致以西经 97 度为界,这条南北线以东的德州土地有史以来一直属于南方文化,土地植被茂密,灌溉充足,当地人的生计,至少在波特生活的那个年代,都依赖小型农场种植,尤其是棉花的种植。所以,此地也属棉花文化。在西经 97 度以西的德州相对地势更高,土地更贫瘠,灌溉匮乏,它的经济和文化在传统上是以畜牧为主。德州北部柄状的狭长地带和西部平原出现了大规模灌溉后,以及德州不同的地方发展了石油工业后,德州东西部的这种区别变得不太明显了。虽然波特的性格形成时期适逢这种区别逐渐消失的阶段,但波特生活在德州的时间以及之后的一段时间内,这种区别是真切存在的。为了充分阐述德州东西部的显著差异,贾妮斯·斯托特引用了拉里·麦克默特里(Larry McMurtry)的例子,麦克默特里是一位德州西部男孩,也是一位真正的美国西南部人,在德州东部看到该地的风土人情后,他在《老兵的快乐》(The Soldier's Joy)一文中做出了回应,将这些有别于德州西部的风土人情描述为畸形的。(McMurtry,1968:93—108)

德州的沃思堡(Fort Worth)位于西经 97 度和 98 度之间,是美国西部的起始地。而波特儿时生活的凯尔市(Kyle)的县城海斯(Hays)位于西经 98

度,这种地理上的分界线所导致的文化上的分界是显而易见的,南方文化和西南部文化同时贯穿于波特的童年。这种区别又糅合着兼容,因而有时候很难区分波特早期的小说写的是南方还是西南部。有大量证据表明,波特偶尔、但相当固执地将自己视为南方作家。在波特生活的那个时代里,流行的观点认为:西南部文学往往被认为只是些关于牛仔的垃圾故事。南方文学较之西南部文学,是有优越感的。而斯托特认为,这并不是波特坚称自己是南方作家的动机,面对家园、家人、家乡,尤其是社会阶级和社会遗产,波特没有能力去解决所有这一切给她的情感带来的双重性,出于这些不安全感和内心的分裂,她干脆把视线转向德州东部,转向真正的南方文化中。(Stout,1997:498)。不少文学友人也提醒波特考虑她的南方遗产,艾伦·泰特(Allen Tate)和卡罗琳·戈登(Caroline Gordon)就是两位最早敦促她认真考虑南方遗产的朋友。(Unrue,2005:105)

　　在《老人》中就能看到波特的这种转变,无论是使婢差奴的家族往昔,还是对新奥尔良假面舞会、修道院学校的向往,都是波特无法掩饰的对南方文化的垂青。《老人》中描写的情节源自波特的亲身经历,她本人曾申明该故事是以凯尔为背景,但故事的发生地被往东推移了很多英里。因而,《老人》就是一个南方故事。相比之下,《中午酒》就很明显是个南方故事,一切都发生在德州南部的一个小农场里,发生在德州炽烈的阳光下,发生在平原中央,发生在一群吃玉米的人中间。边界意识最清晰的作品是《旧秩序》,由描写德克萨斯州中部乡村生活的七个中短篇故事组成。在《旧秩序》系列中,两条交界线交相辉映,伴随南方与西南部之间地理边界的,是今昔之间的时间边界。尽管《旧秩序》被认为是波特描写南方生活的一个主要例子,但其实她采用的地理视角要复杂得多。与其说这个系列小说描写的是南方生活,不如说是呈现了从南方到西南部迁移过程中的种种微妙变化。而且,这种地域上的迁移贯穿着时间的驿动,从祖母在南方的往昔,到正在跨越边界的当下,去往西南部的未来。

　　《源》中的老祖母是女家长权威,代表着过去,代表着旧南方。尽管故事的背景是南方黑奴解放后,但蓄奴气氛还是弥漫在整个社会秩序中,尤其是在原先的奴隶主阶层中。似乎白人主人和黑人奴隶的生活从未改变过。昔日的奴隶主保持着蓄奴时代的旧习俗,诸如老祖母对家族农场一年一度的审查,敦促生活状态没有改变的前黑奴们打扫整理农场,以达到老祖母希望达到的那种整洁程度、那种旧秩序。从城里的房子,到避暑的房子,到乡下的农场,老祖母每到一处就能重新创造出秩序、安全感和果实累累的花园。老祖母在周而复始的旅程中所实现的正是波特求而不得的东西。除此以外,老祖母一年一度的骑马活动更像是对旧秩序的致敬,她让人给自己的老马菲德勒放上旧日的马鞍,以侧骑的方式让菲德勒一路小跑,使她老式的骑马长裙和绉绸宽带都跟着飞起来。在《旅程》中,晚年老祖母和女黑奴老南妮已接近人生终点。对老祖母来说,她操劳一生,儿孙满堂,这一生看起来功德圆满。对老南妮来说,人生最重要的旅程便是从奴隶制到奴隶获得解放的跨越。她们俩平时喜欢坐在侧面花园里做针线活,把家里存放了五十年的华丽服装的下脚料剪剪拼拼,用黄丝线针脚装饰,缝制好的大量床上用品都镶着黄绸子衬里,叠好了放到箱子里,从此再不见天日。这些手工品如同《源》中的农场旧藏书,一年一度被拿出来,掸去灰尘,又重新被束之高阁。做针线活和保存藏书的行为更多的是旧南方情怀,老祖母似乎觉得只要保持这样的习惯,就好像还生活在美好的旧南方秩序中。

老祖母迫于生计,拖家带口跨过不少地域,从肯塔基到路易斯安那,最后到德克萨斯,而这一西行的地理坐标位移也意味着从传统的南方习俗走向与西部生活相连的更自由的生活方式,更是从往昔到当下的旅程。在整个故事中,这条时间轴是与儿媳妇这个人物息息相关的。老祖母是旧南方的代表,而儿媳妇是西部女性的代表。"她西部人的味道太浓,太新潮,有点像开始变得疯野、要求选举权,走出家门自己谋生的'新'女性……""一想到女人们竟然失去女性的特征,瘦削的奶奶就不寒而栗,不祥的预感给她的喉里留下了苦涩,她一下子从郁郁不乐的沉思中惊醒过来"(波特,1996:46)。尽管老祖母年轻时候也和新儿媳一样性格果断沉着,而且她自己更是"极端固执、自以为是、批评不得"(波特,1996:47),但两者之间的龃龉已经不可调和。

在《旅程》中,老祖母最终在德州儿子的家中死去。贾妮斯·斯托特认为,波特在这部小说中更想借着祖母死于西部这件事来表达反讽。德州西部的边远地区是能够呼吸新鲜空气的地方,是新女性崛起的地方,也是死亡发生的地方。怎么理解祖母的去世有商榷的余地:这是一个人操劳一生、功成身就后的死亡,是合时宜的死亡;这是一个人在欢欣愉悦时刻的死亡,是幸福的死亡。但不容置疑的是,这是一个与新社会无关的人的死亡,这种死亡代表了不可避免的变革。对于变革、对于旧南方亲切感的失去,波特肯定会感到惋惜,但她有时也很可能拥护变革和自由。在《旅程》中,她把这些品质与西部联系了起来。(Stout,1997:501)

在《旧秩序》的最后一个故事《坟》中,旧南方已死,旧南方的家族墓地都已不复存在,祖父母的遗骨随着家族田产的变卖,不得不迁往公墓。孩子们失去了往日嬉戏的乐土,以往的佃农翻身成了土地的主人,他们对旧日主子的说话口气让没落的南方贵族极其不舒服。穿着粗糙夏装、光脚穿着凉鞋、手持猎枪游荡在荒芜的坟地上,兄妹俩俨然已是典型的美国西南部人了,只是坟坑中找到的金戒指不经意间触动了米兰达潜意识里南方淑女的着装模式和行为礼仪。

2. 波特的时空

(1)波特的南方性

虽然很多波特学者都注意到波特小说中的南方性,但大部分评论都忽视此南方性和波特的南方出身之间的关系,他们要么认为,既然波特的远祖是肯塔基人,那么波特作品中的南方性也就不足为奇;他们也会认为,波特所成长的那个地方属于德州中部,有别于《老人》和《旧秩序》中描写的深南部种植文化。

1995 年,西南德克萨斯州立大学的约翰·布莱尔(John Blair)在美国《西南杂志》(Journal of the Southwest)上发表了文章《西南偏南:凯瑟琳·安·波特小说中的德克萨斯和深南部》(South by Southwest:Texas and the Deep South in the Stories of Katherine Anne Porter)。他提到,波特的家乡凯尔在地理位置上处于蛮荒的西部和旧南方的交界地带。以西是德州的丘陵地带,随处可见白色石灰石、矮小的星毛栎和雪松;以东是巴尔科内斯悬崖(Balcones Escarpment),悬崖下延伸出一望无际的黑土带草原、富庶的农田和一片片南方棉花种植园。(Blair,1995:495)。因此不难理解,在这样一种交界地带长大的波特对待家乡德州会有一种模棱两可的态度。

诸如拉里·麦克默特里(Larry McMurtry)和詹姆斯·弗兰克·多比(J. Frank Dobie)等德州作家通常会在作品中透露出边疆感、西部感和新世界的自负感,而波特的小说却几乎不涉及这些。唐·格雷厄姆(Don Graham)在专著《德克萨斯的一位南方作家:波特和得克萨斯文学传统》(A Southern Writer in Texas:Porter and the Texas Literary Tradtion)中认为,波特这样做的动机纯粹是考虑作品的适销性。(Graham,1990:58)。也许波特认识到,一位作家如果被识别为南方作家是具有好处的。虽然波特也肯定意识到,作为她那个时代文学时尚的引领者之一,她对德州小说总体上还是缺少尊重的,但她下意识地给自己的作品染上南方意象和气氛。波特笔下的南方通常是旧南方:在美好的往昔中,一个极其浪漫的地方,总会让人想起一个当下不能实现的诺言,尽管这样的旧南方其实也从未能实现这个诺言。波特如此强烈地渴望属于自己的那个极其浪漫的往昔,她只有在自己的小说中,在她本人的替身(米兰达或劳拉)身上才能拥有。

2011年,马尔科姆·福布斯(Malcolm Forbes)在《查特胡奇评论》(Chattahoochee Review)上发表了《凯瑟琳·安·波特的南方性》(The Southerness of Katherine Anne Porter)。文章追溯了波特与家乡德克萨斯州的爱恨情仇,聚焦波特的小说反映出来的南方性印象,以及她如何在作品中建立起自己心目中的德克萨斯州。波特在小说中对德州、美国南部、美国西南部提供了不同的处理方式,这些作品对研究这些地方的历史和文化都具有重要的意义。德州的丘陵地带、圣安东尼奥和奥斯汀附近的乡村地区,所有这些生养波特的地方,都为她提供了创作的动力,在她精心打造的短篇小说中,《他》《被遗弃的威瑟罗尔奶奶》《坟》《中午酒》《老人》和《假日》都描写和分析了这些地方。

在波特去世后,评论家和学者们反复查证她的作品与生平,来衡量两者相互影响的程度。但在波特的虚构世界里,艺术并不总是模仿生活的。她多少有点歪曲德克萨斯,但这个花招可圈可点。对读者来说,她作为一位作家,越是远距离观照曾经养育她的德克萨斯,就显得越有意思。她认识克林斯·布鲁克斯(Cleanth Brooks)和罗伯特·潘·沃伦(Robert Penn warren),并很愉快地和他们共享"南方作家"这个相同的标签,就像她在以后的岁月中,很骄傲地接受自己被相提并论于诸如福克纳和韦尔蒂等南方伟人们。在欧洲,她甚至看起来气质高雅,像极了美国文学地位最高的女前辈,同时也是一位迷人的、自我放逐的南方美人。这一切很大程度上得益于她拒绝摆脱那深沉的、德克萨斯州特有的慢吞吞、拉长调子的说话方式,以及她说话时喜欢夹杂着口头禅"宝贝"(honey)的这个迷人习惯。(Forbes,2011:109)

马尔科姆·福布斯认为,纵观波特的作品有三个突出的主题:种族,性别和阶级,这些主题都内在于我们对美国南方的理解,无论这个南方是否包括德克萨斯州。在波特的笔下,德州和南方有时是同一个概念,有时又拥有不同的诠释。在 1944 年的散文《肖像:旧南方》(Portrait:Old South)中,在诸如《假日》等小说中,德克萨斯和南方的边界完全被抹去,融为一体。而在 1975 年的散文《关于我所记得的德州的笔记》(Notes on the Texas I Remember)中,有一句话非常醒目:"我十九岁时就几乎永远离开了德州和南方"(Forbes,2011:114)。从这句话推断,波特把德州和南方看成了两个互相离散的实体。波特拒绝为她笔下的南方划分明确的界线,就这么任其无视边界哨所占据辽阔的地域。

她对待德州的方式是将其写入自己的作品,但更多的是重塑,而不是忠实报道,为此,她探索了两个极端。相比之下,对德州更罕见、更严酷的描述包括乡村生活的艰苦和家庭挣扎的场景,这在《他》和《中午酒》中能被证实。在这些作品中,社会被描绘成一个白人男性操控的等级社会,女性被贬为从属的妻子,甚至是没有话语权的、无声的弃妇。但她描写德州的主要方式还是刻画美好的形象,旧秩序的邪恶被掩盖掉,那个曾经拥有受害家奴的南方,那个她被抚养长大时穷得令人难以忍受的南方,被美化成一个优雅的南方。蓄奴和南北战争的惨败是德州历史的一部分,虽然对于大部分德州人

（包括波特的家族）来说，一切都只是某种意义上的变化。对于海岸地带的弗吉尼亚人，对于密西西比种植园主的子女以及对于德州人来说，有关富人们温文尔雅的南方神话一直是一种文化习俗，这种习俗代代相传，成了一种普遍作风。在类似《老人》的小说中，波特就给我们提供了高雅的南方贵族、显赫的祖先、高贵的家园。就算当时经济不算很繁荣，至少还有恰如其分的舒适。"旧秩序"理所当然地在后来被采纳为小说题目。（Forbes,2011:109—110）

　　波特所塑造的更为成功的角色，尤其是她墨西哥故事中的角色，也都是陌生土地上的陌生人，通过旅行获得自我认识，重新发现自己。因为远离了美国而重新爱上这片土地。她本人和这些角色一样，都有流浪癖，他们不停地流浪，无法融入当地人之中，最好的例子就是米兰达和劳拉。所不同的是，波特从未找到她理想的家园，有时她把德克萨斯写成一块乐土，比如，1912 年，波特很骄傲地针对冻得发抖的北方人写了一首小诗来赞美温暖宜人的家乡德州:北方酷寒天空下的一所宫殿，也比不上,（南方）小屋旁的一片柑橘林(Far better than a palace' neath the frozen northern skies/Is an orange grove around a bungalow.)。（Forbes,2011:108）。在 20 世纪 30 年代挖掘和记录童年记忆的时候，波特变得越来越想家，像个孩子一样地想家。她在1935 年 5 月 16 日写信给贾尼斯·福特（Janice Ford）时说，"我想再看看我的家和那个故乡"（Titus,1988:113）。1936 年，她终于成行，去看了印第安克里克的老房子和妈妈的墓地。这两处离得不远的地方几乎是波特想象的来源，出现在她很多小说、信件和日记中。到德州故地重游后的 15 年里，波特的记忆一直在美化童年的家园景色。印第安克里克的农场里种着玫瑰、山核桃和无花果,俨然成了一个伊甸园，一个永远值得憧憬的地方。没有什么梦想会像她对家园的梦想那样频繁出现在她的文章中，那样平和、富饶。一个人成年以后在性格上的种种不足，大都可以在童年找到原因。波特的童年经历，已经为她长大以后的心理发展埋下了一颗种子，决定了她的走向。她不停地奔波，对所到之处、所遇之人，永远都感到不满意。没有什么能像记忆中的风景那样圆满。居无定所，颠沛流离的波特经常私下里表达她被异化的感觉，如同与别人隔绝，被贬入她的专属地狱。1941 年，她对一位朋友坦承:"我的一辈子都在兜兜转转,想要扎根在某个地方……这个想法一直受挫失望,几乎成了一种幻想,仅仅是一种白日梦。我经常下决心要将这个想法搁置,不再想起它,我试图说服自己,这种简单平庸的人类生活状况并不适合我。"(Titus,1988:114)。已经疏远多年的德州终究因为太虚幻而不能永久地把她引诱回去。她漫游式的冒险使她文思泉涌,但颠沛流离的生活对她来说也是灾难性的。多次婚姻破裂、居无定所、时不时袭来的孤独与沮丧,所有这一切都使她无法保持内心的宁静。

第三节 女性成长叙事的时空体①

凯瑟琳·安·波特的短篇小说《坟》是叙事主体的自传色彩作品,小说描述了9岁的女主人公米兰达和12岁的哥哥保罗在家族坟地探宝埋兔的一段童年往事。这个故事可以从人物成长和成熟的角度来阐释,所以曾被归入"成长小说",只不过这是一个没有过程的成长小说,女主人公米兰达几乎在瞬间成为一个成年人,见证这个成长的只有两段时间,两个场景。小说中的女性成长主题是如何通过时空机制来表现的?时间如何进入人的内部,使人物变化具有情节意义?人物的空间位移如何体现人物的成长?下文将从巴赫金的时空体理论为切入点,基于符号学视角致力于以上问题的探讨。

1. 时空与符号自我的确立

恩格斯说:"一切存在的基本形式是空间和时间。时间以外的存在和空间以外的存在,同样是非常荒诞的事情。"(恩格斯,1970:49)。1975年,在首次全文发表的论文《长篇小说的时间形式和时空体形式——历史诗学概述》中,巴赫金提出了时空体理论,"文学中已经艺术地把握了的时间关系和空

---

① 本节内容曾经在《俄罗斯文艺》2015年第2期发表,题为《小说〈坟〉的时空体形式与女性成长叙事——基于符号学视角的讨论》,作者为许兰娟和彭佳。

间关系相互间的重要联系,我们将称之为时空体"(巴赫金,1998:274)。"时空体"是一个形式兼内容的文学范畴,该术语强调了空间和时间的不可分割,它与情节发展、人物形象塑造、作品艺术思想等内容因素都有相关性。对时空体的构架和运用体现了不同作家的创作个性,现实主义作家特别强调被描述的时空对于人物性格行为的决定性影响,认为小说中的每个人物都是特定时空的产物。在成长主题的小说中,小说人物的成长往往体现在小说的时间和空间维度中。

巴赫金对成长小说的系统阐释特别强调了时间在成长中的重要性,认为该小说类型"塑造的是成长中的人物形象。这里的主人公的形象,不是静态的统一体,而是动态的统一体。主人公本身、他的性格,在这一小说的公式中成了变数。主人公本身的变化具有了情节意义;与此相关,小说的情节也从根本上得到了再认识、再构建。时间进入人的内部,进入人物形象本身,极大地改变了人物命运及生活中一切因素所具有的意义。这一小说类型从最普遍含义上说,可称为人的成长小说"(巴赫金,1998:230)。因此,人物的成长首先体现在时间维度上,表现为人或物在时间进程中的变化,在不同的时间点上的差异。而这种成长,从符号学的角度而言,就是人的符号自我之确立过程。

所谓符号自我(semiotic self),是一个由多种身份集合而成的产物。赵毅衡指出,"自我是身份集合形成的……是这些身份认知集合的地方"(赵毅衡,2011:347—350)。在社会期待下,主体希望自己成为的那个人,是一种面具(persona),而在此之上对自我的反思,可以称之为对自己的身份进行说明的、解释性的元语言。(文一著,2011:304)。如果将自我视为一个符号,那么,过去、现在和未来的自我,则可分别被视为对象﹣符号﹣解释项的三元关系中的三者之一,这三者之间的张力互动,推动着人物在不同时空中的成长,或者说符号自我的建立。

巴赫金认为,人物在空间中的位移、在社会等级阶梯上的活动,构成了小说描述的事件和奇遇。同时,他认为,时间是可以目睹的,空间中的一切事物都显现出时间的可感特征。"善于在世界整体中看到时间、读出时间,另一方面又能不把充实的空间视作静止的背景和一劳永逸地定型的实体，而是看作成长着的整体，看作事件——这就意味着在一切事物之中，从自然界到人的道德和思想（直至抽象的概念），都善于看出时间前进的征兆"（巴赫金，1998：234—235）。时间是空间的第四维度，时间的本质意味着变化，空间因而也具有了不断变化的特质。

2.情节时间和时间向度：符号自我的纵横位移

时间之于叙事的重要性不言而喻。传统小说理论认为，文学是时间艺术。小说是一种叙事文体，而叙事的本质即是对时间的凝固、保存、创造和超越。叙事主体创作一部作品需要一定的写作时间，相应地，读者往往需要一定的阅读时间读完作品，领会作品的全部含义。叙事主体的叙事必须在时间中逐步展现给读者，这是叙事外的客观时间，被称为叙述时间。故事的情节也必须在一定的时间中展开，这是叙事内的文学时间，也称故事时间或情节时间。学者徐岱认为："叙事中的时间就这样处于故事时间与叙述时间两个临界点之间，小说家既不能单纯重复故事时间，也不能完全超越故事时间。这种互相制约性就构成了叙事中的时间机制，其实质是对故事时间实行有效控制与调度"（徐岱，2010：280）。叙事的一个重要功能就是把一种时间转换成另一种时间，叙述者有办法把现实中的单向的、线性的，不可逆的时间变成叙事中多维的和可逆的时间。在小说的情节时间中，叙事主体的符号自我在过去、当下和未来的时间之轴上的纵横位移，体现了其成长过程中的种种张力。

小说《坟》并不具备戏剧化的冲突和扣人心弦的情节，整个故事只涉及两个情节时间段，即"探宝埋兔"和"蓦然回首"。整篇小说由15个自然段构成，"探宝埋兔"这个时间段就占了14个段落，直接引语出现了21次，主要记录了9岁的米兰达和12岁的保罗兄妹俩在打猎过程中的对话。这些对话不仅充当了情节发展的载体，也帮助刻画了人物的形象，穿插在这些对话中的是叙事主体对人物心理的描述。第三人称的全知视角重点刻画了米兰达的内心世界，而对保罗不多的心理描绘也是通过对米兰达的内心描绘来投射反映的,整个叙事节奏缓慢而详尽。在这个时间段中,出现了小说中唯一一个清晰的时间刻度,"因为在1903年的偏远乡村,妇女礼仪守则对人们是有威慑力的"(Porter,1979:364)。这种妇女的礼仪和守则,就是对女性这一身份的社会性别期待,也就是米兰达的过去之自我:它建立的基础往往是特定时空中的文化符码(code)。因此,在小说中,刻画出这一特定时空至关重要。通过这个时间刻度和小说开头出现的几个美国南方地名"路易斯安那州""德克萨斯州"和"肯塔基州",叙事主体勾勒出事件发生的背景,同时也将事件定位在具体的时空坐标中。"时间的标志要展现在空间里,而空间则要通过时间来理解和衡量"(巴赫金,1998:275)。这个时空坐标为小说事件提供了历史限定性,使事件固定在确定的历史时代和地理区域,同时,也使叙事接受者有可能对人物的生平经历进行真实的测量计算。

1903年的美国南方尚未完全摆脱内战失败的阴影,南方人用来疗伤的良药就是旧南方神话。米兰达像男孩一样的穿戴和行为在乡下引起了流言蜚语,虽然她不以为然,但是从小耳闻目睹的旧南方神话和淑女情结已经深埋在她的潜意识里。在这里,过去之自我(对象)和米兰达的自我期待(解释项)建立在不同的符码规则之上,两者之间的冲突已经开始显现。淑女神话作为社会文化既定符码的集合,具有元语言性,成为南方男权社会统治女性的工具,女性要获得真正的成长,就必须突破当时的时空限制,突破这种强编码社会的限制,摆脱男权社会强加在女性身上的社会性别期待,从而认识自我,构建具有独立品质的个人身份。

在从"探宝埋兔"到"蓦然回首"这一线性的历时过程中,时间跨度为二十年,即人生的四分之一到三分之一的长度。填补这段空白的是叙事主体概括性的叙述:"后来,整件事情沉入她的脑海,被渐渐淡忘了,在差不多二十年的时间里,她经历了成千上万其他的事情,这些事情产生的印象就堆压在那件事上"(Porter,1979:367)。这简短的一句话不仅填补了这段时间空白,也自然而然地呈现了另一个时间段,情节时间一下子被推到了二十年后。从遵守清教伦理到崇尚消费文化,从忍受男权压迫到获得妇女选举权,随着社会文化符码的松动,这二十年的时间流逝足以改变每一位南方女性的生活。时间在流逝,更多的故事在发生,米兰达和保罗的变化具有了情节意义,但这一切对叙事主体来说,似乎都是微不足道的,她所关心的是如何把握并再现难以琢磨、稍纵即逝的人类情感。这也就意味着,她的符号自我在面向未来、在通过对过去的解释为未来提供方向时,是以情感符码为驱动的。在这样的时间处理和细节取舍中,不难看出叙事主体的叙事重点和倾向性。

"蓦然回首"这个时间段作为故事的尾声,只有一个自然段,叙事主体通过女主人公对过去某种经验的记忆,渲染了渗透在这种记忆中的伤感情绪。叙事主体对回忆的处理与歌德对历史时间的态度不谋而合,歌德不喜欢与世隔绝的过去,"他希望看到这一过去与活生生的现在有必然的联系,希望理解这一过去在历史发展的长河中占有应有的地位"(巴赫金,1998:246)。童年生活在米兰达大脑里留下了印象,那件从表面上看似乎微不足道的"探宝埋兔"的往事在她意识深处留下了一个印记,在二十年的时间里不断强化并拓展为连接过去和未来的一个纽带。整个故事的时间向度为"过去——现在——过去",但总体呈现了"过去性"。全知视角临时换成了米兰达的有限视角,而成年的米兰达作为这段情节中唯一出现的人物却没有开口说一个字,绝大部分的篇幅都用在了对米兰达的心理描述上。在这个时间段中,情节时间基本上凝滞了,情节也被淡化,其作用仅仅在于引发感情。而"在随后差不多二十年时间"和"一天"这两个不太清晰的时间刻度为文本带来了一种象征效果,叙事主体所强调的是一个忧伤的主题:成长是不可避免的,人们总是无法挽回时光的流逝,那些美好的东西总是转瞬即逝,现代人在成长过程中必须自行去寻求生存的意义。

3. 人物成长的空间性和关联场景

美国学者约瑟夫·弗兰克于1945年首次系统地提出了小说空间形式的理论,他认为"二十世纪的作家表现出了对时间和顺序的弃绝、对空间与结构的偏爱"(弗兰克,1991:Ⅱ)。现代小说确实出现了淡化时空背景的倾向,认为小说具有超越时空的意义。新小说派作家们还往往故意打乱时空顺序,大量运用场景、细节、断片,使故事情节变得模糊不清。法国新小说派代表作家罗伯-格里耶认为,在现代小说中已经没有时间了,而他本人的小说却以细腻的场景描写著称。由此可见,没有作家能够真正地、完全地忽略时空机制,尤其是场景描写对于小说的重要性。

小说《坟》的空间机制包含三方面的内容:地理空间、社会文化空间和场景。小说的空间塑造就是这三方面内容的结合,尤其是通过对"坟"这一多义符号象征的运用,小说塑造出了多层次的空间。

(1)地理空间和社会文化空间:"坟"作为一个多义象征符号

空间的地理坐标,无论是真实存在的,还是作者虚构的,都是小说情节得以展开所不可或缺的元素。自然地理景观不是抽象自足的,需要通过人的活动和历史事件来阐释它,而"历史事件,抽象的历史回忆,倘若不把它置于地球的空间里,不明白(不理解)它发生在一定时间和一定地点中的必然性的话,也是不值得刮目相看的"(巴赫金,1998:252)。因此,空间作为具有地理特征的历史事件发生之地,必然承载相应的叙事意义,作者的意图可以从不同空间的叙事内容中得以体现。

《坟》作为表现成长主题的小说具有其特殊的空间特性,体现了现代成长小说的空间要求,主人公米兰达的成长就是通过两个不同的空间表现的。根据小说第一段的描写,9岁的米兰达所在的地理坐标是美国南方的德克萨斯州,时间坐标是1903年。作者选取了这个具有时代地域特色的空间作为表现典型人物性格的典型环境,在这个地理空间后潜藏的是美国南方文化空间,该空间是一种社会产物,体现了南方的各种社会关系。家族的"坟"历经多次迁移,涉及了不同的地域和空间。祖母不辞劳苦把祖父的坟一迁再迁,就是为了让祖父能追随她,在她死后能够和祖父合葬在一起。"坟"这个贯穿始终的象征符号,始终参与了地理和文化空间的双重塑造过程:它是美国南方地域和家族传统的象征,在某种意义上,这个"家族坟地"不仅代表了一个地理空间,更是体现了注重家庭观念的南方文化空间。

在"探宝埋兔"发生的地理空间中,米兰达在坟坑里得到的一枚金戒指唤起了她的女性意识和南方淑女情结,也唤起了她对旧南方贵族奢侈生活的模糊欲望。随后,保罗用猎枪打死了一只母兔,在剥兔皮过程中发现母兔腹中有好几只兔崽,他把兔崽重新塞进母兔的肚子,抱到艾灌丛中埋掉。目睹这个过程的米兰达答应保罗保守秘密,不告诉任何一个人,然而幼小的米兰达却开始了对生命的混沌的思考。母爱的缺失和不完整的家庭经历在某种程度上导致了米兰达的成长困境,精神和道德成长看护的缺失使米兰达只能在大自然中凭借自己的悟性获得艰难的成长。在这里,"坟"这一象征之于米兰达的生命启蒙意义得到了突显:它不仅是社会的、文化和家族的象征符号,还是负载着她个人情感和成长经验的私密符号,这种社会意义和个人经验的符号多义性,使文本的意义更为丰富而意味深长。

"探宝埋兔"表现了米兰达在社会化过程中的经历和感悟,该事件本身不啻为米兰达的一个成长仪式。人们希望通过成长仪式,纪念过去,憧憬未来。每个人的成长过程中往往有独特的、专属于这个人的成长性事件。波特笔下的女性多来自不完整的家庭,她们往往在经历了某个偶然性事件后,对自己的女性性别、生死、爱情、职业等有了新的认识,或产生了顿悟,由此开启人生的新篇章。葬礼在波特的小说中频频出现,或者是人的葬礼,或者是小动物的葬礼,但都幻化成了女性人物的成长仪式。"坟"作为一个具有时空坐标的地理空间,不仅是情节铺展和人物成长仪式的发生地,更蕴涵了深刻的社会文化背景和叙事主体的叙事目的。无怪乎人们在解读《坟》的时候,总是会沿用美国评论家小雷·B.韦斯特的观点,认为这个故事实际上有三座坟:"一座是那些迁走了棺材的墓坑;另一座是埋那只野兔和它的兔崽的坟;最后一座是米兰达心头的那座埋葬她的童年的无形的坟"(波特,1984:15)。这三座坟其实是"坟"这个符号的意义投射变迁,展示了米兰达从童年到成年的心理历程。

二十年后,成年的米兰达已身处异国他乡,她完成了成长小说情节原型中的"出走"这一结构要素,这个异时空无疑使她有了重新审视儿时成长时空的新视角。纵观表现成长主题的现代美国小说,我们可以发现典型的成长小说情节模式:主人公的成长背景→成长困惑→受到诱惑→离家出走→遭遇考验→陷入困境→得到顿悟→失去天真→认识自我。在这个模式中,离家出走构成了人物的空间位移,是人物获得认知发展的必要环节。"在成长小说中,由于人的认知发展需要获得能够进行比较的各种参照,所以成长小说要让它的主人公走出熟悉的时空,到一个相对陌生的社会空间增长见识,他们的认知发展才能推动故事沿着主题的方向发展"(芮渝萍和范谊,2012:291)。米兰达远离的不仅是美国南方男权社会的统治地域,更是淑女神话强加给女性的枷锁。同时,这个被置于异时空的人物形象对于童年往事的"蓦然回首"从某种程度上表现了人物成长过程中的孤独与被异化。

(2)场景:家族坟地与菜市街的符号意义

《坟》的空间呈现主要是靠两个关联的场景塑造完成,即家族坟地和菜市街,与之相应的事件是探宝埋兔和蓦然回首。判别场景的安排是否合理的唯一标准,是对推动整个故事的发展有无贡献。

"家族坟地"这个场景的空间表征的描述是具体的、注重细节的。叙事主体不吝笔墨,把大量的细节描写赋予同时存在的两位主人公,他们探宝埋兔的行动过程本身作为一种空间实践也被当作场景来观察,时间的进程似乎被打断,叙事在空间上得以延展。在这个被无限放大的时空中,米兰达和保罗这两个主人公的衣着、动作和语言的刻画都是面面俱到的,叙事接受者能跟随人物体会到身处这个场景所感觉到的熟悉和自在。

在小说最后一段,叙事主体建构了一个引发人物想象和回忆的场景,"菜市街"的场景充当了人物心理意识的触动媒介,主人公的情感体验从客观物象中发现了自己的对应物。市场上的味道和印第安小贩手里糖块的颜色是这个场景共时态的辐射,相似的气味和颜色烘托出了一个与二十年前的家族坟地相似的场景。虽然两个场景都是杂乱无序,但拥有同样鲜明的特征,那就是对视觉和嗅觉的类似冲击。相对来说,这个只占一个自然段的"菜市街"的场景描述是模糊和不确定的。对于叙事接受者来说,二十年后的成年米兰达有诸多的信息缺失,置身于一个"陌生"的环境中。"一个陌生国家陌生城市的一条菜市街上"虽然提供了从大到小三个层次的空间概念,却没有一个是详细和具体的,这个通过米兰达的人物视角捕捉到的场景是陌生和异化的,成年米兰达的境况也在场景的勾勒中被忽略了。作为故事主人公之一的保罗甚至没有真正出现在这个空间中,保罗当时的境况更是无从知晓,这些信息缺失都构成了叙事主体的留白,从而为故事的解读提供了更丰富的可能性。叙事者对这个场景的描述与其说交代了米兰达这个人物所处地理位置,不如说烘托了人物当时处境的空间性。在成年米兰达的心目中,第一个场景"家族坟地"具有重要的象征意义:它早已幻化成寄托了她儿时美好记忆的内心空间,"在这里,故事早就不是目的,甚至也不是某种思想或观念的'载体',它实际上已成为感觉中的世界本身"(格非,2002:49)。

场景的空间性并不能完全脱离时间而存在,连接这两个场景的媒介是时间,或者说,在两个场景之间存在着时间的延续,这种延续构成了叙述故事的重要空间。从童年的懵懂到成年的沧桑,时间的变化是显而易见的,随之而来的是人物心理的变化。二十年前杂乱无序的家族坟地和二十年后陌生的菜市街由于潜在的关联而引发了主人公米兰达一系列心理活动。"她的家族坟地是个很不错的小花园,由于无人打理,里面的玫瑰枝叶缠绕,松柏层次不齐,简陋平整的墓碑耸立在散发着清香的野草丛中"(Porter,1979:362)。在这个场景中,色彩鲜明的视觉符号占据了画面的主要位置。而二十年后,"一天,她身处一个陌生国家陌生城市的一条菜市街,正在水坑和压碎的垃圾中艰难行走时,那天的那件往事冷不丁地从它被埋藏的地方蹦到她的脑海里,清晰而鲜明,色彩依旧,就像她注视着画框中的一副景色,自从画中描绘的事情发生过后,就一直没动过,也没变过"(Porter,1979:367)。相隔二十年的这两个场景中,主要的视觉符号带来的感觉都是杂乱无序和色彩鲜艳。这种关联不仅体现在视觉上,还体现在米兰达对嗅觉符号的体验上。家族坟地的"土块中混杂着松针和细小的树叶,有股甜丝丝的腐土味道"(Porter,1979:363)。二十年后,在异国他乡的菜市街上,"这天天气酷热,市场上的一堆堆生肉和发蔫的花朵发出来的气味,就像她那天在空旷的家族坟地所闻到的芳香和腐烂掺杂在一起的味道"(Porter,1979:367)。叙事主体描写的场景进入人物的接受视野,杂乱鲜艳的色彩和混杂的气味通过人物想象的转换而得以生动地再现,并因此引发一系列心理活动。这种不同知觉符号的转换和由此引起的人物体验,是小说成功塑造不同场景的关键。

"家族坟地"和"菜市街"由于潜在的联系而成为叙事主体精心选取的关联场景。在这两个场景的具体处理上,叙事主体并没有使用简单重复的技巧。如果把作家比作画家,对"家族坟地"和"菜市街"的勾勒比作两幅画的话,那么前者是工笔画,后者是写意画。故事的呈现是以两幅画面组合完成的,两幅画面的主人公分别是9岁的米兰达和成年的米兰达,画面的拼接构成了时间的序列,见证了人物的成长,刻画了女性人物细腻而复杂的情感,也使故事带有怀旧、伤感的色调。

小说最后两句话主要是对米兰达的心理描写,不仅串起了两个场景,也表现了叙事主体的最终意图:即"探宝埋兔"事件在米兰达成长过程中的生理启蒙意义和心理意义。平静的场景涌动着难以名状的情感潜流,场景的关联最后在人物的意识中得到了强化,因为"对外部现象世界进行的客观描述仅仅为展现人物意识提供了一个场景作用,而展现人物意识固有的微妙和不确定既是小说家的任务又是衡量小说艺术的尺度"(申丹、韩加明和王丽亚,2005:155)。

4. 结语

通过两个时间段、二十年的时间跨度和时间向度的"过去性",叙事主体勾勒了人物的成长轨迹,并且试图把握并再现难以琢磨、稍纵即逝的人类情感;通过两个关联场景的塑造和空间转换,叙事主体展现了女性人物在空间位移过程中所体现的成长的空间性。从故乡到异国他乡,人物的足迹跨越了时空;从童年的懵懂到成年的沧桑,场景的更迭印证了成长的痕迹。正是在了解、接纳和摒弃各种空间的过程中,女性的符号自我不断审视调整身体、自我与空间的关系,在社会解释项和自我解释项之间不断调适,从而在社会性别、历史、文化等各种因素的基础上重构空间和自己的社会身份。通过对"坟"这一多义符号的运用,以及对不同场景、不同知觉符号之间的体验转换,作者塑造了独特的时空体,由此传达的正是女性人物在成长过程中对于生存意义的探寻和自我身份的认知。

第六章　波特小说中的女性主义

第一节　女性主义与女性文学

虽然拥有"美国文坛女泰斗"（First Lady of American Letters）（Givner, 1987:xviii）的美誉,凯瑟琳·安·波特却非常痛恨这个头衔,认为这是盛气凌人的男性至上主义,对这个称号的厌恶感或多或少使波特暴露了自己的女性主义倾向。

1.女性主义

女性主义,也称女权主义,都是英语单词"feminism"的中译。在世界范围内,"Feminism 作为追求女性政治地位和经济地位的思想文化运动,它的背景便是经过文艺复兴以后,欧洲先进国家（如英法）的女性意识已然觉醒,因而要求积极参与到男女平权和妇女参政当中去。它是一种基于社会变革和文化进步而产生的相当范围的思想'运动'（政治诉求和经济诉求是其外在表征）"（沈嘉达和钟梦娇,2007:76）。

"feminism"这个词源于法语单词 féminisme,最早产生于19世纪80年代的法国,当时创立第一个妇女参政权会社的法国女子奥克雷最先提出了这一个词汇。郑克鲁在翻译波伏娃的《第二性》时,处理 féminisme 这个词颇感踌躇,他认为,妇女解放运动有一个发展过程,"大体上可以将第二次世界大战以前这个漫长时期看作争取女权的阶段,二次大战以后,由于妇女解放运动再次高涨,对女性问题的探索有很大发展,特别是在波伏娃发表了《第二性》以后,人们对女性问题的认识深化了,认为政治权利（选举权）和男女平等不足以概括妇女问题,应扩展到其他领域,正像波伏娃所说的,女人要'摆脱至今给她们划定的范围',加入到'人类的共在'中。从这个时期开始,用女性主义来理解、翻译 féminisme 这个词也许是恰当的"(波伏娃,2011:602—603)。

确实,对于英文单词"Feminism"和法文单词"féminisme"的理解和翻译都要结合西方妇女解放运动或女权运动的历程。西方女权主义起源于法国资产阶级革命和启蒙运动以后,1789 年 10 月,法国大革命爆发后,一群巴黎妇女进军凡尔赛,向国民议会要求与男子平等的合法人权,揭开了女权运动的序幕。1790 年法国女剧作家奥林普 · 德 · 古日(或奥兰普 · 德古热,Olympe de Gouges)发表了《妇女权利宣言》(或称《女权与女公民权宣言》,Déclaration des droits de la femme et de la citoyenne),提出 17 条有关妇女权利的要求,它是法国历史上也是世界上第一份要求妇女权利的宣言,表现了一种独特的、完整的女权思想,该宣言后来成为女权运动的纲领性文件。1792 年,英国女作家玛丽 · 沃斯通克拉夫特(Mary Wollstonecraft)发表《女权辩护:关于政治和道德问题的批评》(A Vindication of the Rights of Woman:with Strictures on Political and Moral Subjects)一书,提出妇女应当在教育、就业和政治方面享有与男子同等的待遇。在现今,沃斯通克拉夫特被视作女权主义哲学家的鼻祖之一。19 世纪中叶,女权运动的中心从欧洲转向美国。当时美国、法国的女性们开始发出自己的声音,向社会要求与男性对等的人权,她们的目标是拥有投票的权利、受教育的权利、工作的权利,以及反对家庭暴政。"女权主义"的中译名比较贴合当时的情境。随后,在妇女解放运动的三次浪潮中,女性提出了不同的权利诉求。

妇女解放运动的第一次浪潮发生于 19 世纪末 20 世纪初,在这一阶段中,妇女提出两性的平等,要求与男子有相同的经济、政治、教育权利,她们最重要的一个目标是要争取家庭劳动与社会劳动等价、政治权利同值,这一时期的妇女解放运动往往被称作"女权运动",但女权主义还没有上升到理论高度,主要是一些实践活动,并侧重于推动立法。

妇女解放运动的第二次浪潮从 20 世纪初持续到 20 世纪 60 年代。这阶段的妇女解放运动被认为是现代女权主义,是女权主义在西方最重要的阶段。最早也是起源于美国,主要强调两性间分工的自然性并消除男女同工不同酬的现象,要求忽略把两性的差别看成是在两性社会关系中女性附属于男性的基础的观点。这次女权运动带来的另外一个结果就是对于性别研究、女性主义的学术研究的兴起,形成了不同的女性主义流派和女权主义理论。主要有三派:社会主义女权主义;自由主义女权主义;激进主义女权主义。以朱丽叶·米切尔(Juliet Mitchell)为代表的社会主义女权主义主要是从经济和阶级斗争方面要求妇女和男性的平等,要求妇女的在物质上的地位。而以凯特·米利特(Kate Millett)、凯瑟琳·麦金农(Catharine MacKinnon)等人为代表的激进女权主义和以贝蒂·佛里丹(Betty Friedan)等人为代表的自由女权主义却是在"性"方面诉求女性的"解放"。米利特在她的《性政治学》(Sexual Politics,1970)一书中第一次引入"父权制"(patriarchy)的概念,认为妇女受压迫的根源是"父权制",该书被认为是女权主义的里程碑之作。激进主义女权主义将女权运动要求男女平等的社会诉求改造成了从根本上消除男女差异,直至女权至上。他们的女权主张不屑于关照社会政治与经济等女权运动的传统领域,而是把女性解放运动解读为"性解放",要求从根本上消解传统家庭模式。他们的激进主张与"性解放运动"都引起了巨大争议。这一时期的女权主义,尤其是激进和自由女权主义对"性解放"的诉求,对一批女权主义作家产生很大影响。

妇女解放运动的第三次浪潮从二十世纪六七十年代开始,一直持续到现在,也称为后现代女权主义。女权主义者开始反思"性解放运动"造成严重的社会后果,如单身母亲、问题儿童和艾滋病流行等,一方面肯定了女权运动保护女性社会权益的成果,另一方面对女权主义者试图颠覆传统家庭模式提出了质疑。后现代女权主义还在成长阶段,分为唯本论与构成论两个主要派别。唯本论继承了传统女权主义的男女二元分界,试图在承认男女差异的基础上消除男女不平等。构成论则从根本上否定男女二元分界,强调性别角色的社会性,把男女平等的主张看成是父权制的产物。虽然两种理论的出发点不同,但都在认同传统家庭模式的基础上完成妇女解放的目标。

　　Feminism 于 20 世纪初传入中国时,最初被译为:费弥涅士姆,30 年代开始出现"女权主义"的译名,自从 1992 年张京媛的《当代女性主义文学批评》出版后,"女性主义"的译名逐渐占上风。1995 年 9 月 4 号联合国第四次世界妇女大会在北京召开以来,越来越多的学者采用了"女性主义"的译名。"大多数人认为这样更符合中国国情,侧重于男女之间精神和文化的平等与融和,同时也减弱了西方女权主义的激进色彩"(赵洪霞和程革,2013:144)。从"女权主义"到"女性主义"的译名变化,也是一个从政治内涵为主到文化内涵为主的一个演变过程。"偏重于使用'女权主义'的学者认为,女性能否走出男权制的藩篱,能否发出自己的声音,做一个具有主体性意识的人,与男性共构差异互补的新秩序,其根本原因还是权利问题,如教育权、选举权、平等权等,侧重于政治、经济和社会权利。而偏重于使用'女性主义'的学者主要是为了强调女性的视角,如女性立场、女性意识、女性主体、女性身份、女性美学等,深受西方后结构主义思潮的影响,偏重于文学文化意义上的解放"(赵洪霞和程革,2013:144)。"女权主义"的中译名带有强烈的政治色彩,而"女性主义"这个中译名较为柔和,"'女性主义'相对于'女权主义',其意义并不在于淡化历史地存在于'Feminism'中的暴虐色彩,以便让人容易接受,而是在于,它真实地涵括了女性自由解放的内容的演进,同时包含着女性主体的反思的意愿和能力"(魏天真和梅兰,2011:3)。"从政治上说,女性主义是一种社会意识形态的革命,一场旨在提高妇女地位的政治斗争;从理论上看,女性主义是一种强调男女平等、对女性进行肯定的价值观念,学说和方法论原则;从实践方面看,女性主义是一场争取妇女解放的社会运动。女性主义实际上是以上三个层面的集合体,无论从哪个层面指称和讨论女性主义,都有其合理性"(赵树勤,2006:2)。

　　如同"narratology"有"叙事学"和"叙述学"两种中译一样,"feminism"的两种中译的同时存在也使我们对这个词的诠释有可能更全面、更准确。在本书对波特小说中有关女性主题、两性关系、社会性别等方面的审视中,将统一采用"女性主义"这个中译名。

2. 女性文学

"女性文学"至今仍是一个有待探索和完善的命题。刘思谦认为,"如何认识女性文学的诞生和如何界定女性文学这一概念,关系到我们对历史的根本看法。也就是说,只有在人类文明由母系制到父权制再到近现代由传统的封建父权社会向现代化自由民主社会的转型进程中,才可能出现属于女性自己的文学。这是女性文学诞生发展的历史大背景,也是她的必要前提和历史条件"(刘思谦,2005:3)。父权制下的男尊女卑、男强女弱、男主女从的性别规范造成了女性的从属性、他者性和"第二性"的地位,这种性别文化规范深刻地影响着一代又一代男性和女性的命运与心理,影响着男作家与女作家创作的文学作品,成为性别与文学相关联的逻辑起点。王侃认为,"女性文学"本质上是一种挑战性的文学行为,它在两个向度上展开,一是以女性感受、女性视角为基点的对世界的介入,打破男性在这方面的垄断局面。二是挖掘超出男性理解惯性和期待视野的女性经验,实现对男性世界的叛离,以构造出具自身完整性的女性经验世界(王侃,1998:87)。方维保认为,"真正具有女性文学内涵的,最少应该具有以下几个方面的特征:第一,女性文学将写作视为一种存在性'发言'。女性自己写自己,去描写妇女生活,写自己独特的经验和体验,力图用自己独特的经验去改变男性笔下变形的、扭曲的女性形象,似乎都是用一种具有'反叛式'性质的语言,去改变自己面临的生存和精神危机。第二,女性文学解构既成的'语言'体系,试图通过'语言'叙述,建设女性诗学。第三,女性作为书写主体,毫不讳言,它意味着话语权力的争夺。改变妇女'被拒斥在文学史之外''被拒斥在写作之外'的局面。女性写作具有更加明显的女性话语意识——女性书写权力和颠覆意识,写出自己受压迫损害和遭遇男权话语压抑的历史及其历史记忆"(方维保,2004:228)。

学界对"女性文学"的认定基本上没有逃出创作主体、题材、形式的范畴。本书归纳了四大类观点:

(1)指以女性作家为创作主体所创作的一切文学,题材可以是女性,也可以是女性之外的一切生活,这个意义上的女性文学也可以被称为女性书写。只要是女性写的(女性创作的一切作品、女作家的一切创作)就是女性文学,它既包括作家以女性的眼光观照社会生活、表现妇女意识和妇女世界为主要艺术追求的"内在世界",也包括作家以辩证的眼光观照社会生活,在艺术表现上超越妇女意识、超越妇女世界的"外在世界"。相应的,男性写的就是男性文学,这是最便捷的按性别分类的方法。王春荣在《女性生存与女性文化诗学》(辽宁大学出版社,2002 年)中重申此观点,"强调女作家作品这一基本要素,而又不绝对限制文学所反映的内容必须是女性生活、女性问题、女性形象。只要作品出自女作家之手,应不问题材范围、文学形象的性别如何,一律视之为女性文学"(邓利,2008:11)。

(2)指以女性作家为创作主体所创作的女性生活题材的作品。这一类专指从女性的切身体验去描写女性生活的作品,只要是出自女性手笔、描写女性生活题材的文学,均可看作女性文学,或指女作家所写的具有女性意识、反映女性情感、表现女性生活的文学。

(3)指一切描写女性生活的作品或具有妇女意识的作家作品。这种观点认为创作主体男女皆可,但必须是描写女性生活的。男性作家的一些思考女性命运的作品也可纳入这一范畴。也就是说,凡是反映女性在男权社会的苦闷、彷徨、哀怨、抗争的作品,无论作者性别如何,均可视为女性文学。反之,如果没有反映女性意识,即使作者是女性,也不可纳入女性文学。

(4)指具有女性特质的文本,属于"主体形式论"。这类观点主张用"话语"理论看女性文学的叙事,认为"进入 20 世纪 80 年代后期,对'女性文学'的界定,跳出题材论,深入到女性写作的本体性层面,即语言、叙事等形式层面。一方面依然看重创作主体必须是女性,另一方面借鉴西方解构主义、形式主义理论,提出女性文学更重要的是从形式上颠覆传统,建构自己的话语形态,并以此介入主流话语"(邓利,2008:12),并认为"女性文学必须体现出女性对男性逻各斯中心主义的颠覆,对语言既定位置的纠偏,对作为语言本身的男权话语的拆解,并对语言进行重构"(邓利,2008:12)。这种观点强调性别这个因素在文学创作中的重要性,男女两性在生理和心理上的某些不同,连同他们在经验和性别认同上的差异,导致了他们在写作中表现出不同的视角、叙事方式、语言风格。

凯瑟琳·安·波特作为一名女性作家,塑造的人物多为女性,题材也多为女性的生活以及女性对生活的认识和理解,有很强的自传性。波特在作品中表现出对于女性问题的思考和对于女性地位的深切感受,尤其是女性在男权社会的生存困境,在主题建立、题材选择和语言风格上也有较明显的特点。如果说女性文学"基本的文本特征和写作策略为:自传性(个人化)写作、解构与颠覆男性(菲勒斯)中心地位、实施同性恋(姐妹、母女情谊)、弑父(弑母)、身体写作(女性成长痛史及欲望的自我释放)等"(沈嘉达和钟梦娇,2007:76),那么波特的小说理所当然应该被奉入女性文学的殿堂。本章将剖析波特小说中的女性人物、女性主义立场、两性关系和社会性别,以便深刻透彻地理解波特在小说中表现出的女性主体意识的觉醒和女性主体性的生成。

第二节　波特小说中的女性人物

波特小说中的一个亘古的主题是女性人物的个体挣扎,这种挣扎或是为了维持自己在社会、家族中的身份,或是为了抗拒自己的这种身份。她对女性人物身份的关注远远超过了她对女性在诸如种族、地域、宗教或经济方面特性的关注。波特笔下的女性人物的人生大抵是不快乐的,在她所有的小说中,人物的不快乐基本都是家庭状况所导致,她借伊娃之口表达了对家庭的痛恨:人不能从家庭中得到帮助,家庭是不幸的源泉。"米兰达系列"、《旧秩序》《通往智慧的向下之路》《他》《假日》《裂镜》《被遗弃的威瑟罗尔奶奶》等小说都体现了这样的主题。此外,她的"米兰达系列"也反映了南方传统习俗制约下的女性从顺从到反叛进而超越的过程。

《马戏》《无花果树》《坟》《老人》《假日》《灰色马,灰色的骑手》《偷窃》

《开花的犹大树》《庄园》等一系列中短篇小说的女主角有着相似的出身和生活背景,主人公的名字大都为米兰达,偶尔也会被冠以其他名字,如《开花的犹大树》中的劳拉;也有完全不具名、以"我"展开第一人称叙述,如《假日》和《庄园》;或者以"她"指代女主角展开叙述,如《偷窃》。这一系列的短篇小说往往被称为"米兰达系列"。该系列中的女主角年龄各异,从幼年到成年,不一而足,如把这一系列短篇小说按主人公年龄递进顺序排列,就能构成一部关于米兰达成长经历的长篇小说。

米兰达这个人物是波特稍加掩饰的自传性对应人物,这个女性人物也是波特以小说形式处理性别问题的最好例子。在米兰达系列小说中,波特表现了对传统的公然嘲笑,艺术地反映了波特对一个男性霸权与女性从属的世界的反感和最终决绝。米兰达系列故事描绘了米兰达的成长、对旧南方的逐渐摆脱以及努力克服随着新南方到来的价值观驿动。就像波特一样,她拒绝遵循强加于她的游戏规则,最终不能实现文化理想,两者之间的相似在《老人》中给人的感受最为强烈,米兰达在修道院被"关禁闭",拼命地想挣脱束缚,这束缚既来自囚禁她的实体建筑,也包括那些注入她头脑的、代表旧秩序的价值观,诸如家园的重要性、来自家庭的过紧的束缚(家庭被称为一个"可恨的组织")、婚姻的圣洁、不断被提及的过往的虚假荣耀。(Forbes,2011:113)。然而波特与《老人》中的艾米姑妈也有几分相似,她们都拥有娇媚、纯真以及对自由的向往。最后,当米兰达说起逃离婚姻、逃离家庭、逃离"任何限制她有所发现的地方"(波特,1984:96),我们分明听到三个声音的和谐交织,这三个声音分别来自米兰达、艾米和她们的创作者波特。

《源》《旅程》《目击者》《马戏》《最后一叶》《无花果树》和《坟》都属于《旧秩序》的小说,因而和"米兰达系列"有重合的篇目。《旧秩序》主要描写童年米兰达在旧南方的生活经历,描写重点更多的在于旧南方的老人们,以老祖母为首的一群不合时宜的人代表了一种先前理想生活方式的最后的幸存者,这些老人包括老祖母索菲亚·简、昔日的黑奴金比利大叔和女黑奴南妮。

　　在波特早期的小说中,有一种女性主义的偏见,往往会塑造一个坚强能干的女性角色,与之相对的是一个懦弱无能的男性角色,比如老祖母索菲亚·简、威瑟罗尔奶奶与她们的丈夫。《源》和《旅程》的主人公是老祖母索菲亚·简,这位昔日的南方贵族小姐在家道中落、丈夫早逝后,毅然承担起养家糊口、养儿育女的责任,她性格果敢刚毅,哪怕在子女已经成家立业后也还保持着大家长的风范,想处处干预他们的生活。从城里的房子,到避暑的房子,到乡下的农场,对于老祖母来说,每次旅程都是一次回归之旅,她所到之处,都会被她注入秩序、安全和丰收。祖母到处置办家产,总是在去往某处家园的途中:夏天,她带着"难以说清的回归感"(波特,1996:41)到达农场,然而,当一切都被整治走上正轨后,她"又带着到达乡下时具有的那种回归神情返回城里"(波特,1996:42)。一回到城里,她马上又开始整顿工作。祖母的持家之道是她的"结果"能力:生育和抚养孩子。年老时,作为无数子孙的掌控者,也会看着她曾经种下的种子繁衍生息,以此找到成就感。每年早春,城里大宅的唯一一棵桃树开花的时候,会让她想起曾经在三个州种过的五棵桃树,如今这棵形单影只的桃树"代表了所有她心爱的在不同地方仍然开花、繁殖、准备结果的那些果树"(波特,1996:41)。

　　在岁月长河中,索菲亚·简和陪嫁的女黑奴南妮情同姐妹,互相哺育彼此的孩子。在奴隶制废除后,昔日的主仆依然生活在一起,《最后一叶》就是对南妮晚年生活的写照。《目击者》讲述了昔日的黑奴金比利大叔的故事,他目击了奴隶制的废除、新旧南方的交替,但提起奴隶制时却无动于衷,显示了废奴之后,南方黑人境况与心理却依然难以改变的现实。

　　在《旧秩序》中,老祖母肥沃有序的旧世界已成为往昔,取而代之的是米兰达的无家可归和对性的恐惧。《坟》是米兰达系列之一,故事在遥远的将来、在新秩序(或无秩序)中结束。故事结尾处回顾的旧秩序是已然过去的那段时光,在这段时光里,天真屈服于经验,就像波特本人的记忆,这段记忆来得突然、深刻,而且痛苦。波特意识到自己渴望家庭、渴望孩子,想要延续家族的血脉,使家庭永恒,这些想法反而引起了一种恐惧、责任和罪恶的感觉。她不仅在幼年失去了母亲,在童年失去祖母,更在不久后失去家园,成年后也无法生育。母亲和祖母曾经拥有丰饶的果园,而她只能面对空荡荡的墓穴,艰难地在大自然中习得生命的知识。

《被遗弃的威瑟罗尔奶奶》通过威瑟罗尔奶奶弥留之际的意识流,拼凑出她漫长而艰辛的一生。她的回忆表面上呈现的是一个坚强隐忍的伟大女性,实质上表达的是旧南方女性面对生活压力时的无助和无能为力:未婚夫乔治在圣坛上抛弃了她,丈夫约翰早逝,最爱的孩子哈普西夭折……虽然她含辛茹苦地养儿育女、维持家业,但生活的节奏总是脱离她的掌控。60 岁时,她感觉自己快要被上帝带走,便妥妥当当地安排了自己的后事。时间证明上帝只是和她开了一个玩笑,老奶奶只能继续默默地承受命运的安排。20 年后,老奶奶在没有任何思想准备的情况下,突然意识到自己即将被上帝派来的死神强行带走,在弥留之际,她笃信的上帝并未如她所愿显示奇迹,这个压倒一切的痛苦让她心灰意冷,在认命的同时吹熄了自己的生命之灯。威瑟罗尔奶奶一生都在经受各种形式的被"遗弃",但她都带着坚忍的意志挺了过来。晚年时貌似家庭和睦,生活安定,但总觉得生命留有遗憾,"啊,不,啊,上帝啊,不,除了家庭、男人和孩子以外,还有别的什么哪。啊,不用说,那不是一切吧? 还有什么呢? 反正有什么我没有到手"(波特,1984:317)。80 年的人生苦旅终于让威瑟罗尔奶奶在弥留之际产生了自我意识。

第三节　波特小说中的政治态度和女性主义立场

1993 年,达琳·哈伯·昂鲁(Darlene Harbour Unrue)在《短篇小说研究》(Studies in Short Fiction)第 2 期发表的论文《凯瑟琳·安·波特,政治,和〈偷窃〉的另一种解读》(Katherine Anne Porter,Politics,and Another Reading of "Theft")中详细讨论了波特的政治经历以及她作品中体现出来的政治观和女性主义立场。

波特早期是主张女权和社会主义的,她宣称自己在青少年时期就是女权主义者,在 20 年代早期就已经是一个共产主义者了。波特的哥哥保罗也确认,她在 1909 年的一封通信中就有对妇女政权论者的同情。据传闻,波特曾告诉马尔科姆·考利(Malcolm Cowley)她在 14 岁时就发表文章捍卫妇女选举权,15 岁时改信社会主义,18 岁时独立承担所有社会和政治问题。波特确实很早就显露了对社会主义的兴趣,因为社会主义事业的目的是减轻人的苦难、推动个人的自由。有充分证据表明,波特在 1919 年取道芝加哥和丹佛,逃离德州和第一任丈夫,最终达到纽约后,她有很明显的左翼倾向。(Unrue,1993:119—120)。1919 年,在格林尼治村定居后,波特的政治见解在此地找到了鼓励和滋养,很快,她的朋友和熟人中出现了很多左翼的作家和知识分子。可以想象,《斜塔》中的一众人物慷慨激昂、指点江山的场景来源于这些左翼作家的聚会。在此期间,波特也遇到了来自墨西哥的艺术家,他们希望为祖国愈演愈烈的文化与社会革命争取一些支持。通过这些朋友,波特得到一份杂志工作,使她得以前往墨西哥,亲身感受墨西哥革命,为其呐喊助威。尽管波特会说她对墨西哥革命的参与度是"适可而止",但她的经历很容易让人假定《开花的犹大树》中的劳拉所从事的革命活动与波特自己的经历是一脉相通的。在墨西哥,波特和许许多多革命者、墨西哥人、侨民交上了朋友,这似乎对贵族统治集团构成了威胁,波特也因此在 1921 年被列入了驱逐出境的人员名单。

1920 年到 1921 年间,波特从纽约到墨西哥后,很快就对墨西哥革命和革命领导者产生了失望,这时期的文章和信件都流露出了对注定失败的墨西哥革命的理想幻灭。在 1921 年到 1927 年间,波特密切关注的萨科 - 万泽蒂事件以这两位无政府主义者的蒙冤被枪决而告终。这两段政治生活经历对波特的影响合并起来,摧毁了她对有组织的革命运动的理想主义信仰。波特的怀疑主义态度在文章和信件中越来越明显,尽管她多年来还是一直涉足政治,要么支持某个政党的候选人,要么参加政治会议,要么加入政治游行队伍,但总让人感觉她的这些行为缺乏热情,她最强烈的公开申明也就是对政治运动和意识形态的抨击。

波特的政治观点的形成不仅缘于她对政治活动的直接参与,也因为她熟稔某些政治理论。她能头头是道地谈论马克思、恩格斯和尼采。在纽约和墨西哥时,她受教于不同的政治信条,但她一直是一个独立的思想者,甚至在 20 年代,当处于人生中最理想主义状态的时候,她也特立独行于其他左翼作家,坚持将艺术与政治分开,这个观点成为她许多年来的政治和批评著作的基础,她的小说也能说明她是如何牢固地把握这个标准的。将艺术与政治分开是波特的创作原则,她对此曾做过许多声明与请求,其中一封写给帕布罗·奥·希金斯(Pablo O'Higgins)的信最有说服力,波特在信中告诉他:"我憧憬着一个世界,在这个世界里,艺术家有所作为,但并不是出于政治目的,而是发挥他真正的作用。艺术家是基于生活的全新表达形式的发现者、提供者和给予者,但这种新的表达形式是艺术家通过想象力和创造力观察而来的。"(Unrue,1993:121—122)。波特在 20 年代到 50 年代的书评中都显露了对这个标准和原则的始终如一的贯彻。

对于那些带有明显政治信息的小说,波特总是拒绝对它们进行无条件的赞美。这种立场可以在她对格伦韦·威斯考特(Glenway Wescott)的作品《雅典公寓》(Apartment in Athens)的评论中找到佐证。这部作品是在二战结束后不久写成的,大部分内容是对德国人的咒骂。波特本人对德国人以及她所觉察的德国特性并不赞同,她通过宣称威斯考特揭露了所有人身上的"德国主义"而对人类做出了贡献,从而试图挽救威斯考特这部带有政治宣传性质的作品。(Unrue,1993:122)。同样的客观态度在她的女权主义评论中也很明显,因为她在神话女权主义(mythic feminism)和政治女权主义(political feminism)之间画了一条界线。神话女权主义充实了她的小说,政治女权主义又被她和女权主义者联系在了一起。在她对《我们正在改变的道德:研讨会》(Our Changing Morality:A Symposium)的评论中,波特避开女权主义立场,认为当整个人类的本质还是盲从的时候,妇女不该被指责是奴性的。而且,在对她的朋友吉纳维芙·塔格德(Genevieve Taggard)的诗集的评论中,波特反对用"女权主义的"(feminist)这个术语来描绘塔格德,提议用"现代的"(modern)这个词来代替"女权主义的",她说"女权主义的"这个词在描述一位诗人时是毫无意义的。(Unrue,1993:123)。这个事例很明显地印证了波特坚持将艺术与政治分开的主张。

波特的小说没有明显的政治信息,然而这些小说又戏剧性地展示了政治在她艺术视野中所起的作用。事实上,她的很多作品都包含政治主题。在其26篇中短篇小说中,《玛丽亚·孔塞普西翁》《殉难者》《童贞女比奥莱塔》《开花的犹大树》《庄园》《那棵树》《一天的工作》《假日》《灰色马,灰色的骑手》《斜塔》都包含了政治主题,长篇小说《愚人船》也是如此。然而,无人会将政治主题错当成政治信息或政治宣传,普适性的主题一直都是支配性的主题。达琳·哈伯·昂鲁提出,在所谓的非政治性的作品中,比如《老人》《他》《中午酒》《绳》《偷窃》《被遗弃的威瑟罗尔奶奶》《裂镜》《通往智慧的向下之路》和组成《旧秩序》的七篇短篇小说中,有一些故事蕴含深刻的政治主题,只有根据波特的个人历史和写作的社会语境才能得以彰显。这样的审视不仅提供了分析小说意义的另一个角度,也揭示了政治性交织进波特的艺术理念和艺术实践的程度。(Unrue,1993:123)。短篇小说《偷窃》提供了一个极好的例证。

《偷窃》发表于1929年,当时,波特已经参与过墨西哥革命,也参加过反对萨科-万泽蒂被不公正审判的抗议活动。这两次政治活动都以失败告终,波特因此对革命、共产主义和社会主义都感到心灰意冷,小说反映的正是波特当时的政治心境。这部作品一反传统小说所采用的男性视角,将几位男性放在被观察、被凝视的地位,通过女主角的视角审视经济大萧条时期的众生相:卡米洛的虚荣、罗杰的虚伪、比尔的自私和艾迪的无情,这个审视过程也烘托了女主角逆来顺受的生活态度。女主角在和所有人的交往中,都尽可能使用礼貌委婉的话语,避免让对方感到尴尬和难堪,她的一味忍让弱化了与人交往中的一次次正面冲突,其代价是自己承受失去的痛苦:物质上的和精神上的被"偷窃"。

小说的情节从一个凝固的时刻缓缓展开,一向对物质毫不在乎的女主角在这个时刻回忆起当晚发生的事情,突然发现她的钱包失窃了。小说中有两个重要的象征物,钱包和帽子。这两个象征物是情节展开的重要线索。在小说情节中,除了恋人艾迪,女主角与其他三位男性都有金钱往来,这个钱包见证了所有的金钱往来,并烘托了每个人的经济状态。从传统意义上说,钱包是金钱的载体,本身也是一种个人财物。这个漂亮的金线锦钱包是典型的女性物品,对于女主角来说,因为这是朋友送的生日礼物,它承载了私人情感;在女工友看来,这是社会底层的女性梦寐以求的奢侈品,她认为只有像她的侄女那样年轻标致的姑娘才配拥有,这样一件漂亮的东西甚至会有助于她的侄女得到合意的爱情和婚姻。所以在深层次上,钱包象征的不止是女主角的中产阶级的物质财富和社会身份,更是年轻、友情和自尊等无形的东西。钱包的被偷窃象征了它所蕴涵的一切有形和无形之物的被攫取和被剥夺,也是女主角自我的丢失。而讨回钱包的过程与其说是女主角与女工友的一次交锋,不如说是女主角与自己妥协退让的性格的又一次抗争。在这个过程中,女主角尝试着用强硬的态度讨回自己的财物,但女工友的说辞让她的意志主动败下阵来。她忍让的话语和主动放弃钱包的表态都进一步纵容了女工友咄咄逼人的姿态,更使自己再一次处于被动窘迫的地位。正因为抓住了女主角软弱退让的性格弱点,原本处于心虚和理亏状态的女工友在交锋中转守为攻、逐渐占据上风,最终荒谬地反转了双方所处的偷窃者和被偷窃者的位置,变得理直气壮,将本该属于她的"偷窃"罪名强加到女主角身上。

金线锦钱包是女性物品,而帽子是典型的男性饰品。在小说中,除了比尔以外,所有男性人物都能通过帽子来鉴别其性格。每位男性对待帽子的态度反映了他们对待物质和生活的态度。昂鲁认为帽子不仅是中产阶级身份的象征,甚至还能与政治关联在一起。1935 年,波特从巴黎写信给芭芭拉·韦斯科特(Barbara Wescott):"没有什么东西会像政治问题或社会道德问题那样显现出一个时代的特征,除非这东西是帽子……在时尚发生改变的下一季,之前的帽子和政治看起来简直微不足道……假如你偏好耐久性,你最好坚持选择更耐用的东西"(Unrue,1993:124)。波特声称自己确实偏好耐久性,就像在她写给奥·希金斯(O'Higgins)的信中所做的那样,她说出她所仰慕的那些画家与画作的名字,并再次附和持久艺术,而不是那些短暂的事物。昂鲁表示在自己对《偷窃》的诠释中蕴含的是波特对一些马克思主义和社会主义相关理想的欣赏，以及对这些理想所造成的极权主义和精神缺位的最终拒绝。这种诠释绝不是要取代其他诠释，而是应该被视为一种补充。她认为，没有政治主题的描述，小说的意义是不完整的。波特的政治观、艺术见解、创作过程、小说主题等都是相关的。从事理想的事业、理想幻灭、拒绝有组织的运动、撤退到一个被某些人称为波特的"非政治美学"的抽象拒绝的位置，所有这些政治经历都显示了一种生活方式，这种方式与波特要求艺术不被政治"信息"污染的主张是一致的，这种方式最终在她小说的主题中得以呈现。（Unrue，1993：124—125）

在女主角丢失钱包的那个晚上，她查看了钱包，发现了四角钱，确认自己能付得起高架铁路的车费。朋友卡米洛每次都抢着为她付车费，他照例在聚会后护送她去车站，为了把他那点决定要做的礼节做到底，"总要送她登上踏板，在机器里放下一枚镍币后，把旋转车门稍微一推，把她送进门去，并鞠一个躬"（波特，1984：299）。这一次聚会后，为了表现出绅士风度，卡米洛还硬要替她叫出租汽车。女主角怕卡米洛误会，不忍心拒绝他的护送，但她知道他们俩一样穷，坚决不愿意坐出租车。两人在倾盆大雨中向车站走去，卡米洛"戴着一顶漂亮的淡褐色新帽子，他从来没有买过一样色泽看得上眼的东西，他第一次戴上这顶帽子，就让雨给糟蹋了"（波特，1984：298）。帽子是中产阶级男性的社会地位的象征，是绅士的服饰，经济拮据又爱慕虚荣的卡米洛为了表现出骑士精神，只能眼睁睁看着新帽子让雨给糟蹋，在女性友人面前却还要装作不动声色。女主角注意到，卡米洛送别她后，在老远的角落里停了下来，摘下帽子藏进大衣里面。而生性敏感、善于体恤他人感受的女主角因为察觉了这一幕而感到深深的内疚，"她觉得这样看他，就等于拆穿了他的秘密，因为，如果他想她甚至猜想他是在设法保护他的帽子，他准会觉得有失面子"（波特，1984：299）。女主角还想起恋人艾迪的帽子，他的帽子虽然很旧，但随随便便地戴在他头上却显得很端正。

站在车站继续等车的女主角又碰到了朋友罗杰，冷静的罗杰脸上淌着水，把帽子藏在胸前扣紧的大衣里。与卡米洛不同，罗杰在女性友人面前丝毫不掩饰自己保护帽子不受雨淋的行为。他假惺惺地邀请女主角一同乘坐出租车,尽管女主角不愿意坐出租车,但这次她没有坚持拒绝。正如罗杰后来所说,"坚持是桩很费劲的事儿"(波特,1984:301)。两人一路上静静地观察着等红灯时出现在车前的年轻人,偶尔评论他们的言行,也互相告知自己收到了恋人的绝交信。等出租车停靠时,罗杰却向她索要一角钱,好凑满车费。女主角从钱包里拿出一角钱给他,漂亮的钱包引起了他的注意。她表示这是件生日礼物,自己很喜欢它。

在女主角上楼回家时,被邻居比尔叫去再喝一杯。比尔是位编剧,女主角为他写一部分剧本,他得了七百元的剧本预付款,却迟迟不肯支付给她五十元的稿酬。比尔抱怨自己的剧本被唾弃,又要赡养挥霍的前妻和孩子,但同时又忍不住炫耀自己购买的奢侈品,如钢琴、留声机和名人用过的地毯等。女主角想起自己的空钱包和地下室餐厅的欠款,鼓起勇气向比尔讨要一些报酬以缓解生活困境时,得到的反馈却是比尔痛哭流涕地拒绝,女主角采取了主动退让的态度,"'那么,算了吧,'她发觉自己的说话,简直是不由自主了。她本来想对此事寸步不让。他们一声不吭地又喝了一杯后,她上楼到自己的房里去"(波特,1984:303)。女主角在随后的日子里必须忍饥挨饿来承受这次退让的后果。比尔这位人物的刻画和帽子没有关系,他是所有人物中最不神秘、最没同情心的人。他与其他人之间有一些距离,其他人物对金钱的关心基于生活必需品,他们辛苦奔波所得尚且不够付房租或买食品,而比尔是资本主义及其价值观所创造的极端个人中心、自我放纵的物质主义者。

回房间后,女主角把淋湿的钱包摊开来晾干,她从里面拿出了恋人艾迪的绝交信,她把信再念一遍,眼光不由自主地徘徊在那些刺眼的绝情的词句间,"想念你大大超过我原来要想的……不错,我甚至还谈到你……你干吗那么急于毁坏……哪怕我现在能看到你,我也不……不值得所有这种可恶的……完了……"(波特,1984:304)。艾迪把恋爱的失败归咎到女主角身上,字里行间充斥着怨念。最后她把信撕碎放进壁炉烧掉,祭奠这段已经消逝的爱情。艾迪这个人物只出现在女主角的记忆中,他只注重物质的实用性,女主角觉得艾迪那些看起来像是用了七年的帽子显得随意而端正。昂鲁认为,艾迪的帽子象征性地暗示了神秘性和宗教性,女主角这样的评价表明艾迪的人生观和政治观是正确的。(Unrue,1993:125)

钱包所象征的物质主义和令人感到反讽的美学愉悦,与钱包所涉及的各种情感中所暗示的精神性形成了对比:女主角与艾迪之间已然消逝的爱情;罗杰与斯特拉之间不了了之的爱情;比尔和他老婆之间水火不容的感情;出现在出租车前的三个男孩和两个女孩之间的情感纠葛。假如女主角深知反抗剥削者的必要,她也会明白索要情感的重要性。而情感是对物质主义所产生的精神真空的唯一威慑。从这个角度看,《偷窃》能被视为对经济理论的一种探索,尤其是资本主义和历史唯物主义,或马克思主义,并对意志的重要性进行了补充评价:不是尼采对权力的意志,而是拒绝与邪恶为谋的精神意志。(Unrue,1993:124)。直到小说结尾之处,女主角都未能索回或收回本该属于她的东西。就像波特透过记忆的镜头发现个人经历中的真理,女主角超然审视了经历过的一切,并反思了自己所失去的一切。"她记得,她心里有一种抗拒的原则,使她对拥有的东西感到不舒服,所以她一生从来不锁门,而且在她的朋友们警告她时,还发表奇论,夸口说她从来没有让人家偷过一分钱。她过去对这个具体的例子所反映的那种凄凉的、逆来顺受的态度感到高兴,因为这正好用来说明某种坚定的、本来是没有根据的普遍信念,并且证明它是正确的,这个信念不顾她自己对事情的意志,指挥着她生活中的一切行动"(波特,1984:305)。直到偷走她钱包的窃贼对她一阵数落后,她突然意识到:偷窃的发生是自己一手造成的,自己缺乏的正是拒绝与邪恶为谋的精神意志。正是因为自己对任何人都不设防、不反抗,才让自己丢失许多有形无形的东西。她以为在待人处事中总是处于被动地位,处处迁就、妥协、退让,就可以避免伤害别人的感情,却完全没有意识到这样的被动性只会助长邪恶、纵容别人对她的侵犯,以至于造成无休止的恶性循环。

小说刻画了女性在被偷窃和被剥夺的过程中的态度,女性的解放首先取决于自身的坚强意志,在现实与理想的冲突中,在社会各阶层的矛盾中,在女性与男权主义的斗争中,女性首先必须自强自立,不能由于自身的软弱和妥协为他人制造剥夺的机会,更不能对任何的剥夺采取纵容和退让的态度。正如女主角在小说结尾处的反思:"我不害怕任何窃贼是对的,倒是要害怕我自己,我到头来会什么也不给自己留下来"(波特,1984:307)。某种程度上,是女主角的性格弱点导致了种种"偷窃"行为的发生,钱包的失窃促成了女主角自我意识的觉醒,让女主角终于开始反省自己的人生态度:失去任何物质的东西都不要紧,只要不失去自我,不失去独立的人格。

有评论认为,该小说未介绍女主角的外貌特征和神态特征,"这使女主人公少了几分个性,这应是作者的一种有意的安排。无论是在《愚人船》中还是在波特其他的中短篇小说中,波特都极为注重人物的外貌、神态特征,这些特征常常都是对人物性格、精神状态的一种暗示。但在《偷窃》中这种暗示却缺失了。个性的模糊与名字的缺失暗示了自我身份迷失的普遍性"(姚瑶,2007:29)。这个评论忽略了一点,在这部小说中,在女主角回忆自己的钱包被偷窃的过程中,充满了大量的心理描写,其软弱忍让的性格特征无关外貌,正是通过这些心理描写才得以彰显。

也有评论认为,虽然《偷窃》是女性视角的短篇小说,但是其女性主义立场并不明显。"我们看不到一名女性如何与性别抗争,看不到她如何争取独立与平等,凯瑟琳·安·波特所塑造的角色跳出了'第二性'这一范畴,如若抹掉文中所有关于主人公的性别记号,我们完全可以假设相同的问题能够发生在一个男人身上"(张彧,2008:38)。确实,女主角除了有善良、软弱、被动等性格特点外,整个故事似乎并未显露其他女性典型特征,未被具名的女主角完全可以被置换成另一个男性主人公,从而成为一个具有普适意义的人物。然而,如果主人公被置换成一名男性,小说中诸多情节的设计将不复成立,如"偷窃"女主角金线锦钱包的女工友嘲笑女主角不再年轻漂亮、不配再拥有漂亮的钱包;女主角从女性视角对各位男性的外貌与言行的审视,从而烘托她自己的软弱忍让的性格等。波特在小说人物设置方面并非随机无章,《偷窃》这个故事以女性视角呈现了以女主角为中心的微观社会,探索了由它的经济斗争和价值观所决定的社会组织。

第四节　波特小说中的两性关系

在 1921 年的文章《墨西哥三位一体》(The Mexican Trinity)中,波特谴责了当时的墨西哥文学忽略革命、固守陈旧的主题:浪漫史和明星、玫瑰和淑女蒙眬的眼睛。除了描写无回报的爱所带来的痛苦,根本不触及人心的悲伤。(Porter,1970:401)。波特在 20 年代的写作中,尤其是与墨西哥有关的小说中,有意识地透过两性交往的浪漫外表,揭露了两性关系的本质。

在波特早期的墨西哥小说中,两性之间的交往被表现为控制和服从的两性关系斗争。《开花的犹大树》《童贞女比奥莱塔》《殉难者》《可爱的传说》都是波特在 20 世纪 20 年代撰写的短篇小说,玛丽·E. 提图斯(Mary E. Titus)在她的论文《爱的"陷阱":凯瑟琳·安·波特墨西哥小说中的艺术家与施虐狂》(The "Booby Trap" of Love:Artist and Sadist in Katherine Anne Porter's Mexico Fiction)中认为,这四篇与波特的自传有关的文本无一不是聚焦男性凝视者(观察者)和女性被凝视者(被观察者)的关系,往往通过一位艺术家和他的模特儿(缪斯)之间的微妙关系,揭露波特所看到的性虐待,这种施虐和受虐的性虐待推动女性变成符号对象和性爱对象。男性角色拥有相同的虐待目标:使女性服从自己的意志,为了某种创造性艺术,把她们作为性对象来消费,将她们用完即丢。艺术主要是男人们从事的,在艺术中,女人们主要作为激发艺术家灵感的缪斯或模特儿,都扮演着被动的角色。面对男性艺术家们在身体和感情上的内在威胁,被动的女人们以复杂的方式做出反应。她们并不设想一种不同的、积极的生活方式;相反地,她们的愿望要么是出于安全考虑,逃离或防卫男性凝视的控制,更常见的是,她们欲求一种快乐。波特暗示这种快乐是伴随着女性的自我客体化并能通过进一步吸引男性的仰慕而获得。(Titus,1990:617—618)。把这些小说放在一起研读,并放在波特的文章和她未发表的日记的语境中,能发现 20 世纪 20

年代期间,波特有意探究潜藏在浪漫爱情传统下的权力问题。

《开花的犹大树》从女性视角出发,试探地结合了劳拉对自己被客体化的既心醉神迷又心神不宁的感受。作为一个主动参与墨西哥革命的美国姑娘,劳拉挑逗性地徘徊在即将来临的暴力附近,无论是由革命引起的暴乱,还是布拉焦尼对她身体上的威胁,劳拉对自己被客体化的愉悦夹杂着她对刺激的渴求:凡是危险的都是刺激的,凡是危险的都是性感的。墨西哥革命的领袖布拉焦尼每晚不厌其烦地出现在劳拉的住所,拨动吉他哼唱情歌,带着食肉动物的耐心注视着劳拉。在与布拉焦尼长期紧张的对峙中,劳拉虽然不胜其烦,但因畏惧他的权势,每次都以礼相待,总是把自己假扮成忠实的歌迷,明知自己就像一个色情形象,正在供他凝视,劳拉只能保持矜持、冷酷,尽量延缓自己被客体化的进程。

劳拉对布拉焦尼的态度一如她对墨西哥革命的态度:半推半就,若即若离。这是一种"阈限状态",介于屈从和反抗之间,是一种让人激动的、持久的紧张。对于布拉焦尼糅合了性欲和威胁的诱惑,劳拉从来都是半推半就,在她为他的枪上油和装子弹的时候最显而易见。对劳拉来说,坐在对面的布拉焦尼是一面镜子,她可以从中瞥见自己的所惧与所欲。他的身形暗示了声色与暴力的结合,她偷偷地为之倾倒。他的贪婪、油腻、黄褐色的猫眼睛充分显露了情欲的威胁。就像劳拉遮掩自己好身材的厚衣服,布拉焦尼荷枪实弹的着装形成了他性欲的重要象征。布拉焦尼残酷而自负地将劳拉置于他的凝视下,用歌声来侵犯她。他拨动琴弦,就像拨她的身体,表达着隐含在他着装中的性暴力。布拉焦尼作为一名歌手,类似于波特小说中其他艺术家角色,女人不仅是他的艺术主题和灵感,女人的服从更是他的艺术目的。他改编歌词,就像他意欲控制和占有劳拉一样。因而,他的歌声把劳拉变成了浪漫故事中的人物,也使他的觊觎名正言顺:它代表了一种意欲控制她的努力,通过控制用以描绘她的语言来控制她。(Titus,1990:620—621)

《童贞女比奥莱塔》中,童贞女比奥莱塔完全将自己等同于她的姐姐,参与她的身体经历,主动被凝视、被客体化。表哥卡洛斯是一位诗人,带着猎鹰之眼和食肉动物的眼神,比奥莱塔把自己放在卡洛斯的诗歌语境中,将自己想象成他欲望的宠儿,她发现,无论是凝视卡洛斯,还是被他凝视,都是引人入胜、无比刺激的。当她坐在母亲的膝上,感觉完全暴露在卡洛斯批判性的凝视下。看着诗人凝视姐姐布兰卡,她的少女心逐渐被唤醒,作为旁观者的比奥莱塔将自己等同于布兰卡,即卡洛斯欲望的焦点和被动接受者。对于比奥莱塔来说,记住卡洛斯的诗作就能成为诗作本身,就会被变成欲望的完美对象,成为一首诗。就像布拉焦尼的吉他代表劳拉的身体,比奥莱塔在她的想象中把自己变成了卡洛斯的诗歌,完美地成为他的浪漫文本。最终,比奥莱塔无法抑制自己的欲望,向卡洛斯表明了自己对他诗歌的熟稔,这番表白立即招来了她既渴望又害怕的结果:她被变成了情欲对象。当她站起来想取回他的书时,诗人如同一头守候多时的食肉动物伺机跟着她到了黑暗的大厅。最终,卡洛斯在月光中捕获了她,亲吻了她。尽管比奥莱塔只是接受了一个吻,但卡洛斯的行为对她的影响犹如奸污了她一样严重,她就像她的名字(Virgin Violeta)所暗示的:一个被侵犯的处女。

《殉难者》中,模特儿伊莎贝尔习惯于被艺术家们物化,无论是在艺术创作中,还是在情欲纠葛中,都被当成他们消费的客体。画家鲁本深深爱上了他的专职模特儿伊莎贝尔,虽然她脾气暴躁,给他起绰号,用颜料抹他的鼻尖,残忍地拽他的头发和耳朵,让他在朋友们面前下不来台,但他还是甘之如饴。伊莎贝尔非常厌倦整天摆造型的乏味生活,但又无处可去,只憧憬着她的情人(也是鲁本的对手)能卖掉一幅画,带着她远走高飞。就在鲁本开始为伊莎贝尔画第十九幅肖像的时候,她的情人幸运地遇上一个阔绰的买家,高价购买了他的一幅橙绿色调的画作。这对情侣第二天就远赴哥斯达黎加逍遥去了,留下鲁本手足无措。当伊莎贝尔抛弃鲁本、跟着情人远走高飞时,给出的理由竟然是后者将用伊莎贝尔的五十个形象创作一幅壁画,而鲁本的壁画只用了她的二十个形象。失去了伊莎贝尔的鲁本从此以后一蹶不振,暴饮暴食,无法再继续他的创作。他的朋友们想方设法挽救他,甚至请来医生做他的思想工作,他都无动于衷。失去了灵感的激发物,鲁本的第十九幅肖像画再也没有任何进展。最后,鲁本猝死在他和伊莎贝尔以前经常去的小餐馆,成了爱情的殉难者。

　　《可爱的传说》中,画家拉斐尔和诗人阿玛多共用一位模特罗西塔激发各自的创作。拉斐尔对该模特的态度只是赤裸裸的剥削和虐待,而阿玛多却荒唐地迷恋上了这个模特,他简直就是另一个鲁本。这位模特虽然满足拉斐尔理想模特儿的标准,却是来自妓院的一个垂死的妓女,她得了肺结核,性格高冷大胆,虽然憔悴,但是常常暴躁动粗,和《殉难者》中的伊莎贝尔非常相似。无论是在艺术家的工作室,还是在妓院,罗西塔站在两个男人面前时,在他们眼里,她所拥有的价值只是激发他们的性幻想和艺术创造力:这两者似乎密不可分。她对拉斐尔的猛烈攻击暗示了她对自己完全被动的地位还是有所抵抗的。尽管她不说出口,通过往画家头上扔罐子的行为,明显颠覆了他们之间的关系。虽然很不成功,但至少表明了她不仅仅是一个被动的客体。

　　阿玛多受拉斐尔的画作刺激,开始构建自己对那位模特的不断着迷的浪漫幻想,直到他无法抑制自己对她的迷恋,便逃到尼加拉瓜,重写所有的诗歌,想念着罗西塔那些被放大的头像。当诗人不在的时候,拉斐尔厌倦了罗西塔的暴脾气,也许因为他已经下意识地认识到了发脾气是罗西塔自我表达的一种尝试。拉斐尔告诉阿玛多,罗西塔的脾气越来越暴躁,居然把那些画家画的艳骨看成是她自己的私有财产。拉斐尔觉得罗西塔不再有用时,把她送回了妓院。当感情未得到抑制的阿玛多回来后,被拉斐尔告知罗西塔已经死了。诗人悲怆地悼念她,写了一首长长的歌谣叙述她的一生,把她转变成"可爱的传说"。而当他得知罗西塔只是被送回妓院后,他找到了她,却最终只是经历了难以名状的幻想完全破灭。他觉得,她不再是一个重要的审美和消费对象了,似乎她真的死了。

　　按照拉斐尔的说法,罗西塔是没有身份的人,只有艺术家通过自己的欲望赋予她某种艺术形式时,她才有存在的价值。拉斐尔把艺术形式和生活真相分得一清二楚,绝不混淆,而阿玛多却正好相反。作为妓女、婊子、丑女人,罗西塔一无是处,她除了是艺术家想象的一个被动的肉身载体外,没有任何意义。通过拉斐尔的言语,波特揭露了诗人和画家对罗西塔的虐待狂式的占用。罗西塔在自己的故事中没有声音,全由男人们来表达她的举足轻重或无足轻重,她对自己话语权的唯一追索就是无言的暴怒。具有反讽意味的是,通过这位失语女性催生了更多的文本:一首诗、一幅壁画、一个"可爱的传说"。这些文本把一位垂死的妓女变成了一位浪漫的受害者。

当《可爱的传说》与波特其他 20 世纪 20 年代有关墨西哥的已出版和未出版的故事归到一起的时候,很明显可以看出,她在早期的小说中不断地探索所见到的潜藏在男女关系中的施虐和受虐狂症状,在这种男女关系中,女性变成符号对象和情欲对象。波特所有的男性角色都是艺术家:诗人、画家或歌手。他们的诗歌、画作和歌曲起源于一种男女关系,这种关系对于一个女人来说,既是暴力的,又是肉欲的。而他们的艺术纠缠在这种暴力中,尽管交替夹杂着诱人的诗歌和痴迷的幻想,但总是掠夺成性的,他们试图定义女性、物化女性,并最终控制女性。在那些以女性视角展开叙述的小说中,融合了吸引力和危险性的男性艺术家创作了一种模棱两可,即女性人物凝滞在欲望和恐惧之间,在屈服与逃离之间。另一方面,以男性视角撰写的小说揭露了对女性的一种态度,即女性是如此愚笨,或是如此无情地被剥削,以至于女性人物都以暴力来应对。(Titus,1990:630)。通过聚焦男性艺术家和女性对象的关系,这些故事揭露了墨西哥文学传统的根源,表现了不同情形的诱惑、迷恋和牺牲。它们源自压迫性的、暴力的两性关系,被当成爱情来加以赞美。而事实上,它们只是控制和服从的不同情形而已。这些故事中的诗歌、画作和歌曲源自对女人的剥削,表达了一个情人想要拥有所爱之人的欲望:一种可以在她未公开承认自己想要被拥有的愿望中找到对应的欲望。

波特早期(尤其是 20 世纪 20 年代)的小说抨击了男性主宰艺术传统的惯例,在这种惯例中,艺术家多是男性,女性永远是被动的艺术题材或研究对象,处于被支配、被书写的地位,而不是积极的创造者。女性通常受到权力话语的错误再现,是被人为建构起来的他者。这样的叙事模式反映了男权话语对艺术的主导。在这种惯例中,艺术的目的,无论是布拉焦尼的还是卡洛斯关于牺牲和爱慕的热情诗歌或者阿玛多的"可爱的传说",都是女性对男性有创造力的、情色的幻想的屈从。因而,小说谴责了男性艺术家们想维持这种浪漫爱情传统并从中获益的动机。但从另一方面看,似乎波特笔下的女性从来不会完全地逆来顺受。她的墨西哥小说中的女性并不盲目地遵从男性同伴的要求。劳拉很清楚布拉焦尼油腔滑调歌声下的暴力,伊莎贝尔和罗西塔都朝画家的头部扔罐子。然而,这些从女性视角叙述的故事说得很明白,即女性们被浪漫爱情传统诱惑,经常会发现她们被客体化的过程还挺令人激动。劳拉明知自己早晚会成为布拉焦尼的猎物,却欲走还留,她的理智告诉她必须逃跑,但她的身体却岿然不动。波特曾经悲叹自己在浪漫爱情的传统中长大,先前的成长教育并未让她充分准备好进入现实生活。当她在 20 年代进入"现实生活"时,遭遇的打击正如劳拉遭遇的梦想幻灭一样。

终其一生,无论是波特的信件、日记、散文还是小说,都记录了一种无法解决的挣扎,即介于对浪漫爱情的渴望和对自由的向往:这对波特来说似乎不可能两者兼得。这种挣扎在 20 年代可能变得极其剧烈。1920 年,波特 30 岁,她在之后十年的未发表或未出版的个人笔记中有力地记录了这种反复发生的情感纠葛。(Titus,1990:633)

第五节　波特小说中南方社会的权力话语与社会性别的建构

波特的中短篇小说多以美国南方社会为背景,聚焦 19 世纪后半期和 20 世纪上半叶的南方社会转型时期。在《旧秩序》《老人》《假日》等一系列关于南方生活的小说中,波特通过塑造众多南方女性形象,不仅描绘了父权社会的权力话语,而且揭示了社会性别的演变。小说中的一代代女性经历了从失语到发声的艰难历程,从一味遵从男权话语下的社会性别角色期待,到消极反抗,最终南方新女性通过选择写作的策略颠覆了权力话语,形成不同于权力话语的对抗叙事,从他者女性的处境中解放自我。社会性别的历史变迁表明,社会性别并不是女性或男性内在的特质,而是社会建构的产物,是权力话语运行的结果。性别角色、社会性别期待、女性失语等都是一种社会构成,是历史的、非普遍主义的,可以被改变乃至被消除。女性必须探索可能的行动策略以消解男性权力话语规定下的集体身份,以彰显具有独立品质的个人身份,掌握自我身份建构的主动权。

1. 社会性别与权力话语

始于20世纪60年代的第二次女性主义浪潮将传统的性别概念解析为生理性别和社会性别两部分,从而使性别差异的考量开始从其生物性载体转向其社会文化背景。"所谓社会性别概念是指由在社会文化中形成的对男女差异的理解,以及社会文化中形成的属于女性或男性的群体特征和行为方式"(谭兢常和信春鹰,1995:145)。该概念的提出使形成性别问题的文化因素和社会历史因素得以被考察,也为任何由于生理状况而被社会边缘化的人提供了一个社会批判的角度。

米歇尔·福柯(Michel Foucault)被认为是颠覆生理性别和社会性别关系的第一人。他认为,"性别的结构与权力结构共存,权力在两分的、表面上看上去是本质主义的性别区别中是因不是果"(巴特勒,2009:总序2)。换言之,社会性别是一种与本质主义相对应的社会建构,随着社会历史环境而改变。它是一种压迫女性的体制化、系统化的社会关系,也是一种男性控制女性的权力结构。为此,女权主义者对社会性别提出挑战,试图反叛并颠覆社会权力话语。美国历史学家琼·瓦拉赫·斯科特(Joan Wallach Scot)就社会性别与权力的关系也表达过相似的观点:"性别是组成以性别差异为基础的社会关系的成分;性别是区分权力关系的基本方式。"(斯科特,1997:151—175)

2. 社会性别的再现

20世纪80年代末,特里莎·德·劳里提斯(Teresa De Lauretis)基于米歇尔·福柯的性理论,把社会性别看成是一种再现与自我再现,社会性别的再现就是社会性别的建构。这种再现主要是"对一种关系、一种隶属于某个阶级、团体、类别的关系的再现"（De Lauretis：1987：4）。社会性别的再现不能超越其特定的社会历史文化背景。

在19世纪后半期和20世纪上半叶的社会转型时期，美国南方传统社会对妇女采取比其他地区更严厉的社会性别期待和性别角色限定。南方女性普遍处于失语状态，听任男权话语去描绘、叙述和重构。在这种菲勒斯文化中，女性身份的建构通常是单一范畴的，或被"神化"，或被"妖魔化"。凡是符合权力话语所规定的外貌典范或贤良淑德之女性，就会被神化为"淑女"，反之就被归入"异类"。总之，女性处于被支配、被书写的地位，通常受到权力话语的错误再现，是一个被人为建构起来的他者。

任何再现都难免有立场和价值观渗透其中，南方文化所推崇的完美女性形象遮蔽了女性真实的生存状态，"淑女"形象所代表的都是女性非主体性的集体身份，女性的个人身份并未得到彰显，女性都是作为他者得到再现的。正如波伏娃在《第二性》中提到的："历史向我们表明，男人总是掌握所有的具体权力，从父权制开始，男人就认为将女人保持在从属地位是有用的；他们的法典是为了对付女人而设立的；女人就是这样具体构成他者"（波伏娃，2011：199）。《老人》中的艾米姑妈拥有姣好的面容和苗条的身材，是南方文化中理想的女人形象。虽然艾米在世时未免有放纵行为，但在英年早逝后经过道德美化，被权力话语再现为南方淑女，成为家族女孩们的理想典范和家族成员长期的集体回忆。"事实情况是，一个社会的记忆控制很大程度上决定了这个社会的权力等级制度"（Connerton，1989：I）。在这些被构建的带有传奇色彩的家族叙事中，人物往往会被夸张和变形，并以隐晦方式负载多重社会文化判断。艾米的被"神化"和失语都是父权制对性别政治的运作结果，她有正常的语言表达能力，但作为女性，却没有话语权。"话语权的持有者可以将异己的话语建构为他者，让它保持沉默，将它排斥和放逐，因此剥夺一个人或一个群体的力量的最简捷有效的方式就是迫使其沉默"（刘晓露和熊力游，2012：130）。女性一旦被剥夺了话语权，就失去了按照自己的体验来重新解释这个世界的能力，他们的个人身份和真实社会状况也因此被权力话语所模糊。而作为20世纪的新女性，"米兰达与一个她既不能欣然接受也不能断然拒绝的家族历史进行了不间断的谈判,这种谈判反映了20世纪南方白人的状态,他们的种族和地域身份与他们对过去某些方面的记忆与遗忘息息相关"(Edelstein,2008:155)。

在相貌、残疾、种族等一切由于"身体的非主流"而被南方社会边缘化的女性群体中,女性个体被"他者"化的程度和方式不尽相同,她们不是受到错误的再现,就是完全得不到再现。伊娃表姐因为相貌丑陋,不符合南方淑女传统下的性别期待,总是游离于家族传奇构建的叙事领域之外,被南方权力话语程式化地再现为"异类"。伊娃被迫从家族出走、教授拉丁语、争取妇女选举权,并为此蹲了三回牢房,她希望通过参加女权运动以获取某种身份和位置。苏珊娜·琼斯(Suzanne W. Jones)认为,波特对伊娃的刻画"引入了她那个时代的父权制意识形态,这种意识形态把女权主义者描绘成丑陋的、孤僻的,她们对职业和妇女事业感兴趣,仅仅因为没有男人要她们"(Jones,1993:40)。伊娃始终未能如愿获得家族的认可,也并未躲过权力话语的抨击,最终达到女权的目的。伊娃的形象表明,女性在男权话语中的突围必须付出被歪曲、被贬低的代价。《假日》中的奥蒂莉因为自幼残疾和失语被父权制和家长制残酷消费,成了一个没有身份、没有性别的隐形劳动力。南方女性的社会性别再现主要体现在自己所属的阶级和种族中,淑女神话、女性崇拜的文化传统仅限于中上阶层白人。旧南方的黑人女性处于边缘外的边缘,她们被绝对排除在权力话语再现的对象范围之外。

3. 社会性别的自我再现

社会性别的形成是一种社会习得,是一个人的心理行为社会化的过程。个体在成长的社会化过程中,潜移默化地接受社会和群体对其性别角色的期待,将性别规范内化,渐渐地表现得像个"男人"或"女人",这个表现过程也是社会性别的自我再现过程。"性别角色的学习内容具有历史性和地域性,男女两性都在特定的历史条件下,接受特定地区,特定文化,特定家庭的生活方式的教养、指点和教诲,把特定社会群体的性别规范内化为自己的行为模式"(祖嘉合,2001:100—101)。美国南方社会的父权制权力话语建立的性别规范和性别关系体系像天罗地网一样强有力地控制南方人的婚姻、家庭和社会关系,影响着南方社会的劳动分工、生产资料的占有形式、财产的占有和支配权力、婚姻制度、教育制度和文化传统等社会生活的各方面。

就美国南方女性而言,她们将父权制的价值观内化为自己的本能,恪守着强加于自己的不平等戒律,父权制意识形态中的"男尊女卑""男强女弱""男主女从"的性别规范早已铭刻在心中,形成了性别的社会角色。《老人》《旧秩序》系列中的祖母索菲亚·简和《假日》中的米勒大妈等都是内化男权社会价值观的典范。她们一生都在遵从、内化和捍卫旧南方的社会性别规范,并且自我再现为任劳任怨、为丈夫和家庭奉献一生的牺牲者。旧南方社会有着严格的社会劳动分工,简单说来就是"男主外女主内"。罗萨尔多(Michelle Zimbalist Rosaldo)在《妇女、文化与社会:理论概述》(Women, Culture and Society:A Theoretical Overview)中提出:女人因为承担生儿育女的母亲角色而把一生都奉献给家庭,她们的生活总是囿于家庭等"私人领域",而男人往往不需要承担这种持久、耗时、投入大量情感的家务事,因此有更多时间和机动性到家庭之外的"公共领域"去活动。(Rosaldo,1974:23—24)。这个观点关注男女两性活动领域的差异,虽然有本质主义和单因论的倾向,但其后的归因适用于解释美国南方社会严格的社会劳动分工和两性不同的活动领域如何在某种程度上造就社会性别的规约。南方女性主要从事与再生产有关的劳动,作为母亲和家庭主妇,她们的劳动成果通常是非价值化的,她们对家庭兴旺所做的经济贡献也往往被贬抑与忽略,此种社会价值的不平等造成其在家庭结构和社会关系中的低下地位。《假日》中,米勒大妈叫女儿黑斯蒂(Hasty)帮着拎牛奶桶,她的新婚丈夫心疼黑斯蒂,刚想帮她分担这个重活,就被米勒大妈呵斥:"不! 你不能。拎牛奶不是男人该干的活"(Porter,1979:430)。《旧秩序》系列中,作为男权社会权力话语造就的存在,索菲亚·简在与表兄斯蒂芬的婚姻缔结中欠缺女性主体意识,是一个显示丈夫权威的参照物。婚前,"她经常梦见自己失去童贞(她称之为她的贞操),唯一能使她受到尊敬、重视甚至取得生存资格的东西……"(波特,1996:47),而与此同时,表兄斯蒂芬却过着荒唐的生活,纵情于声色娱乐中。

索菲亚·简在梦中对自己社会性别的自我再现体现了权力话语对女性片面的性道德要求和父权结构中男性对女性的性所有权。权力话语在强调女性的童贞以及女性对丈夫和家庭的绝对忠诚时,对男性却没有任何性道德上的要求。婚后,尽管丈夫一再做出失误的判断和投资,直至耗尽了她的嫁妆和财产,索菲亚·简只能一声不吭地看着他像赌徒似的把她的资产赌光。虽然索菲亚·简相信要是自己掌管的话是可以赚到钱的,"但是她的自然分工是在别的方面,做出决策和处理财政事务是男人的事"(波特,1996:48)。1890 年以前,美国很多州还存在着"丈夫庇护"的法律条文,这种条文规定妻子只是丈夫的附属品,已婚女性的婚前财产和婚后经济收入均由丈夫占有,他可以不征求妻子的同意而处理她的收入或财产,社会财富完全掌握在男性手中。索菲亚·简坚守南方社会传统规定的顺从和忘我等女性应该奉行的妇道,自我再现为被动、顺从的传统女性。

在社会分工有所变化时,文化传统还在发生着潜在的影响力,南方家庭因为战争和疾病等原因缺失男性家长后,南方女性往往自我再现了双重社会性别。在丈夫参加内战期间,索菲亚·简独自支撑着整个家庭经济的正常运转;在丈夫最终成了内战的献祭品后,索菲亚·简以严格的守寡、节俭的生活、辛勤的劳作保障了家庭的生存和延续。她不得已承担了诸如伐木犁地等在传统社会分工上属于男人的活,也义无反顾地扛起了丈夫的家长角色。从被动接受丈夫的一系列错误决定到被迫肩负起生活的重担,从动身去路易斯安那州,然后亏本变卖资产到德克萨斯州,索菲亚·简承担了男性的角色,却不享受男性的特权。她处理两个儿子离家出走一事的方式尤其再现出了双重社会性别。在德克萨斯州极端困难的第二年,她的两个年幼的儿子突然从家里逃跑,想回到路易斯安那州去吃甘蔗,徒步离家七英里后被人发现并送回。索菲亚·简先用骑马鞭子抽打他们,让他们和她一起下跪,请求上帝帮助他们改过,尽了这些义务后,她忍不住搂着他们哭起来。她完成了本应由父亲承担的执行家法惩戒的传统职责后,才能履行母亲该承担的教育和安抚孩子的母性职责。两个孩子在受罚过程中的表现也体现了他们对社会性别的自我再现。"体罚时,他们毫无表情地挺着,因为挨了女人打还要哭是不光彩的事,再说,她抽得并不很厉害;和她一起跪下时,他们满面羞愧,情绪低落,因为带有女性神秘色彩的宗教感情令他们尴尬;但是看到她的眼泪时,他们懊悔地放声大哭起来"(波特,1996:49)。两个男孩,一个9岁,一个12岁,小小年纪也习得了一定的社会性别意识。他们在接受体罚表现得像个男人,为了维护自己男性的尊严,竭力隐藏自己的内心情感;在母亲回归母性角色后,终于能够暂时放下性别角色的社会期望形成的巨大压力,尽情释放幼小心灵的委屈,表现出与年龄相符的不谙世事。

索菲亚·简在内化权力话语对她自己的性别角色的要求过程中,逐渐变成了父权制权力话语的捍卫者,在持家过程中总想把这套意识形态潜移默化地灌输到子女们的生活中。在索菲亚·简看来,她新儿媳的很多表现都是有违女性特征的行为,不符合社会性别角色的期待。她没有意识到,曾经操控影响她一生的男权话语也在随着时代不断地变化着,女权运动正在悄悄酝酿。

4. 权力话语的颠覆

一代代南方女性由于不同的社会历史背景和经历,对于男权社会的权力话语也经过一个循序渐进的认知过程,从一味遵从和捍卫,到消极反抗,到最终从父权制的权力话语中突围,发出自己的声音,掌握自我身份建构的主动权。无论是索菲亚·简和米勒大妈,还是艾米和伊娃,或者米兰达,都是美国南方社会权力话语控制的对象,是权力运行和传播的载体,但同时,她们都有可能是父权社会权力话语潜在的反叛者和颠覆者。

《老人》中对艾米和伊娃的刻画反映了那个时代的女性对父权话语的消极反抗。艾米作为家族构建的淑女典范,却是被南方淑女传统窒息而亡的。作为失语的存在,艾米生前不愿意选择符合家族意愿的婚姻模式和人生道路,但又无力抗争,最终选择通过自我毁灭的方式消极地反抗父权制的权力话语,成为自己生命的最后主宰。而伊娃在被家族叙事边缘化的过程中内心充满了怨恨,变成一个刻薄的怨妇。从行动上看,伊娃有一个从南方父权制出走和逃离的过程,但表面上离经叛道的伊娃没能认识到自己个人遭遇的社会根源,对旧南方社会权力话语未持批判态度,更没能挑战传统的社会性别关系,只是希望通过另辟蹊径,最终被旧南方的权力话语所认可和接纳。参加女权运动并未使伊娃开阔视野,她仍然以男权话语的视角看待自身和其他女性。可以说,伊娃在思想和行动上从未脱离南方,她一旦回到旧南方以后,马上就感到轻松自在,在陈旧的家族故事中找到新的乐趣。虽然和真正的女权主义者相比,伊娃的反抗是肤浅和不彻底的,但她在女权运动中所起到的推波助澜的作用是不容置疑的。

在南方社会遭受性别歧视的女性尝试选择作家为职业来对抗主流社会的历史、知识和记忆,形成不同于权力话语的对抗叙事。资本主义初期,中产阶级女性的个人意识和女权意识逐渐得到发展,随着 20 世纪初美国社会经济和文化的发展,社会性别意识也随之不断驿动。在女权运动的压力下,1919 年 6 月美国国会两院通过赋予妇女选举权的修正案,终于消除了传统社会性别歧视的政治基础。广大女性,特别是下层阶级女性、黑色人种女性,甚至是女性同性恋者都逐渐发出了自己的声音。社会变革的时代背景和一次大战的影响对南方社会形成外部冲击力,南方人终于开始抛弃过去一直拿来自我心理安慰的旧南方神话。20 世纪 20 年代,美国南方出现了数量众多的作家,开始了南方文艺复兴。南方年轻人因为参战、留学、旅行,有了异文化的体验,开阔了眼界,他们回到家乡后能够以更客观的视角重新看待自己的文化遗产。在这样的时代变革中,南方的新女性渐渐成长起来,正如波特本人的经历一样,对于原有的权力话语,这些女性都有一个逃离和回归的心路历程。在这个过程中,她们不断探索可能的行动策略以消解男性权力话语规定下的集体身份,以彰显具有独立品质的个人身份,最终走出男权话语的藩篱。

女性选择写作是小说人物发出声音、彰显个人身份和女性自我再现的一种重要方式,体现了女性从被叙述向自我叙述的身份建构变化。女性选择写作也是波特小说中改变社会性别与权力话语关系定势的主要叙事模式之一。《灰色马,灰色的骑手》《偷窃》《庄园》的女主角都是性格倔强、反抗习俗的作家。"从 1890 年代德克萨斯州西部乡村的童年时代到 1920 年代格林尼治村的女性成年期,波特一路走来,围绕着她的女性文化处境在不断地变化着,她小说中明显的、关于性别角色和职业的矛盾和焦虑就反映了这种不断变化的女性文化处境"(Titus,1995:73)。这部小说指的就是《假日》,小说中的叙述者"我"是个潜在的作家,她对于遵从传统女性角色和选择作家职业这个决定之间的纠结心理正是作家本人生活经验的真实写照。南方文化通过婚姻和生育把女性束缚在自然秩序中,主张母亲身份(而不是作家身份)才是一个女性自然理想的人生成就。从事写作需要充足的时间和独立的空间,这些工作条件被认为会妨碍女性履行自己的母性职责,因此,女性写作被认为是有损美德的活动。同时,在旧南方的菲勒斯文化中,作家这个职业一直被看成是男性的特权,"作者/父亲本位论建立了文学上的父系传统,因此写作、阅读和解释向来被视为男人独享的活动,女人一直都被排除在这个权威领域之外"(康正果,1994:72)。在男性控制写作的权力关系中,女作家往往受到丑化或攻击,权力话语不愿意看到女性在写作过程中发展的自我意识和反叛精神。"女性写作不仅意味着女性开始抵抗菲勒斯文化为其界定的性别角色和特征,而且意味着被拘囿于私人领域的女性开始获得进入公共领域的身份"(傅美蓉,2012:156)。小说结尾暗示了女主角最终得到顿悟,将挣脱男权话语对自我心灵的禁锢,勇敢选择作家职业,争取女性言说自我的话语权,发出自己的声音,把握人生道路的主动权。正如波特本人最终选择了写作作为自己的职业,成为叙事和言说的主体,以女性视角展现女性生活、探讨女性主题、表现女性经验,借助书写女性自身来颠覆男权话语对女性社会性别的扭曲。这个选择和行动过程无疑也是一个为南方女性争得话语权力、主动建构社会性别的过程。

5. 结语

《旧秩序》《老人》《假日》这一系列关于美国南方生活的小说展示了美国南方社会权力话语对女性社会性别的建构,通过女性社会性别的再现和自我再现,展现了社会性别的演变。社会性别并不是女性或男性内在的特质,而是社会建构的产物,性别角色、社会性别期待、女性失语等都是一种社会构成,是权力话语运行的结果,它是可以被解构乃至被消除的。逐步缩小、最终消除社会性别差异是性别平等的基本条件,也是女权主义的根本诉求。在女权主义运动走过一个多世纪后,回顾美国南方女性的社会性别的历史变迁,无论是对于各种女性主义学术研究和流派的发展,还是对现代女性摆脱权力话语的压制和失语状态、发出声音、书写自我、建立具有独立品质的个人身份,都是有借鉴意义的。

第七章　波特小说的多角度解读

第一节 《被遗弃的威瑟罗尔奶奶》中的
意识流手法

　　《被遗弃的威瑟罗尔奶奶》讲述了 80 岁的威瑟罗尔奶奶在临终前一天躺在病榻上的内心活动。这是波特早期的一篇短篇小说,最初发表在 1929 年 2 月的《变迁》(Transition)杂志上,随后收录进 1930 年出版的中短篇小说集《开花的犹大树》。小说中的威瑟罗尔奶奶经历了人生中的诸多意外,20 岁时未婚夫乔治在婚礼上缺席,和约翰结婚后,其中一个孩子哈普西出生后就夭折了。尽管如此,威瑟罗尔奶奶一直想积极地主宰自己的生活,60 岁时感觉自己去日无多,便一家家拜访孩子们和他们的孩子,并在心里与他们默默地告别。然而,命运让她又挨过了 20 年,当 80 岁的威瑟罗尔奶奶还没意识到自己的生命已经走到尽头,便已看到自己登上了死神驾驶的马车。即便如此,她还是请求上帝给她时间让她对生活进行最后的安排。然而,她绝望地发现,她已经无法说出自己的遗愿了,上帝并未在她弥留之际垂怜她。

　　1918 年,波特差一点死于当时的流感大暴发,她的葬礼都已经被安排好,讣告都已经写好,她却奇迹般地幸存了下来。这段经历使波特开始在小说中探索人在死亡时刻的体验,特别是采用意识流手法展现人物在昏迷或弥留之际的心理活动,如《被遗弃的威瑟罗尔奶奶》和《灰色马,灰色的骑手》。在死亡逼近的时刻,威瑟罗尔奶奶感觉她的身体只是“无边无际的黑暗中一个颜色比较深的影子,而这黑暗会使那点灯光蜷缩,而且把它吞没”(波特,1984:322)。该小说中对威瑟罗尔奶奶临终前的内心活动刻画成了波特作品中的一个亮点,作者正是采用了意识流的表现手法,将她本人切身的濒死体验生动传神地嫁接到威瑟罗尔奶奶这个人物上,展示了威瑟罗尔奶奶弥留时的心理活动和她的人生经历,使她成为波特小说中一个经典的人物形象。

意识流(Stream of Consciousness)是个心理学词汇,由美国心理学家威廉·詹姆斯(William James)在 19 世纪创造,用来表示意识的流动特性。詹姆斯的"意识流"概念,强调思维的不间断性,也强调其超时间性和超空间性。1918 年,"意识流"这一心理学词汇被梅·辛克莱(May Sinclair)在评论英国作家多萝西·理查逊(Dorothy Richardson)的小说《旅程》(Pilgrimage)时引入文学界。意识流文学是现代主义文学的重要分支,泛指注重描绘人物意识流动状态的文学作品,主要成就局限在小说领域,在戏剧、诗歌中也有表现。意识流小说把创作视点由"外"转向"内",不再延续传统现实主义文学反映现实生活、描写典型人物形象的范式,转而表现人的下意识、潜意识乃至无意识的内心世界,把重心放在对人的精神世界的描绘上,写出人内在的真实。小说中的人物心理和意识活动是作为具有独立意义的表现对象出现在作品中,意识活动几乎成为作品的全部内容,而情节则被极度淡化。意识流小说多选择"内聚焦"的叙述角度,小说所展示的仅仅是某个人物或某些人物的所思所想、所见所闻,全然不同于传统现实主义小说中叙述者全知全能、无所不在的"零聚焦"方式。

意识流小说的特点是打破传统小说按故事情节发生的先后顺序或是按情节之间的逻辑联系而形成的单一的、直线发展的结构,故事的叙述不是按时间顺序依次直线前进,而是随着人的意识活动,通过自由联想来组织故事。故事的安排和情节的衔接,一般不受时间、空间或逻辑、因果关系的制约,往往表现为时间和空间的跳跃、多变,前后两个场景之间缺乏时间、地点方面的紧密的逻辑联系。时间上常常是过去、现在、将来交叉或重叠。这种小说常常以一件当时正在进行的事件为中心,通过触发物的引发,人的意识活动不断地发散又收回,经过不断循环往复,形成一种蛛网形的立体结构。

在《被遗弃的威瑟罗尔奶奶》中,作者运用了意识流小说中常见的蒙太奇、内心独白、自由联想等手段，以心理时间结构作品，通过威瑟罗尔奶奶对过去时不时的回忆，将过去与现在的时空交织在一起，展示了时而清醒、时而昏迷的威瑟罗尔奶奶在弥留之际错综复杂的心理活动和深邃隐秘的情感世界，用她一天的内心活动勾勒出她平凡而耐人寻味的一生。

1. 心理蒙太奇

蒙太奇（Montage）原为建筑学术语，在法语中是"剪接、构成、装配"的意思，到了俄国被发展成一种电影中镜头组合的理论，当不同镜头拼接在一起时，往往会产生各个镜头单独存在时所不具有的特定含义。采用这种方法写作的方式叫蒙太奇手法，小说家为了突破时空的限制，表现意识流动的多变性、复杂性，经常采用这类手法。通过蒙太奇手法，小说的叙述在时空的运用上能取得极大的自由，可以轻松实现时空的跨越，自如地表现生活。而且，通过两个不同空间的运动的并列与交叉，可以造成紧张的悬念，或者表现分处两地的人物之间的关系。不同时间的蒙太奇可以反复地描绘人物过去的心理经历与当前的内心活动之间的联系，比如《坟》中两个时空的拼贴，以及9岁米兰达和20年后成年米兰达对待同一件童年往事的不同心境，凸显了女性成长的心路历程。蒙太奇这种操纵时空的能力，使艺术家能根据他对生活的分析，摒弃大量无关轻重的细枝末节，撷取他认为最能阐明生活实质的，最能说明人物性格、人物关系的部分，经过分解与组合，获得最生动的叙述和最丰富的感染力。除了操纵时空，蒙太奇手法还能使作者自如地实现叙述角度的交替，如叙述者的客观叙述与人物内心的主观表现之间的转换，或者通过人物的眼光看待某种事态。同时，这种叙述角度的交替节奏也会影响读者的阅读心理。

《被遗弃的威瑟罗尔奶奶》中主要运用了心理蒙太奇的表现手法，这是人物心理描写的重要手段，通过交叉、穿插等手法将画面组接起来，形象生动地展示出人物的内心世界，用于表现人物的梦境、回忆、闪念，幻觉、遐想、思索等精神活动，其特点是画面和声音形象的片断性、叙述的不连贯性和节奏的跳跃性，声画形象带有剧中人强烈的主观性。《被遗弃的威瑟罗尔奶奶》的时空的构建非常清晰,在空间上分为物理空间(房间的病榻上)和心理空间(房间、阁楼、农场、果园、产房、圣坛等回忆所到之处),时间上分为物理时间(临终前一天)和心理时间(80 年漫长的一生,过去、现在和将来交错重叠)。物理时空的情节非常简单:女儿科妮莉亚在自己家里照料着病重的威瑟罗尔奶奶,早晨叫来了哈里医生诊疗和商量对策,晚些时候,康诺利神父来为奶奶进行临终前的宗教仪式,随后,所有的孩子都到齐了:科妮莉亚、莉迪亚、吉米。而在奶奶的心理时空里,反复出现的却是她再也见不到的人:在婚礼圣坛上抛弃她的未婚夫乔治、早逝的丈夫约翰和夭折的女儿哈普西。

整部小说中一共出现了 7 次回忆:老奶奶 40 年前害股白肿病和重肺炎;60 岁时觉得自己去日无多,出门去一家家向她那些孩子和孩子的孩子告别,准备迎接死亡;丈夫去世后,生活最艰难的那段时光;在婚礼上被未婚夫乔治抛弃;哈普西小时候的样子和自己想见乔治的心愿;哈普西的夭折;对上帝的信念。波特正是通过时空的交叉,展示了老奶奶临终前“没完没了地转悠”(波特,1984:321)的思想,意识流不断地在过去与现在之间来回穿梭,凸显老奶奶在经历了一次次被抛弃后的痛苦与失落。

2. 内心独白

意识流小说多选择“内聚焦”的叙述角度,小说所展示的仅仅是某个人物或某些人物的所思所想、所见所闻,全然不同于传统现实主义小说中叙述者全知全能、无所不在的“零聚焦”方式。在《被遗弃的威瑟罗尔奶奶》中,波特主要聚焦威瑟罗尔奶奶的心理活动,通过威瑟罗尔奶奶大量的直接内心独白和间接内心独白来反映客观世界中的人和事,呈现人物自己的人生经历和性格特征。

“内心独白”是指在假定没有倾听者的情况下,一个人物把自己的所感所思毫无顾忌地直接表露出来,其特点是在独白中完全看不到作者的痕迹,纯粹是小说中人物自己的真实意识流露,这种内心独白被称为“直接内心独白”。另外还有一种“间接内心独白”,以第三人称的方式表达,既有人物的意识呈现,也有叙述者对人物的内心分析。这种内心独白所展现的意识活动通常属于较浅的层次,比较连贯和合乎逻辑,语言形式也比"直接内心独白"正常。相比之下,"直接内心独白"的表现方式更适合表现人的意识活动的原初状态。威瑟罗尔奶奶的内心独白一般都明显指向某个假定的倾听者:另一个自我、上帝、科妮莉亚、乔治、约翰等。在老奶奶内心意识的展现过程中,她的形象离读者越来越近,而读者仿佛也能看到了自己内心深处的审判,听到了自己内心深处的呐喊。由于内心意识活动的表现必须借助某种语言的话语形式,而自由直接引语和自由间接引语能够贴切地叙述无间断的意识活动,这两种话语形式就自然而然地成了直接内心独白和间接内心独白的语言形式。

哈普西是威瑟罗尔奶奶最喜爱、最渴望见到的女儿,这个早已夭折的女儿多次出现在老奶奶弥留之际的意识流中。当老奶奶在昏迷中终于见到哈普西,两人正要探出身去亲嘴的时候,在真实的物理空间中守候在病床边的科妮莉亚以为老奶奶想要和她说什么,或者吩咐她做什么,于是俯身询问,这些询问打断了老奶奶的意识流,她的意识活动从与哈普西的见面中收回,旋即出现了另一段内心独白,这段内心独白中采用了自由直接引语和自由间接引语,没有引号,没有引述句,较好地保留了意识活动的本来面貌:

"(1)有啊,过了六十年,她改变主意了,她想要见见乔治。(2)我要你去找到乔治。找到他,一定要告诉他,我不记他恨了。我要他知道我还是有了丈夫,有了孩子和家,跟任何别的女人一样。而且还是一个美满的家庭,我有心爱的好丈夫和跟他生的乖孩子。甚至比我希望的更好。告诉他,他拿走的一切我都又有了,而且更多。(3)啊,不,啊,上帝啊,不,除了家庭、男人和孩子以外,还有别的什么哪。啊,不用说,那不是一切吧?还有什么呢?反正有什么我没有到手。……(4)她的一股气涌到肋骨底下,顶出一个大得吓人的肚子,叫人痛得像刀割;那股气往上冲,冲进她的脑袋,这种痛苦叫人没法相信:(5)可不是,约翰,现在去叫医生,别说了,我要生了。"(波特,1984:317)

(1)虽然是自由间接引语形式表达的间接内心独白,但其中的语气词"有啊"(原文为"Yes")忠实地保留了意识活动本来的语言形式;

（2）是以第一人称自由直接引语形式表达的直接内心独白,科妮莉亚是假定的话语接受者。老奶奶一辈子都逃不出"旧秩序"中女性价值观的窠臼:女人只有在婚姻、家庭和孩子中才能获得心灵的慰藉和人生的圆满。老奶奶在男权社会中自我表现为男性的从属者和依附者,她的价值需要获得男人的肯定,她希望丈夫约翰看到自己是如何在守寡后吃苦耐劳,养儿育女,把一切都安排得井井有条;她希望未婚夫乔治看到自己是如何在被抛弃后自强不息,实现自己的价值,获得美满人生。然而,她一辈子都纠结于在婚礼上被抛弃的往事,临终前还是耿耿于怀,想要直面乔治,向他展示自己的美满人生,向他表明自己在被抛弃后依然过得很精彩,拥有了别的女人所拥有的幸福,想通过这种直面摆脱困扰自己一生的弃妇心境,在心理上解除她与乔治之间的对峙,以此宽慰自己好强的心理;

（3）为直接内心独白,自言自语式的若有所思反映了老奶奶思维的逆转,上一刻还想告诉乔治自己的人生很美满,突然之间又觉得有说不出的遗憾。60年前被遗弃的创伤经历不停浮现出来,啮噬着她的心,淹没了她这一辈子所获得的幸福;

（4）为间接内心独白,老奶奶的悲愤涌上心头,意识流动到生产时的情景;

（5）为直接内心独白,假定的话语接受者是丈夫约翰,老奶奶回忆起生最后一个孩子哈普西时的情景,这是她最喜爱的孩子、她真正想要的孩子,她希望这个孩子是最先被生出来的,她希望"样样都来得正是时候"(波特,1984:317)。然而,无论是婚礼上的被抛弃,还是哈普西的出生和夭折,都让老奶奶感到"措手不及"。

3. 自由联想

诸如威瑟罗尔奶奶这样的在病重或弥留之际的人物,人物的意识流表现不出任何规律和次序,其意识一般只能在一件事物上做短暂逗留,头脑中的事物常因外部客观事物的突然出现而被取代,眼前任何一种能刺激五官的事物都有可能打断人物的思路,激发新的思绪与浮想,释放一连串的印象和感触。威瑟罗尔奶奶的内心活动分为三个层次:病床周围的触发物引发的感官感觉;奶奶的意识对于感官印象的反应;奶奶的发散性回忆。而周围一旦出现新的感官刺激物,奶奶的意识活动又会被收回,迅即产生新一轮的发散性回忆,如此不断循环往复,形成一种蛛网形的立体结构。

老奶奶每一次意识流的展开都有诱因,冷、热、声音、亮光等外部世界的感官刺激,或者身体内某种不适的感觉:骨头散架、枕头顶着心脏、肚子痛得像刀割等,这些触发物引起奶奶的感官感受,使她对感官刺激产生反应,继而引发内心活动,涌现对往事的回忆。小说中不少意识流的描写都以这种模式展开,比如:

"(1)枕头在她的背上高起来,紧紧地顶着她的心,把她的回忆从心中硬挤出来。(2)啊,把枕头推得低一点,来个人啊;要是她听凭枕头顶下去,她会闷死的。(3)吹来的微风是这么清新,天气是这么晴朗,没有一丝阴云。(4)可是他还是没有来。一个女人披着白面纱,摆出了雪白的蛋糕等一个男人来,可是他不来,那她怎么办呢?她设法回忆。(5)不,我敢起誓,除了这件事以外,他从来没有伤害过我的心。除了这件事以外,他从来没有伤害过我的心……(6)要是他伤害了,那怎么办呢?(7)那一天,那一天,可是一溜黑烟旋转着升起,把那一天遮掉了,它悄悄地上升和蔓延,伸进晴朗的田野,田野里仔细地种着一溜溜整齐的庄稼。(8)这是地狱,她一看就知道是地狱……(9)受损害的虚荣心,埃伦,一个严厉的声音在她脑子的顶部说。别让你的受损害的虚荣心控制你。有许多姑娘被抛弃。你被抛弃了,对不对?那么,坚强地忍受吧。"(波特,1984:314)

(1)中的枕头这个感官刺激物让她感觉不舒服。

(2)表现了老奶奶对感官刺激的反应,她被枕头顶着感觉胸闷,简直要窒息了。

(3)是一个不确定的描写,可以有两种理解。一种是枕头被推低后,老奶奶没有了不适感,外面吹来的风和晴朗的天气都让她感慨万分,想起了60年前婚礼时的相同的晴朗天气,继而想起婚礼上被新郎抛弃的遭遇。另一种理解是枕头带给她的胸闷窒息的感觉直接让她想起婚礼那天晴朗的天气和受到伤害后的相同感觉。

（4）通过自由间接引语的形式表达了老奶奶的间接内心独白，植根心灵深处的创伤经历让老奶奶不堪回首。

（5）话语形式改为自由直接引语，老奶奶的直接内心独白有两种可能的对象，第一种是把自己假想为倾听者，安慰自己：未婚夫乔治只做了这一件伤害她的事情。此时，奶奶的两个自我在对话，一个是坚强理性的自我，另一个是对人生留有遗憾、心有不甘的自我；第二种是对上帝的起誓，要求上帝不要因为她对乔治的怨恨而惩罚她。

（6）的话语发出者不确定，可以多重解读。由于这一段内容基本上都是老奶奶的内心独白，所以这句话很可能是老奶奶指向另一个自我的直接内心独白；这句话也能被理解为老奶奶的另一个自我毫不留情地揭示老奶奶的自欺欺人；又或者另一个可能是高高在上的上帝对她的质问。

（7）没有出现人称，也存在着两种解读，一是老奶奶的直接内心独白，二是叙述者的客观描述，但是根据语境，第二种解读的可能性不大。

（8）是自由间接引语形式所表现的间接内心独白，新郎在婚礼上的缺席对于新娘来说无异于晴天霹雳，被抛弃的新娘心头升起的阴云笼罩了晴朗的天空和晴朗的田野，婚礼现场顿时变成了地狱。

（9）中，"严厉的声音"的发出者可以对应于（5）（6）中所解读的另一个自我和上帝：老奶奶的另一个自我指责她的自怨自怜，要求她坚强地忍受、坚强地面对生活；而她笃信的上帝在这时候也很自然地会出现在她的意识中，在婚礼上，外界的晴朗和内心的阴云形成了强烈的反差，威瑟罗尔奶奶的生命被这团阴云笼罩了60年，在这60年里，她一直向上帝祈祷，别再让她记起他，别让她的灵魂落入地狱的深渊，但事与愿违，这团乌云直到她临终都挥散不去，成了她生命中最大的遗憾。

小说中，除了蒙太奇、内心独白、自由联想等意识流常用技巧，波特还使用了象征性意象的手法，比如威瑟罗尔奶奶（Weatherall）的名字，意思是：经受一切；从山谷升起、越过小河、吞没树林、登上小山的雾，和婚礼现场冒出来的阴云，都象征着生活中让人恐惧、令人心碎的经历；而灯光则象征着安全感和希望。在小说结尾处，威瑟罗尔奶奶"深深地叹了一口气，伸直自己的身子，吹熄了灯"（波特，1984：322），这个吹灭灯光的象征性行为存在解读的不确定性。威瑟罗尔奶奶笃信上帝，但是在婚礼上被抛弃时，在临终之际想要再见到哈普西和未婚夫乔治时，上帝都没有显示奇迹，老奶奶彻底放弃了信仰，放弃了对生命的执着，以吹灯的行为表明自己已经认命，不得不含恨离世。吹灯的行为也能被看成是老奶奶临终前的顿悟，经过了人生中的一次次被抛弃，她最终放弃了对上帝的幻想，想要在临终时刻将生命放在自己的掌控中，由自己亲自吹灭生命之光，以藐视上帝的姿态告别世界。威瑟罗尔奶奶的故事探讨了人的心灵在遭遇失去和保持美德之间的那种挣扎，这是一个人类的基本问题，波特没有提供明确的解决方法，仅仅在呈现威瑟罗尔奶奶的性格时把背叛、宗教、死亡和记忆等主题融合了进去。

威瑟罗尔奶奶临终前的内心活动主要有两方面的内容：她在以往的岁月中如何将生活安排得井井有条；对所有让她感到"措手不及"的人生遭遇的悲愤。与波特笔下的老祖母索菲亚·简一样，威瑟罗尔奶奶一心想把一切都纳入自己想要的那种"旧秩序"，希望生活、婚姻、孩子都在她的掌控之下，然而，命运却总是让她"措手不及"。这两方面的经历对老奶奶的生活构成了反讽，无论她怎样努力，生活总是会脱离她的掌控，被未婚夫抛弃和哈普西的夭折是她一辈子耿耿于怀的事，屈辱与悲愤之情弥漫于整部作品。身处男权社会的老奶奶永远不会意识到，女性只有摆脱从属的地位和心态，在经济上和人格上实现独立，达到与男性在社会地位上的平等，才能摆脱困扰自己一辈子的创痛。

意识流小说中的形象和话语呈现本来就具有传统小说中所不具备的多层次的内涵，波特的小说虽然运用意识流写作的常用技巧，老奶奶的回忆有60年的时空跨度，人物的意识流有多重解读的空间，却没有意识流小说普遍具有的那种晦涩艰深与不可捉摸。这也能从某种程度上说明，80岁的威瑟罗尔奶奶虽然已处在弥留之际，思维还是非常清晰，往事历历在目。在面对《被遗弃的威瑟罗尔奶奶》这一类文本时，解读者要尽可能准确地把握多层次的人物话语，追溯人物意识流动的线索，对人物心理做出细致、准确的解读。

第二节　从心理学的角度重新解读波特的小说《坟》

凯瑟琳·安·波特擅长写短篇小说，"她撷取现实世界的事物为题材，没有曲折的情节，也缺乏表面的装饰。但是那些平淡的故事却能引起读者的共鸣和思索。这是因为她凭着富于想象力的构思和高明的艺术手法使那些故事成为隐喻，意在言外，所以特别耐人寻味"（波特，1984：14—15）。

作为波特反映南方生活的自传体小说——"米兰达系列"之一的《坟》就是这样一部精雕细琢的作品。小说以成年米兰达的视角，叙述了米兰达和哥哥保罗的一段童年往事。一个炎热的夏天，9 岁的米兰达和 12 岁的保罗在已被出售的家族坟地里探宝。由于遗骨已被迁出，坟地里只留下一些敞着口的墓坑。兄妹俩在墓坑中各自找到一样好东西，但两人似乎更喜欢对方的宝贝。争吵几句后兄妹俩便达成交易，保罗得到了妹妹的银鸽子，米兰达得到了哥哥的金戒指。后来，保罗用猎枪打死了一只怀孕的野兔，剖腹取出一堆血淋淋的兔崽后，又把兔崽重新塞进母兔的肚子，拿到艾灌丛中埋掉。他还带着殷切的友好表情，用他不大常有的信任口气交代米兰达："……你今天看到的事，可千万别跟任何一个活人谈……这可是桩秘密。跟谁也别说"（波特，1984：414）。米兰达确实对谁也没说，这件事渐渐被埋在了她记忆的深处。时隔二十年，当她在一个陌生国家陌生城市的一条菜市街上，正在泥泞和压碎的垃圾当中觅路行走的时候，看到一个印第安小贩在她眼前举起一盘各种小动物形状的染色糖块。这时，这桩"换宝埋兔"的陈年往事冷不防从深深埋藏的记忆中蹦出来，出现在她的眼前。"她又清晰地看见哥哥……还是十二岁那副模样，两眼流露得意而从容的微笑，一再在他手心里翻弄着那只银鸽子"（波特，1984：415）。

《坟》的情节简单，却蕴含了无限的寓意，它暗喻人从幼年纯真到成年懂事的成长过程。通常在解读这篇小说时，人们会沿用美国评论家小雷·B.

韦斯特的观点,认为这个故事实际上有三座坟:一座是那些迁走了棺材的墓坑;另一座是埋那只野兔和它兔崽的坟;最后一座是米兰达心头那座埋葬她童年的无形的坟。(波特,1984:15)。这三座坟其实正展示了米兰达从童年到成年的心理历程。读者可以从儿童性别刻板定型、南方女性审美心理、移情作用、自我生命教育等几个方面来理解米兰达兄妹俩的心理活动。

1. 儿童心理和性别刻板定型

人们倾向于用挚爱的、娇媚的、情绪性的、文雅的、好心的、人际取向的、心软的、有同情心的和温暖的这些词汇来描述典型的女性特征,社会科学家称这组特性为亲和性;而用来描绘典型的男性特征的词包括成就取向的、积极主动的、冒险的、雄心勃勃的、自负的、大胆的、独立的、理性的及表现主动的,这组特征被称作行动性。这两组特征反映了性别刻板定型(Gender Stereotypes),即被广泛认同的关于女性和男性的观念和态度。人们倾向于将这两组特征分别与女性和男性联系在一起,与此相一致的是人们对女性和男性不同角色的期待。(埃托奥和布里奇斯,2003:21)

儿童心理学研究表明,2岁左右的儿童就能发展对于具有性别典型特征的物品和活动的基本知识,他们能逐渐了解到洋娃娃、穿裙子、玩过家家的游戏与女性有关,而刀、枪、打猎、骑马与男性有关。到3岁时,他们已表现出对玩具、服装、工作和活动的性别刻板定型式的选择。对于活动和职业的性别刻板定型的认识,在儿童3~5岁时迅速发展起来,并在7岁时掌握。(埃托奥和布里奇斯,2003:71)

对于具有性别典型特征的物品和活动,12岁的保罗和9岁的米兰达显然具有不同的偏爱。这种不同的偏爱使他们更钟情于对方在墓坑中觅到的宝贝,于是争吵几句后兄妹俩便达成交易,保罗得到了妹妹的银鸽子,米兰达得到了哥哥的金戒指。在兄妹俩交换了各自的战利品后,保罗的几句话便把一个十二岁孩子得到一件宝贝后的满足感表现得淋漓尽致:"你知道这是啥玩艺儿吗?这是棺材上用的螺丝钉帽啊!……我敢打赌世界上谁也没有一个这样儿的!"(波特,1984:409)

从兄妹俩交换宝贝那一刻起,作者似乎就有意要表现米兰达的女性经验,从而凸现她的女性心理。得到金戒指后,米兰达便心不在焉地陶醉在每一个人在童年时代都曾经经历过的、得到一样宝贝的满足感中。行云流水般的思绪稍作休整后,米兰达又把玩起她的宝贝。"现在那枚赤金戒指在她那相当邋遢的拇指上闪烁发光,引起她对自己的工装裤、没穿袜子的脚、从宽条凉鞋缝里滋出来的脚趾头都产生了反感"(波特,1984:412)。从得到宝贝的满足感到对自己周身衣着的反感,米兰达的女性审美心理被唤醒并逐渐膨胀。"她要立刻返回农场的住房,好好洗个凉水澡,厚厚抹上一层玛丽亚的紫罗兰香味的爽身粉——当然,这得在玛丽亚不在场的情况下进行——然后穿上她那件最薄最漂亮的衣服,再配上一条宽腰带,坐在树荫下一把柳条椅上乘凉……"(波特,1984:412)。干净的身体、玛丽亚的紫罗兰香味的爽身粉、那件最薄最漂亮的衣服、一条宽腰带、打扮得像个淑女一样坐在树荫下一把柳条椅上乘凉,这些是米兰达所能想到的配得上这只金戒指的装扮和举止。

在打猎这件事上,兄妹俩也有着迥异的态度。作为一种户外游戏,打猎占用了很大的物理空间,奔跑、射击等动作使这个游戏具有更多的体力性特征,因而这是一个与保罗的男性性别相适宜的游戏。尽管两人打七岁起就开始用各式各样的枪支射击各种目标,但米兰达几乎从来也没打中过什么目标,她对打猎根本一窍不通。一看到鸟儿或野兔,她就会兴奋得失去冷静,抢起猎枪,几乎瞄也不瞄便扣动扳机。保罗对待打猎的态度则要认真得多,他一没打中目标就会把帽子往地上一掼,气得暴跳如雷地吼叫。他也经常教训米兰达,"'打不打中鸟儿你都无所谓'他说,'哪能这样打猎。'"(波特,1984:410)。他也确实拥有更多关于打猎的技术,比如跨栏时该怎样拿着枪支,怎样竖起来拿好,免得滑落或者突然走火,开枪时该怎样等待时机等。基于性别刻板定型,成就取向的、积极主动的、冒险的、雄心勃勃的、理性的及表现主动的典型的男性特征在 12 岁保罗的身上就已经一览无遗了。

2. 南方女性审美心理

作者主要采用白描的手法表现米兰达对金戒指的迷恋。瞧着闪闪发光的金戒指,米兰达对打猎失去了兴趣,女性意识也觉醒起来,她陶醉在拥有金戒指的喜悦中,思绪万千:从自己的夏季装束,想到1903年偏僻乡下的妇女礼仪端庄守则、老太太的遗嘱和手头拮据的爹、利用浮肿的老眼斜视米兰达并指责她的装束违反教规的老太婆们。如此种种,都是米兰达女性性别社会建构的各种来源。在米兰达的女性性别认同的形成过程中,生物因素和社会因素共同发挥了作用。每一代人都会把构成社会群体的文化知识、信仰、技术传授给孩子们。自从社会规定了成年女性和男性的不同的社会角色后,女孩和男孩为了准备将来要扮演的成人角色,受到了不同的社会化影响。(埃托奥,布里奇斯,2003:19)。米兰达的爹给予她更多的自由去表现跨性别行为,如骑马和打猎,但周围的人,尤其是那些固守传统性别观念的老太婆们,表现了更多的传统性别期望,他们不断地给女孩子施加压力,要求她们做出符合她们性别期待的行为。

9岁的女孩已经初步培养了自己的道德观、价值观和审美观。"米兰达一向对社会舆论非常敏感,就像一套好天线,从她每个汗毛孔发射出感应波,顿时感到羞愧万分,因为她很明白让别人,哪怕是脾气暴躁的老婆子,大吃一惊,都是粗鲁而缺乏教养的,然而她对父亲的判断依然很有信心,何况自己穿上这身衣服也挺舒服"(波特,1984:411)。在这一部分,作者借9岁小姑娘米兰达流动的意识涉及了20世纪初美国南方的社会生活。在南北战争后的几十年里,南方经济急剧衰退,南方古老传统面临消亡的危机,南方社会处于新旧文化的冲突、传统与变革的矛盾中。米兰达的爹居然允许自己的几个姑娘像男孩那样穿戴,骑着光背马到处乱跑。米兰达的姐姐玛丽亚更是常常骑一匹只在鼻子上结根缰绳的马,不要命地奔腾飞驰。如果说用浮肿的老眼斜视米兰达并指责她的装束违反教规的老太婆们代表着南方历史传统的维护者,那么米兰达的爹多少就是新旧文化冲突中南方历史传统的叛逆者,他们挑战传统的价值观念和认知方式,不愿再留恋过去,更着眼于现在或未来。9岁的米兰达不能追溯悠久的家族历史,也不必沉湎于南方传统残余的仇恨中,她似乎更能接受父亲的价值观念,认为自己的装束既舒服又节俭,因为"浪费既卑俗又触犯教规"(波特,1984:412)。

在这个情节简单的故事中,波特不留痕迹地把她的触角伸向了社会背景层面,让读者有了更多咀嚼和回味的空间。在性别的社会建构中,无论是男性还是女性,都会一直受到一套互动的期待、压力和强化的影响。生活在强调性别的南方社会,米兰达作为女性的发展以及她有关女性的特质、行为和角色明显地受到南方文化和社会价值观的影响。

1903 年,南方社会依然沉浸在旧的浪漫传统中,南方人在很多方面都受到传统信条的耳濡目染。在这块古老的土地上,女性历来被理想化,她们相信自己是圣洁的、坚忍的完美女性。尽管认为穿上工装裤、衬衫和凉鞋也很舒服,但父权社会强加给女性的精神枷锁根深蒂固,米兰达骨子里还是摆脱不了南方文化对淑女的推崇。正如新批评主将克林斯·布鲁克斯所说:“……我们是过去的产物。我们从它生长而来,由它的经历构成,好也好,坏也罢,不管怎样,我们心中携带着它的一个部分。我们或许能救赎过去——使其产生美好的东西——或许我们会被它所伤,但是,认为我们能抛弃过去的想法是愚蠢的。”(李杨,2006:24)。被理想化了的过去在某种程度上左右着南方人的现在,并决定着南方人观察世界的视点。米兰达“心中模模糊糊地骚动着奢侈的欲望,想过一种阔绰的日子,可是这在她的想象中并没能具体成形,而只是那家庭里传说的过去的那种富有和闲逸作依据罢了”(波特,1984:412)。对于南方人来说,有关富人们温文尔雅的南方神话一直是一种文化习俗,这种习俗代代相传,成了一种普遍作风。没落的南方上层阶级对丧失了以往的尊贵、特权和富有心存不甘,长辈们对美好往昔的回忆往往强化了子孙对物质生活的向往,滋长了他们的虚荣心。

3. 情绪表达和移情

女性被认为比男性更情绪化和更易于表达情绪,同时女性又比男性更容易共情或移情(empathy),即能够认识和分享别人的情感。米兰达和保罗正处在童年时期,他们对他人心理的认识逐渐变得更加深入和概括,能认识到他人有不同的思想和感受,以及他人的思想和感受能够被外部事件所影响,并且还会影响到他们的行为。认知能力的发展使得儿童能够更抽象地思考情绪,用更客观的方式来反思情绪。这时候他们还发展了调节其他人情绪的方法,即找到减轻别的孩子愤怒的方法,这样他们能够控制自己涉足情绪刺激源的程度。(谢弗,2005:226)。儿童具有对他人的移情能力和移情倾向会使他们更少受到伤害。

就在米兰达想马上办到眼下她能办到的舒适的生活安排——打扮得像个淑女戴上那枚金戒指时,她的内心又起了波澜。由于远远地落在了保罗的身后,她"一时心想连吭都不吭一声就转回家去"(波特,1984:412)。然而,9岁的米兰达显然已经具备了一定的情绪能力,学会了把内在情绪和外在显现区分开来,她已经能够处理自己的情绪并且理解和应对他人的情绪。她的移情能力使"一时心想连吭都不吭一声就转回家去"这个任性的念头马上被制止,并且能用建设性的方法处理自己的情绪经验。"她停住脚步,又想到保罗永远也不会这样对待她,因此应该先跟他打个招呼"(波特,1984:412)。此时理性占了上风,懂得揣测他人的心理状态是成功的人际交往所必需的,较高的移情能力反映了较高的社会适应能力,谁都可以在米兰达的一念之差里读到她和保罗的兄妹情深。

4. 自我生命教育

就在保罗打死一只野兔、剖开肚子取出兔崽后,波特又一次对主人公进行了复杂的心理描绘。与前一次刻画兄妹俩探视墓坑时的特殊感情不同的是,这一次波特把全部注意力都集中到米兰达一个人身上。对于褪了皮的野兔和娇嫩的兔崽,"她看了又看——激动而并不害怕,因为她已看惯猎获的死动物——内心充满怜悯和惊奇,而且一看到这些可爱的小动物,就使她产生一种震惊的喜悦,它们可真漂亮"(波特,1984:413)。

米兰达看惯了猎获的死动物,但是这一次有了全新的体验和感受,那就是对于生命的懵懂的认识,这些湿漉漉的小动物原本安安静静地躺在妈妈的子宫里,就像人死后安安静静地躺在坟墓里一样,这些初具雏形的小生命在等待出生、等待苏醒。然而,生命还未真正开始,就已经结束。生死在刹那间轮回,小生命的夭折唤起了米兰达的母性,只有母亲才能这样端详自己的孩子,由衷地欣赏孩子的可爱与漂亮。波特用丰富的辞藻表现了内心混沌的米兰达对生命的思考,"可是她又非常想看个明白。看过之后,她倏地觉得自己好像对这本来就很理解似的。她过去那种无知的想法消失殆尽,这种事她一向就明白"(波特,1984:413)。孩子的好奇心驱使米兰达非常想弄明白生命的秘密,性本能的冲动又让她似懂非懂。这些"生动的细节一抓住人们的想象力,就能产生一种特别鲜明的色调,即一篇小说给人们的'感受',而这种'感受',这种氛围,就是表明小说含义深邃隽永的一种要素"(布鲁克斯和沃伦,2012:50—51)。一个生长在乡野中的没妈的孩子,无从知道自己是如何出生的,生命又是如何开始的,只有大自然的启示和生活经历才能给予她有关生命的启蒙教育。而且,在南方文化中,死亡是一个禁忌的话题,保罗害怕他剖开母兔取出兔崽并把母兔连同兔崽埋掉的事会被父亲知道,害怕父亲会因为他教米兰达做一些不该做的事情而责罚他。在遭遇这一堆血淋淋的小动物之前,米兰达幼小的心灵中也许并没有"死亡"这个概念。打猎、处理猎物、给娃娃穿上皮大衣……这些平淡无奇的事就是她生活的一部分,她已经习惯成自然了。然而成长的过程就是这样微妙,"身心内那种混沌的直觉一直在那样逐步稳定地明朗、成形,连她都没意识到自己正在学习应该知道的事物呢"(波特,1984:414)。

在南方文化的背景中,无论是在家庭还是在学校,生命教育必定是缺失的,兄妹俩只能在生活中艰难地进行自我生命教育。保罗把野兔和兔崽埋掉后,要求米兰达对"探宝埋兔"这件事保守秘密,和谁都别说。米兰达做到了。在随后的二十年中,米兰达把这段童年往事深深埋藏在记忆深处,直到在某个机缘巧合的时间,这段记忆才毫无征兆地蹦了出来。

5.结语

波特习惯于把自己想起来的往事和感触随手记下来并写入小说。在《坟》这个故事中,波特同样以自身经历为题材,运用了深刻的洞察力和非凡的记忆力再现了孩童时期的一个日常生活片段。其中的事件仅仅是引发人物心理反应和意识运动的偶然契机,而难能可贵的是,波特成功地捕捉并表现了主人公微妙的心理感受,因而使她的小说具有了无可比拟的感染力。

第三节　从认知神经科学的角度重新解读
波特的小说《坟》

《坟》的情节简单,却蕴含了无限的寓意,它暗喻人从幼年的纯真到成年懂事的过程。通常在解读这篇小说时,人们会沿用美国评论家小雷·B.韦斯特的观点,认为这个故事实际上有三座坟:一座是那些迁走了棺材的墓坑;另一座是埋那只野兔和它兔崽的坟;最后一座是米兰达心头那座埋葬她童年的无形的坟。(波特,1984:15)。然而,现代科学发展到今天,完全可以采用一个全新的角度来解读这篇蕴含深意的名作。

小说最后一部分是关于米兰达对这段往事的忘却和 20 年后的突然忆起。从 21 世纪的眼光看来,作者叙述的每一环节都可以在认知神经科学中得到依据,这大概也是波特始料未及的。20 世纪 90 年代是脑科学飞速发展的 10 年,在这 10 年中,认知心理学和神经科学充分融合,逐渐形成了一门崭新的学科——认知神经科学。它广泛采用认知心理学、分子生物学和其他神经科学的各种方法,对大脑这一复杂系统进行多层次的、以解决某一认知功能的神经机制的问题为中心的研究。

1. 童年往事与长时记忆

用认知神经科学来解读小说《坟》的最后一部分,女主人公米兰达对 20 年前"探宝埋兔"这段往事的"忘却"其实就是这段往事成为米兰达长时记忆的过程。而 20 年后米兰达在陌生国家、陌生城市的菜市街上对往事的突然忆起,就是在某种刺激下主人公对这段长时记忆的提取。这段记忆是米兰达个人的自传性经验,属于陈述性记忆中的情节记忆,它表现为当事人对可表述事件和知识的有意识的回想。值得注意的是,我们的情节记忆常常远比我们的语义记忆准确。

传统的记忆模型将记忆分为感觉记忆、短时记忆(或工作记忆)和长时记忆。认知神经科学在实验研究的基础上提出了记忆的多系统理论,把长时记忆分为陈述性记忆(Declarative Memory)和程序性记忆(Procedure Memory)两种独立的形式。陈述性记忆是可表述的、有意识的、可以言传的,又被称为外显记忆(Explicit Memory),通常表现为对事件和事实知识的记忆和回想,它可进一步细分为情节记忆(Episodic Memory)和语义记忆(Semantic Memory)。程序性记忆是内隐的、无意识的、不易言表的,又被称为内隐记忆(Implicit Memory),它是对感知觉和运动程序知识的记忆,通常表现为一种技巧或熟悉性。记忆的多重系统如图:

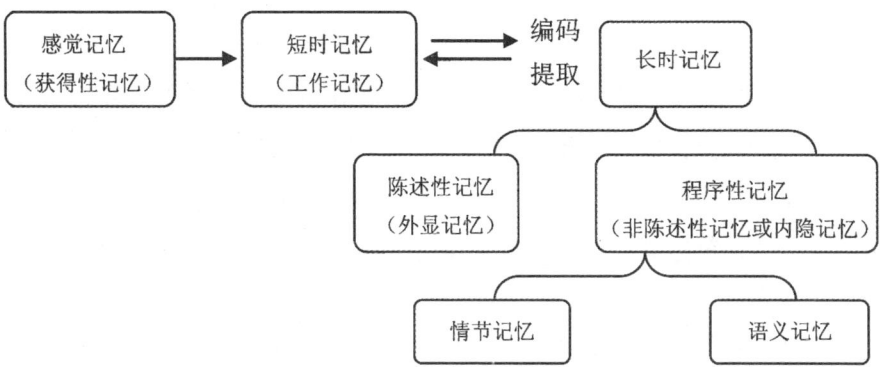

对于"探宝埋兔"这桩秘密,"米兰达确实对谁也没说,她甚至不想告诉任何人。她怀着困惑不安的心情,对这件恼人的事足足思索了好几天。后来,这件事也就在她脑海中渐渐淡忘了,随后在差不多二十年之间,其他成千上万累计的印象便堆压在上面了"(波特,1984:415)。确切地说,米兰达当年在坟地里通过感观看到、听到、摸到和嗅到的外界信息一开始都属于感觉记忆,通过有选择的存储后,这段往事先是成为短时记忆存在于米兰达的脑海中,经过她好几天的思索,不是被渐渐淡忘了,而是被编码和固化,成为记忆痕迹逐渐独立于大脑中与长时记忆有关的颞中回而得到巩固,形成了高度稳定的长时记忆。这种具有高度情感色彩的事件会被记得特别牢固,即便在差不多二十年的时间里被尘封起来,但只要在某个地点机缘巧合地

遇到某种刺激，这段长时记忆的提取就像饥饿时"探囊取食"一样顺理成章。

2. 视觉思维和嗅觉思维

人对自然界的了解，主要通过眼睛、鼻子和耳朵等感观，味觉和触觉的实现往往需要感官和物体直接接触，不像视觉、嗅觉和听觉属于"距离感观"，"它们对远距离之外出现的事物或事件的迅速感知，有利于观看者采取一种更加适宜的、与现实一致和平衡的活动，有利于对事物更全面的认识。因而是理智的最基本表现（这种远距离的感观，不仅在于使认识范围加宽加深，还在于使观看者不至于与这些客观事物相"碰撞"，不至于使这种碰撞作用影响和干扰他对客观事物的观察）"（鲁道夫，1998:28）。

嗅觉作为一种"距离感观"，是人体功能中不可缺少的一部分，同时也是最高深莫测的一种官能。近年来，布朗大学的心理学教授艾根进行了一项实验：他让学生嗅50种气味，观看50幅有趣的旅游图片。结果显示，视觉的记忆力减弱到只能推测到哪一幅图以前曾经看过，但对于气味的辨识，正确率达到70%。所以，鼻子往往能记忆一生所闻到过的气体，而眼睛的记忆力在几个月后便可能不准确了。视觉是一切公正的观看或关照活动的本原，是最突出的"距离感观"，也是一种高度清晰的媒介，它能使感知者拥有更加宽广的认识领域，感知者本人却不用与感知对象直接接触甚至直接冲撞，因而能避开感知对象对自己的影响，由此更客观地把握周围事物和事件的丰富信息。

波特擅长在描写景物时调动各种感官随着视觉一起活动，用艺术通感丰富心灵的审美体验。艺术通感又称通觉、联觉、移觉或连带感觉，是指在各种艺术符号的流动中，从感知、表象到意象的各种感觉挪移、转化、渗透、互通审美体验的心理过程。艺术通感将分散的感觉刺激调动到一个整体集合内，不同的感觉刺激在整体作用下产生了关联。表面上看，这种艺术通感发生在感觉层，它实质上是更高级的心理活动。对于一个艺术家而言，艺术通感的能力越强就越能敏感地把握形象的特征，领悟感觉之间的艺术通感点，从而做艺术真实的描绘，创造无限的艺术想象空间。波特曾经这样描绘

过故乡的景物:"色与味都散发出各自的信息,就像声音有回响一样:秃鹰飞走之后,一阵厉风从一具摊开着的动物遗骸上吹拂而过;玫瑰花和桃花芬芳扑鼻,甜瓜和熟透了的桃子甘美润口,那篱笆边盛开着的茉莉花丛就像爆玉米一样蓬松洁白,还有楝树花刺鼻的甜滋滋的香味;枝叶繁茂的忍冬植物排排成行;沉甸甸的西红柿红透红透,在中午的烈日下晒得热烘烘的,要吃,从藤上摘下就是;青里带白的玉蜀黍诱人垂涎,刚出炉的玉米面包和着温热的牛奶一起吃美味可口;浑浊的小池塘里发出咸滋滋的气味,在那儿我们抓小龙虾,还用一只小洋铁罐煮来吃"(布鲁克斯和沃伦,2012:507)。这段文字呈现了各种感觉的转化和渗透,这样的艺术手法不仅能突破人的思维定式,还能化无形为有形、化抽象为具体,创造生动感人的艺术形象及艺术境界。

在小说《坟》的最后一段,波特最大限度地调动了人的视觉思维和嗅觉思维,视觉刺激和嗅觉刺激被调动到一个整体集合内,在整体作用下产生了关联。正是视觉和嗅觉的双重刺激使二十年前的往事没有任何先兆地从米兰达的记忆宝库中蹦出来。

二十年前,被迁走了遗骨的坟圈子里"玫瑰缠结丛生,雪松翠柏参差不齐,一块块简单平坦的墓碑耸立在杂乱芬芳的野草堆里"(波特,1984:407)。当年这墓坑给人的印象是杂乱无章,玫瑰松柏本是红花绿叶,相得益彰,能产生强烈的视觉冲击,但"缠结丛生"与"参差不齐"的花草树木只会给人留下无序的印象。而正是这种复杂的、无序的场景似乎有更大的刺激性和吸引力,能唤起人更长时间的视觉注意和更大的好奇心。这种视觉思维的有趣现象对于童年时期的米兰达同样适用,人的视觉是有选择性的,坟圈子和墓坑的无序场景唤起了米兰达视觉的注意和紧张,紧接着她对此场景积极地加以组织,最后组织活动得以完成,起初的紧张消失。在这个跌宕起伏的视觉经验中,当年的场景经过视觉加工如凝固了一般深深印在了米兰达的脑海中。

二十年后,"一天,她在一个陌生国家陌生城市的一条菜市街上,正在泥泞和压碎的垃圾当中觅路走的时候,那桩陈年往事又冷不丁地从深深埋葬的地方蹦出来,出现在她的脑海里,清晰而鲜明,保留着原来的色彩,叫她觉得好像面对画框里的一幅景色,自从画中描绘的事情发生以后就一直既没动过也没变过似的。她莫名其妙地吓了一跳,蓦地张大眼睛站住,一阵幻觉把眼前的景象搞模糊了。一个印第安小贩正在她眼前举起一盘各种小动物形状的染色糖块,鸟儿啦,小鸡啦,兔崽儿啦,小绵羊啦,猪崽啦。它们都染着鲜艳的色彩,散发着香草味儿,莫非……"(波特,1984:415)。在这个特定的时空内,泥泞和压碎的垃圾、一盘各种小动物形状的染色糖块构成了视觉刺激,从中提取出来的特征被整合起来并与米兰达记忆中的相关信息进行比较。这些视觉刺激物驾驭着她的反应,使米兰达对刺激物做出准确的相关再认判断。她从长时记忆中提取与刺激物出现的场景有关的记忆信息并有意识地回想起当年那片狼藉的墓坑和鲜红的被褪了皮的野兔和兔崽。"这天天气酷热,集市上一堆堆生肉和发蔫的花朵散发出来的气味,就跟她那天在家乡空荡荡的墓地所闻到的那股腐烂和芬芳掺混的气味完全一样……"(波特,1984:415)。糖块的香草味儿、一堆堆生肉和发蔫的花朵散发出来的气味组成了嗅觉刺激,使米兰达想起了当年墓坑中土和松针细叶掺杂在一起散发的一股挺好闻的腐土香味。

美国科学家琳达·巴克和理查德·阿克塞尔经过一系列关于人体气味受体和嗅觉系统组织方式的研究,阐明了人类嗅觉系统是如何工作的,因此被授予了 2004 年度诺贝尔生理学或医学奖。他们的研究成果使人们理解了人类何以能够辨认出约一万种不同的味道,并终身牢记这些味道,也使每一位读者相信为何二十年后成年米兰达能够确信,陌生国家陌生城市的一条菜市街上的生肉味和花朵味,会和当年墓坑中的腐烂芬芳味"完全一样"。

3. 心理意象和自然本体

在米兰达提取有关当年那件事的情节记忆时,她似乎又对自己的视觉记忆不太确信。"那天的情景,她至今还依稀记得,当时她和哥哥正在那些墓坑里搜寻宝藏。一想到这事,可怖的景象便消失了,她又清晰地看见哥哥,他那童年的脸盘儿她早已忘记,如今他又站在灼热的阳光下,还是十二岁那副模样,两眼流露得意而从容的微笑,一再在他手心里翻弄着那只银鸽子"（波特，1984：415）。对于十二岁的哥哥保罗，米兰达勾勒了一个既具体又抽象、既清晰又模糊、既完整又不完整的形象。米兰达只是"依稀记得"当年的情景，哥哥"那童年的脸盘儿她早已忘记"，这种视觉记忆的模糊性和不准确性是每一位读者都能够切身体会到的，它是我们生活经验的一部分，只是我们从来没有注意过，也没有深究过。

美国艺术心理学家和美学家"阿恩海姆通过大量事实证明，任何思维，尤其是创造性思维，都是通过意象进行的，只不过这种意象不是普通人所说的那种意象。这是通过知觉的选择作用生成的意象。当思维者集中注意于事物之关键部位，把其无关紧要的部位舍弃时，就会见到一种表面上不清晰、不具体甚至模模糊糊的意象……但这种形象的若隐若现和模模糊糊，并不意味着我们对这些事物没有充分的把握，也不是由于心灵只把握到一个完整事物的一部分，这种模糊的形态并不代表一个真实的事物，而是心理意象与事物的自然本体从根本上区别开来。这种形象的产生，其实是心灵对某种事物之本质的认识和解释的产物"（鲁道夫，1998：30）。时隔多年，通过知觉的选择作用，哥哥面部五官的确定轮廓和确定细节已被舍弃和遗忘了。十二岁的保罗得到宝贝后的满足表情在米兰达的思维中凸现出来，形成心理意象，使其有别于事物的自然本体，即十二岁保罗的脸盘儿，从而有力地表现了米兰达内在的情感，她与保罗的兄妹亲情和对童年往事的眷恋。

她"又清晰地看见哥哥……还是十二岁那副模样，两眼流露得意而从容的微笑，一再在他手心里翻弄着那只银鸽子"（波特，1984：415）。小说的最后两句话是米兰达对这段长时记忆中具体情节的提取或陈述。简短两句话交待了当年的往事并再现了保罗得到银鸽子后流露出的满足感。这个结尾勾起了读者无限的遐思，仿佛亲身随着米兰达来到她记忆深处，一同真切地体会她美丽的童年心情。

4. 结语

波特说过："艺术的名称、形态、效用和基本意义都毫无变化地存在于一切有关的事物中……艺术没法被彻底摧毁，因为它们体现信念的实质和唯一的真实。"(波特,1984:10)。我们有理由相信:作为一位严肃的艺术家,波特确实用艺术的真实反映了生活的真实。

第四节　从符号学角度解读波特小说中的葬礼

女性成长是凯瑟琳·安·波特中短篇小说的一个重要主题,其作品中涉及的女性成长仪式并非具有社会根源的传统成长仪式,而是女性人物成长过程中突如其来的事件。面对这样的突发事件,女性成长主体虽然毫无思想准备、毫无防范,该事件却直接引发成长主体生存状态和心态的改变,最终衍生为成长仪式。下文拟从符号学视角审视波特中短篇小说中的葬礼,分析每一个衍生为成长仪式的葬礼作为不同的"符号文本",其具体的符号聚合组分,以及女性成长主体在解读该符号文本的过程中,是如何调动不同的元语言因素,组成特定的元语言集合,以此探讨女性主体在成长过程中,是如何通过对某种个性化成长仪式的解读与内化,产生顿悟,完成自我教育和成长。

1. 成长小说和成长仪式

从强调道德与理性塑造的德国教育发展小说(Bildungsroman)到美国成长小说(American Initiation Novel),古今中外的文学作品中不乏成长主题。

美国文学理论家和文学批评家 M. H. 艾布拉姆斯(Meyer Howard Abrams)将"成长小说"定义为"主题是主人公思想和性格的发展,叙述主人公从幼年开始所经历的各种遭遇。主人公通常要经历一场精神上的危机,然后长大成人,认识到自己在人世间的位置和作用"(艾布拉姆斯,1990:218—219)。

美国学者莫迪凯·马科斯(Mordecai Marcus)则认为:"成长小说展示的是其主人公正在经历的关于世界或自身知识的变化,或者是性格的变化,或两者兼而有之,而这种变化必须指向或引导他通向成人世界。它可能包含某种仪式,也可能不包含,但是它必须有证据表明这种变化至少有可能对主人公产生永久的影响。"(Marcus,1960:222)。同时,马科斯指出:"有些成长小说中确实出现了仪式,但更多的是个性化的仪式,而非具有社会根源的仪式。教育在成长小说中一直都很重要,但通常是某种经历的直接结果,而不是教化的结果。"(Marcus,1960:222)

成长仪式是美国成长小说的一个重要叙事要素。"从一群体到另一群体、从一社会地位到另一地位的过渡被视为现实存在之必然内涵,因此每一个体的一生均由具有相似开头与结尾之一系列阶段所组成:诞生、社会成熟期、结婚、为人之父、上升到一个更高的社会阶层、职业专业化以及死亡。其中每一事件都伴有仪式,其根本目标相同:使个体能够从一确定的境地过渡到另一同样确定的境地。"(范热内普,2012:5)。范热内普在这段话中所谓的过渡仪式也即马科斯所指的具有社会根源的仪式,这类仪式出于社团的规约和长者的策划,有长者或尊者作为仪式主持者,或者具有训导者、引路人、精神教父,他们希望成长主体通过这些仪式,告别过去,迎接未来,完成个人身份或状态的转变。在仪式过程中,成长主体必须面临或通过一系列预先设定的身体与精神上的考验和磨难,有关部族和社团的各种历史、习俗、礼仪、道德和价值观等知识也通过仪式强制性地授予受礼者,以使他们完成从一境地到另一境地之过渡仪式进程。

这里将探讨的并非具有社会根源的仪式,或社会文化中约定俗成的传统成长仪式,而是个体成长过程中的独一无二的成长仪式。无论是主人公经历的"一场精神上的危机",还是产生教育作用的"某种经历"与"个性化的仪式",都拥有相同的对象和解释项,都能被理解为在主人公成长过程中,独特的、专属于这个人物的成长性事件,最终衍生为成长仪式的事件是成长主体道德完善、精神圆满和自我实现的契机与动力,成长主体通过对这些事件的解读而获得成长。

2.葬礼:一种成长仪式和一个符号文本(仪式是符号和象征的聚合体)

凯瑟琳·安·波特笔下的女性人物往往在经历了某个事件后对人生产生了顿悟,对自己的女性性别、生死、爱情、职业等有了新的认识,而最终衍生为成长仪式的事件本身几乎没有仪式性,或者谈不上具有仪式性,本质上对于女主人公来说是个突发事件。

"米兰达系列"是波特笔下具有自传性质的一系列中短篇小说,其中的女主人公多是未成年的米兰达,在不经意地经历了某个事件后,通常会萌生对死亡的恐惧、对生死和性的思考,伴随着成长主体懵懂认知的是童真的渐渐失去。《马戏》描写了童年米兰达初次面对生活中的丑陋、邪恶与恐怖时的不知所措。年幼的米兰达平生第一次观看马戏,落座后发现了一伙偷窥的小男孩;表演开始后她又对扮成小丑的杂技演员产生了莫名的恐惧,仓皇逃离过程中遭遇神情冷漠、傲慢的侏儒。米兰达纯真美好的内心无法应对丑恶的现实人生,这次噩梦般的经历不啻为她认识现实世界的一次成长仪式。《坟》中,在坟坑中找到的金戒指唤醒了9岁米兰达的女性意识和女性审美心理。金戒指使她对自己男性化的穿戴产生了反感,并想象着把自己打扮成淑女,好配得上闪闪发亮的金戒指。金戒指是世俗婚礼的信物,更是女性的常见饰品,米兰达将金戒指戴在自己的拇指上,可被视为划归其为女性之礼仪,"它们都是与无性别世界之分割礼仪,随之便是向整个社会和群体之有性世界、同时又是向某一性别群体之聚合礼仪"(范热内普:2012,71)。

《老人》中的米兰达尚处于少年时代就从学校出逃与人私奔,这次私奔成为她告别少年时代、离开南方社会的成长仪式。《灰色马,灰色的骑手》中青年米兰达在一场大病中昏迷很久,最终死里逃生。这场重病和昏迷的经历就以隐喻的方式重现了神话和童话故事中"死亡"和"再生"等象征着成长的仪式性要素,经历了"死亡"和"再生"仪式的米兰达痛苦地决定重新面对生活。《裂镜》中的女主人公罗莎琳在出走和回归后,虽然得到顿悟和认识自我的环节始终没有成为确定的事实,但这次经历为罗莎琳自我意识的觉醒提供了一种可能,也是一种潜在的成长仪式。

　　此外,葬礼这个情节要素频频出现在波特的小说中,或是人的葬礼,或是小动物的葬礼,但都幻化成了女主人公的成长仪式。《无花果树》中,年幼的米兰达埋葬了一只小鸡,却一直听到小鸡在土里的呼救声,后来才被伊莉莎姑婆告知,那些声音是树蛙在下雨前发出的叫声。生活常识的增加消解了米兰达的困惑。《坟》中9岁的米兰达和哥哥保罗在家族坟地探宝和打猎,兄妹俩分别在坟坑中找到了金戒指和银鸽子。之后,米兰达目睹哥哥打死一只母兔、剖开肚子发现一堆血淋淋的兔崽后又把母兔连同兔崽都埋葬的整个过程,似乎突然明白了自然界中有关生殖或生命的奥秘。《老人》中,刚刚步入青年时代的米兰达赶回南方参加加布里埃尔姑父的葬礼,这个逃离后回归的过程让她产生了人生的顿悟,决定抛弃陈旧的家族叙事,建构真正的自我。《假日》中的"我"在米勒大妈的葬礼正在进行时,带着被剥夺送葬资格的奥蒂莉驾车外出的半天经历,这对"我"来说也是一次成长仪式。女性人物在经历各种葬礼后,往往产生了对生活的顿悟,由此开启了人生的新篇章。

　　维克多·特纳认为,仪式就是"一个符号的聚合体"(Turner,1968:2)。"研究仪式的符号表达,也就是研究仪式在特定族群、特定社会语境中的文化意义和文化价值"(荆云波,2010:207)。葬礼作为一种成长仪式,包含诸多符号因素,葬礼中涉及的送葬规矩、送葬资格、埋葬方式、陪葬器物、埋葬地点等因素都是葬礼这个成长仪式的符号聚合体的组分。这个符号聚合体构成了一个"合一的表意单元"(赵毅衡,2012:43),因而,葬礼也可以被看作是一个"符号文本",探讨女性成长主体对该符号文本的解读有助于厘清美国南方女性自我身份的形成,其成长的历史的、个人的动因。

3."葬礼"的元语言集合与解读

（1）元语言

　　元语言即"符码的集合"(赵毅衡,2012:226)。雅各布森指出,"元语言是与描述对象本身的客体语言相对的语言,是关于语言的语言,也即指向编码规则、游戏规则的语言"(吉登斯,1998:1)。"元语言是理解任何符号文本必不可少的,礼仪、宗教、民俗、舞蹈、手势、绘画、体育、男女关系,只要被当作意义传播,就都必须有相应的元语言来提供解释的符码"(赵毅衡,2012:226)。

赵毅衡把元语言因素分成三类:"(社会文化的)语境元语言、(解释者的)能力元语言、(文本本身的)自携元语言"(赵毅衡,2012:231)。艾柯谈到过文本阐释的三个因素:"第一,文本的线性展开;第二,从某个特定的'期待视域'进行解读的读者;第三,理解某种特定语言所需的'文化百科全书'以及前人对此文本所做的各种各样的解读"(艾柯:2005:154)。这三方面大致对应着文本自携元语言、读者能力元语言和社会文化语境元语言。"每次解释,解释者调动不同的元语言因素,组合成他这次解释的元语言集合"(赵毅衡,2012:227)。其中,文本自携元语言在阐释过程中扮演着关键角色,阐释活动必须充分考虑到文本意图,解释者对文本意图的把握不仅受制于特定族群、特定社会语境中的文化价值观,更取决于人生经历、知识积淀、阅读经验等方面的因素。

"葬礼"这个符号文本最终能否衍生成为人物的成长仪式完全取决于成长主体对该符号文本的解读与体悟。下文将重点探讨波特笔下的女性成长主体在解读这个符号文本的过程中,是如何调动不同的元语言因素,组成特定的元语言集合,最终产生顿悟,完成自我教育和成长。

(2)(美国南方社会的)语境元语言:父权制、淑女崇拜、家庭观念、生死禁忌、性禁忌

语境元语言即"文本与社会的诸种关系,引出的文化对信息的处理方式"(赵毅衡,2012:232)。换言之,符号文本的解读很大程度上受制于"带着历史偶然性的文化规范和伦理语句"(樊国宾,2003:259)。研究波特小说中的葬礼,首先必须了解这种仪式本身在美国南方这个特定社会语境中的文化意义和价值,以及"仪式当事人及其特定社会群体约定俗成的'文化代码'(cultural coda)"(薛艺兵,2003:7)。

父权制、淑女神化、淑女崇拜、强烈的家庭观念、严格的生死与性禁忌等

文化传统主宰着南方人的生活。波特小说中的女性成长主体通常都生活在南方大家庭中,当男性家长因为疾病或战争等原因早逝后,女性家长便充当父权制的执行者,艰难经营和维持着大家庭。"南方人(无论是黑人或白人)都非常重视家庭和亲缘关系。人们在家庭的圈子内共餐、娱乐、居住和拜访。这个圈子一般包括未婚的姑妈、远房的表亲和祖父母"(陈永国,1996:27)。米兰达系列的叙事都是在这样的大家庭模式中展开的。《坟》中,米兰达的奶奶生前把爷爷的坟一迁再迁,就为了在她去世后让爷爷永世长眠在她的身边。家族墓地的设置和共享墓地的象征性行为,体现了南方人家庭永存的虚幻愿望。《无花果树》中,年幼的米兰达随着大家庭到奶奶的农场过暑假,同行的伊莉莎姑婆虽然有吸鼻烟的可耻习惯,但奶奶对此睁一眼闭一眼,就是为了维持大家族的和睦假象。《老人》中的家族庞杂,成员众多,共同建构和维护着家族叙事和淑女神话。加布里埃尔姑父去世后,家族所有成员纷纷赶回南方老家参加葬礼,只为了重温对家族的归附感和重建彼此的社会关系。《假日》中崇尚实用主义的米勒家族对残疾女儿奥蒂莉采取"简单忽略"的策略,以维护自己在社区的家族形象和主宰地位。

在《假日》中,深陷南方父权制文化控制的"我"在自我与社会的冲突和融合中试图确立主体身份,而"总是作为本质确立自我的主体的基本要求与将她构成非本质的处境的要求"(波伏娃,2011:24)必然产生冲突,造成女性的悲剧。正是成长主体自我超越的需要和强制性处境之间的冲突直接引发了"我"短暂的逃离。"我"在米勒农场的"他者"境遇更是加剧了对父权制及其运作机制的清醒认识和自觉疏离。"我"的"'离经叛道'并非是堕落,而是希望得到更多的传统文化所不允许的生活抉择,抉择的结果导致了种种有背习俗、令当地人诧异的结果"(米德,2010:161)。

《坟》中米兰达的心理活动已经隐约体现了她对南方父权制和淑女神话的默认与遵守。妇女的理想化形象并非美国南方社会所特有,但淑女神话在南方社会的作用举足轻重,南方人对淑女的歌颂在内战以后尤甚。"南方一直认为自己是英国贵族社会的继承者,而对淑女规范的强调是贵族社会秩序的必要组成……战后,神圣的南方妇女成为战败的南方男人与北方男人叫板的仅剩资本,更有强调的重要性"(黄虚峰,2007:129)。南方淑女神化作为一个靠文化建构和约定俗成的抽象符号在南方社会成员的生活中施展着操控威力,父权制权力话语不可抗拒的权威像天罗地网一样监控着神话受众,一旦有异端出现,就要实施惩罚。米兰达所穿的工装裤和凉鞋不符合当年的妇女礼仪端庄守则,遭到当地老太婆们的指责。用浮肿的老眼斜视米兰达的老太婆们已经内化了南方父权制的意识形态标准,她们的目光是无处不在的"男性主体凝视"和文化监视系统的一部分。不难猜测,米兰达的男性化打扮只是她父亲在经济拮据窘境中的权宜之计,虽然米兰达也认可父亲这种被冠以"简朴"之名的价值观,但在米兰达对自己男性化着装的解释行为中,这两套不同的意义标准组成了互相冲突的元语言集合,产生了小小的"解释漩涡"(赵毅衡,2012:235)。然而,童年米兰达处于人生阶段的自然更迭时期,已从自然状态逐渐进入社会文化状态,南方父权制和淑女神话这两个强编码符号文本严格限制了米兰达对老太婆们的指责做出解释的可能。米兰达在凝视的压力下自觉地以父权制文化中有关女性道德和行为评价模式进行自我凝视和自我审查,对自己男性化的着装产生了反感,并在想象中把自己塑造成一个南方淑女。

除了制造和恪守淑女神话,南方社会严格地视生死和性为禁忌。人类学家玛格丽特·米德在对萨摩亚进行了田野研究后指出,"在萨摩亚,人们绝不会把任何关于出生及死亡的知识看成是孩子们不能接触的东西;孩子们也不需因害怕惩罚而竭力掩饰这方面的知识;更没有孩子会对这些似懂非懂的问题苦思冥想"(米德,2010:197)。而美国南方的情况正好相反,无论是祖母还是父亲,都对生死和性知识讳莫如深,比米兰达年长几岁的保罗更是谨小慎微,警告米兰达不要和任何人谈起探宝埋兔的经历,更不能把这事告诉父亲,否则肯定会招来训斥和惩罚。9岁的米兰达生活经历有限,学校教育和家庭教育的匮乏决定了她对生命的感悟只能是自发和感性的。"探宝埋兔"事件触动了米兰达的心灵,"她怀着困惑不安的心情,对这件恼人的事足足思索了好几天"(波特,1984:414)。这个成长性事件促使她萌生了性意识和性别意识,自然界有关生殖或生命的奥秘就这样来到她面前。

"坟"不仅仅是祖父母、野兔和兔崽"葬身的坟地,而更多的是获得新的心理因素的源泉"(张杰,2007:247)。

(3)(文本本身的)自携元语言

自携元语言即符号文本提供的如何解释自身的信息。"自携的元语言往往来自文本的体裁、风格、副文本等元素上……元语言不一定外在,符号文本往往点明了对自己的解释方法"(赵毅衡,2012:180)。葬礼这个符号文本是集体对生命的反思性展演,蕴涵该集体的人生观和生死观。这种仪式在不同层面上有不同的功能:于社会,能调节社会关系、维护社会秩序;于族群,具有家庭凝聚功能,能唤醒集体情感和集体意识,表现族群认同,使彼此体会到在同一个集体中的亲疏关系,并最终成为集体记忆;于个人,能让生者由"死"观"生",引发人们对人生意义的思考。

波特小说中出现过两次正式的葬礼:《老人》中加布里埃尔姑父的葬礼和《假日》中米勒大妈的葬礼。《坟》中谈及了爷爷的坟被一迁再迁,以及家族墓地的设置与改迁过程。此外,埋葬小动物的仪式是孩子们模仿成人的葬礼,也是南方文化的动态展现。

波特曾经这样谈论过旧南方社会,"在我童年时代的那种社会里,情感和思想的蛛丝马迹是存在的,在举行宗教仪式或者婚丧仪式时,人与人之间也有某种微妙的理解"(布鲁克斯和沃伦,2012:509)。《老人》中长相丑陋、被迫投身女权运动的伊娃表姐,虽然多年来被家族视为异类并被排斥,但听到加布里埃尔姑父去世的消息,也不愿意放弃这次重返家族的机会,自发选择赶回南方老家参加葬礼,从而恢复对南方家族的归附感,重塑自己在家族中的身份认同,希望在家族叙事中谋得一席之地。在这部小说中,作者打破了南方种植园浪漫史中结婚生子的典型结尾,而是以加布里埃尔死后与艾米合葬这一象征性的联姻来结束这一个在家族流传已久的浪漫爱情故事。因此,加布里埃尔的葬礼,作为家族缅怀美好往昔的一次集体行动,如同艾米的照片,补充完善着加布里埃尔和艾米不朽的浪漫爱情神话,最终都将进入家族的集体记忆。而正是伊娃表姐对家族叙事的颠覆性重构,促使米兰达决定抛弃陈旧的家族往事,关注自己的生活真相。

《假日》中，米勒大妈的送葬队伍不仅"是死者荣耀的'最后展示'"（沃维尔，2004：120），也是家族亲疏关系的展示。米勒大妈因为一场暴风雨而猝死，孩子们用新鲜黄松木为她赶制了一个闪闪发亮的、带有绳编把手的棺材。她的葬礼是一个认同和识别家族关系的仪式，米勒家族的权力持有者利用送葬资格这个象征符号进行权力叙事，通过把残疾女儿奥蒂莉直接排除在送葬队伍之外从而切断了对她的家族认同和社会认同。奥蒂莉在以米勒大叔为首的家族关系网络中的位置被即刻标志出来，成为被剥夺送葬资格的"标出项"（赵毅衡，2012：279），米勒家族残酷的"实用主义"信条暴露无遗。

作为一种成长仪式，葬礼更多的是促使成长主体理解个体生命本身，探究死亡之于生存的意义。童年米兰达就是靠观察学会判断小动物的死亡，并仿照成人为其举行葬礼，并在多次亲历了人的葬礼后逐渐认识了人的死亡。

（4）（解释者，女性人物的）能力元语言

莫迪凯·马科斯（Mordecai Marcus）把成长小说分成两类："第一类把成长描绘成年轻人对外部世界的认识从无知到获得一些重要知识的过程。第二类把成长描绘成一种重要的自我发现，并最终使自我适应于生命或社会的过程"（Marcus，1960：222）。准确地说，这两类小说的特征其实是个体成长过程中的两个阶段，认识外部世界不一定能使人物获得成长，而只有最终取得与所处社会环境的制衡才是成长的关键所在。而在这两个过程中，成长主体的社会性成长经历，即"能力元语言"（赵毅衡，2012：232）必然是有区别的。

①对外部世界的认识

由于亲情缺失和学校教育的缺陷，波特笔下处于童年和少年时期的女性人物在成长仪式的符号解码过程中往往表现出能力元语言的薄弱，几乎都是通过对自我和本真的独立探询来凝聚前行的勇气与力量。"社会心理学家认为，家庭是孩子产生原始的自我感觉以及形成基本的身份、动机、价值和信念的背景"（樊国宾，2003：27），而波特笔下的女性成长者无一例外地处于不完整的家庭,没有安全感,没有道德看护,没有漫长而痛苦的与母亲在心理上剥离的过程。女性人物在成长过程中往往母爱缺失、父亲落魄冷漠,她们孤独的成长仪式中,关乎亲情的着墨不多,鲜有同伴和亲人的参与,尤其是步入青年后,隐约的亲情几乎停留在对童年时期的美好回忆中。这种人物状态与波特本人的儿时经历直接相关,成年后的波特虽然一直居无定所,但与家人保持着通信的习惯。1941 年 7 月,即将过 20 岁生日的侄子保罗给波特来信,表达了他对音乐、文学、绘画的兴趣与日俱增,波特感到很欣慰。她在回信中提到了自己年幼时的无助:"当我还是你的年纪或者年纪更小些的时候……在我看来我简直就是在一个荒岛上。我找不到人诉说我感兴趣的事物,我心灵成长的方式和生活必须把控的方向不仅被漠视,而且被敌视"(Unrue,2005:186)。在回信中波特鼓励保罗找到他"自己的位置"和与他"志趣相投的人",并把他想写的任何东西寄给她看。波特很乐于鼓励家族的后辈培养艺术兴趣,她想要充当的角色就是自己儿时非常渴望拥有的那种精神守护者。

《老人》中,由于家庭经济条件窘迫,米兰达和姐姐玛丽亚被送往新奥尔良的圣婴耶稣女修道院接受教育,她们用"被禁闭"来描述自己在"那个穷苦、贞洁和服从的世界"(波特;1984:73)中的处境。精神关怀显然不是这里的教育所涉及的领域,她们总是"设法逃避受教育"(波特;1984:53—54)。对于家族叙事中描绘的淑女典范艾米姑妈和浪漫骑士加布里埃尔姑父,童年米兰达一直心存疑惑,却没有足够的能力元语言来解开家族叙事的真相。

《无花果树》中,伊莉莎姑婆让米兰达通过望远镜仰望星空,看到另一个世界,还告诉米兰达,树蛙在蜕皮后会吞食自己蜕下的皮,并会在下雨前发出鸣叫声,从而解开了米兰达心头的困惑——那微弱的叫声不是被埋葬的小鸡从地下发出的求救声,而是树蛙的叫声。伊莉莎姑婆传授的知识弥补了米兰达的能力元语言不足,也从另一个角度揭示了亲情守护与长者解惑在成长过程中重要性。

波特笔下的女性成长主体对于死亡和葬礼的认知都来自于生活中的有限的经历和观察。《无花果树》中的米兰达通过葬礼间接认识到人的死亡:

"有人死了,就会有一长串的马车缓缓经过山脊,驶向河边,丧钟会不停地敲响,而别人就再也看不到这个人了"(Porter,1998:435),而"当米兰达发现任何不动也不发出响声的小动物,或者看起来和活着的动物有点不一样"(Porter,1998:435),米兰达就会判定小动物已经死亡,必须为之举行葬礼,"她就会把它埋在一个小坟里,上面放着花,前面放着一块光滑的石头"(Porter,1998:435)。在《目击者》中,金比利大叔经常被孩子们要求用木头块为小动物雕刻微型墓碑,上面刻着姓名和死亡日期,"因为经常有小动物或小鸟快死了,要有个像样的葬礼,所以就需要墓碑:二轮马车当灵柩车,鞋盒子当棺材,上面盖着棺罩和很多鲜花,当然,还有墓碑"(Porter,1998:340)。在小动物的葬礼这个符号文本中,棺材、灵车、墓碑、土堆、陪葬品都是物件形式的形象符号,埋葬方式是行为形式的抽象符号。成人世界的葬礼远远不止这些相对直观的符号,女性成长主体通过对葬礼的模仿,积累了对于生命和死亡的认知,逐步提高了相关的能力元语言。

②能力元语言变迁和顿悟

元语言集合是变动不安的,同一人面对同一个符号文本,会产生不一样的解读。从幼年、童年、少年到青年,女性成长主体的能力元语言处于不断的变迁过程中。当人物拥有足够的社会化经历,能力元语言集合便有可能促使其产生顿悟,而顿悟会使主人公的成长具有决定性的意义。乔伊斯以后,许多作家都使用顿悟表现人物成长,顿悟成了美国成长小说的结构要素。乔伊斯对这个术语的解释是:顿悟是一种突发的精神现象;通过顿悟,主人公对自己或者对某种事物的本质有了深刻的理解和认知。(芮渝萍,2004:143)。波特的女性成长小说所采用的叙事结构沿用了典型的美国成长小说的情节模式:主人公的成长背景→成长困惑→受到诱惑→离家出走→遭遇考验→陷入困境→得到顿悟→失去天真→认识自我,她的人物成长轨迹符合美国成长小说的经典文本审美形态。

《坟》中,对于"探宝埋兔"这个成长事件和符号文本,9岁的米兰达和成年的米兰达拥有不同的能力元语言,解释主体与符号的时空距离造就的"二我差"和能力元语言的变迁必然会使解释者进行不一样的解读,得到不一样的体悟。莫迪凯·马科斯在《什么是成长小说?》(What Is An Initiation Story?)一文中,曾经讨论过这个故事,谈及这个成长事件对米兰达的影响时,认为:"这个经历对她的意义在20年后才明确化。这个故事没有描绘一个真切的成长,而是展示了一个成年人对她青葱岁月中一个象征性事件的回忆,从而获得了新近的领悟。但它对成长已经发生的揭示和成长主题是并行不悖的"(Marcus,1960:225)。换言之,当成年米兰达回忆起9岁时的往事时,她把当年的自己对象化,通过解释重建了一个对象之我,"我通过把自己对象化(把自己的身体情况'符号化')来理解自身,我现在努力想理解的这个人,不是解释者'我自己',而是通过解释重建的一个对象自我"(赵毅衡,2012:62)。那件童年往事历历在目,从未改变,犹如"时空距离延伸的镜像"(赵毅衡,2012:115),"叫她觉得好像面对画框里的一幅景色,自从画中描绘的事情发生以后就一直既没动过也没变过似的"(波特,1984:415)。米兰达终于在母爱缺失、亲情匮乏中长大了,站在异国他乡的菜市街上,她沉重地忆起懵懂的童年和保罗的笑容。小说以这样的情节结尾,使整部作品带有成年米兰达悲悼一去不复返的童年时光的意义。

《老人》中,青年米兰达拥有了足够的生活历练,她的成长历程包含了成长小说叙事结构原型中几乎所有的情节要素:"主人公成长的背景、成长的困惑、离家出走、遭遇考验、陷入困境、获得醒悟和拯救等相似经历"(芮渝萍,2004:80)。对于一成不变的家族叙事和淑女神话,始终没有一个长者对米兰达还原"生活真相"(波特,1984:97),但她的心理成长和能力元语言变迁成为确定的事实,她已然能"使自己与已知世界分离,获得自主性,维护自己的权利,然后重新融入社会组织"(Hovet,1990:19)。尤其在加布里埃尔姑父的葬礼后,米兰达产生了顿悟,决定彻底摆脱陈旧的家族往事,不再"浪费生命去惊奇地盯着那些记忆看"(波特,1984:97),她要成为自己生活的主宰,知道自己发生的事情的真相。

《假日》的叙述声音和叙述视角都来自主人公"我",作为波特笔下为数不多的成年女主人公之一,"我"以第一人称叙述者的身份述说了自己在一个农场度春假的经历,其内心话语贯穿了整个故事。诺伯特·威利(Norbert

Wiley)结合了米德和皮尔斯的内心话语形式,提出了"主我－你－客我"的三元关系模式(威利,2011：15)。小说主人公"我"可以被理解为"主我","主我""可以同时看见自己既定的习惯系统('客我'),以及对某种新的、非习惯性行为('你')的选择"(威利,2011：15)。"'你－客我'搭起的拱形,使'主我'在自己的世界里可以牢牢抓住任何事物"(威利,2011：18)。尽管在当时的南方社会中,女性追求事业和在自我意识的支配下对生活进行评价与选择都被视为违背习俗和离经叛道,"我"还是勇敢地选择了自己理想的生活方向,使"符号自我"的延伸方式朝向主体身份的确立。女性作为生命个体,有权选择自己心仪的生命出路,有权为自己筹划无限多元的人生可能性。青年知识女性"我"作为解释主体,在面对"葬礼"这个符号文本时表现出较高的能力元语言,葬礼使"我"获得了一种自我实现的契机,"主我"的选择战胜了父权制的规约,主人公完成了成长。

4. 结语

在波特的中短篇小说中,最终衍生为成长仪式的葬礼为成长主体提供了道德完善、精神圆满和自我实现的契机与动力,成长主体通过对这些事件的解读而获得成长,逐渐完成社会化过程。分析女性成长主体对葬礼的符号解读有助于了解这一时期南方女性自我身份的形成以及其成长的历史的、个人的动因。

结 论

　　本书从叙事学和后经典叙事学理论视角对美国女作家凯瑟琳·安·波特的中短篇小说进行了分析,这两种理论所聚焦的分别是文本内的叙事特征和文本外的社会历史语境,在叙事学内部构成一种互动的共存关系。本书作者致力于整合这两种理论的优势,扬长避短地将其综合运用于波特小说的叙事分析,发掘波特中短篇小说中独特的叙事方法和策略。

　　本书第一章首先介绍了波特的生平和创作历程,并盘点了国内外关于波特及其作品的研究成果。波特出生并成长在美国南部,曾经旅欧侨居并在墨西哥工作和生活过,第一次世界大战后多次前往格林尼治村,晚年定居马里兰,所以她的小说背景主要是以美国南部、纽约地区、欧洲和墨西哥为背景。波特笔下的人物大都深陷某种不能自拔或无能为力的困境中:对传统的颠覆和自我的寻找、美好理想和残酷现实的落差、辜负和内疚、背叛和复仇、贫困和消亡……波特因此被称为"阴暗的寓言的制造者"(波特,1984:9)。就像普鲁斯特,她强调人类的回忆,强调被回忆的时光碎片和回忆的方式,这些碎片像马赛克拼图一样构成现在的思想。(Johnson,1960:602)。被回忆的时光碎片和回忆的方式几乎构成了她小说写作的全部过程:"当一个作家的故事写到尾声时,他已经至少把这个故事经历了三遍以上——第一遍是在一系列的真实事件中,这些事件融合在一起,直接或间接地在他的头脑中引起了骚动,激起了他撰写这个故事的意识;第二遍是在他的记忆中;第三遍是在将这些零乱的素材诉诸笔端的时候"(波特,1970:467)。本书所探讨的就是波特的回忆方式和将这些零乱的素材诉诸笔端的方式。

　　本书第二章至第五章探讨了波特中短篇小说中的主题与情节模式、人物观、叙事控制机制(包括叙述视角、叙述眼光、叙述声音、叙述话语等)、叙事时间和叙事空间等内容,这些都是(经典)叙事学分析作品的常用角度。

　　作为一位严肃的作家,波特关心某些普遍的话题,比如:人心的活动;表象与现实;对真理的顿悟感知;形成一个历史时代的情感洪流的个人情感暗河;自我欺骗与其后果等。当波特的小说从主题表达的角度被审视,可以自然地被分成六个主题单元:个人;文化流离;不幸婚姻和伴随不幸婚姻的自欺欺人;爱情的逝去和个体完整性的残存;人被其天性所奴役并屈服于注定要使他受苦与失望的命运;波特所有主题的混合。波特在"个人"主题方面所涉及的是放置于特定文化传统中的个人,以及其内心对于往昔与当下关系之思考。中篇小说《老人》《旧秩序》系列中的《源》《旅程》《目击者》和《最后一叶》描述的就是处于南方文化中的同一群人物,以及他们在新旧南方更替中的生活状态与思考。《斜塔》和《开花的犹大树》呈现了文化流离与邪恶发现的主题,无论一个人是自愿还是被迫远离他的传统,他发觉自己所处的异域文化经常会让他发现人类邪恶的内在本质。短篇小说《绳》《那棵树》《一天的工作》《裂镜》都是关于不和谐、不般配的夫妻以及夫妻生活中的种种争执,伴随他们不幸婚姻的是他们的自欺欺人。"爱情的逝去与个体完整性的残存"这个主题包含了人间的自然法则:生、死和爱情。《灰色马,灰色的骑手》《通往智慧的向下之路》《偷窃》等小说都以隐喻的方式表现了爱情的死亡。短篇小说《马戏》《坟》《无花果树》都是这个主题的其他变体形式。《中午酒》《玛丽亚·孔塞普西翁》《他》《被遗弃的威瑟罗尔奶奶》等小说说明了一个让人无可奈何的道理:无论一个人的性格如何,都无法避免、无法逃脱某些摧毁性的力量,人类的挣扎在冷淡无情的宇宙面前将不会停止。《庄园》是波特所有主题的混合物。另外,《假日》中主人公的心路历程颇类似于《老人》中的米兰达,可以归入"个人"主题。《童贞女比奥莱塔》和《殉难者》都描写了一种单方面的痴情,比奥莱塔和鲁本都是爱情的殉难者,可被归入"爱情的逝去和个体完整性的残存"这一主题。

波特小说的主题虽然有限,但她以出神入化的风格和多样独创的象征手法呈现这些有限的主题。她的小说题目和人物名字的命名几乎都是某种象征的运用,很多小说题目都是对她在故事中涉及的事态的象征性总结,如《旧秩序》《马戏》《魔法》,每个故事从根本上说都是围绕该题目展开的。《中午酒》《老人》或《灰色马,灰色的骑手》等小说的标题都是文学性的或引经据典的,她能把所引用的材料融入自己的故事中。波特式的象征主义也体现在恰如其分的人物名字上,比如非常适合 1900 年美国南方的小姑娘的"米兰达",代表古希腊的众神之母、大地女神的米兰达的姓氏"瑞亚"。有些名字以反讽的形式象征着人物的性格或命运,如艾米的拉丁文意思是"被深爱的",实则过着生不如死的日子。加布里埃尔在《圣经》中是上帝传送好消息给人类的使者,但他却是个时运不济的人,频频给亲人们带去坏消息。有些小说中的相关人物都被冠以拥有象征意义的姓名,主题寓意通过他们之间的抗衡被直接表明,比如《玛丽亚·孔塞普西翁》中,妻子的姓名为玛丽亚·孔塞普西翁,而丈夫情人的姓名为玛丽亚·罗莎,两位情敌拥有相同的名字玛丽亚,与圣母同名,但不同的姓氏设置却呈现了冷酷的主题,孔塞普西翁意为怀孕,罗莎代表爱情。除了在小说题目和人物姓名上使用象征手法,波特也会在小说中有意使用宗教与神话象征,只是她已经把宗教和神话引进现实的层面,比如《灰色马,灰色的骑手》中对男主角亚当进行了含蓄的象征性处理。其他使用传统象征的小说包括《玛丽亚·孔塞普西翁》《开花的犹大树》《马戏》《无花果树》和《坟》。波特的许多象征只是她叙事的素材,并不一定使人想起有关的典故或形成意义模式,比如《中午酒》中汤普森夫人的烟色眼镜、《目击者》中动物的墓碑、《源》中的手工拼布。波特的小说结合了一些基本的主题、灵巧的象征运用和清晰的散文风格,传达了前后一致、论述完整的小说观点。

波特的"米兰达系列"可以被归入女性成长小说,小说中所采用的叙事结构沿用了典型的美国成长小说的情节模式:主人公的成长背景→成长困惑→受到诱惑→离家出走→遭遇考验→陷入困境→得到顿悟→失去天真→认识自我。但这种模式经常是以一定的变异形态出现的,比如《裂镜》中的女主人公罗莎琳在出走和回归后,得到顿悟和认识自我的环节始终没有成为确定的事实,罗莎琳自我意识的觉醒只是一种可能而已。《老人》中的伊娃在逃离后,并未真正认识自我,仍然以男权话语的视角看待自身和其他女性。而米兰达从小缺失母爱和有不完整的家庭经历,都在很大程度上阻碍了她逃离当下的生活后适应不同的社会环境和建立正常的人际关系,也使她不能恰当地处理两性关系和经营婚姻,这种女性成长困境从反面衬托了精神和道德成长看护在女性成长过程中的重要性。

"米兰达系列"具有典型的发现情节模式,主人公米兰达在成长过程中,从不知到有知、从看到假象到发现真相的过程,体现了人物不断追求、寻找的模式,具有认知的特征。在《假日》《老人》等以美国南方地域文化为背景的中短篇小说中,作者反映了女性在社会化过程中的内心挣扎和主体认知。作者通过为女性他者人物设置身份悬念,以及女性他者人物身份的他人构建、自我构建、主线人物的体验构建等多重叙事来达到人物的身份书写,试图证明女性身份构建的复杂性和艰巨性。主线人物通常是一位年轻的女性,其发现失语女性他者真实身份的过程也是自我的主体认知过程,在体悟他人的人生中完成了自我的成长蜕变,她们的人生历练和认知过程使叙事接受者看到女性按照自己的意志进行自主选择的可能性,以及女性走出困境、战胜苦难的决心和勇气。

波特小说中有两类特征鲜明的人物,可以分别对应"心理性"人物和"功能性"人物。米兰达系列塑造了三代美国南方女性,以祖母索菲亚·简、艾米姑妈和米兰达为代表的三代女性历经了两个世纪,先后目睹美国西部大开发、南北战争、工业革命和经济危机,不断寻找自己在社会、社区、家族中的位置,她们的心路历程构成了叙事的主线,这类人物可以被归结为"心理性"人物。另外,《他》中的弱智儿"他"、《假日》中的残疾女儿奥蒂莉、《中午酒》中的长工赫尔顿等人物,都属于身体残疾和精神残缺者,是游离于主流社会意识形态与主流文化之外的、挣扎在现实困境中无力自拔的人物,这些"功能性"人物的塑造在一定程度上延续了美国南方文学的畸零人传统。

波特的中短篇小说中最主要的叙述视角是有限全知视角、第一人称视角和第三人称有限视角。《马戏》《坟》《老人》《假日》《灰色马,灰色的骑手》《偷窃》《开花的犹大树》《庄园》等都是波特自传性的小说,女主角的名字大都为米兰达,小说偶尔会以第一人称进行叙述,但更多的是透过米兰达的眼光来看待周遭的一切,以第三人称展开叙述,大多数女性人物不直接发出自己的声音。这些小说中存在着"二我差",同一个人物在不同时期由于社会阅历与知识的积累而拥有不同的能力元语言,拥有对同一事物完全不同的看法,也即申丹曾经讨论过的"叙述者'我'目前追忆往事的眼光"和"被追忆的'我'过去正在经历事件时的眼光"之区别,这两种眼光可体现出"我"

在不同时期对事件的不同看法或对事件的不同认识程度,它们之间的对比常常是成熟与幼稚、了解事情的真相与被蒙在鼓里之间的对比。成长小说普遍存在的叙事困境就是叙述视角和叙述声音的整合。为了让主人公生动地构建自己的身份和个性,成长小说往往使用第一人称叙述,用人物自己的眼光来观察,用自己的口吻来叙述。但第一人称叙述在本质特征上受到诸多局限,其叙述视域和语言都受到叙述者身份的制约。另外,由于波特的女主角主要处于父权制的社会历史语境中,其女性的声音受到压抑是必然的时代表现,只有当女性获得清醒的个人意识,获得表达自我的途径,她们才能摆脱失语状态,发出振聋发聩的女性声音。波特通过对叙述视角和叙述声音的选择,探索了女性成长小说中理想的女性叙述视角和叙述声音,有效规避了成长小说普遍存在的叙事困境。

波特在叙述眼光和叙述声音上的处理技巧还可以从短篇小说《玛丽亚·孔塞普西翁》中可见一斑。小说通过对一位性格刚烈的墨西哥印第安土著女子的刻画,揭示了墨西哥土著对"生"和"此刻"的重视、对生命力量的崇拜和强调。由于小说篇幅不长,涉的人物为数不多,叙述者在叙述时随着情节发展不断变化着叙述眼光和叙述声音,往往通过某位主要人物的眼光描述某个场景,展现该人物的心理活动。而第三人称叙述声音中时不时夹杂人物的自由直接引语和自由间接引语,使人物的心理活动更接近意识流的表现形式,从而呈现人物的内心挣扎,使小说情节处处透出人物的"考量"与"选择"。

在叙事的话语表达方面,波特尝试忽略传统的人物话语形式,彻底颠覆以往小说中用直接引语表达对话的常规,而是通篇摒弃引号和引导语,大量采用自由间接引语和自由直接引语来表现人物对话,使叙述流不受任何干扰而顺利地延伸,如《绳》的人物话语形式。这种陌生化手法使读者对生活中熟视无睹的琐事产生一种全新的审美体验。同时,这样的话语摆脱了引述句和引号,受叙述语语境的压力较小,叙述者改变了人称和时态,使这种人物话语与叙述语在形式上体现了一致性,在中文中,由于动词本身不体现时态,所以这种一致性往往体现得更自然。

在人物心理塑造的过程中,波特大多采用有限全知视角的结构模式,选择性地透视人物的内心,仅描述个别主要人物的心理活动,或者使次要人物的心理活动衬托主要人物的困境。波特常常通过对距离(叙述距离和审美距离)的控制,着力体现人物的生存困境,表达对生活的整体印象,引发读者的理性判断和思考,如小说《他》的叙事结构和功能模式处理。

德州的生活经历和生活空间投射到了波特很大一部分作品中的时间和空间叙事上,尤其是她的小说反映出来的南方性印象,以及她在作品中建立起来的自己心目中的德克萨斯州。她模棱两可的性格与德州空间地域特点不无关系,而她对德州模棱两可的态度来自于她成为作家后与德州的几次不愉快的交集。

波特深受德州存在着两种边界这一事实的影响:德州和墨西哥之间在法律和文化意义上的边界,以及贯穿德州南北的美国南部和西南部边界。波特在小说中对德州、美国南部、美国西南部提供了不同的处理方式。波特家乡所在的德克萨斯州穿越西经 95 度,两边的农牧和灌溉状态大相径庭。按照美国传统的地域划分,德州属于南方,而它的西部地区实际上更接近美国西部的特色,德州的南部又与墨西哥接壤,具有浓厚的墨西哥风情。因此,德克萨斯州是个不折不扣的边界地区。不仅波特童年的生活空间处于"实际的物理边界",就波特的时间感而言,也占据了一个特别矛盾的边界地带。她经历了新旧南方的交替,在欣赏往昔传统的贤良淑德时,所持有的那种二元的、模棱两可的态度,与她对待现代性和变革的热心态度截然相反。童年时代便开始颠沛流离、少年时代就离家漂泊的波特把对家乡德州的情感倾注到了她的作品中。德州在波特的小说中根深蒂固,她最有成就的小说大都来源于童年在德州的经历。而每当被问及对自己出生之地的感受,以及对自己家庭的感受时,她都有深刻的分裂感。因为在她心中,出生地和家庭这两个地方本质上是一致的。她相信她的家庭打压了她儿时萌发的创造力,也没能提供她成年时所需要的那种无条件的、无私的爱,而自己几度被家乡德州所怠慢,错失各种荣誉,她的愤怒和难堪不难想象。

在时间叙事和空间叙事方面,本书以短篇小说《坟》为例,从符号学的角度分析了女性成长叙事的时空体。人物的成长首先体现在时间维度上,即人的符号自我之确立过程。其次,人物在空间中的位移、在社会等级阶梯上的活动,构成了小说描述的事件和奇遇。通过两个时间段、二十年的时间跨度和时间向度的"过去性",叙事主体勾勒了人物的成长轨迹,并且试图把握并再现难以琢磨、稍纵即逝的人类情感;通过两个关联场景的塑造和空间转换,叙事主体展现了女性人物在空间位移过程中所体现的成长的空间性。正是在了解、接纳和摒弃各种空间的过程中,女性的符号自我不断审视调整身体、自我与空间的关系,在社会解释项和自我解释项之间不断调适,从而在社会性别、历史、文化等各种因素的基础上重构空间和自己的社会身份。通过对"坟"这一多义符号的运用,以及对不同场景、不同知觉符号之间的体验转换,作者塑造了独特的时空体,由此传达的正是女性人物在成长过程中对于生存意义的探寻和自我身份的认知。

本书第六章至第七章从女性主义、两性关系、社会性别、意识流、心理学、认知神经科学和符号学等后经典叙事学的多种可能的角度对波特作品进行解读,结合作品文本内的主题和文本外的社会历史背景,挖掘波特小说的叙事策略和现实意义。

波特小说中的一个亘古的主题是女性人物的个体挣扎,这种挣扎或是为了维持自己在家庭中的身份,或是为了抗拒自己在家庭中的身份。波特对女性人物身份的关注远远超过了她对女性在诸如种族、地域、宗教或经济方面特性的关注。波特笔下的女性人物的人生大抵是不快乐的,在她所有的小说中,人物的不快乐基本都是家庭状况所导致。她借伊娃之口表达了对家庭的痛恨:人不能从家庭中得到帮助,家庭是不幸的源泉。"米兰达系列"、《旧秩序》《通往智慧的向下之路》《他》《假日》《裂镜》《被遗弃的威瑟罗尔奶奶》等小说都体现了这样的主题。此外,她的"米兰达系列"也反映了南方传统习俗制约下的女性从顺从到反叛进而超越的过程。

波特宣称自己很早就是女权主义者,并显露了对社会主义的兴趣,20世纪20年代遭遇了对墨西哥革命理想的幻灭和她密切关注的萨科-万泽蒂事件中的两位主角蒙冤被枪决,这两段政治生活经历摧毁了她对有组织的革命运动的理想主义信仰,此后,她的怀疑主义态度在文章和信件中越来越明显。波特的政治观点的形成不仅缘于她对政治活动的直接参与,也因为她熟稔某些政治理论,在纽约和墨西哥时,她受教于不同的政治信条,但她一直是一个独立的思想者,将艺术与政治分开是波特的创作原则,这个原则成为她许多年来的政治和批评著作的基础,她的小说也能说明她是如何牢固地把握这个标准的。波特的小说没有明显的政治信息,然而这些小说又戏剧性地展示了政治在她艺术视野中所起的作用。事实上,她的很多作品都包含政治主题,有一些故事蕴含深刻的政治主题,只有根据波特的个人历史和写作的社会语境才能得以彰显。

在 20 世纪 20 年代的文章中,波特谴责了当时的墨西哥文学忽略革命、固守陈旧的主题,除了描写无回报的爱所带来的痛苦,根本不触及人心的悲伤。她在 20 年代撰写的短篇小说有意识地透过两性交往的浪漫外表,揭露两性关系的本质。《开花的犹大树》《童贞女比奥莱塔》《殉难者》《可爱的传说》等早期的墨西哥小说无一不是聚焦男性凝视者(观察者)和女性被凝视者(被观察者)之间的控制和服从的两性关系,往往通过一位艺术家和他的模特儿(缪斯)之间的微妙关系,揭露波特所看到的性虐待,这种施虐和受虐的性虐待推动女性变成符号对象和性爱对象。波特的这些小说抨击了男性主宰文学传统的惯例,在这种惯例中,艺术的目的都是女性对男性有创造力的、情色的幻想的屈从。但从另一方面看,似乎波特笔下的女性从来不会完全地逆来顺受。她那些墨西哥小说中的女性并不盲目地遵从男性同伴的要求。这些从女性视角叙述的故事说得很明白,即女性们被浪漫爱情传统诱惑,经常会发现她们被客体化的过程还挺令人激动。把这些小说放在一起研读,并放在波特的文章和她未发表的日记的语境中,能发现 20 世纪 20 年代期间,波特有意探究潜藏在浪漫爱情传统下的权力问题。

《老人》《旧秩序》《假日》《灰色马,灰色的骑手》这一系列小说展示了美国南方社会权力话语对女性社会性别的建构,通过女性社会性别的再现和自我再现,展现了社会性别的演变。波特小说中的一代代女性经历了从失语到发声的艰难历程,从一味遵从男权话语下的社会性别角色期待,到消极地反抗,最终南方新女性通过选择写作的策略颠覆了权力话语,形成不同于权力话语的对抗叙事,从他者女性的处境中解放自我。南方新女性最终发现:社会性别并不是女性或男性内在的特质,而是社会建构的产物,是权力话语运行的结果。性别角色、社会性别期待、女性失语等都是一种社会构成,是历史的、非普遍主义的,它是可以被改变乃至被消除的。女性必须探索可能的行动策略以消解男性权力话语规定下的集体身份,以彰显具有独立品质的个人身份,掌握自我身份建构的主动权。在女权主义运动走过一个多世纪后,回顾美国南方女性的社会性别的历史变迁,无论是对于各种女性主义学术研究和流派的发展,还是对现代女性摆脱权力话语的压制和失语状态,发出声音、书写自我、建立具有独立品质的个人身份,都是有借鉴意义的。

《被遗弃的威瑟罗尔奶奶》中采用的意识流的表现手法生动展示了威瑟罗尔奶奶弥留时的心理活动和她的人生经历,使她成为波特小说中一个经典的人物形象。作者运用了意识流小说中常见的蒙太奇、内心独白、自由联想等手段,以心理时间架构作品,通过威瑟罗尔奶奶对过去时不时的回忆,将过去与现在的时空交织在一起,展示了时而清醒、时而昏迷的威瑟罗尔奶奶在弥留之际错综复杂的心理活动和深邃隐秘的情感世界,用她一天的内心活动勾勒出她平凡而耐人寻味的一生。

通常在解读短篇小说《坟》时,人们会沿用美国评论家小雷·B.韦斯特的观点,认为这个故事实际上有三座坟:一座是那些迁走了棺材的墓坑;另一座是埋葬那只野兔和它兔崽的坟;最后是米兰达心头那座埋葬她童年的无形的坟。(波特,1984:15)。此外,《坟》已被不少学者从象征主义、女性主义、南方文化、宗教、死亡等角度分析过,但这篇小说蕴涵无限的诠释空间。本书尝试从心理学角度和认知神经科学的角度对它进行了新的解读。《坟》并不具备戏剧化的冲突和扣人心弦的情节,整个故事只涉及两个情节时间段,即"探宝埋兔"和"蓦然回首",它暗喻人从幼年纯真到成年懂事的成长过程。米兰达兄妹俩的心理活动可以从儿童性别刻板定型、南方女性审美心理、移情作用、自我生命教育等几个方面来理解。对于具有性别典型特征的物品和活动,12 岁的保罗和 9 岁的米兰达显然具有不同的偏爱,打猎是一个与保罗的男性性别相适宜的游戏,米兰达几乎从来也没打中过什么目标,她对打猎根本一窍不通。不同儿童性别刻板定型使他们俩更钟情于对方在墓坑中觅到的宝贝,于是争吵几句后兄妹俩便达成交易。得到金戒指后,米兰达的女性审美心理被唤醒并逐渐膨胀,她自觉地用南方女性审美标准来评估自己的着装,并在想象中把自己塑造成一个南方淑女。而当她想一声不吭地回家马上实现对自己的理想化打扮时,她的移情能力使这个任性的念头马上被制止,并且能用建设性的方法处理自己的情绪经验。在南方文化中,死亡是禁忌话题,学校和家庭也缺失生命教育,没有母亲关爱的孩子只能在生活中艰难地进行自我生命教育,只有通过"探宝埋兔"这种偶然的契机,才能获得顿悟,习得生命。

小说《坟》的最后一部分,米兰达对二十年前"探宝埋兔"这段往事的"忘却"其实就是这段往事成为长时记忆的过程。当年她在坟地里通过感观看到、听到、摸到和嗅到的外界信息一开始都属于感觉记忆,通过有选择的存储后,成为短时记忆存在于米兰达的脑海中,经过编码和固化,成为记忆痕迹逐渐独立于大脑中与长时记忆有关的颞中回而得到巩固,形成了高度稳定的长时记忆。二十年后米兰达在陌生国家陌生城市的菜市街上对往事的突然忆起,就是在某种刺激下主人公对这段长时记忆的提取。波特最大限度地调动了人的视觉思维和嗅觉思维,视觉刺激和嗅觉刺激被调动到一个整体集合内,在整体作用下产生了关联。在米兰达提取有关当年那件事的情节记忆时,她为当年的保罗勾勒了一个既具体又抽象、既清晰又模糊、既完整又不完整的形象,时隔多年,通过知觉的选择作用,哥哥面部五官的确定轮廓和确定细节已被舍弃和遗忘了。十二岁的保罗得到宝贝后的满足表情在米兰达的思维中凸现出来,形成心理意象,使其有别于事物的自然本体(即十二岁保罗的脸盘儿),从而有力地表现了米兰达内在的情感以及她与保罗的兄妹亲情和对童年往事的眷恋。

女性成长主题是波特中短篇小说的一个重要主题,其作品中涉及的女性成长仪式并非具有社会根源的传统成长仪式,而是女性人物成长过程中突如其来的事件,该事件直接引发成长主体生存状态和心态的改变,最终衍生为成长仪式。葬礼这个情节要素频频出现在波特的小说中,或是人的葬礼,或是小动物的葬礼,但都幻化成了女主人公的成长仪式。"葬礼"这个符号文本最终能否衍生成为人物的成长仪式完全取决于成长主体对该符号文本的解读与体悟。波特笔下的女性成长主体在解读这些符号文本的过程中,调动了不同的元语言因素,组成特定的元语言集合,最终产生顿悟,完成自我教育和成长。

父权制、淑女神化、淑女崇拜、强烈的家庭观念、严格的生死与性禁忌等文化传统主宰着南方人的生活。《老人》中的家族成员在加布里埃尔姑父去世后,纷纷赶回南方老家参加葬礼,只为了重温对家族的归附感和重建彼此的社会关系。《坟》中的米兰达在凝视的压力下自觉地以父权制文化中有关女性道德和行为评价模式进行自我凝视和自我审查,对自己男性化的着装产生了反感,并在想象中把自己塑造成一个南方淑女。葬礼这个符号文本是集体对生命的反思性展演,蕴涵该集体的人生观和生死观。《假日》中米勒大妈的送葬队伍不仅"是死者荣耀的'最后展示'"(沃维尔,2004:120),也是家族亲疏关系的展示。米勒家族的权力持有者利用送葬资格这个象征符号进行权力叙事,通过把残疾女儿奥蒂莉直接排除在送葬队伍之外从而切断了对她的家族认同和社会认同。在米兰达系列中,米兰达的年龄段从幼年、童年、少年到青年,女性成长主体的能力元语言处于不断的变迁过程中。面对同一个符号文本,解释主体与符号的时空距离造就的"二我差"和能力元语言的变迁必然会使解释者进行不一样的解读,得到不一样的体悟。当人物拥有足够的社会化经历,能力元语言集合便有可能促使其产生顿悟,此种顿悟对主人公的成长具有决定性的意义。

从国内现有的波特研究成果来看,叙事学正成为波特研究的一个重要趋势,为数不少的国内学者正朝着这个方向稳步开展波特的研究。本书正是促成了叙事学和后经典叙事学与波特小说文本的契合,充分考虑小说文本内部的叙事结构、叙述视角、叙述声音、叙述话语、叙述人称、情节模式、叙述时间、叙述空间等各个可能的叙事学角度,兼顾波特成长和写作的社会历史语境,全面分析波特中短篇小说的众多主题以及相应的叙事形式,探究小说各个层面的叙事效果,理解彼时彼地的社会和文化,进而发掘作品的叙事策略和现实意义。对这位创作态度严谨的作家进行研究,对其叙事策略和小说主题进行综合的分析与探讨,对于推动国内外的凯瑟琳·安·波特研究、小说叙事研究、女性成长研究、女性主义研究,都有比较重要的参考价值。

主要参考文献

[1] Allen, Charles A. Katherine Anne Porter: Psychology as Art[J]. Southwest Review, 1956, 41 (3) : 223—230.

[2] Austenfeld, Thomas Carl. American Women Writers and the Nazis: Ethics and Politics in Boyle, Porter, Stafford, and Hellman[M]. Charlotteswille: University Press of Virginia, 2001.

[3] Barley, Isabel. (ed.). Letters of Katherine Anne Porter[M]. New York: Atlantic Monthly Press, 1990.

[4] Blair, John. South by Southwest: Texas and the Deep South in the Stories of Katherine Anne Porter[J] Journal of the Southwest, 1995, 37 (3) : 495—502.

[5] Brinkmeyer, Robert H. Jr. Katherine Anne Porter's Artistic Development: Primitivism, Traditionalism, and Totalitarinism[M]. Baton Rouge: Louisiana State University Press, 1993.

[6] Brooks, Cleanth. On "The Grave"[J]. Yale Review: A National Quarterly, 1966, 55 : 275—279.

[7] Conkling, Parish. The Triadic Nature of Women in Katherine Anne Porter's Fiction[J]. Journal of the American Studies Association of Texas, 2009, 40 : 43—52.

[8] De Lauretis, Teresa. Technologies of Gender: Essays on Theory, Film,

and Fiction[M]. Bloomington:Indiana University Press,1987.

[9]DeMouy,Jane Krause. Katherine Anne Porter's Women:The Eye of Her Fiction[M]. Austine:University of Texas Press,1983.

[10]Edelstein,Sari. "Pretty as Pictures":Family Photography and Southern Postmemory in Porter's Old Mortality[J]. Southern Literary Journal,2008,40 (2):151—165.

[11]Fornataro – Neil,M. K. Constructed Narratives and Writing identity in the Fiction of Katherine Anne Porter[J]. Twentieth Century Literature,1998,44 (3):349—361.

[12]Genette,Gerard. Fiction and Diction[M]. Ithaca:Cornell University Press,1993.

[13]Genette,Gerard. Narrative Discourse[M]. Oxford:Blackwell,1980.

[14]Givner,Joan. Katherine Anne Porter. A life[M]. New York:Simon and Schuster,1982.

[15]Givner,Joan. Katherine Anne Porter Conversations[M]. Jackson:University Press of Mississippi. 1987.

[16] Hardy, John Edward. Katherine Anne Porter [M]. New York: Ungar,1987.

[17]Hendrick,George. Katherine Anne Porter[M]. Chicago:University of Illinois,1965.

[18]Hennessy,Rosemary. Katherine Anne Porter's Model for Heroines[J]. Colorado Quarterly,1977,25(3):301—315.

[19]Himmelwrigh,Catherine,Crossing Over:Katherine Anne Porter's "Pale Horse,Pale Ride" as Urban Western[J]. Mississippi Quarterly,2005,58(3—4):719—736.

[20] Hirsch, Marianne. Family Frames:Photography, Narrative, and Postmemory[M]. Cambridge:Harvard Uinversity Press,1997.

[21] Hovet, Grace Ann. Initiation stories:Narrative Structure and Career

planning[J]. Mosaic,1990,23(2):17—27.

[22]Johnson,William James. Another Look at Katherine Anne Porter[J]. Virginia Quarterly Review,1960,36(4):598—613.

[23]Jones,Suzanne W. Reading the Endings in Katherine Anne Porter's "Old Mortality"[A]. Famous Last Words:Changes in Gender and Narrative Closure[C]. Alison Booth(ed.). Charlotesville:University of Virginia Press,1993.

[24]Joselyn,M. "The Grave" as Lyrical Short Story[J]. Studies in Short Fiction,1964,1(3):216—221.

[25]Kiernan,Robert F. Katherine Anne Porter and Carson McCullers:A Reference Guide[M]. Boston:G. K. Hall. 1976.

[26]Lavers,Norman. "Flowering Judas" and the Failure of Amour Courtois [J]. Studies in Short Fiction,1991,28(1):77—82.

[27]Lopez,Enrique Hank. Conversations with Katherine Anne Porter. Refugee from Indian Creek[M]. Boston:Little,Brown and Company,1981.

[28] Lubbock, Percy. The Craft of Fiction [M]. London: Jonathan Cape,1966.

[29]Marcus,Mordecai. What Is an Initiation Story? [J]. The Journal of Aesthetics and Art Criticism. 1960,19(2):221—228.

[30]McMurtry,Larry. In a Narrow Grave:Essays on Texas[M]. Austin: The Ecino Press,1968.

[31]Mooney,Harry J. The Fiction and Criticism of Katherine Anne Porter [M]. Oakland:University of Pittsburge Press,1962.

[32]Nance,William L. Katherine Anne Porter and the Art of Rejection [M]. Chapel Hill:University of North Carolina Press,1964.

[33]Nance,William L. Katherine Anne Porter and Mexico[J]. Southwest Review,1970,55:143—153.

[34]Porter,Katherine Anne. The Collected Essays and Occasional Writings of Katherine Anne Porter[M]. Houghton Mifflin and Saynour Lawrence. (ed.).

New York：Delacorte Press，1970.

［35］Porter，Katherine Anne. The Collected Stories of Katherine Anne Porter ［M］. New York：Harcourt Brace Jovanovich，1979.

［36］Prince，Gerald. A Dictionary of Narratology［Z］. Nebraska：University of Nebraska Press，1987.

［37］Rosaldo，Michelle Zimbalist. Women，Culture and Society：A Theoretical Overview［A］. Women，Culture and Society［C］. Michelle Zimbalist Rosaldo and Louise Lamphere.（ed.）. Stanford：Stanford University Press. 1974：17—42.

［38］Rooke，Constance. Myth and Epiphany in Porter's "The Grave"［J］. Studies in Short Fiction，1978，15（3）：269—275.

［39］Schwartz，Edward. Katherine Anne Porter：A Critical Bibliography ［M］. New York：New York Public Library，1953.

［40］Stout，Janis P. Katherine Anne Porter's "The Old Order"：Writing in the Borderlands［J］. Studies in Short fiction，1997，34（4）：493—505.

［41］Stout，Janis P. Mr. Hatch's Volubility and Miss Porter's Reserve［J］. Essays in Literature，1985，12（2）：285—293.

［42］Stout，Janis P. South by Southwest：Katherine Anne Porter and the Burden of Texas History［M］. Tuscaloosa：The University of Alabama Press，2013.

［43］Tanner，James T. F. The Texas Legacy of Katherine Anne Porter（Texas Writers Series，No. 3）［M］. Denton：University of North Texas Press，1990.

［44］Thomas，M. Wynn. Strangers in a Strange Land：A Reading of "Noon Wine"［J］. American Literature，1975，47（2）：230—246.

［45］Titus，Mary E. "A little stolen holiday"：Katherine Anne Porter's Narrative of the Women Artist［J］. Women's Studies，1995，25（1）：73—93.

［46］Titus，Mary E. The "Booby Trap" of Love：Artist and Sadist in Katherine Anne Porter's Mexico Fiction［J］ Journal of Modern Literature，1990，16（4）：617—634.

[47]Titus,Mary E. "Mingled Sweetness and Corruption": Katherine Anne Porter "The Fig Tree" and "The Grave" [J]. South Atlantic Review,1988,53 (2):111—125.

[48]Turner,Victor. The Drums of Affliction:A study of Religious Processes among the Ndembus of Zambia[M]. Oxford:Clarendon Press,1968.

[49]Unrue,Darlene Harbour. Katherine Anne Porter. The Life of an Artist [M]. Jackson:University Press of Mississippi. 2005.

[50]Unrue,Darlene Harbour. Katherine Anne Porter,politics,and another reading of "Theft" [J]. Studies in Short Fiction,1993,30(2):P119—126.

[51]Unrue,Darlene Harbour. Understanding Katherine Anne Porter[M]. Columbia:Univeristy of South Carolina Press,1988.

[52]Warren,Robert Penn. Katherine Anne Porter (Irony with a Center) [J]. The Kenyon Review,1942,4(1):29—42.

[53]Wescott,Glenway, "Katherine Anne Porter Personally" in Image of Truth:Remembrances and Criticism[M]. New York:Harper and Row,1962.

[54]Yost,David. The Harm of "Swedening":Anxieties of Nativism in Katherine Anne Porter's "Noon Wine"[J]. Southern Literary Journal,2011,43 (2):75—86.

[55]Zoran,Gabriel. Towards a Theory of Space in Narrative[J]. Poetics Today,1984,5(2):309—335.

[56]阿恩海姆,鲁道夫. 视觉思维——审美直觉心理学[M]. 滕守尧,译. 成都:四川人民出版社,1998.

[57]艾布拉姆斯,M.H. 欧美文学术语词典[Z]. 朱金鹏,朱荔,译. 北京:北京大学出版社,1990.

[58]巴赫金,米哈伊尔. 巴赫金全集(第三卷)[M]. 钱中文主编,白春仁,晓河,译. 石家庄:河北教育出版社,1998.

[59]巴尔特,罗兰. 叙述作品结构分析导论[A]. 美学文艺学方法论(下)[C]. 文化艺术出版社,1985.

[60]巴特,罗兰. 叙事作品结构分析导论[A]. 张寅德,译. 叙述学研究[C]. 张寅德编选. 北京:中国社会科学出版社,1989.2—42.

[61]巴特勒,朱迪斯. 性别麻烦:女性主义与身份的颠覆[M]. 宋素凤,译. 上海:上海三联书店,2009.

[62]波伏娃,西蒙娜·德. 第二性I[M]. 郑克鲁译,上海:上海译文出版社,2011a.

[63]波伏娃,西蒙娜·德. 第二性II[M]. 郑克鲁译,上海:上海译文出版社,2011b.

[64]波特,凯瑟琳·安. 波特中短篇小说集[M]. 鹿金等,译. 上海:上海译文出版社,1984.

[65]波特,凯瑟琳·安. 愚人船[M]. 鹿金,译. 上海:上海译文出版社,2000.

[66]波特,凯瑟琳·安. 源[J]. 吴冰,译. 外国文学,1996(7):40—42.

[67]波特,凯瑟琳·安. 旅程[J]. 吴冰,译. 外国文学,1996(7):42—49.

[68]波特,凯瑟琳·安. 最后一叶[J]. 吴冰,译. 外国文学,1996(7):50—51.

[69]布鲁克斯,柯林斯和沃伦,罗伯特·潘. 小说鉴赏[M]. 主万,冯亦代,丰子恺,草婴,汝龙等,译. 北京:世界图书出版社,2012.

[70]布斯,韦恩·C. 小说修辞学[M]. 付礼军,译. 南宁:广西人民出版社,1987.

[71]陈永国. 美国南方文化[M]. 长春:吉林大学出版社,1996.

[72]程锡麟等. 叙事理论的空间转向——叙事空间理论概述[J]. 江西社会科学,2007(11):25—35.

[73]邓红花,陈怡. 凯瑟琳·安·波特小说中的另类人物[J]. 萍乡高等专科学校学报,2008,25(4):90—92,96.

[74]恩格斯,弗里德里希. 反杜林论[M].马克思恩格斯选集(第3卷)[M]. 北京:人民出版社,1972.

[75]樊国宾. 主体的生成:50 年成长小说研究[M]. 北京:中国戏剧出版社,2003.

[76]方维保. 当代文学思潮史论[M]. 武汉:长江文艺出版社,2004.

[77]弗兰克,约瑟夫. 现代小说中的空间形式[A] 约瑟夫·弗兰克等. 现代小说中的空间形式[C]. 北京:北京大学出版社,1991:1—49.

[78]福斯特,爱·摩. 小说面面观[M]. 苏炳文译. 广州:花城出版社,1984.

[79]傅美蓉. 文化再现中的"他者"女性:中国古典文学中的女性身份研究[J]. 文艺评论,2012(12):153—156.

[80]傅美蓉,屈雅君. 社会性别、再现与女性的他者地位[J]. 妇女研究论丛,2010(3):60—66.

[81]盖利肖,约翰. 小说写作技巧二十讲[M]. 梁淼,译. 北京:北京十月文艺出版社,1987.

[82]格非. 小说叙事研究[M]. 北京:清华大学出版社,2002.

[83]吉登斯,安东尼. 现代性与自我认同[M]. 赵旭东,方文,王铭铭,译. 北京:三联书店,1998.

[84]胡亚敏. 叙事学[M]. 武汉:华中师范大学出版社,2004.

[85]黄虚峰. 美国南方转型时期社会生活研究(1877—1920)[M]. 上海:上海人民出版社,2007.

[86]荆云波. 文化记忆与仪式叙事——《仪礼》的文化阐释[M]. 广州:南方日报出版社,2010.

[87]康正果. 女权主义与文学[M].中国社会科学出版社,1994.

[88]李文俊.《愚人船》是否巨著?[J]. 世界文学,1962(11):123—124.

[89]李杨. 美国南方文学后现代时期的嬗变[M]. 济南:山东大学出版社,2006.

[90]刘思谦. 女性文学这个概念[J].南开学报(哲学社会科学版),2005(2):1—6.

[91] 刘晓露,熊力游. 话语权力关照下的主题身份建构[J]. 求索,2012 (1):130—131.

[92] 龙迪勇. 空间叙事学[M]. 北京:生活·读书·新知三联书店,2015.

[93] 卢睿蓉. 迷惘、顿悟、解困——论韦尔蒂畸零人小说的叙事模式[J]. 兰州学刊,2009(12):211—212.

[94] 罗钢. 叙述学导论[M]. 昆明:云南人民出版社,1994.

[95] 马丁,华莱士. 当代叙事学[M]. 伍晓明,译. 北京:北京大学出版社,2005.

[96] 毛力. 尤多拉·韦尔蒂短篇小说中的南方"畸零人"形象研究[J]. 名作欣赏,2011(9):45—46,49.

[97] 米德,玛格丽特. 萨摩亚人的成年[M]. 周晓虹,等,译. 北京:商务印书馆,2010.

[98] 秦小孟. 当代美国文学概述及作品选读(中册)[M]. 上海:上海译文出版社,1986.

[99] 热奈特,热拉尔. 叙事话语,新叙事话语[M]. 王文融,译. 北京:中国社会科学出版社,1990.

[100] 芮渝萍. 美国成长小说研究[M]. 北京:中国社会科学出版社,2004.

[101] 芮渝萍、范谊. 成长的风景——当代美国成长小说研究[M],北京:商务印书馆,2012.

[102] 尚必武. 叙述聚焦研究的嬗变与态势[J]. 天津:天津外国语学院学报,2007,14(6):13—21.

[103] 申丹. 叙述学与小说文体学研究(第三版)[M]. 北京:北京大学出版社,2004.

[104] 申丹. 也谈"叙事"还是"叙述"[J]. 外国文学评论,2009(3):219—229.

[105] 申丹,韩加明,王丽亚. 英美小说叙事理论研究[M]. 北京:北京

大学出版社,2005.

[106]沈嘉达,钟梦娇. Feminism 与女性解放[J]. 海南师范大学学报（社会科学版）,2007,89,20(3):76—79.

[107]石云龙. 荒诞畸形 警醒世人——解析奥康纳笔下"畸人"形象[J]. 当代外国文学,2003,24(4):114—119.

[108]斯科特,琼·W. 性别:历史分析中一个有效范畴[A]. 刘梦,译. 李银河主编. 妇女:最漫长的革命:当代西方女权主义理论精选[C]. 北京:生活·读书·新知三联书店,1997:151—175.

[109]谭兢常,信春鹰. 英汉妇女与法律词汇释义[M]. 北京:中国对外翻译出版公司出版,1995.

[110]王春荣. 女性生存与女性文化诗学[M]. 沈阳:辽宁大学出版社,2002.

[111]王侃."女性文学"的内涵和视野[J]. 文学评论,1998(6):87—96.

[112]韦勒克,勒内,奥斯汀·沃伦. 文学理论[M]. 刘象愚,译. 北京:文化艺术出版社,2010.

[113]魏天真,梅兰. 女性主义文学批评导论[M]. 武汉:华中师范大学出版社,2011.

[114]谢弗,H. R. 儿童心理学[M]. 王莉,译. 北京:电子工业出版社,2005.

[115]徐岱. 小说叙事学[M]. 北京:商务印书馆,2010.

[116]薛艺兵. 仪式音乐的符号特征[J]. 中国音乐学,2003(2):5—15.

[117]姚瑶. 论波特小说中的交流困境[D]. 上海:上海师范大学,2007.

[118]威利,诺伯特. 符号自我[M]. 文一茗译. 成都:四川大学出版社,2011.

[119]沃维尔,米歇尔. 死亡文化史[M]. 高凌瀚,译. 北京:中国人民大学出版社,2004.

［120］赵洪霞,程革. Feminism 在中国［J］. 文艺争鸣,2013（5）:143—147.

［121］赵树勤主编. 女性文化学［C］. 桂林:广西师范大学出版社,2006.

［122］赵毅衡. 广义叙述学［M］. 成都:四川大学出版社,2013.

［123］赵毅衡. 符号学［M］. 南京:南京大学出版社,2012.

［124］赵毅衡. "叙事"还是"叙述"? —— 一个不能再"权宜"下去的术语混乱［J］. 外国文学评论,2009（1）:228—232.

［125］周铭. "流言"的政治功能——波特的"故事"与"诗"［J］. 外国文学评论,2011（2）:109—121.

［126］周铭. 神话·献祭·挽歌——试论波特创作的深层结构［J］. 外国文学评论,2009（2）:202—214.

［127］张弘. 凯瑟琳o安o波特小说《他》的文体风格研究［J］. 黑龙江社会科学,2008（2）:123—125.

［128］张剑. 他者［J］. 外国文学. 2011（1）:118—160.

［129］张杰. 张杰文学选论［M］. 上海:复旦大学出版社,2007.

［130］张寅德编选. 叙述学研究［C］. 张寅德等,译. 北京:中国社会科学出版社,1989.

［131］张彧. 论《偷窃》中的女性主义立场［J］. 吉林师范大学学报（人文社会科学版）,2008（5）:37—39.

［132］张万敏. 认知叙事学研究——以鲍特鲁西和迪克森的"心理叙事"为例［D］. 扬州大学,2011.

［133］祖嘉合. 社会性别理论为女性研究展示新视角［J］. 河南师范大学学报（哲学社会科学版）,2001,28（2）:100—103.

波特亲缘关系

祖母： 凯瑟琳·安·波特(Catherine Anne Porter)，被称为卡特阿姨(Aunt Cat)，波特小说中的祖母索菲亚·简·瑞亚(Sophia Jane Rhea)的原型，生育了11个孩子，有9个存活，3女6男；

祖父： 艾斯拜瑞·波特(Asbury Porter)；

外祖母：卡罗琳·弗罗斯特·琼斯(Caroline Frost Jones)；

父亲： 哈里森·布恩·波特(Harrison Boone Porter)；

母亲： 玛丽·爱丽丝·琼斯·波特(Mary Alice Jones Porter)；

姐姐： 安妮·盖伊(Annie Gay)，以波特父亲最喜爱的姐姐的名字命名；

大哥哥：哈里·雷(Harry Ray)，比安妮晚出生两年，后来把自己的名字改成哈里森·保罗(Harrison Paul)，波特小说中的哥哥保罗的原型；

小哥哥：约翰尼(Johnnie)，一岁时夭折；

波特： 考利·拉塞尔·波特(Callie Russell Porter)，以波特母亲童年时代一位早逝的好友的名字命名，后来改成祖母的名字凯瑟琳·安·波特(Katherine Anne Porter)；

妹妹： 玛丽·艾丽丝(Mary Alice Porter)，以波特母亲的名字命名，出生两个月母亲就去世了，这个小妹妹被家人叫作"宝贝"(Baby)。

波特大事记

1890： 考利·拉塞尔·波特(波特本名)在 5 月 15 日出生于德克萨斯州迈阿密海滩附近印第安克里克市(Indian Creek)一个信仰天主教的家庭里,她是家里第四个孩子,在卫理公会教堂接受了洗礼。

1892： 在波特母亲玛丽·爱丽丝·琼斯·波特去世后,祖母把波特全家接到她在海斯县凯尔的家里。

1901： 祖母凯瑟琳·安·波特去世,此后不久家族农场就被变卖。

1903—04： 在这两年间,父亲哈里森带着一家人搬到圣安东尼奥,波特在那里上过不同的私立学校。

1906： 从学校出逃,和德克萨斯州伊内兹的约翰·亨利·孔茨(John Henry Koontz)结婚。

1910： 皈依丈夫家族信仰的天主教。

1914： 去芝加哥,被一家报纸雇佣,并在一家电影公司扮演小角色。

1914： 回到德克萨斯州,工作一段时间后前往路易斯安那州,在那里巡回表演,唱苏格兰民谣。

1915： 与孔茨离婚;得了肺结核。

1917： 成为德州沃思堡市的周报《评论家》(The Critic)的记者。

1918—19： 在科罗拉多州丹佛市的《洛基山新闻报》(The Rocky Mountain News)担任记者,患上了严重的流感。康复后前往纽约格林尼治村,以捉刀代笔为生。

1919—20： 在纽约做一家电影公司的公关人员；代笔写了一篇小说；在儿童杂志《埃夫里兰德》(Everyland)和其他地方发表了一些短篇小说。

1920： 第一次前往墨西哥；在墨西哥学习艺术，目睹了奥布雷贡革命的一些事件。

1921： 被迫离开墨西哥，在德州沃思堡市度过了一段时间；写作有关墨西哥和墨西哥经历的文章；为一家商业杂志写文章谋生；在沃思堡的小剧场从事表演。

1922： 回到纽约；在《世纪》(Century)杂志发表了《玛丽亚·孔塞普西翁》；第二次前往墨西哥，墨西哥民间艺术展览撰写目录。

1926： 草率嫁给了第二任丈夫，英国人欧内斯特·斯多克(Ernest Stock)：25的英国画家和原皇家空军飞行员。

1929： 在百慕大度过了五个月，想要完成传记《魔鬼和科顿·马特》(The Devil and Cotton Mather)，但未能如愿。

1930： 出版了小说集《开花的犹大树》；依靠古根海姆奖学金开始了她在墨西哥最长时间的旅居；遇到了美国驻墨西哥大使馆的一个小官员尤金·德芙·普利斯里(Eugene Dove Pressly)，三年后成为她第三任丈夫。

1931： 哈特·克莱恩在她墨西哥的住处暂住了一小段时间；8月份与尤金·普利斯里一起从维拉克鲁兹(Vera Cruz)登上一艘德国轮船前往欧洲不来梅港；这次旅行的日记成为长篇小说《愚人船》的基本写作素材；居住在柏林。

1932： 游历欧洲；访问巴黎、马德里、巴塞尔。

1933： 居住在巴黎。与尤金·普利斯里结婚，并共同度过了随后的6年时光；出版了一本带有翻译的法国歌曲的书。

1934： 发表了小说《庄园》(Hacienda)。

1935： 出版了扩展版的小说集《开花的犹大树和其他短篇小说》。

1936： 回到美国，在宾夕法尼亚的多伊尔斯敦(Doylestown)度过了多产的写作时期。

1937： 接受了每月读书俱乐部因为中篇小说《中午酒》而颁给她的 2500 美元奖金;前往新奥尔良。

1938： 整个冬季都在休斯敦写作;与尤金·普利斯里离婚,嫁给了路易斯安那州立大学的员工小阿尔伯特·厄斯金(Albert Erskine Jr.),居住在巴吞鲁日,结婚时,波特已经快 48 周岁,而厄斯金只有 27 岁;第二次接受古根海姆奖学金。

1939： 出版了小说集《灰色马,灰色的骑手》(Pale Horse,Pale Rider),收录了《老人》、《中午酒》和《灰色马,灰色的骑手》三篇中篇小说,其中,《老人》和《灰色马,灰色的骑手》于 1936 年创作完成。

1940： 小说集《灰色马,灰色的骑手》为波特赢得了纽约大学图书馆协会(Society of Libraries of New York University)的第一个年度文学金质奖章(Annual Gold Medal for Literature);与阿尔伯特·厄斯金分手,前往雅斗(Yaddo)。

1942： 译介了墨西哥作家兼政治记者何塞·杰奎因·费尔南德斯·德·利萨尔迪(José Joaquín Fernández de Lizardi,1776—1827)的小说《癞皮鹦鹉》(The Itching Parrot);与阿尔伯特·厄斯金离婚。

1943： 入选为美国文学艺术院(The National Institute of Arts and Letters)的成员。

1944： 出版小说集《斜塔和其他短篇小说》(The Leaning Tower,and Other Stories),收录其中的《旧秩序》系列短篇小说在 1934 年就已经创作完成。

1945： 在好莱坞担任编剧;继续在加州逗留。

1949： 应聘利兰·斯坦福大学的住校作家和客座讲师;出版《灰色马,灰色的骑手》的现代图书馆版本;回到美国东部,住在纽约。

1952： 出版《此前集》(The Days Before)。

1953—54： 在密歇根大学任教。

1954： 因为疾病终止了在比利时列日大学的福布莱特讲师职务,回到美国,住在康涅狄格州。

1959: 接受福特基金会的文学资助;定居在华盛顿特区。

1962: 因为小说《假日》(Holiday)获得"欧·亨利纪念奖"(O. Henry Memorial award);出版《愚人船》,受到每月读书俱乐部的推荐,并立即成为畅销书;接受美国艺术与科学学院(American Academy of Arts and Sciences)的爱默生—梭罗铜质奖章(Emerson – Thoreau Bronze medal)。

1965: 出版《凯瑟琳·安·波特小说集》(The Collected Stories of Katherine Anne Porter)。

1966: 获得普利策奖(The Pulitzer Prize)和美国国家图书奖(The National Book Award);入选美国文学艺术学会(American Academy of Arts and Letters)。

1967: 重新出版1946年曾经发表过的《圣诞故事》(A Christmas Story);马里兰大学创立凯瑟琳·安·波特资料室;获得美国文学艺术院颁发的、表彰有卓越贡献的小说家的金质奖章(The Gold Medal for fiction of the National Institute of Arts and Letters)。

1970: 出版《凯瑟琳·安·波特散文和随笔集》(The Collected Essays and Occasional Writings of Katherine Anne Porter)。

1972: 在马里兰大学的帕克分校(College Park, Maryland)定居下来。

1976: 在生命的最后几年,做过一些旅行和讲座,一系列的中风使她终于卧床不起。

1977: 出版《千古奇冤》(The Never – Ending Wrong),记录了波特在1927年与美国历史上一宗冤案的两位主角萨科(Sacco)和范泽蒂(Vanzetti)相处的最后日子。

1980: 去世,被安葬在她的出生地印第安克里克,与母亲的坟墓毗邻。

波特主要作品目录

1. 短篇小说(Short Stories)

《玛丽亚·孔塞普西翁》(Maria Conception)(1922)

《烈士》(The Martyr)(1923)

《童贞女比奥莱塔》(Virgin Violeta)(1924)

《他》(He)(1927)

《魔法》(Magic)(1928)

《绳》(Rope)(1928)

《偷窃》(Theft)(1929)

《开花的犹大树》(Flowering Judas)(1930)

《被遗弃的威瑟罗尔奶奶》(The Jilting of Granny Weatherall)(1930)

《裂镜》(The Cracked Looking – Glass)(1932)

《庄园》(Hacienda)(1934)

《那棵树》(That Tree)(1934)

《通往智慧的向下之路》(The Downward Path to Wisdom)(1939)

《斜塔》(The Leaning Tower)(1941)

《源》(The Source)(1944)

《旅程》(The Journey)(1944)

《目击者》(The Witness)(1944)

《马戏》(The Circus)(1944)

《最后一叶》(The Last Leaf)(1944)

《一天的工作》(A Day's Work)(1944)

《坟》(The Grave)(1944)

《无花果树》(The Fig Tree)(1960)

《假日》(Holiday)(1960)

2. 中篇小说(Novellas)

《老人》Old Mortality (1937)

《中午酒》Noon Wine (1937)

《灰色马,灰色的骑手》Pale Horse,Pale Rider (1939)

3. 中短篇小说集(Short Stories Collections)

《开花的犹大树》(Flowering Judas)(1930,纽约赫考特·布雷斯出版社,包括波特最早的 8 篇短篇小说:《玛丽亚·孔塞普西翁》《烈士》《童贞女比奥莱塔》《他》《魔法》《绳》《开花的犹大树》《被遗弃的威瑟罗尔奶奶》)

《开花的犹大树和其他短篇小说》(Flowering Judas and Other Stories)(1935,纽约赫考特·布雷斯出版社,除了较早的版本,还增加了 4 篇另外的小说:《偷窃》《那棵树》《裂镜》《庄园》)

《灰色马,灰色的骑手》(Pale Horse,Pale Rider)(1939,纽约赫考特·布雷斯出版社,包括 3 篇被波特称为中篇小说的故事:《老人》《中午酒》《灰色马,灰色的骑手》)

《斜塔和其他短篇小说》(The Leaning Tower and Other Stories)(1944,纽约赫考特·布雷斯出版社,包括波特的 9 篇短篇小说:《源》《目击者》《马戏》《旧秩序》《最后一叶》《坟》《通往智慧的向下之路》《一天的工作》《斜塔》)

《旧秩序:南方的故事》(The Old Order:Stories of the South)(1958,纽约赫考特·布雷斯出版社,包括波特之前已发表的发生地在美国南方的 10 篇短篇小说:《源》《旧秩序》《目击者》《马戏》《最后一叶》《坟》《被遗弃的威瑟

罗尔奶奶》《他》《魔法》《老人》）

《凯瑟琳·安·波特小说集》（The Collected Stories of Katherine Anne Porter）（1965,纽约赫考特·布雷斯出版社,包括波特之前发表的所有 26 篇短篇小说,其中有 3 篇被她称为中篇小说）

4. 长篇小说（Novel）

《愚人船》Ship of Fools（1962,波士顿亚特兰蒂—小布朗出版社）

5. Essays（散文和随笔集）

《此前集》（或译为《过去的时日》,）（1952,哈考特—布雷斯—朱万诺维奇出版公司,一共 29 篇,包括波特的书评、文学评论、回忆录等。）

《凯瑟琳·安·波特散文和随笔集》（The Collected Essays and Occasional Writings of Katherine Anne Porter）（1970,纽约德拉柯尔特出版社,包括 7 部分内容:评论性的;个人的和特定的;传记的;科顿·马瑟;墨西哥的;关于写作的;诗歌,收录了波特之前发表过的和未发表过的 77 篇散文和随笔）

《千古奇冤》（The Never – Ending Wrong）（1977,利特尔 & 布朗出版社,波特对 1927 年被判死刑的尼古拉·萨科和巴尔托洛梅奥·范泽蒂事件的思考）

《未被收录过的凯瑟琳·安·波特早期的散文》（Uncollected Early Prose of Katherine Anne Porter）（1993,德克萨斯大学出版社,露丝·M·阿尔瓦雷斯和托马斯·F·沃尔什主编,包括之前未被收录过的 29 篇关于小说和非小说的散文作品）

《波特:小说集和其他作品》（Porter:Collected Stories and Other Writings）（2008,美国图书馆,包括《凯瑟琳·安·波特小说集》的全文和她之前发表的两部非小说类集合中包含的许多篇目）

6. 诗歌（Poetry）

《凯瑟琳·安·波特的诗歌》（Katherine Anne Porter's Poetry）（1996,南卡罗来纳大学出版社,达琳·哈伯·昂鲁主编,包括波特生前在期刊上发表的所有 32 首诗歌）

7. 其他作品

《我的中国婚姻》(My Chinese Marriage)(1921,纽约达菲尔德出版社,是波特早年为梅·弗兰金 Mae Franking 代笔之作)

《墨西哥流行艺术和技艺的概要》(Outline of Mexican Popular Arts and Crafts)(1922,纽约扬麦卡利斯特出版社)

《凯瑟琳·安·波特的法国歌曲》(Katherine Anne Porter's French Song Book)(1933,巴黎哈里森出版社,保罗 17 首法国歌曲和波特的英文译文)

《凯瑟琳·安·波特的信件》(Letters of Katherine Anne Porter)(1990,纽约大西洋月刊出版社,伊莎贝尔·贝利 Isabel Bayley 主编,包括波特在 1930 至 1966 年间,与 60 多位通信者的 250 多封信件)

《"这个奇怪、陈旧的世界"和凯瑟琳·安·波特写的其他书评》("This Strange,Old World" and Other Book Reviews Written by Katherine Anne Porter)(1991,佐治亚大学出版社,达琳·哈伯·昂鲁主编,包括波特生前在不同期刊发表过的差不多 50 篇书评)

《凯瑟琳·安·波特的书信选:一位现代女性的编年史》(Selected Letters of Katherine Anne Porter:Chronicles of a Modern Woman)(2012,密西西比大学出版社,达琳·哈伯·昂鲁主编,包括波特在 1916 至 1979 年间与 70 多位通信者的 130 封信件)